Diana Palmer

LACY

Editado por HARLEQUIN IBÉRICA, S.A.
Hermosilla, 21
28001 Madrid

LACY, Nº 52 - 1.11.07
Título original: Lacy
Publicada originalmente por HQN Books.
Traducido por Victoria Horrillo Ledesma

Editor responsable: Luis Pugni

I.S.B.N.: 978-84-671-5666-9
Depósito legal: B-41985-2007
Impresión: LIBERDÚPLEX
08791 Sant Llorenç d'Hortons (Barcelona)

Distribuidor para España: MELISA

Para mi agente, Maureen Walters, de Curtis Brown, Ltd., con cariño y agradecimiento.

Querida lectora:

Lacy sigue siendo uno de mis libros favoritos, pese a que no se haya reeditado durante quince años. Siempre he amado Texas, como mis lectoras saben muy bien, y especialmente la historia de los primeros años del siglo XX.

Este libro tiene lugar justo después de la I Guerra Mundial y su protagonista es un ranchero que lucha por salir adelante y al que una jugarreta de su hermano pequeño obligó a casarse con una rica heredera, Lacy Jarrett.

Raramente he tenido la oportunidad de compartir mis conocimientos sobre la I Guerra Mundial. Mi abuelo estuvo en Europa durante la contienda. Formaba parte de la famosa División de la Hiedra, y yo tengo sus diarios. Además, mientras trabajaba como periodista, tuve el privilegio de conocer a un auténtico as de la aviación de la I Guerra Mundial, Ernie Hoy, de la Columbia Británica (Canadá), cuyas anécdotas sobre combates aéreos me sirvieron de inspiración. Mi padre, que también era aviador, pilotaba su propio Cessna en los años que precedieron a su muerte. Estoy encantada de poder compartir algunos de mis recuerdos en esta novela.

Lacy era un libro tan complejo que casi nadie estaba dispuesto a publicarlo, y en aquella época yo era una escritora de novela romántica que nunca se había aventurado en el mercado literario de masas. Fawcett Books me dio mi primera oportunidad como autora de novela histórica. Nunca los olvidaré por ello, como nunca olvidaré a Harlequin Books por ofrecerme mi primer contrato importante en 1979 y abrirme las puertas de una larga y satisfactoria carrera en la literatura femenina.

Antes de que se me olvide (¡como si pudiera olvidarlo!), muchas gracias a todas las lectoras que, repartidas por todo el mundo, han aguantado mis excentricidades durante más de veinticinco años; a mi marido, James, y a mi hijo, Blayne, por no pegarme un tiro cuando tenían que alimentarse de bocadillos fríos; a mi mejor amiga, Ann, por hacerme mandar mi primer libro a una editorial en lugar de dejarlo en el armario; a mi agente, Maureen Walters, y a mi antigua editora de Fawcett, Barbara Dicks, por creer en *Lacy* y pensar que podía abrirme paso en el mundo ferozmente competitivo del mercado de masas. Espero que les guste *Lacy*.

Su mayor admiradora,

Diana Palmer

El bullicio de la fiesta crecía por momentos.

Lacy Jarrett Whitehall lo contemplaba con aire de total retraimiento: aquel jazz frenético, aquellos bailes desenfrenados, la ginebra a granel, que fluía como agua al pasar del cristal enlodado a la taza de té. Más que participar de la fiesta, Lacy era su espectadora. La hacía sentirse viva el ver divertirse a otros. Hacía mucho tiempo que no se sentía viva.

Muchos de sus vecinos eran personas mayores, y Lacy sintió una punzada de vergüenza al pensar en lo que les parecería aquella conducta licenciosa. La generación precedente consideraba el charlestón un baile vulgar. El jazz, decían, era decadente. Las mujeres fumaban en público y decían palabrotas... y algunas hasta llevaban las medias justo por debajo de la rodilla. Calzaban chanclos sin abrochar, de modo que, cuando caminaban, sus zapatos resonaban. Un comportamiento chocante para una sociedad que sólo tras la guerra había salido de la época victoriana. La guerra lo había cambiado todo. Pasados cuatro años desde el armisticio, la gente todavía estaba recuperándose de aquel horror. Algunos no se recuperaban. Ni se recuperarían.

En la otra habitación, parejas risueñas bailaban alegremente al son de la radio nueva de Lacy. Era como tener una orquesta en la casa, y Lacy se maravillaba un poco ante aquellos aparatos modernos, que empezaban a volverse tan corrientes. Aquellos espíritus alegres, sin embargo, no se detenían a pensar acerca de los progresos científicos de los primeros años de la década de los veinte. Estaban muy ocupados comiendo canapés y bebiendo la ginebra prohibida que Lacy había conseguido clandestinamente. El dinero casi podía comprar la absolución, se dijo. Lo único que no podía conseguirle era al hombre al que más deseaba.

Lacy tocó con uno de sus dedos largos y finos, de uñas rosas perfectamente redondeadas, su taza de ginebra. El color de sus uñas iba a juego con su vestido de cintura baja y largo hasta las rodillas. Aquel vestido, pensó, habría escandalizado a Marion Whitehall y a las señoras de Spanish Flats. Al igual que sus amigas, Lacy llevaba el pelo cortado a la moda. Lo tenía abundante, negro y liso, y se curvaba hacia sus delicados rasgos faciales como hojas que se levantaran al sol. Bajo sus pestañas extremadamente largas, sus ojos grises y claros, tirando a azules, dejaban traslucir una inquietud que los movimientos suaves y cambiantes de su cuerpo alto y perfectamente proporcionado repetían como un eco. Tenía veinticuatro años y aparentaba veintiuno. Quizá la separación de Coleman le había quitado años de encima. Se rió amargamente mientras bregaba con aquella idea. Cerró los ojos al sentir una oleada de dolor tan intensa que sofocó el sabor ardiente de la ginebra. ¡Coleman! ¿Lo olvidaría alguna vez?

Había sido todo una broma. Una de las bromas pesadas de su cuñado Ben la había comprometido, después de que se viera encerrada en una cabaña toda una noche con Cole. No ocurrió nada, salvo que Cole la culpó de todo aquello y le hizo la vida imposible. Pero lo que contaba era lo que la gente creía que había pasado. En las grandes ciudades, hacían furor las nuevas costumbres y la vida desenfrenada que había seguido a la I Guerra Mundial. Pero allí, en Spanish

Flats, Texas, a dos horas en coche de San Antonio, seguía reinando la gazmoñería. Y los Whitehall, pese a no ser ricos, eran muy conocidos y respetados en la ciudad. Marion Whitehall había puesto el grito en el cielo al saber de aquella posible deshonra, así que Cole había tranquilizado la conciencia de su madre casándose con Lacy. Contra su voluntad.

Marion Whitehall había acogido a Lacy ocho años antes, después de que sus padres murieran en el Lusitania, cuando éste fue torpedeado por los alemanes. Su madre y la de Cole habían sido grandes amigas. La única pariente de Lacy, una tía abuela adinerada, se había declarado demasiado anciana y apegada a sus costumbres para hacerse cargo de una adolescente. La invitación de los Whitehall había sido un regalo del cielo. Lacy había aceptado, sobre todo porque aquello le permitiría estar cerca de Cole. Adoraba a Cole desde que su familia se mudara a Spanish Flats desde Georgia cuando Lacy tenía trece años para estar cerca de su tía abuela Lucy y su tío abuelo Horace Jacobsen, el cual se había retirado de los negocios después de amasar una fortuna en la industria del ferrocarril. Su tío abuelo Horace había fundado, de hecho, el pueblo de Spanish Flats y le había dado el nombre del rancho de los Whitehall, donde había encontrado refugio en tiempos de extrema necesidad. En aquellos tiempos, los tíos abuelos de Lacy gozaban de gran influencia en San Antonio, pero era el rancho de Spanish Flats, no la alta mansión victoriana del tío abuelo Horace lo que había cautivado a Lacy desde el principio... al igual que el alto ganadero dueño del rancho. Había sido amor a primera vista, a pesar de que, la primera vez que le habló, Cole se dirigió a ella para reprenderla por haberse acercado demasiado a uno de sus toros, que estuvo a punto de embestirla. Aquello, sin embargo, no la disuadió. En todo caso, sus maneras frías, taciturnas y autoritarias consiguieron atraerla e intrigarla como un desafío mucho antes de que Lacy supiera quién era aquel hombre.

Coleman Whitehall era un enigma en muchos sentidos. Un solitario, como su abuelo comanche, que en sus años de juventud se había hecho cargo de él y le había mostrado un modo de vivir y pensar que se desvanecía. Pese a todo, Cole había sido amable con ella, y a veces, al verlo entre los vaqueros del rancho, Lacy creía haber vislumbrado a un hombre distinto. El Cole sombrío y serio que creía conocer faltaba en el ranchero fibroso que una mañana se levantó muy temprano, atrapó una serpiente de cascabel, le quitó los colmillos y la metió en la cama de un peón que le había gastado una broma pesada. El jaleo que se armó le hizo partirse de risa, como a todos aquellos que lo presenciaron. Aquello le mostró a Lacy una faceta de Cole que ahora recordaba por elusiva.

A pesar de sus responsabilidades en casa, la atracción de los aviones y la batalla se habían apoderado de Cole. Aprendió a volar en un aeródromo local y quedó fascinado por aquel nuevo medio de transporte. El hundimiento del Lusitania despertó sus ansias de luchar y lo convenció de que los Estados Unidos se verían arrastrados inevitablemente a la guerra. Siguió practicando en el aeródromo aunque la muerte de su padre le impidió unirse al grupo de pilotos de la Escuadrilla Franco-Americana que luego se convertiría en la selecta Escuadrilla Lafayette.

Cuando los Estados Unidos entraron en guerra, en 1917, un ranchero vecino se comprometió a cuidar del rancho y de las mujeres en su ausencia, y mantuvo a los acreedores a raya gracias a su experiencia financiera. Entre tanto, Lacy, Katy, Ben y Marion leían los periódicos con creciente horror y revisaban las listas de bajas conteniendo el aliento, presas del miedo. Pero Coleman parecía invencible. Sólo un año después del armisticio, cuando regresó al rancho tras enviar un par de escuetas cartas, acompañado de un compañero de vuelo, supieron que los alemanes lo habían derribado. Les había dicho por carta que había resultado herido, pero no cómo. Al parecer, sin embargo, sus heridas no le habían causado daños duraderos. Era el mismo hombre duro y taciturno que antes de irse a Francia.

Bueno, no el mismo. Lacy guardaba como un tesoro los pocos recuerdos que poseía de la ternura de Cole, de su calor. Él no siempre había sido frío... especialmente, el día que se fue a la guerra. A veces se había mostrado muy humano y cariñoso. Ahora, sin embargo, había en él una frialdad extraña, una dureza creada quizá por la guerra. La familia ignoraba, en realidad, cómo había vivido la guerra; Cole nunca hablaba de ello.

Ben era demasiado joven para combatir. Al regreso de Cole, había perseguido a su hermano mayor con los ojos como platos, lleno de preguntas y de súplicas para que se lo contara todo. Pero Coleman no le contó nada. Así que Ben atosigó a Jude Sheridan. Jude, al que Coleman llamaba Turco, era un piloto de primera clase, con doce derribos acreditados. Era también un hombre simpático y extremadamente guapo, de temperamento rápido y un físico que por las noches mantenía en vela a la joven Katy, suspirando por él. Turco regaló los oídos de Ben con historias espeluznantes... hasta que Coleman se cansó y le prohibió dar alas a su hermano pequeño.

Fue también en aquella época cuando tuvo que prohibirle a Katy que persiguiera al aviador alto y rubio que se había convertido en el capataz del rancho. Turco tenía buena mano con los caballos y una reputación escandalosa con las mujeres. Pero eso era algo que a ella no le incumbía, le dijo Cole fríamente a Katy. Turco era amigo suyo, no una posible conquista, y a Katy le convenía recordarlo. Incluso ahora Lacy veía la expresión desconsolada de la muchacha esbelta y de ojos verdes al destrozar Cole sus sueños. Cole llegó al extremo de amenazarla con despedir a Turco. Así que Katy se apartó de su hermano y de su familia, y se dejó arrastrar por el desenfreno de las nuevas costumbres. Se compró ropa atrevida; empezó a usar maquillaje. Iba a fiestas en San Antonio y bebía ginebra clandestina. Y cuanto más la amenazaba Coleman, más salvaje se volvía.

Más o menos en esos días, Ben fijó su atención en Lacy. Aquello resultó embarazoso, porque ella tenía veintitrés años y Ben sólo dieciocho. Coleman se burló de él al enterarse, lo cual sólo aumentó la incomodidad de la situación. Una noche, Ben atrajo a Cole y a Lacy a una cabaña y los encerró dentro. Se marchó a casa y, al día siguiente, cuando fueron descubiertos, Lacy y Cole se hallaron inevitablemente comprometidos. De modo que Coleman hizo lo que se esperaba de él y se casó con ella. Pero le guardó rencor, la ignoró, levantó entre ellos una muralla que ninguno de los esfuerzos de Lacy logró minar. Se negaba a permitirle que se acercara a él, a dar a su matrimonio una oportunidad.

Hacía mucho tiempo que entre ellos existía una atracción (una atracción puramente física por parte de Cole) que encontró su primera expresión el día que él se marchó a la guerra. A pesar de la promesa que guardaba aquel lejano abrazo, Cole no había vuelto a tocar a Lacy desde su regreso. Al menos, hasta después de la boda. La tensión entre ellos había estallado tras una discusión en el establo. Aquella mañana lluviosa, Cole la arrinconó contra la pared y la besó hasta que ella tuvo la boca hinchada y el cuerpo poseído por una inesperada pasión. Esa noche, Cole fue a su cuarto y la poseyó en la oscuridad. Pero fue rápido y doloroso, y ella recordaba la fuerza de sus manos delgadas mientras le sujetaba las muñecas a los lados de la cabeza, sin permitirle siquiera tocarlo durante aquel breve momento de intimidad, en tanto su boca áspera sofocaba sus sollozos de dolor. A la mañana siguiente, Cole se comportó como si nada hubiera pasado. Se volvió, en todo caso, más duro y frío que antes. Lacy no soportaba pensar siquiera en su pasión brutal y su indiferencia. Hizo las maletas y se marchó a San Antonio, a vivir con su tía abuela, la viuda del tío abuelo Horace. Poco después, la anciana murió. Lacy era dueña de la casa y de una fortuna que no esperaba heredar. Pero, sin Cole, no tenía nada.

Todavía se estremecía al recordar la mañana en que abandonó Spanish Flats. Marion se sintió dolida, Katy y Ben se quedaron de una pieza. Coleman se comportó... como Coleman. No dejó traslucir nada. Ocho meses habían pasado sin noticias suyas, sin una disculpa. Lacy lo había odiado al principio por el dolor que le había infligido tan fríamente. Pero una de sus amigas casadas le había explicado las relaciones íntimas entre hombres y mujeres, y ahora comprendía un poco lo ocurrido. Ella era virgen, así que no era extraño que la primera vez hubiera sido difícil. Quizás a Cole no le importaba lo suficiente como para mostrarse tierno con ella. En cualquier caso, si volvía a ocurrir, tal vez fuera menos traumático y ella se quedara embarazada. Se sonrojó suavemente al pensar en lo maravilloso que sería tener un hijo, incluso en aquellas circunstancias. Estaba tan sola... Nunca podría tener a Cole, pero sería bonito tener un hijo suyo.

Era una suerte haber heredado la fortuna de la tía abuela Lucy. Sumado a la herencia, inesperadamente reducida, que le habían dejado sus padres, aquel dinero le permitía vivir con estilo y dar fiestas extravagantes. Coleman odiaba los invitados y la diversión. Lacy podría haber pasado también sin ambas cosas, si hubiera tenido su amor. O incluso su afecto. Pero no tenía nada, salvo el desprecio que ardía en sus ojos oscuros cada vez que la miraba. Ella tenía dinero, y él perdía cada día un poco del suyo. Aquello había sido materia de discordia entre ellos desde el principio. Cole nunca había superado el hecho de que ella tuviera dinero... y él no. Lo cual era un prejuicio inesperado en un hombre que no parecía tener ni un ápice de presunción.

Lacy bebía su ginebra tranquilamente, con los ojos fijos en el reloj. Marion había escrito para decir que Cole estaría en San Antonio ese día, por negocios. Le había pedido que se pasara a ver a Lacy ya que iba a la ciudad. La encantadora

Marion, siempre empeñada en hacer de casamentera. Pero ella desconocía la realidad de la situación. Su relación no tenía ningún futuro, tal y como estaban las cosas. Incluso aunque Lacy hubiera pensado en pedir el divorcio, sabía que un hombre tan chapado a la antigua como Cole se habría negado en redondo. Habían sido sus principios, además del horror de su madre al escándalo, lo que le había obligado a llevarla al altar después de aquella noche en la cabaña, a pesar de que entonces no la tocó. Al parecer, se contentaba con que las cosas siguieran así; con que Lacy viviera en San Antonio mientras él llevaba los negocios desde Spanish Flats. Lacy se rió con amargura. De pequeña soñaba con casarse y tener hijos y un marido al que amar y que la amara, y aquello era lo que había conseguido. Tenía veinticuatro años y se sentía como si tuviera cincuenta.

La cuestión de los hijos había sido otro problema. Poco después de su matrimonio, hizo acopio de valor y se acercó a Coleman para preguntarle si quería ser padre. Creía, en su inocencia, que un hijo haría más fácil su relación. Él se puso terriblemente pálido y le dijo cosas que a Lacy todavía le costaba aceptar. No, le dijo, no quería tener hijos. Al menos, con una niña mimada y rica como ella. Y, tras dedicarle algunas ofensas más, se marchó hecho una furia. Ella nunca había tenido valor para preguntarle por segunda vez. En el fondo, confiaba en haberse quedado embarazada después de aquella violenta noche en su cama, pero no fue así. Pero quizá fuera lo mejor, dado que Cole no permitía que nadie se acercara a él. Ella lo había intentado todo, excepto ser ella misma. Le costaba ser ella misma cuando estaba con Cole, porque con él se cohibía. Deseaba jugar con él, bromear con él, hacerle reír. Quería hacerle joven, porque nunca lo había sido. Cole era un hombre desde que ella lo conocía, un solitario, una figura aislada y acerada, incluso a los diecinueve años, cuando Lacy fue a vivir con los Whitehall.

En la otra habitación la radio emitía jazz de Nueva Orleans, y dos invitados a los que Lacy no conocía estaban haciendo una demostración de charlestón. Había mucha gente en la casa a la que no conocía. Pero ¿qué importaba? Llenaban las habitaciones vacías.

Lacy recorrió el pasillo. El vestido gris se adhería suavemente a las líneas esbeltas de su cuerpo y a sus piernas enfundadas en medias y rematadas por altos tacones. Se sentía inquieta de nuevo, y enojada. Recordaba la dureza de la boca de Cole, la dolorosa dulzura de aquel beso, que le dejó los labios levemente hinchados. Toda la exquisita pasión que compartieron aquella mañana en el establo y que condujo a... aquello. Se estremeció. Sin duda las mujeres sólo permitían a los hombres tales licencias con sus cuerpos para quedarse embarazadas.

Bess, una de sus amigas casadas, le había dicho que el sexo era la vivencia más exquisita de su vida. «Maravilloso», había dicho, riendo con los ojos llenos del amor que compartía con el que era su marido desde hacía cinco años. Lacy había sentido curiosidad por saber si la intimidad física podía ser placentera, a pesar de su mala experiencia. Pero no sentía curiosidad suficiente para darle a George Simon lo que éste buscaba desde hacía algunas semanas. George era un hombre amable, un buen amigo. Pero la sola idea de que pusiera sus manos ávidas sobre su cuerpo le resultaba ofensiva. Era una especie de sacrilegio el pensar en permitir que alguien que no fuera Cole la tocara de aquel modo.

Qué necia, se dijo con una risa agria. Era ridículo languidecer por un hombre que no la quería. Pero adorar a Cole se había convertido en un hábito. Y ella lo adoraba. Lo amaba todo en él, desde el modo en que se sentaba a caballo hasta la arrogancia con que ladeaba su cabeza morena, pasando por cómo su piel atrapaba la luz y refulgía como bronce. No era un hombre extremadamente guapo, salvo para Lacy, pero poseía una virilidad que la hacía estremecerse, que hacía arder y palpitar su cuerpo. El solo hecho de tocarlo la hacía temblar.

Suspiró, temblorosa, mientras sus ojos grises recorrían el

vestíbulo. ¿Iría él? Su corazón palpitaba con fuerza bajo el vestido. Verlo, pensó, posar sus ojos en él una vez más, sería una delicia. Pero eran ya las once y Cole solía acostarse a las nueve para poder levantarse al rayar el alba. Lacy volvió al cuarto de estar con el corazón apesadumbrado. No, Cole no iría esa noche. Había sido una esperanza absurda.

Regresó con sus invitados, que reían y bebían cada vez más ginebra. La policía hacía redadas de vez en cuando, pero a Lacy no le importaba que se presentaran allí y encontraran la ginebra. Tal vez acabara en la cárcel y Coleman fuera a pagar su fianza. Y después quizá la llevara a casa e, inflamado por la pasión, le hiciera lo que Rodolfo Valentino, disfrazado de árabe, le hacía a Agnes Ayres en *El gran caid*, aquella película tan apasionada. Su corazón se desbocó. Dos años antes se había vuelto loca por aquella película y había aprendido a bailar el tango poco después del estreno de *Sangre y arena*, otra película de Valentino. Pero, naturalmente, nadie de su círculo bailaba el tango como Valentino.

Bebió otro sorbo de ginebra, perdida en sus pensamientos. Se sobresaltó cuando una mano tocó ligeramente su hombro. Levantó la mirada con los ojos muy abiertos y se relajó un poco al ver a George Simon a su espalda.

–Me has asustado –dijo con su sereno acento sureño.

–Perdona –dijo él, sonriendo. Tenía unos dientes perfectos, aunque estuviera ligeramente calvo y sobrado de peso–. He pensado que querrías saber que tienes visita.

Ella arrugó el ceño. Era medianoche y, a pesar de que la enorme casona victoriana estaba repleta de gente, era extraño que alguien fuera a verla tan tarde. Y entonces se acordó. ¡Cole!

–¿Hombre o mujer? –preguntó con nerviosismo.

–Hombre, no hay duda –contestó George sin sonreír–. Se parece al retrato que hay sobre la chimenea del cuarto de estar. Ahí es donde lo dejé, mirándolo.

Lacy se derramó la bebida en la pechera de su elegante vestido e intentó limpiarla frenéticamente con un pañuelo.

–Maldita sea –mascullό–. Bueno, ya me preocuparé por eso más tarde. ¿Está en el cuarto de estar?

–Pero niña... estás muy pálida. ¿Qué sucede?

–Nada –dijo ella. Todo, pensó al darse la vuelta y echar a andar, envarada, por el largo pasillo, apenas iluminado por quinqués. Sus zapatos de tacón ancho repicaban sobre el suelo de madera desnudo y pulido.

Dudó en la puerta, con la mano suspendida sobre el picaporte y los ojos agrandados. Sabía ya quién estaba esperándola. Lo sabía por la descripción de George, pero más aún por el olor penetrante del humo que excitó su olfato al abrir la puerta.

Coleman Whitehall se giró sobre los tacones de sus botas con la precisión de un atleta. Cosa que era, desde luego; el trabajo en el rancho exigía fuerza. Sus ojos oscuros se entornaron cuando la miró y brillaron en su cara, que parecía de cuero bajo un cabello tan oscuro como el de ella. Su piel era broncínea, herencia de aquel abuelo comanche que le había dado una educación de acero y le había enseñado que las emociones eran una plaga que había que evitar a toda costa.

Llevaba ropa de trabajo. Pantalones vaqueros y botas, con anchos zahones de cuero, chaleco sobre la camisa de cuadros azules con muñequeras de piel en los puños. De su bolsillo colgaba el cordel de la bolsa de tabaco que llevaba siempre, junto con el librillo de papel para liar cigarrillos. Su frente parecía extrañamente pálida mientras la miraba. Había tirado descuidadamente el sombrero de ala ancha sobre una elegante butaca victoriana. Levantó la barbilla cuadrada y la miró sin pestañear, implacablemente. Con su cara curtida por la intemperie, su orgullo inquebrantable y su descarada arrogancia, era la efigie viva del ganadero tejano.

Lacy cerró la puerta y se acercó. Cole no la asustaba. Nunca le había tenido miedo, en realidad, aunque se elevaba sobre ella como un gigante taciturno y fibroso. En los años en que Lacy había vivido bajo su techo, apenas había sonreído. Ella se preguntaba si alguna vez había sido un niño. Lo quería. Pero él no necesitaba amor. Ni amor, ni a ella. Podía pasar muy bien sin ambas cosas, y lo había demostrado durante aquellos ocho meses de soledad.

–Hola, Cole –dijo ella con suavidad.

Él se llevó el cigarrillo encendido a los labios delgados y firmes, que esbozaron una sonrisa levemente burlona.

–Hola, pequeña. Parece que te van bien las cosas –dijo con los ojos entornados fijos en su cabello corto y en su cara, con su carmín descaradamente rojo. Los ojos serenos y azules de Lacy brillaban extrañamente mientras permanecía ante él, muy a la moda con su suave vestido gris, que se pegaba a su esbelta figura y dejaba al descubierto con escandalosa eficiencia sus piernas largas y elegantes.

Lacy no eludió su mirada. Sus ojos vagaban sobre el rostro de Cole como manos amorosas, veían sus nuevas arrugas, sus toscos contornos. Cole tenía veintiocho años, pero había envejecido durante los meses que llevaban separados. La guerra lo había envejecido. Y el matrimonio no parecía haber ayudado.

–Me va muy bien, gracias –dijo ella, intentando hablar con ligereza. Le resultaba difícil enfrentarse a él con el recuerdo de su brusca partida (y de la razón que la había motivado) aún interponiéndose entre ellos. Cole parecía impasible, pero a ella le flaqueaban las rodillas–. ¿Qué te trae por San Antonio en plena noche?

–He intentado vender ganado. Se acerca el invierno. Cada vez es más difícil conseguir alimento para las reses –la observaba con descaro, pero sus ojos oscuros carecían de expresión. No había en ellos nada en absoluto.

Lacy se acercó e inhaló su olor masculino, el aroma del tabaco y del cuero que tan familiar se había vuelto para ella. Le tocó suavemente la manga. Le encantó sentir su calor, pero él se apartó bruscamente de ella y volvió a acercarse a la chimenea.

La mano de Lacy tenía un aspecto extraño, extendida así.

Ella la retiró con una sonrisa melancólica y amarga. Después de tanto tiempo, a él seguía desagradándole que lo tocara. Nunca le había gustado. Cole tomaba, pero nunca daba. Lacy no estaba segura de que supiera cómo hacerlo.

–¿Cómo está tu madre? –preguntó ella.

–Está bien.

–¿Y Katy y Bennett?

–Mis hermanos también están bien.

Lacy observó su espalda larga y atlética mientras él contemplaba su retrato, colgado sobre la repisa de la chimenea. Ella lo había encargado poco después de abandonar Spanish Flats, y se parecía a él como la imagen de un espejo. En el cuadro, llevaba ropa de faena, con un pañuelo rojo en la garganta y un Stetson blanco sobre el cabello oscuro y liso. Lacy amaba aquel retrato. Amaba su modelo.

–¿A qué viene esto? –preguntó él con insolencia, señalando el cuadro. Se volvió y clavó en ella su mirada opaca–. ¿Es para lucirte? ¿Para que todo el mundo sepa que eres una esposa devota?

Ella sonrió con tristeza.

–¿Vamos a volver a discutir? Yo no estoy hecha para el rancho. No has dejado de decírmelo desde el día en que puse el pie allí. Soy... ¿cómo dijiste?... demasiado delicada –era mentira. Estaba hecha para el rancho, y le encantaba. Sus ojos se clavaron en él–. Pero los dos sabemos por qué me marché de Spanish Flats, Cole.

Los ojos de él brillaron y una mancha oscura de rubor cubrió sus altos pómulos. Esquivó la mirada de Lacy.

«Maldita sea», pensó ella. «Mi lengua será mi perdición». Juntó las manos.

–En todo caso, no te dabas cuenta de que estaba allí –dijo, crispada–. Tu indiferencia cotidiana acabó por hacerme huir.

–¿Y qué esperabas que hiciera? –preguntó él con voz cortante–. ¿Quedarme allí sentado y adorarte? Mi rancho está en apuros, está al borde de un precipicio por culpa de esta maldita crisis agrícola. Estoy demasiado ocupado intentando sacar a flote a mi familia para mimar a una niña bien que se aburre –la miró con frialdad–. Ese lechuguino que me trajo aquí parece creer que eres de su propiedad. ¿Por qué?

Aquello parecían celos, y el corazón de Lacy dio un vuelco. Sin embargo, logró mantener la calma.

–George es un amigo. Le gustaría casarse conmigo.

–Tú ya tienes marido. ¿Es que no lo sabe?

–No –contestó ella con descuido. Cole la estaba sacando de quicio. Se acercó a la botella y se sirvió ginebra y agua en una taza de porcelana. Se volvió con aire desafiante y bebió, consciente de que él reconocería el olor. Así fue; Lacy lo notó en su mirada de desaprobación. Le sonrió impúdicamente por encima del borde de la delicada taza–. ¿Por qué no vas tú a decírselo?

–Ya deberías habérselo dicho tú –respondió él con voz profunda y suave.

–¿Para qué? –preguntó ella cándidamente–. ¿Para ponerlo celoso?

Notaba sus intentos por refrenarse, y aquello la excitaba. Presionar a Cole siempre la había excitado.

–Dale alas –replicó él, desafiante– y lo mato.

Aquello era una muestra evidente de sentido de la propiedad, y a Lacy le irritó. Cole no la quería, pero no estaba dispuesto a permitir que fuera de otro. Sus ojos brillantes lo decían claramente.

–Eres un salvaje, seguramente serías capaz –contestó ella y levantó el mentón para mirarlo de frente sin miedo–. Pues déjame decirte algo, Coleman Whitehall. Es agradable, para variar, que alguien te admire y te persiga, después de que tú me ignoraras.

Él la miraba fijamente, con una expresión extraña. Casi divertida.

–¿Dónde ha estado ese temperamento todos estos años? –preguntó, burlón–. Nunca lo había visto.

–Oh, he descubierto muchas malas costumbres desde que me alejé de ti –le dijo ella–. Y he llegado a la conclusión de que me gusta ser como soy. ¿Es que no te gusta que te lleven la contraria? Bien sabe Dios que en el rancho todo el mundo te teme.

–Menos tú, supongo –contestó él antes de dar una última calada al cigarrillo.

–Yo no, nunca –ella bebió más ginebra. Se sentía osada–. Me va muy bien sin ti. Tengo una casa grande y bonita, ropa elegante y montones de amigos.

Él apuró el cigarrillo y lo echó al fuego. Las llamas anaranjadas y amarillas realzaban su piel bronceada y sus rasgos afilados y precisos.

–Ni la casa ni la ropa van contigo, y tus amigos dan asco –contestó tranquilamente, muy erguido, con las manos sobre las caderas estrechas–. Te estás volviendo tan alocada como Katy. Y eso no me gusta.

–Pues haz algo al respecto –replicó ella–. Hazme parar, hombretón. Tú puedes hacer cualquier cosa. Pregúntale a Ben. Es de tu club de admiradores.

Él sonrió con desgana.

–No, no lo es desde que te fuiste. Hasta Taggart y Cherry dejaron de hablarme cuando te marchaste.

–Has sido muy amable por venir enseguida a buscarme para llevarme a casa –contestó ella con sarcasmo–. Ocho meses y ni una postal.

–Eras tú quien quería irse –sus ojos escudriñaron despacio la cara de Lacy, y algo brilló en ellos un instante–. No eres feliz, Lacy –dijo con calma–. Y esa gente de ahí fuera no va hacer que lo seas.

–¿Y qué va hacerme feliz? ¿Tú? –preguntó ella. Tenía ganas de llorar. Bebió otro sorbo de ginebra y se dio la vuelta. Sufría como nunca antes. En medio de la apacible y discreta elegancia de aquel enorme salón, con su leve olor a lilas, se sentía tan fuera de lugar como él–. Márchate, Cole –dijo con voz densa–. En tu vida nunca ha habido sitio para mí.

Ni siquiera querías acostarte conmigo... hasta esa última noche –no vio la expresión que sus palabras hicieron aflorar a la cara de Cole–. Decidí soltar amarras y volver a la ciudad, adonde pertenezco. Creía que te alegrarías. Después de todo, te forzaron a casarte.

El semblante de Cole se endureció.

–Podías haber hablado conmigo antes de irte –recordaba lo que había sentido al verla marchar. Lacy no podía saber que aquel abandono, aunque justificado, había hecho añicos su orgullo. Había hecho cuanto estaba en su mano por apartarla de sí, para asegurarse de que no volvía a perder el control, como aquella noche. El recuerdo de cómo la había lastimado le remordía la conciencia.

Quizá no la amara, pero la echaba de menos. El color había abandonado su mundo al marcharse ella. Ahora la miraba con una expresión que procuraba que ella no viera. Estaba tan guapa... Se merecía un hombre que fuera bueno con ella, que la cuidara y llenara su casa de hijos... Cole cerró los ojos un momento y se apartó.

–Pero puede que fuera lo mejor. Ya nos lo habíamos dicho todo, ¿no es cierto, cariño? –preguntó con calma.

–Sí, así es –contestó ella–. Supongo que éramos demasiado distintos para que nuestro matrimonio saliera adelante –se mordió el labio inferior y cerró los ojos. Aquello también era mentira. Pero a Cole le agradaría que ella admitiera lo que él ya creía.

–¿Es tu amante? –preguntó él de pronto, señalando con la cabeza la puerta cerrada–. ¿Ese cretino que me trajo aquí?

Lacy levantó valientemente los ojos hacia él.

–No tengo ningún amante, Cole –dijo–. Nunca he tenido un amante... excepto tú.

Él eludió sus ojos y miró encima de la repisa de la chimenea. Sus dedos buscaron distraídamente la bolsita de tabaco. Sacó hábilmente un papelillo y lo rellenó con una fina línea de picadura, lió el cigarrillo y lo selló con una pasada de la lengua. Encendió una cerilla en los ladrillos de la chimenea e inclinó la cabeza para encenderlo. Un humo denso y oloroso llenó la habitación.

Ella jugueteaba con el pañuelo de encaje y algodón que tenía entre las manos.

–¿A qué has venido?

Cole se encogió de hombros. Su ancho pecho subía y bajaba pesadamente. Se dio la vuelta y sus ojos oscuros escudriñaron los ojos claros de Lacy. Notó que estaba acalorada y que había en sus ojos una leve neblina. Juntó las cejas pobladas.

–¿Llevas toda la noche bebiendo? –preguntó con voz cortante.

–Claro –respondió ella sin subterfugios, y se rió con aire retador–. ¿Te escandaliza? ¿O es que todavía sigues en la Edad Oscura, cuando las damas no hacían esas cosas?

–Las mujeres decentes no hacen esas cosas –dijo él con voz extrañamente ronca mientras la miraba enojado–. Ni llevan esa ropa –añadió, y señaló con la cabeza sus piernas, que el bajo de su falda dejaba al descubierto, enfundadas en medias sujetas con ligas de encaje.

Ella levantó el mentón y le sonrió.

–No me digas que te escandaliza ver mis piernas, Cole –replicó, burlona–. Aunque, naturalmente, nunca has visto mi cuerpo, ¿no es cierto? –él parecía francamente incómodo, y eso le gustaba. Le gustaba que se sintiera incómodo por su culpa. Deslizó lentamente las manos sobre su cuerpo y vio con satisfacción que él seguía el movimiento con la mirada–. Ni siquiera puedes hablar de sexo, ¿verdad, Cole? Es algo oscuro y pecaminoso... y la gente decente sólo lo practica en la oscuridad, con las luces apagadas...

–¡Basta! –exclamó él. Le dio la espalda y siguió fumando sin decir nada mientras con una mano tocaba la suave curva del respaldo de una silla. Su aliento parecía entrecortado–. Hablar de... eso... no cambiará lo que pasó.

Casi parecía arrepentido. Quizá lo estuviera. Quizá lo considerara una flaqueza. Su educación había sido estricta, en el mejor de los casos, y su abuelo el comanche prácticamente se lo había hurtado a sus padres durante sus años formativos. Cole había aprendido a ser un hombre mucho antes de lo debido, y la ternura no había formado parte de su educación.

La música subió de volumen repentinamente y atrajo su atención hacia la puerta cerrada.

–¿Estas fiestas son frecuentes?

–Supongo que sí –confesó ella–. No soporto mi propia compañía, Cole.

–A mí también me cuesta –él se sentó en la elegante butaca. Parecía tan fuera de lugar que Lacy casi sonrió.

Ella se sentó al borde del sofá de terciopelo y cruzó las manos relamidamente sobre el regazo.

–La elegante señorita Jarrett –murmuró él mientras la observaba–. Cuando estaba en Francia, tuve algunos sueños muy agradables en los que aparecías tú.

Aquello sorprendió a Lacy. Cole nunca hablaba de Francia.

–¿Ah, sí? Yo te escribía todos los días –contestó tímidamente.

–Y nunca mandabas las cartas –dijo él con una tenue sonrisa–. Katy me lo dijo.

–Me daba miedo. Eras tan reservado...Y el hecho de que yo fuera la mejor amiga de Katy y viviera en tu casa no era motivo para pensar que te gustaría recibir mis cartas. Ni siquiera después de cómo nos despedimos –añadió con extraño azoramiento–. A fin de cuentas, tú nunca me escribiste.

Cole no le dijo por qué.

–No me habría importado recibir una o dos cartas. Allí se pasaba mal –dijo.

Ella levantó la mirada y volvió a bajarla.

–Te derribaron, ¿verdad?

–Me hicieron unos rasguños, sí –contestó él lacónicamente–. Escucha, supón que vuelves a Spanish Flats.

El corazón de Lacy dio un vuelco. Lo miró y escudriñó sus ojos oscuros. Cole era un hombre orgulloso. Debía de haberle costado mucho esfuerzo ir allí a pedirle aquello.

–¿Por qué, Cole?

–Mi madre... no está bien –contestó él al cabo de un minuto–. Un golfo de Chicago está haciéndole la corte a Katy. Y Bennett intenta escaparse a Francia para unirse a Ernest Hemingway y a los escritores de esa tal Generación Perdida –se pasó una mano por el pelo húmedo–. Lacy, ayer le embargaron la casa a Johnson –añadió, levantando la mirada con ojos tan oscuros como su pelo.

A Lacy se le encogió el corazón. Spanish Flats era la vida de Cole.

–Todavía tengo la herencia que me dejó la tía abuela Lucy y algo de dinero de mis padres –dijo con suavidad–. Podría...

–¡No quiero tu maldito dinero! –estalló Cole con rabia, y se levantó–. ¡Nunca lo he querido!

–Lo sé, Cole –dijo ella para intentar aplacarlo. Se puso en pie y se acercó a su cuerpo alto y delgado. Levantó la mirada hacia él–. Pero aun así te lo daría.

Un destello cruzó los ojos de Cole por un instante. Extendió una mano, la mano con la que no sujetaba el cigarrillo, y pasó sus nudillos ásperos por la mejilla blanca de Lacy. Ella se estremeció.

–Tienes la piel como un pétalo de rosa –murmuró–. Es tan hermosa...

Lacy suspiró y, al hacerlo, el arco de su boca se entreabrió. Miró sus ojos mientras el tiempo parecía detenerse a su alrededor. Era de nuevo una niña, tímida y apocada, enamorada de Cole. Presa de su deseo.

Él vio aquella mirada y volvió a apartarse bruscamente. Como en los viejos tiempos, pensó Lacy amargamente. Se mordió el labio inferior hasta hacerse daño y procuró olvidar sus otros rechazos. Cole no quería que lo tocara. Ella tendría que acostumbrarse.

–Esto fue idea de mi madre –dijo él con aspereza mientras fumaba–. Quiere que vuelvas a casa.

–Marion, no tú –ella asintió con la cabeza, suspirando–. Tú no me quieres, ¿verdad, Cole? Nunca me has querido.

Él miró el retrato sin decir nada.

–Podrías volver conmigo en el tren. Jack Henry está reparando mi Ford y Ben se llevó ayer el coche de mi madre y desapareció con él. Tuve que tomar el tren.

El volumen de la música volvió a subir. Alguien, seguramente algún borracho, estaba jugando con los botones de la radio.

–¿Por qué debería volver? –preguntó Lacy con el poco orgullo que le quedaba, y le lanzó la pregunta con tanta aspereza que él tuvo que mirarla–. ¿Qué puede ofrecerme Spanish Flats que no pueda tener aquí?

–Paz –contestó él escuetamente, mirando con enojo la puerta, más allá de la cual sonaba alta la música–. Esa gente no es de tu clase.

Los labios de Lacy se tensaron en una sonrisa.

–¿No? ¿Y qué clase de gente es la mía?

Él levantó una ceja.

–Taggart y Cherry, por supuesto –contestó.

Taggart y Cherry eran dos de los peones más mayores del rancho. Taggart había cabalgado con la banda de James en el siglo XIX y Cherry había llevado ganado por la ruta de Chisholm con las grandes cuadrillas tejanas. Tenían muchas historias que contar, desde luego, y, si se hubieran bañado más de dos veces al mes, habrían sido bien recibidos en la casa. Cole tenía cuidado de que se sentaran en el porche cuando iban de visita, y de colocarse en la misma dirección que ellos respecto al viento.

Lacy no pudo evitar sonreír.

–Es invierno. No hace falta que te preocupes por de dónde sopla el viento.

Cole sonrió suavemente y un atisbo de un Cole más joven apareció en su cara durante una fracción de segundo. Luego volvió a replegarse sobre sí mismo.

–Vuelve a casa conmigo.

Ella escrutó sus ojos con la esperanza de encontrar en ellos algún secreto, pero eran como un libro cerrado.

–Aún no me has dicho qué ganaré si vuelvo –repitió. El alcohol disipaba sus inhibiciones, la volvía temeraria, para variar.

–¿Qué es lo que quieres? –preguntó él con una sonrisa burlona.

Ella se la devolvió.

–Puede que a ti –contestó con audacia.

Él no dijo una palabra. Su semblante se endureció. Sus ojos se oscurecieron.

–Odiaste lo de aquella noche –dijo con voz cortante–. Lloraste.

–Me dolió. Pero no volverá a dolerme –contestó ella con sencillez, aireando sus conocimientos recién adquiridos. Levantó la barbilla obstinadamente–. Tengo veinticuatro años. Esto –señaló a su alrededor– es lo que puedo esperar en mi vejez. Soledad y algunos moscones, y música alocada y alcohol para aliviar el dolor. Pero, si voy a hacerme vieja, no quiero hacerlo sola –se acercó a él con expresión orgullosa–. Volveré contigo. Viviré contigo. Hasta fingiré que somos felices juntos, por las apariencias. Pero sólo si te quedas en la misma habitación que yo, como un buen marido –odiaba hacer de aquello un ultimátum, pero quería tener un hijo. Tal vez tuviera que engañarlo para que le diera uno, o chantajearlo, pero estaba decidida a ello.

Él se estremeció.

–¿Qué? –parecía sorprendido.

–Quiero aparentar normalidad, no que tu familia se burle de mí porque has dejado bien claro que no me deseas.

–No hables así –le espetó él.

–Hablaré como quiera –le dijo ella–. Cassie siempre hacía comentarios desagradables por tu insistencia en que durmiéramos en habitación separadas, y también Ben y Katy. Todo el mundo sabía que no te portabas como un marido. Y eso era una humillación más que añadir a la humillación de que me trataras como a un mueble. Así que, si vuelvo, ésas son mis condiciones.

Él tragó saliva. Sus ojos opacos tocaron cada línea, cada curva de su cara. Por un instante, Lacy lo vio dudar. Y luego él volvió a cerrarse sobre sí mismo.

–A mí nadie me guía como si fuera una mula ciega –dijo con aspereza, con actitud amenazante–. Si quieres venir, bien. Pero sin condiciones. Tendrás tu habitación de siempre y dormirás en ella sola.

–¿Tanto te costaría dormir conmigo? –preguntó ella, burlona. Deslizó las manos por sus esbeltas caderas–. A George le apetece.

El pecho de Cole se expandió bruscamente.

–¡Que se vaya al infierno George!

–Si tú no quieres, dejaré que lo haga –amenazó ella. Sus ojos relucían, desafiantes. Que fuera él quien lo pasara mal, para variar. Que fuera él quien tuviera dudas y se angustiara–. Me quedaré aquí y...

–¡Maldita seas! –las cejas negras de Cole parecieron encontrarse en el medio mientras la miraba con enojo–. ¡Maldita seas, Lacy!

–Puedes cerrar los ojos y soñar despierto –susurró ella maliciosamente. Todo aquello era divertido. La idea de seducir a Cole y de hacerle gozar era el entretenimiento más delicioso que había tenido en ocho largos meses. ¿Y qué importaba que hubiera de por medio cierto afán de venganza? La idea de atraerlo a la cama, de tentarlo y provocarlo, le resultaba exquisita, sobre todo ahora que sabía que era poco probable que le doliera la segunda vez. Si lograba doblegarlo a su voluntad, les aguardaban inefables placeres a ambos.

Él masculló algo en voz baja, apuró su cigarrillo y lo tiró a la chimenea.

–¡Maldita seas! –repitió.

Lacy pasó por delante de él, obligándolo a mirarla.

–¿Por qué fuiste a buscarme aquella noche si no me deseabas?

–Te... te deseaba –replicó él.

–¿Y ahora no?

Oh, Dios. ¡Lacy lo estaba matando poco a poco! Sentía el cuerpo como una cuerda en tensión. Lo que ella le pedía era imposible, pero no podía permitir que cumpliera su amenaza. La idea de que estuviera con otro hombre le desgarraba el corazón. Respiró hondo. No podía mostrarse débil.

El ataque era la mejor defensa. Levantó la cara y la miró con enojo.

–Las mujeres usan el sexo como un arma –dijo fríamente–. Mi abuelo me enseñó a vivir sin él.

–Tu abuelo casi consiguió hacer de ti una losa de piedra –replicó ella.

–El afecto es una debilidad –dijo él escuetamente–. Una enfermedad. No permitiré que una mujer sea mi dueña... y mucho menos una niña bien de Georgia con la cartera bien llena.

Lacy palideció. Cerró los puños junto a los costados. Así que aquello iba a ser una guerra. De acuerdo. Él se lo estaba buscando.

–En todo caso –dijo con voz crispada–, si quieres que vuelva, tendrás que compartir la habitación conmigo. No voy a permitir que la familia vuelva a reírse de mí. Ni siquiera tienes que tocarme, Cole –añadió, confiando en que la proximidad consiguiera lo que el chantaje no podía conseguir–. Pero tendrás que dormir conmigo. Si quieres que vuelva... –prosiguió calculadoramente–. Y creo que me necesitas. Al menos, para ayudarte a manejar a Katy. ¿No es cierto?

–¿Es que no tienes orgullo, mujer?

–No. Lo perdí el día que me casé contigo –repuso ella–.

El orgullo, el amor propio y las esperanzas de un futuro de color de rosa. Si quieres que vuelva, volveré. Pero conforme a mis condiciones.

Los ojos de Cole eran feroces, negros como el carbón. Respiró hondo lentamente.

–Tus condiciones –dijo, cortante–. Tu chantaje, querrás decir.

Tenía un aspecto tan formidable que Lacy casi se acobardó. Entonces recordó cómo había aprendido a tratar a George cuando parecía írsele de las manos. Se preguntó distraídamente si aquel método funcionaría con la piedra.

Se acercó un poco con aire de coquetería y lo miró batiendo deliberadamente las largas pestañas.

–Bésame, tonto –dijo seductoramente, y levantó la cara con los labios rojos entreabiertos.

Cole la miró con los ojos entornados y confió en que Lacy no notara que su corazón se había acelerado de pronto ante aquella inocente provocación.

–Basta ya –dijo, irritado, sin desvelar nada–. Está bien –añadió con un suspiro áspero–. Compartiremos habitación.

–Por fin una muesca en la piedra –ella suspiró y sonrió con picardía, y él pareció ablandarse un poco. ¡Milagro! ¿Había dado sin querer con un modo de llegar hasta él?

Cole la miró unos segundos más con el ceño fruncido, entre irritado y lleno de curiosidad por aquella nueva Lacy. Frunció los labios y casi sonrió.

–Te recogeré por la mañana, a las siete –miró hacia el pasillo–. Será mejor que mandes a casa a esa panda de coyotes.

Ella hizo una reverencia.

–Sí, excelencia.

–Lacy... –dijo él en tono de advertencia.

–Estás tan guapo cuando te enfadas... –suspiró ella.

Cole frunció aún más el ceño. Parecía vibrar, y Lacy sintió un placer febril al notar que era capaz de desconcertarlo. Si Cole era vulnerable, todavía había esperanzas. Ocho meses perdidos; años perdidos... y ella acababa de descubrir el modo de conmoverlo.

–Buenas noches –dijo él con firmeza.

Lacy le lanzó una sonrisa malévola.

–¿No quieres quedarte a pasar la noche?

–No –contestó él, tajante.

–Entonces, disfruta de tu última noche solo –dijo ella con un brillo en los ojos azules. Se dio la vuelta y se alejó, a pesar de que las piernas apenas la sostenían. Cuando llegó al salón donde la fiesta seguía aún en su apogeo, iba sonriendo.

Pero el hombre que salió por la puerta principal de la casa no sonreía. No debería haber aceptado las condiciones de Lacy. Debería haberle dicho que aceptara lo que le ofrecía o se fuera al infierno. Pero estaba tan ansioso por verla que su mente había dejado de funcionar. Probablemente lo de acostarse con aquel payaso no era más que un farol por parte de Lacy. Pero ¿cómo iba a arriesgarse a consentirlo? Por Dios, mataría a aquel tipo de una paliza si se atrevía a tocarla siquiera.

La violencia de sus emociones lo perturbaba. Ella era sólo una mujer, sólo era Lacy, aquella chica que llevaba tanto tiempo a su alrededor que era como las flores que su madre ponía siempre en la mesa del vestíbulo. Pero las cosas habían cambiado desde aquella noche con ella. Él no había pretendido tocarla. Su matrimonio había sido forzado; él estaba decidido a encontrar el modo de alejarla del rancho sin tener que consumarlo. Pero luego había empezado a besarla y una cosa había llevado a la otra. No lo lamentaba, excepto porque le había hecho daño. Había sido mágico. Pero era demasiado arriesgado repetirlo. ¿Cómo demonios iba a compartir una habitación con ella y a guardar su secreto? En esa intimidad, que él había eludido durante años incluso con sus hombres, ¿cómo iba a impedir que ella lo descubriera?

Se dijo que la perdería cuando se enterara. Eso no le había inquietado al principio, pero desde entonces había tenido mucho tiempo para pensar. La había echado de menos. La había deseado. Evitarla no había servido de nada. Lo había intentado durante ocho meses, y esa noche había sido la primera vez que se había sentido vivo desde su marcha. Suspiró. En fin, afrontaría las cosas de día en día. Eso era lo que siempre decía Turco, que no había que beberse la vida de un solo trago. Así que tal vez lo intentara. Al salir de la casa, la mirada de sus ojos eran tan melancólica como la muerte, tan desesperada como las flores muertas de una tumba.

Lacy se dejó caer en el sillón, todavía aturdida por sus exigencias y por la aceptación, aunque reticente, de Cole. Había fanfarroneado, pero por suerte él no lo sabía. «Imagínate», pensó, «la pequeña y tímida Lacy Jarrett ganando la partida a Coleman Whitehall». La ginebra había ayudado, por supuesto. Todavía no estaba acostumbrada a ella, y se le había subido a la cabeza. Y también, se dijo, a la lengua.

En otros tiempos, la timidez le habría impedido hablar siquiera con él. Cerró los ojos y regresó a aquellos primeros y tensos días en Spanish Flats, después de la muerte de sus padres.

Katy la había acogido con los brazos abiertos, igual que Marion y Ben. Pero Cole se mostraba envarado y distante, casi hostil. Ella se había acostumbrado a mantenerse alejada de él y en la comida, cuando compartían la mesa, se quedaba tan callada que parecía invisible. No ayudó el hecho de que empezara a enamorarse de él casi inmediatamente.

A veces, en raras ocasiones, Cole se mostraba menos hostil. Una vez, la ayudó a salvar un gatito de un perro callejero. Puso el cachorrito en sus manos y le sostuvo la mirada tanto tiempo que ella se sonrojó violentamente y sólo pudo darle las gracias tartamudeando. En otra ocasión, cuando se mareó por tomar el sol sin sombrero, fue Cole quien la llevó en brazos a casa y quien se quedó a su lado, a pesar de los cuidados de Katy y Marion, hasta asegurarse de que se encontraba bien. De vez en cuando estaba en casa cuando Lacy salía a dar los apacibles paseos de los que tanto disfrutaba, y Cole la acompañaba, le enseñaba las cosechas y le explicaba el negocio de la ganadería. Al final, Lacy le perdió el miedo, pero se azoraba tanto cuando Cole se acercaba a ella que no podía ocultar su turbación.

Sus reacciones parecían irritar a Cole, como si no entendiera que era atracción física y no miedo lo que las ocasionaba. Cole no iba a fiestas y, que Lacy supiera, nunca frecuentaba la compañía de mujeres. Trabajaba del amanecer hasta bien entrada la noche, supervisando todos los trabajos del rancho, y hasta llevaba los libros y se ocupaba del papeleo creciente. Tenía buena cabeza para los negocios, pero también cargaba con toda la responsabilidad. Ello le dejaba poco tiempo para divertirse.

El golpe llegó cuando estalló la guerra en Europa. Todo el mundo estaba convencido de que los Estados Unidos acabarían entrando en la conflagración, y Lacy se descubría preguntándose constantemente si Cole tendría que marcharse. Era joven, fuerte y patriota. Aunque no lo llamaran a filas, era inevitable que se presentara voluntario. Sus comentarios acerca de las noticias del periódico la habían convencido de ello.

La aviación, aquella nueva ciencia, era uno de sus más apasionados intereses. Hablaba de los aeroplanos como algunos muchachos hablaban de las chicas. Leía cuanto caía en sus manos sobre aquel tema. Lacy era la única que estaba dispuesta a prestarle oídos, a empaparse de la conversación que él impartía con entusiasmo... a pesar de que rezaba por que la fiebre de volar no lo llevara a Francia, adonde muchos jóvenes americanos acudían para unirse a la Escuadrilla Lafayette.

Pero la entrada de Estados Unidos en la guerra en abril de 1917 destruyó sus esperanzas. Cole se alistó y solicitó servir en la Fuerza Aérea. Un año antes, había tenido la intención de ofrecerse voluntario para la famosa Escuadrilla Lafayette, como otros pilotos americanos que se habían unido a la aviación francesa. Pero la muerte de su padre y el peso de la responsabilidad de tener que ocuparse de su madre y sus hermanos (por no decir de Lacy) le quitó la idea. Sin embargo, cuando el presidente Wilson anunció la entrada de Estados Unidos en la guerra, Cole se alistó de inmediato. Encontró vecinos dispuestos a ocuparse de las tareas del rancho mientras su madre y Lacy asumían la responsabilidad de llevar los libros, e hizo las maletas para marcharse a Francia.

Lacy y él habían empezado a disfrutar de una relación más cercana, aunque todavía fuera tensa e indecisa. Pero la certeza de que Cole se iba a la guerra y la posibilidad de que nunca volviera tuvieron un efecto devastador sobre el orgullo de Lacy. Rompió a llorar inconsolablemente. Hasta Cole, que anteriormente había malinterpretado su nerviosismo, comprendió por fin lo que sentía por él.

La mañana en que él debía marcharse, Lacy pasó por su habitación... y quedó paralizada de asombro cuando él la hizo entrar y cerró la puerta.

Cole llevaba completamente desabrochada la camisa, que colgaba, suelta, sobre sus elegantes pantalones de vestir. Pese a estar desaliñado, parecía más alto y más grande, y los ojos de Lacy se posaron tímidamente sobre su pecho bronceado y musculoso, cubierto de un vello abundante y negro.

–Has estado llorando –dijo él sin preámbulos y le sostuvo la mirada implacablemente.

No tenía sentido negarlo. Cole era demasiado perspicaz.

–Supongo que tienes que irte –preguntó ella, abatida.

–Éste es mi país, Lacy –contestó él con sencillez–. Sería una cobardía negarme a luchar por él –sus manos fuertes y morenas sujetaban con firmeza los brazos de Lacy–. ¿Es que no has oído nada de lo que te he dicho sobre la aviación, sobre la influencia que conseguiremos si podemos ayudar a los franceses de la Escuadrilla Lafayette a desarrollarla?

–¿Por qué a los franceses? –preguntó ella distraídamente. El olor de Cole, su cercanía, la aturdían de placer. Sólo quería prolongar aquel instante.

–Porque la aviación americana no tiene aparatos propios –contestó él sencillamente–. Volaremos en Nieuports y Sopwiths.

–Volar es peligroso... –comenzó a decir ella.

–La vida es peligrosa, Lacy –contestó él con calma. Miró su boca suave, pintada de rojo oscuro. Levantó distraídamente la mano para quitarle el carmín con el pulgar y sonrió al ver la mancha roja en su dedo–. Es como quedar marcado –bromeó–. Podría usar esta pintura de guerra con mis reses.

–Se quita con agua –dijo Lacy.

–¿Sí? –Cole se sacó el pañuelo del bolsillo y, agarrándola con firmeza por la nuca, procedió a quitarle por completo el carmín.

–¡No, Cole! –protestó ella mientras intentaba volver la cabeza.

–No voy a llevar esa mancha a la estación –contestó él, concentrado en lo que hacía.

Pero Lacy se quedó quieta, sin parpadear, con la mirada fija en su rostro áspero y oscuro.

–¿Qu... qué?

Él sonrió con leve indulgencia mientras acababa su tarea y tiró el pañuelo a su cómoda.

–Ya me has oído –deslizó la mirada por la cara ovalada y suave de Lacy, desde el pelo corto y oscuro a los grandes ojos azules, desde su naricilla recta al arco de su boca, que había limpiado de carmín–. Puede que esto fuera impensable antes. Pero no sé cuándo volveré. ¿No tiene derecho a un beso un joven patriota antes de irse?

Ella jugueteaba nerviosamente con los botones de su camisa y sentía un cosquilleo al notar el calor de su torso desnudo.

–Claro –dijo con voz casi estrangulada.

Las manos fibrosas de Cole flanquearon su cara con extraña indecisión. Él se acercó, cerniéndose sobre ella.

Lacy apenas podía respirar. Llevaba años soñando con aquel momento, había vivido para él, confiando en que llegara. Ahora su sueño iba a cumplirse y se sentía avergonzada, tímida y asustada por si no estaba a la altura de sus expectativas.

–Yo... no sé besar –confesó atropelladamente.

Ella sintió, más que oírlo, que él contenía el aliento, pero Cole no dio muestras de haberla oído, salvo la presión de sus manos al inclinarse sobre ella.

–¿No dicen acaso que la práctica hace la perfección, Lacy? –preguntó en un tono extrañamente áspero, y su boca dura, con olor a café, se apoderó de la suya sin preámbulos ni disculpas.

Lacy cedió sin protestar, se rindió a su fuerza superior, a su ansia creciente. No sabía nada, pero él le enseñó, invadiendo su boca en el silencio de la habitación grande y de elevados techos, mientras sus brazos la envolvían lentamente y la estrechaban contra su cuerpo alto y duro.

Cole levantó la cabeza un instante para respirar y clavó sus ojos oscuros y entornados en los de ella. Lacy estaba aturdida y débil. Se aferraba a él mientras sus labios entreabiertos e hinchados lo invitaban de nuevo a entregarse a aquella locura.

–No pares –musitó impúdicamente.

–No sé si podría, en todo caso –repuso él con un susurro. Bajó la cabeza de nuevo y esta vez la besó con suavidad, seductoramente, explorando su boca con ternura y un ansia indolente que un instante después se convirtió en una pasión angustiada.

Lacy sintió la pared a su espalda, dura y fría, y el cuerpo ardiente de Cole apretándola contra ella con una intimidad que nunca había soñado. Los contornos de su estómago plano habían cambiado de repente; su boca le hacía daño.

Asustada, presionó frenéticamente con las manos su pecho fuerte y velludo.

Cole se retiró al instante, con los ojos tan llenos de asombro como los de Lacy por haber traspasado las barreras de la decencia, arrastrado por su loco deseo. Se apartó de ella y sus altos pómulos se tiñeron de rojo.

Lacy tenía los labios hinchados y entreabiertos mientras luchaba por recobrar el aliento y la compostura. Lo miraba azorada, a pesar de que parecía comprender lo ocurrido. Cole se estremeció ligeramente y los ojos de Lacy descubrieron de pronto, con sobresalto, la evidencia visible de su pérdida de control. Se sonrojó y eludió sus ojos mientras Cole se daba la vuelta.

Ella no sabía qué decir, qué hacer. Sentía el cuerpo extrañamente hinchado y caliente, y notaba una tensión en el bajo vientre que no había experimentado nunca. La parte de arriba del vestido le apretaba de pronto. Se tiró de la blusa de encaje blanco y buscó las palabras adecuadas.

–Te pido perdón, Lacy –dijo Cole en tono tenso y formal, aunque no la miró–. No pretendía que ocurriera esto.

–No pasa nada –contestó ella con voz ronca–. Yo... debería haberme resistido.

–Y lo has hecho. Aunque demasiado tarde –añadió él con leve sorna al volverse hacia ella, dueño de nuevo de sus sentidos. El pelo revuelto le caía sobre la amplia frente y sus pómulos seguían teñidos de aquel leve color. Había en sus ojos marrones un brillo extraño cuando recorrieron con descaro el cuerpo esbelto de Lacy y volvieron luego a posarse en sus pupilas azules.

–Yo... debería irme –tartamudeó ella.

–Sí, deberías –contestó él–. Te verás en un compromiso si alguien de la familia nos encuentra a solas en mi habitación.

Pero Lacy no se movió. Ni él tampoco.

El pecho de Cole subía y bajaba pesadamente.

–Ven aquí –dijo en voz baja, y le abrió los brazos.

Lacy se entregó a ellos grácilmente y apoyó la mejilla sofocada en el pecho húmedo y fresco de Cole, cuyo vello le hacía cosquillas en la piel. El latido del corazón de Cole era fuerte y rápido, como su respiración, pero la abrazaba con decoro, con aire protector, más que apasionado.

–Espérame –le susurró al oído.

–Toda la vida –contestó ella con voz entrecortada.

Cole la estrechó entre sus brazos y se estremeció, emocionado. Pero unos segundos después la apartó de sí y escudriñó sus ojos con ansia contenida.

–Te quiero –dijo ella, temblorosa, mandando al diablo el orgullo y el amor propio.

–Sí –dijo Cole con voz profunda y serena. Su expresión, sin embargo, no dejaba traslucir nada–. Intenta ayudar a mi madre con Katy y Ben mientras estoy fuera. No te alejes de la casa. Y nunca salgas sola.

–No lo haré.

Él exhaló un lento suspiro.

–La guerra no durará siempre. Y no soy un suicida. Basta de lágrimas.

Ella logró esbozar una sonrisa trémula.

–Hasta que te vayas, al menos –prometió.

Él recorrió tiernamente el contorno de su mejilla con los dedos.

–Todos estos años he creído que me tenías miedo. Pero no era miedo, ¿verdad? –preguntó, y tensó la mandíbula mientras la miraba–. Hace mucho tiempo que me quieres y no me he dado cuenta.

Ella asintió con la cabeza despacio.

–No quería que lo supieras.

–Ahora ya da lo mismo –contestó él. Se inclinó y besó sus labios con ternura–. Escríbeme –susurró–. Volveré a casa, Lacy.

–Rezaré por ti todas las noches –dijo ella–. Oh, Cole...

–Basta de lágrimas –repitió él con severidad cuando los ojos de Lacy comenzaron a brillar–. No soporto verte llorar.

–Lo siento –Lacy se apartó de él, pero su corazón se reflejaba en su semblante–. Será mejor que me vaya, ¿verdad?

–Me temo que sí –Cole la recorrió una última vez con la mirada–. Nos despediremos como es debido cuando me vaya.

–Como es debido –repitió ella.

Ésa fue la última vez que lo vio a solas. Cole se despidió muy formalmente de la familia antes de que un vecino lo llevara a la estación. Lacy vio alejarse el Ford Model T y lloró con desconsuelo, junto a Marion y Katy, el resto del día.

Cole escribió, pero nunca a ella. Enviaba cartas a la familia y, como jamás mencionaba lo ocurrido en su cuarto, ella tampoco le escribió. Al parecer, estaba ansioso por olvidar aquellos momentos de intimidad. Nunca se refería a ellos. Sus cartas estaban llenas de aviones y de la belleza de Francia. Nunca hablaba de los combates en los que participaba, pero su valentía llegaba a veces a Texas en las narraciones periodísticas de la guerra aérea y, junto con otros americanos, llegó a conocérsele como a un as.

Katy se enamoró localmente de aquellos ases sobre los que leía... y especialmente de uno llamado Turco Sheridan, un joven rubio, de Montana, con nervios de acero, al que se consideraba el más osado de los aviadores.

A fines de 1918, mientras el rancho languidecía, recibieron la noticia de que Cole estaba herido. Lacy casi se volvió loca antes de que averiguaran por fin que sus heridas no eran graves y que sobreviviría. La carta que les llegó era de Turco Sheridan, quien añadía que regresaría con Cole a Texas después de la guerra, pues se habían hecho rápidamente amigos y él también era ranchero.

A Katy le encantó la idea, pero Lacy estaba preocupada por Cole. Cuando volvieron a llegar, sus cartas estaban escritas con letra distinta y su tono era rígido y distante.

Cole volvió a casa después del armisticio, en 1919, con Turco, un muchacho rubio y grandullón. Lacy fue corriendo a recibirlo, a pesar de que había resuelto no hacerlo. Cuando él extendió las manos y estuvo a punto de apartarla de un empujón, demostrando en público su completo rechazo, Lacy sintió que algo dentro de ella se moría. El rostro duro de Cole carecía de expresión, y en sus ojos no había nada. Era un hombre distinto.

Se enfrascó en la tarea de intentar sacar a flote el rancho, mientras Katy emprendía una larga y decidida persecución de Turco Sheridan, cuyo verdadero nombre era Jude. Poco después de la guerra murió la rica tía abuela de Lacy, dejándole una herencia de proporciones monumentales. Lacy se alegró porque ello le procuraba cierta independencia, pero el dinero pareció apartarla aún más de Cole, que tras la guerra se hallaba en graves apuros económicos.

Plantaron cosechas para complementar las ganancias del ganado que criaban, y Turco se hizo con un viejo biplano que usó para rociarlas con pesticida. A todo el mundo le asombraba que Cole no sólo se negara a acercarse al aparato, sino que ya ni siquiera le agradara hablar de aviones. Aquello extrañaba a Lacy, que un día cometió el error de preguntarle por qué había perdido su antigua fascinación por volar. La respuesta hiriente de Cole laceró su orgullo y sus sentimientos, y desde entonces Lacy procuró evitarlo.

Más o menos en esa época, el joven Ben se enamoró perdidamente de ella. Aquello resultaba embarazoso, porque Ben tenía dieciocho años y ella veintitrés, y porque el corazón de Lacy siempre había pertenecido a Cole, aunque él no lo quisiera. Lacy rechazó a Ben con tanto tacto como pudo, pero, a modo de venganza, él la llevó con engaños, junto con Cole, a una cabaña y los encerró allí dentro. Incluso tomó la precaución de cerrar con clavos los postigos para que no pudieran abrirlos desde el interior.

Cole, que conocía los sentimientos de Lacy, pensó erróneamente que su hermano y ella estaban compinchados, y Lacy se estremeció al recordar las acusaciones furiosas que le lanzó a lo largo de aquella noche, hasta que los vaqueros del rancho los rescataron a la mañana siguiente. Lacy quedó comprometida y Cole se vio forzado a casarse con ella... no sólo para salvar su reputación, sino también para preservar el buen nombre de la familia.

Cole se había alegrado bastante cuando ella se marchó. Así que, siendo así, ¿por qué, se preguntaba Lacy, quería que volviera a casa? No se atrevía a darle muchas vueltas. Con un poco de suerte, no sería únicamente a causa de su familia. Cabía la posibilidad, por pequeña que fuera, de que la echara de menos.

Ella lo había engañado para que aceptara sus condiciones, para que compartieran habitación. Pero, al recordar la noche que Cole había pasado en su cama, la asaltaban leves dudas acerca de la sensatez de sus actos. A pesar de su deseo de tener un hijo y de la hondura de su amor por él, temía la expresión física de su deseo. Pero, en fin, se dijo, aquél era un puente que cruzaría cuando llegara el momento. Entre tanto, volver a casa era en sí mismo una delicia. Empezaba a cansarse de la vida lujosa.

Katy Whitehall abrió los ojos a una blancura cegadora. Gruñó y se dio la vuelta, protegiéndose los párpados de la luz del sol que entraba por las cortinas blancas.

Su cabello largo y oscuro yacía enredado alrededor de su cara, y guiñaba sus grandes ojos verdes. Intentó levantar la cabeza, gruñó de nuevo y se dejó caer sobre las almohadas con un suspiro resignado.

La puerta se abrió y entró Cassie, que sacudió la cabeza cana y miró a la joven con reproche mientras dejaba una taza de té caliente en la mesilla de noche.

–Te lo dije –dijo con su marcado acento sureño y una mirada de reprobación–. Te dije que ese aguardiente te daría un dolor de cabeza de mil demonios. Qué vergüenza, presentarse aquí de madrugada. El señorito Cole te azotaría con el látigo, si estuviera aquí.

–Pero no está. Está en San Antonio, vendiendo ganado –Katy se sentó a duras penas. Sus pequeños pechos se destacaban bajo la tela clara del camisón. Se echó hacia atrás la mata de pelo y tomó el té.

–Puede que también haya ido a ver a la señorita Lacy –dijo Cassie con las manos sobre las anchas caderas.

Katy la miró con detenimiento.

–¿Tú crees?

–Bueno, los milagros existen, ¿no?

Katy forzó una sonrisa mientras bebía a sorbitos el té dulce.

–Eso dicen. Ben no debió hacerles aquello –murmuró.

–Fue una broma pesada, sí –repuso Cassie–. Si los hubiera dejado en paz, quizá hubieran acabado casándose de todos modos, por su propia voluntad –su cara morena se arrugó cuando frunció los labios–. Él la miraba mucho cuando vino a vivir aquí –le recordó a Katy–. Jack Henry, mi hombre, decía que a veces, mientras trabajaba, veía al señorito Cole vigilarla como un halcón, con ojos feroces y llenos de deseo.

–Has leído demasiadas novelas –dijo Katy, burlona, y se rió cuando la mujer se removió, incómoda, y apartó los ojos–. Sabes muy bien que Cole es inmune a las mujeres. Si no lo fuera, se habría casado hace mucho tiempo. Nunca ha hecho mucho caso a las chicas. Para él sólo existía el trabajo.

–No le quedaba más remedio, ¿no? –lo defendió Cassie–. Después de que muriera el señor Bart, no había nadie más que pudiera ocupar su lugar. Ben era demasiado joven y la señorita Marion nunca ha tenido cabeza para los negocios.

–Menos mal que Cole se hizo cargo de todo, o estaríamos todos buscando trabajo –Katy se desperezó y se estremeció cuando aquel movimiento le produjo una punzada de dolor en la cabeza–. No debí tomarme esa tercera copa –gimió mientras se sostenía la cabeza entre las manos.

–El señor Turco tuvo unas palabras con ese muchacho que te trajo anoche a casa –dijo Cassie de pronto.

A Katy le dio un vuelco el corazón, pero no levantó la cabeza inmediatamente. Sus grandes ojos verdes se agrandaron.

–¿Sí?

Cassie sonrió. Katy sólo tenía veintiún años; su cara reflejaba todas sus emociones. Cassie sabía desde siempre lo que sentía por Turco, pero no quería alentarla. Cole no lo consentiría. Ya lo había dejado claro.

–El señorito Cole le dijo que te vigilara –dijo.

Katy se enfadó.

–No necesito que nadie me vigile.

–Sí, señorita, claro que lo necesitas –contestó Cassie con vehemencia–. Siempre por ahí de juerga, bebiendo en público y maldiciendo como un marinero... ¡Nos estás avergonzando a todos! Tu pobre mamá no quiere ir a su club de bridge porque teme que le cuenten cosas de ti.

Katy se sentó más derecha.

–Pues Danny Marlone no se avergüenza de mí –replicó, ocultando mediante el enojo su repentina vulnerabilidad ante el orgullo de su madre.

–¡Ése es un gamberro! –exclamó Cassie con los ojos muy abiertos–. Vaya si lo es. Uno de esos mafiosos de Chicago, con ese traje de rayas que lleva y esos puros que fuma y ese sombrero de fieltro. ¡No es hombre para ti! ¡Te llevará a la perdición!

Katy suspiró cansinamente.

–Danny es un chico simpático, sólo que es del norte, por eso no te gusta. A mí me gusta mucho. Me trata bien. Me compra cosas –añadió, y tocó el collar de diamantes que Danny le había regalado la noche anterior. Sonrió–. Es muy generoso.

Cassie entornó los ojos.

–¿Y qué le das tú a cambio, niña?

Katy se sonrojó.

–¡Eso... no! –exclamó, y se sentó más derecha, pero volvió a gruñir al sentir otra punzada de dolor en la cabeza–. ¡No me acuesto con él!

–Quizás espere que lo hagas, si te regala esas cosas –replicó Cassie, enfurruñada. Se volvió y se acercó a la puerta–. La señorita Marion se fue a Floresville con la señora Harrison para arreglarse el pelo, porque el señorito Ben no ha traído aún su coche. Dijo que volvería a eso del mediodía. Y ya casi es mediodía.

Cerró de golpe y Katy se quedó mirando la puerta.

Danny no era un mafioso. Tal vez hubiera hecho un par de cosas turbias, y era cierto que regentaba una taberna clandestina en Chicago. Pero era un italiano guapo y elegante, y a ella le gustaba que lo vieran en su compañía. Sobre todo, le gustaba que Turco lo viera con él. Porque sabía que al capataz no le hacía ninguna gracia, y ello la llenaba de gozo.

¡Maldito Turco!, pensó mientras apartaba las sábanas, pese al dolor de cabeza, para ponerse en pie. Maldito fuera por dejar que Cole le diera órdenes, por hacer caso de su advertencia de que no se acercara a la hermana del jefe. Katy se había puesto furiosa al enterarse por Ben. Su hermano pequeño había oído de pasada una acalorada discusión entre Turco y Cole, en la que Cole se había impuesto, como de costumbre. Turco había añadido que le gustaban las mujeres, no las niñas, y que no tenía ningún interés por la pequeña Katy. ¡Ah, cómo la había dolido aquello! Había hecho pedazos su tierno corazón. Desde entonces evitaba a Turco y, tras conocer a Danny Marlone en una fiesta en San Antonio, le había dado alas sin cesar. Por primera vez, había utilizado su feminidad para atraer a un hombre. Empezaba a preguntarse, sin embargo, si aquello le habría funcionado con Turco. Pero era ya demasiado tarde. Cole se había encargado de ello.

A veces odiaba la tiranía de su hermano mayor. Cole era así desde que ella tenía memoria. Siempre al mando, siempre repartiendo órdenes. Ben lo había adorado mucho tiempo, pero iba librándose de aquel hechizo a medida que crecía. Lacy, en cambio... Pobre Lacy. Su amiga amaba a Cole pese a su completa indiferencia, y Katy sentía ganas de llorar por ella. Cole estaba más callado desde su marcha. Parecía sentirse casi solo, si ello era posible tratándose de un hombre de acero. En cualquier caso, se mataba trabajando. Y cuando Marion le había pedido que parara de una vez y fuera a ver a Lacy, ni siquiera había protestado. Quizá la echara de menos. Katy sonrió maliciosamente. Estaría bien que su indomable hermano se hubiera enamorado por fin.

Tal vez Cassie tuviera razón; tal vez Cole sintiera algo. Pero tenía mucha práctica a la hora de ocultar sus sentimientos. Sobre todo, desde la guerra.

Katy se puso un vestidito azul con topos, falda de vuelo y mangas abullonadas que la hacía parecer una muñeca. Se dejó el pelo suelto y se lo ató con una cinta azul brillante. No estaba mal, se dijo al mirarse al espejo. No estaba nada mal. Se levantó el pelo. Tal vez debería cortárselo, como Lacy. Le gustaba el pelo de Lacy. Le gustaba Lacy.

Frunció las finas cejas al pensar en su mejor amiga. Había ido a ver a su amiga a San Antonio una o dos veces ese mes, una de ellas para asistir a una fiesta. No parecía propio de ella llenar la casa de gente y alcohol. Katy siempre había sido la más atrevida de las dos, siempre a la busca de aventuras y emociones, cuanto más salvajes mejor. Lacy, en cambio, era tranquila y comedida. Sólo se desinhibía con gente a la que conocía bien. A aquella Lacy no le gustaban las fiestas desenfrenadas. Pero Cole la había cambiado. Su indiferencia constante y su desapego le habían causado un daño terrible. La habían envejecido. ¡Ben y sus absurdas jugarretas! Si se hubiera parado a pensar lo que hacía... Encerrarlos en una cabaña de la que ni siquiera la fabulosa fuerza de Cole pudo sacarlos... Katy sacudió la cabeza. Ben debería haberse dado cuenta de que Lacy no era para él. Y estaba la pequeña Faye Cameron, que lo adoraba desde lejos y estaba pendiente de cada una de sus palabras. Pero Ben no tenía tiempo para aquella muchacha de suave pelo rubio y grandes ojos azules, a pesar de que la mayoría de los chicos del rancho la adoraban. A Ben le parecía joven y atolondrada, y poco sofisticada para un famoso escritor en ciernes como él.

La pobre Faye tendría que arreglárselas sola. Katy no tenía tiempo para aquello. Esperaba a Danny esa tarde, y sabía que iba a pedirle que se fuera a Chicago con él. Katy no sabía qué iba a decir. Danny se marchaba a la mañana siguiente. Había concluido sus negocios en San Antonio, que no incluían su inesperado encuentro con una joven tejana en una fiesta, encuentro que condujo, a su vez, a una semana de citas frenéticas.

¿Qué diría Turco si aceptaba irse con Danny? La cuestión la intrigaba. Sabía muy bien lo que haría y diría su hermano. Y lo más prudente sería marcharse antes de que Cole regresara de San Antonio, si quería seguir adelante. Pero primero quería ver a Turco. Quería ver su cara cuando se lo dijera.

Él estaba en el corral, dando órdenes a unos vaqueros a caballo. Los ojos verdes de Katy contemplaron con adoración su cuerpo alto y musculoso mientras él permanecía parado de espaldas a ella. Levantaba un poco la voz profunda al hablar. Tenía el pelo castaño, tirando a rubio, aclarado por el sol, abundante y liso. Su cara, de contornos fuertes, era bastante atractiva, y poseía una boca que Katy soñaba con besar. Tenía las manos grandes y ásperas, y los pies igualmente grandes, y el corazón de Katy se volvía loco con sólo mirarlo.

Los vaqueros hicieron volver grupas a sus monturas y se alejaron al galope. Turco se quedó mirándolos, con el sombrero de paja de ala ancha echado hacia atrás. Sus vaqueros estrechos se ceñían sensualmente a sus piernas largas y fornidas por encima de las botas.

–Hola, vaquero –dijo Katy arrastrando las palabras. La cabeza, al menos, le dolía ya menos, pero el corazón no. Lo sentía magullado cada vez que miraba a Turco.

Él se volvió y una comisura de su boca cincelada se alzó al verla con aquel vestido casi transparente.

–Hola, pequeña. ¿Vas a alguna parte?

–Estoy esperando a Danny –ella se encogió de hombros–. Va a llevarme a dar una vuelta en su Alfa Romeo.

Los ojos grises de Turco se oscurecieron. No dijo nada, pero la rigidez de su cara hablaba por sí sola.

–A Cole no le hará ninguna gracia.

–Cole no está aquí –contestó ella altivamente.

–¡Por el amor de Dios, Katy! ¿Se puede saber qué te pasa últimamente? –preguntó él–. Te has vuelto intratable, y en el peor momento posible. Cole ya tiene suficientes preocupaciones. Hay embargos por todas partes y tu madre no está bien de salud.

Eso era cierto. A pesar de su vivacidad, sus viajes a la peluquería y su alegría forzada, Marion estaba cada vez más delgada y débil. A Katy no le gustaba que se lo recordaran, y levantó la barbilla.

–Nada de lo que yo haga ayudará a mi madre –le dijo–. No ha sido la misma desde que Cole echó a Lacy.

–Él no la echó –dijo él, cortante–. Ella se marchó.

–¿Y para qué iba a quedarse? –preguntó ella, exasperada–. Cole la ignoraba, la trataba como si fuera un felpudo. ¡Ni siquiera compartían habitación! Cole no quería casarse con ella. Fue Ben quien lo obligó.

–El pequeño Ben está demasiado pagado de sí mismo –dijo Turco con ojos fríos–. Alguien debería enseñarle a no mirarse tanto el ombligo.

–Faye lo está intentando –dijo ella maliciosamente–. Puede que, si sigue persiguiéndolo, consiga atraparlo.

–Pertenecen a mundos distintos –contestó Turco con mirada melancólica, como si estuviera pensando en otra persona–. No tienen nada en común, salvo que nacieron en el mismo sitio. Él es un chico de ciudad, aunque haya crecido aquí. Y ella es una muchacha de campo.

–Dos mundos pueden fundirse –ella se miró los pies–. Tú también eras un chico de ciudad –dijo. Aquello era sólo una conjetura. En realidad, Katy no lo sabía. No sabía nada de Turco, excepto su verdadero nombre y su historial de guerra.

–No –contestó él–. Nací en Montana. Crecí en un rancho, en Yellowstone.

–Pero no volviste allí después de la guerra –murmuró ella.

Los ojos de él se oscurecieron mientras observaba la cara

vuelta de Katy. Ella intentaba sonsacarle. Siempre intentaba sonsacarle, siempre andaba preguntándose por él. Turco también sentía curiosidad por ella, pero no dejaba que se le notara. Cole le había dicho que no se le acercara, y él le debía demasiado como para llevarle la contraria. Además, se decía, Katy era sólo una niña. Acabaría olvidándose de él.

–No había nada por lo que volver –dijo. Sus ojos se apagaron, llenos de tristeza, mientras los recuerdos volvían a él–. Nada en absoluto.

–¿No tienes familia en alguna parte? –preguntó ella, curiosa.

Aquello no debería haberlo enfadado, pero así fue. A veces, Katy lo sacaba de quicio con sus constantes preguntas. No le gustaba que se comportara así. No quería que la muchacha se le acercara. En eso, Cole y él se parecían casi demasiado. De acuerdo. Si Katy quería saber la verdad, que la supiera. La miró con dureza.

–Estaba casado. Ella murió un invierno, mientras yo estaba de viaje, vendiendo ganado. Murió congelada, sentada en un sillón. Se encontraba mal y no pudo hacer fuego. Estaba embarazada.

Katy sintió que su cuerpo se ponía rígido. Levantó la mirada hacia una cara pétrea... y de pronto comprendió muchas cosas. Un hombre herido. Un hombre profundamente herido, con el corazón muerto, que no quería más amor, ni compromisos. Todo tenía sentido de repente. El modo en que la evitaba, su forma de pasar de una mujer a otra como si no fueran más que juguetes con los que divertirse. Naturalmente. Aquello era más seguro. Si tenía muchas mujeres, no corría el riesgo de comprometerse con ninguna.

Katy se puso pálida. Lo miraba con impotencia. Todos sus sueños parecían morir lentamente en aquellos ojos verdes, que languidecían en silencio en su cara.

Turco lo notó y sintió remordimientos.

–Sí –dijo, cortante–. Sí, eso me parecía. Traer aquí a ese

granuja del norte, portarte como una salvaje, era todo por mí, ¿verdad? ¿Porque no te hacía caso?

Era doloroso oír aquellas palabras. Los ojos de Katy se empañaron.

Turco vio sus lágrimas y se sintió vagamente culpable. Katy era sólo una niña, a fin de cuentas. Y aunque la deseara tanto como ella a él, lo suyo no podía funcionar de ningún modo. Turco no estaba seguro de tener algo que ofrecer. Y, como decía Cole, Katy era demasiado vulnerable para una aventura fugaz.

–Siento haberte hecho daño, Katy. Pero no me queda nada que dar, niña –dijo con suavidad–. No quiero tu tierno corazón, pequeña. No puedo darte el mío. Lo perdí cuando murió Lorene. Si no fuera por Cole, ni siquiera estaría vivo. ¿Es que no lo entiendes? Yo la quería –dijo con aspereza–. No podré volver a querer a otra.

–Yo no te he pedido que me quieras. No es eso lo que siento... –estalló ella, herida en su orgullo.

–¡No estoy ciego! –replicó él con ojos tormentosos–. Llevas meses persiguiéndome, suspirando por mí, haciéndome el amor con los ojos. Has hecho de todo para llamar mi atención, excepto desnudarte delante de mí.

Ella echó la mano hacia atrás y lo abofeteó con todas sus fuerzas. Tenía la cara húmeda y ni siquiera se dio cuenta de que estaba llorando. Sollozó al ver la marca roja que habían dejado sus dedos.

–¡Maldito seas! ¡Maldito seas! No me importas nada. ¿Cómo ibas a importarme?

–Por el amor de Dios –masculló él. Aquello se le estaba escapando de las manos. Hizo ademán de extender un brazo hacia ella, para intentar explicarse.

Pero Katy se apartó y echó a correr, ciega, sin saber por dónde iba. Dejó atrás el corral, atravesó la arboleda de mezquites, con sus ramas plumosas, cubiertas de espinas, que el viento agitaba suavemente, y corrió por el camino que llevaba al granero. Sollozando, se abrió paso entre las pacas, hasta un rincón oscuro y apacible y se tendió en el heno amarillo y bienoliente. El dolor sacudía por completo su cuerpo.

Durante años había alimentado su corazón con la esperanza de que algún día Turco fuera suyo. Se iba a la cama soñando con besarlo, con que él la amara. Planeaba un futuro cuyo cimiento era su amor y que incluía casarse con él y tener hijos. Y ahora nada de aquello ocurriría. Turco no tenía nada que ofrecerle. Katy no sabía si podría sobrevivir...

Unos pasos sonaron tras ella, pero no levantó la mirada. Sabía que estaba perdida. La vergüenza la embargaba. No podía mirar cara a cara a Turco.

–Tonta –masculló él. Se arrodilló a su lado y la obligó a tumbarse de espaldas sin delicadeza alguna. La miraba con enojo. Se sentía impotente y odiaba que el comportamiento de Katy los hiciera indignos a ambos–. Esto no servirá de nada, Katy.

–Déjame en paz –musitó ella, temblorosa. Se frotó los ojos con el dorso de las manos–. Vete y déjame tranquila.

Turco la agarró de las muñecas y la hizo levantarse, sujetándola delante de sí. Sus ojos feroces escudriñaban los de ella, llenos de lágrimas.

–Escúchame, jovencita. Salí vivo de la guerra, aunque deseaba morir. Tu hermano me obligó a seguir adelante. Me apartó de la botella y me dio trabajo. Estoy en deuda con él. Me dijo que no me acercara a ti y por Dios que voy a cumplirlo. ¿Me has entendido?

–No necesitas excusas –replicó ella–. Los dos sabemos que no me deseas.

–¿Ah, sí? –preguntó él en voz baja.

Su forma de mirarlo lo hacía pedazos. La lealtad hacia Cole le detuvo sólo un segundo. Él también miraba a Katy, aunque detestara admitirlo. Hacía mucho tiempo que la vigilaba y la deseaba, y sólo su conciencia le había impedido entrar en su cuarto en la oscuridad. La deseaba. ¡Dios, cuánto la deseaba! Y ella a él. Turco lo veía, casi lo saboreaba. ¿Tan terrible sería, por una vez, sólo por una vez, abrazarla, tocarla y poner fin al exquisito tormento del deseo que despertaba en él? ¿Lo odiaría ella después? Turco intentó pensar en lo que ocurriría, pero el olor de Katy, la ternura de sus ojos grandes y vulnerables, le hacían perder la cabeza. ¡Al diablo con todo! Ella iba a entregarse a cualquiera, quizás a aquel repugnante mafioso. Así que ¿por qué refrenarse? Al menos, él no le haría daño...

Apoyó las manos sobre sus caderas. Arrodillado, la atrajo bruscamente hacia su cuerpo y la apretó contra su vientre. Vio cómo se dilataban sus pupilas, llenas de asombro, hasta volverse negras, y se rió con amargura al sentir que su cuerpo se envaraba, presa de aquel abrazo osadamente íntimo.

–¿Notas eso, Katy? ¿Te ha enseñado tu matón de Chicago lo que significa? –preguntó seductoramente, mientras frotaba lentamente las caderas de Katy contra su miembro erecto para que sintiera la prueba tangible de su deseo.

Ella clavó las uñas en los músculos redondeados y duros de sus brazos, a través de la camisa marrón de cuadros, y se estremeció. Tenía los ojos fijos en su boca. Lo que Turco le estaba enseñando la avergonzaba.

–Te he visto en tu cuarto por las noches –dijo él con los labios contra su frente y voz áspera y ronca–, de pie delante de las cortinas, desnudándote, con los brazos levantados y los pechos apretados contra esos camisones tan finos que usas. Y me he ido corriendo a la ciudad en busca de una mujer para olvidar, para librarme de lo que me habías hecho.

–Yo... no lo sabía –musitó ella, con voz tan trémula como la de él. Sentía cómo se hinchaban sus pechos, pegados contra su cuerpo, incluso a través de las dos finas capas de tela. El pecho de él era cálido y duro, y ella sentía la ligera aspereza acolchada del vello que lo cubría.

–¿Te ha hecho el amor ese gánster de pacotilla? –murmuró él.

–No... aún no.

–¿Y vas a dejarle, Katy? –preguntó él en voz baja.

–¡Sí! –contestó ella con vehemencia–. Sí, porque tú no quieres.

–Sí que quiero, pequeña –susurró él, inclinándose hacia ella. Deslizó las manos por sus caderas, hasta su cintura y más arriba, hasta sus pechos. Los apretó, suaves y pequeños, sintió su cálido peso y acarició con los pulgares los pezones duros. Ella contuvo un gemido y él se apoderó de su boca y condujo sus labios hacia la cálida oscuridad de los suyos.

Aquél era el primer beso que Katy compartía con él. Cerró los ojos y echó la cabeza hacia atrás. Su boca se abrió con ansia, ávidamente, y dejó que su lengua entrara en ella y se enredara con la suya en medio de la penumbra caliente y silenciosa del granero.

Los dedos de Turco temblaban suavemente. Katy los sintió en los botones de su vestido. Se envaró, pero no lo detuvo. Aquello sería lo único que le quedaría de él cuando se marchara con Danny. Porque iba a marcharse. Después de aquello, después de lo que Turco le había dicho, después de lo que iba a hacer con él en aquel granero oscuro, tendría que irse.

–¿Sabes adónde lleva esto? –preguntó él, con la boca suspendida sobre la de ella, mientras buscaba el último botón de su cintura.

–Sí –contestó ella, temblorosa–. Voy... voy a irme con Danny –le dijo. Se iría, tendría que hacerlo por lo que iba a pasar. Tendría que pedirle a Danny que la llevara lejos de allí, ese mismo día. Sabía que él aceptaría. No podía decirle por qué, pero él haría lo que le pidiera. Entre tanto, deseaba obsesivamente a aquel hombre. Y aquellos pocos minutos con él, incluso sin su amor, le durarían toda la vida–. No tienes que quererme. Sólo tienes que ser mi amante. Viviré de eso... ¡toda la vida! –su voz se quebró–. Porque te he mentido. Es verdad que te quiero. Siempre te he querido y siempre te querré. ¡Te quiero, Turco! –su voz temblaba mientras las manos de él seguían moviéndose.

–¡Qué boba eres! No tienes edad para saber lo que es el amor. Esto no es más que sexo –murmuró, enojado. Pero no parecía sólo sexo cuando apartó lentamente la tela de sus hermosos pechos rosados y la bajó hasta su cintura. Sus ojos sensuales se ensombrecieron mientras miraba la carne tersa y blanca, con sus puntas sonrosadas y oscuras, que el deseo había endurecido–. Y hablando de eso... –murmuró, y tocó con dedos cálidos, lentamente, sus pezones mientras veía cómo se tensaba y temblaba su cuerpo y su respiración se detenía.

Katy dejó que la tumbara, dejó que le quitara el vestido y la combinación, el liguero, las medias y los zapatos, hasta que estuvo desnuda bajo la cálida oscuridad de sus ojos y el olor de su propio cuerpo saturó su olfato.

–Cole y yo solíamos hablar de mujeres cuando estábamos en Europa –susurró él, arrodillado sobre ella mientras se quitaba la camisa–. Él decía que vuestro abuelo era un comanche de pura cepa y que solía decir que los indios podían oler a una mujer. Ahora sé a qué se refería –tiró la camisa a un lado y se llevó la mano al cinturón. Sonreía sensualmente mientras la miraba–. No vuelvas la cara, Katy –dijo suavemente, y empezó a bajarse los pantalones ceñidos y los calzoncillos–. Tú me has dejado verte. Ahora voy a dejar que tú me veas a mí.

Los ojos de Katy se agrandaron cuando él se quitó los pantalones y vio por sí misma lo que diferenciaba a hombres y a mujeres, a machos y hembras.

–Dios mío, qué cara has puesto –él se rió en voz baja y se apartó un poco para quitarse el resto de la ropa.

–Nunca había visto a un hombre... así –musitó ella cuando Turco se tendió a su lado.

–¿Ni siquiera a ese mequetrefe de Chicago? –preguntó él.

–Oh... no –dijo ella con voz vacilante, y sus ojos se dilataron de nuevo cuando él se cernió sobre ella.

–No te preocupes. No voy a hacerte mucho daño –dijo

Turco con suavidad. La pasión, tanto tiempo contenida, había ahogado por completo las advertencias de Cole y sus propios recelos. Deslizó las manos por el cuerpo de Katy, sintiendo la suavidad de sus pechos, las pasó por su vientre y siguió moviéndolas más abajo, hasta la exquisita tersura de su sexo. La tocó con osada intimidad y ella dio un respingo y le agarró la mano.

–Sss –musitó él. Besó su boca, saboreando su leve temblor, e hizo caso omiso de la manita que tiraba sin convicción de sus dedos. Mientras tanto, encontró la húmeda abertura de su sexo y comenzó a juguetear a su alrededor.

Ella se arqueó y su voz se quebró en un ligero grito.

Turco levantó la cabeza hasta que sus labios apenas rozaron los de ella.

–No tengo nada que pueda usar –susurró–. Y no me fío de mí mismo, no creo que pueda apartarme a tiempo. Así que vamos a hacer el amor así. Voy a ser tu primer amante, pero no técnicamente. ¿Entiendes? Voy a hacerte gozar sin arriesgarnos a que te quedes embarazada, y luego voy a enseñarte a hacérmelo a mí.

–Pero... –protestó ella mientras él volvía a mover los dedos. Dejó escapar un gemido de sorpresa y un sollozo. Turco había encontrado su punto sensible y estaba acariciándolo.

–Mírame –murmuró él mientras incrementaba la presión y el ritmo, sin dejar de mirarla a los ojos–. Deja que te vea.

La cara de Katy fue sonrojándose a medida que la acariciaba y la atormentaba. Comenzó a retorcerse, indefensa. Turco la recorría por entero con los ojos, veía hincharse y tensarse sus pechos, veía los movimientos espasmódicos de sus piernas largas y elegantes, y oía sus gemidos dulces, que lo excitaban de manera insoportable.

Sufría. Aún peor: se sentía morir. Agarró una de las manos de Katy y la apretó contra su sexo hinchado, la hizo rodearlo con los dedos y la sujetó allí a pesar de que ella intentó apartarla.

–Dios, no puedo más... –susurró con voz atormentada mientras la acariciaba con mayor ímpetu–. Así... ¡Ayúdame!

Le enseñó el movimiento, le susurró instrucciones explícitas y embarazosas contra las que ella, demasiado excitada, no protestó. Katy lo tocó, lo acarició, cerró la mano alrededor de su miembro y lo sintió palpitar. Alzó la mirada hacia él y Turco vio que sus pupilas comenzaban a dilatarse.

–¡Turco! –gimió ella con voz frenética y rasposa.

Él la sujetaba por la nuca con la mano libre mientras con la otra la acariciaba febrilmente. La observaba entre tanto intensamente, sosteniéndole la mirada.

–Ahora –dijo con aspereza–. Siéntelo, Katy, siéntelo. Siéntelo y déjame mirarte.

Una serie de espasmos semejantes a relámpagos atravesaron el cuerpo virginal de Katy. Se arqueó contra la mano que la atormentaba y gritó, obligándolo a darle satisfacción. Su cuerpo comenzó a convulsionarse, y él la miraba y sentía sus espasmos mientras su mano penetraba suavemente su virginidad. Se estremeció por entero y, en ese momento de excitación febril, se olvidó de la cautela.

–¡Al diablo! –gruñó. La tumbó de espaldas sobre el heno con la presión ardiente de su boca abierta. Se tendió sobre ella y le abrió las piernas con la mano. La penetró bruscamente, hundiéndose en ella, pero Katy estaba tan absorta en su placer que ni siquiera sintió dolor. Le dio la bienvenida, se arqueó hacia su cuerpo duro y caliente y clavó las uñas en sus glúteos.

Turco se meció furiosamente sobre ella. Respiraba trabajosamente y gemía, sus muslos se estremecían mientras se arqueaba una y otra vez, sin apartar los ojos de los de Katy, con la mandíbula apretada, presa del placer más exquisito que había sentido nunca.

–Llévame dentro –musitó con voz crispada y honda, en la que se mezclaban el frenesí y la pasión–. ¡Llévame dentro, Katy!

A ella volvió a ocurrirle. Las palabras susurradas de Turco, el brusco movimiento de su cuerpo, el ritmo febril con que se hundía en ella hicieron que aquello volviera a ocurrirle.

Cerró los ojos y echó la cabeza hacia atrás, dejando escapar un suave grito. Sus pezones estaban duros y afilados. Turco acarició uno de ellos bruscamente. La obligó a abrir la boca con la suya y comenzó a penetrar sus labios con el mismo ritmo con que penetraba su sexo. Ella oía el susurro del heno bajo ellos, notaba el olor penetrante de la unión de sus cuerpos, oía el latido del corazón de Turco en su pecho, sentía la rudeza de su cuerpo contra su piel suave. Entonces él profirió un grito con un placer tan intenso y salvaje que Katy abrió los ojos y lo vio arqueado sobre ella, con el cuello tenso y la cara violentamente congestionada, los ojos cerrados y los dientes prietos. Turco se convulsionó una y otra vez, y ella miró hacia el lugar donde sus cuerpos se unían y vio que él se apartaba de pronto y la cubría con su cuerpo. Katy sintió algo húmedo en el vientre después de que, tras estremecerse por última vez, Turco se desplomara sobre ella, jadeante.

–Dios –murmuró él entrecortadamente–. Espero que haya sido a tiempo. No he podido parar...

Las manos de Katy lo acariciaban con arrobo. Turco había dicho que no haría aquello y, luego, de pronto, como si no hubiera podido refrenarse, lo había hecho. Katy cerró los ojos y se dejó llevar por la suave corriente posterior al clímax, un poco triste porque sabía que aquélla sería la última vez, la única vez. Porque quería a Turco e iba a perderlo. Él no podía entregarle su corazón, sino sólo un cuerpo que no conocía emociones más allá del gozo físico. Cualquier mujer le habría servido.

–¿Estás bien, Katy? –preguntó, y levantó la cabeza sudorosa para mirarla con preocupación.

–Sí, estoy bien –contestó ella con los jirones de su orgullo. Incluso logró sonreír, pero no pudo mirarlo.

–Por eso no quería tocarte –dijo él con suavidad, y vio

que ella se apartaba lentamente y empezaba a vestirse–. Porque después viene la vergüenza... y la culpa.

Se estaba poniendo tierno y Katy lo odiaba. Odiaba lo que sólo era lástima mezclada con mala conciencia. Volvió a ponerse las bragas y el liguero sobre ellas. Al menos, ya no le quedaba pudor. A Danny le gustaría aquello. Él no sabía que era virgen. Incluso había dicho que no quería una virgen. Así que todos sus problemas se habían resuelto de repente. Había entregado la virginidad al único hombre al que había amado... y de ese modo le había alisado el camino al único hombre que la quería.

–Di algo –dijo él en voz baja mientras la observaba, vagamente avergonzado por haber perdido el dominio de sí mismo. No había pretendido que aquello ocurriera. La fuerza de su gozo todavía hacía temblar su cuerpo. ¿Su placer había sido tan intenso porque ella era virgen?, se preguntaba, aturdido. Nunca había sentido nada igual.

–Estoy bien –contestó ella con aspereza. ¿Cesaría alguna vez la vergüenza? Sabía que él no la quería, pero había creído que aquella experiencia con él sería profunda, sagrada. Y no había sido más que sexo. Muy placentero, muy agradable. Pero sin amor, no era más que algo físico. Se preguntaba si siempre recordaría aquello con el mismo grado de amargura.

Se pasó la combinación por la cabeza y se puso a continuación el vestido. Tras ella, oyó que Turco se vestía e intentó no recordar lo bello que era su cuerpo desnudo: duros músculos cubiertos de vello rubio oscuro, fortaleza y hermosura en cada fibra. Cerró los ojos; no quería saber nada de aquello. Ella era sólo una más entre muchas, y nunca sería otra cosa. Ahora ni siquiera tendría la dignidad de ser la única que había escapado. Y, aunque era ya demasiado tarde, comprendió por fin por qué Turco había mantenido siempre las distancias. Había querido preservar sus ilusiones. Ahora ya no le quedaba ninguna.

Con la mano en el último botón del vestido, se puso los

zapatos y se volvió para mirarlo con la barbilla levantada airosamente.

–Gracias por la lección –dijo con calma.

Él dio un respingo.

–No –dijo en voz baja mientras escudriñaba sus ojos verdes y dolidos–. No, no lo conviertas en algo barato. No lo ha sido.

El labio inferior de Katy tembló, amenazando con dejarla indefensa. Se obligó a sonreír.

–Está bien.

Turco se acercó y la agarró de los brazos. Ella intentó apartarse, huir.

–No te vayas –dijo él–. No dejes que ese hombre te convierta en su juguete. Te utilizará y luego se deshará de ti.

Ella lo miró amorosamente.

–Hasta la próxima, vaquero –sonrió vagamente, con tristeza–. Te quería, Turco –musitó. Tocó su rostro duro y sintió crisparse sus músculos–. Siempre te querré, hasta que me muera. Puede que tenga otros hombres, pero nunca volveré a entregarme por completo.

–¡Ese hombre te hará daño! –replicó él. Odiaba aquello, odiaba aquel dolor. No esperaba que le doliera su marcha, el hecho de no poder hacerla suya y llevarla consigo.

Ella acercó los dedos a su boca firme.

–No. Tú te has encargado de eso –dijo con voz exquisitamente tierna–. Nadie podría haber hecho que fuera tan perfecto como tú. Él no me hará daño –escudriñó su mirada una última vez, triste y resignada–. Te querré hasta que me muera, Turco.

Se dio la vuelta y se alejó rápidamente para que él no viera que estaba llorando. Aquello era un adiós. Ambos lo sabían.

Mucho después de que Katy se fuera, Turco permanecía aún sentado en los escalones del altillo del granero, fumando un cigarrillo, con mirada vacua y triste. Después de la muerte de Lorene, no había vuelto a desear a nadie, al menos duraderamente. Había querido hacer suya a Katy, eso no podía negarlo. Sólo había mantenido las distancias porque se lo había prometido a Cole.Y ahora...

Su cuerpo se crispaba dolorosamente. A pesar del placer febril que había sentido con ella, de aquella plenitud que no había conocido con ninguna otra mujer, estaba ansioso de nuevo. Recordaba sus pechos pequeños y tensos bajo su torso, sus pezones, que lo excitaban al frotarse contra sus músculos...

Se levantó bruscamente y se llevó fuera el cigarrillo para aplastarlo con el tacón de su bota. Con el rostro crispado, se dirigió a la casa. Le debía mucho a Cole, pero tenía que haber un modo de solucionar aquello. Quizás él pudiera hablar con Katy, tal vez se les ocurriera algo.

Había pasado apenas media hora desde que Katy se había marchado del establo, el tiempo justo para fumar tres cigarrillos. Así que se quedó de una pieza cuando entró en la casa y la encontró vacía.

Cassie salió de la cocina y lo encontró mirando fijamente la escalera.

–Si está buscando a la señorita Katy –dijo en tono cortante–, no está aquí. Se ha ido con ese gánster de Chicago, con equipaje y todo.

A Turco le dio un vuelco el corazón. Se volvió, con ojos oscuros y serenos.

–¿Cuándo?

–No hará ni cinco minutos –Cassie suspiró–. El señorito Cole se va a poner como loco. ¿Y cómo voy a decírselo a la señorita Marion? –sus ojos cansados y arrugados se empañaron–. Mi niña, marcharse con ese... ¡con ese hombre! ¿Cómo ha podido dejarla, señor Turco? –preguntó.

–Es mayor de edad –contestó él con aspereza, a pesar de que su instinto le gritaba que fuera tras aquel hombre y lo matara. Pero ¿qué podía ofrecerle él a Katy? No quería casarse.Y, después de lo ocurrido, sería imposible que ella se quedara allí. Su amistad con Cole correría peligro; Katy acabaría odiándolo. Y aquel tipo de Chicago parecía bastante sincero cuando la noche anterior le había explicado pacientemente por qué habían llegado tarde. Quería a Katy, le había dicho. No haría nada que pudiera perjudicarla. Tal vez se casara con ella...

¿Por qué le dolía tanto aquello? Giró sobre sus talones y salió de la casa. Cassie lloraba suavemente cuando cruzó la puerta.

La impresión fue casi excesiva para Marion Whitehall. Al llegar a casa, se encontró a Cassie llorando y recibió la noticia nada más dejar el bolso sobre la mesa del vestíbulo.

Sus rasgos elegantes se crisparon; sus ojos oscuros se llenaron de lágrimas bajo el marco del cabello canoso y rizado.

–¿Se ha ido? –exclamó–. ¿Mi Katy se ha ido? ¿A... a vivir con un hombre? ¿Por qué no la ha detenido nadie?

–El señor Turco llegó tarde y el señor Cole no ha vuelto aún –sollozó Cassie–. Y yo estaba en el jardín. No había nadie aquí para detenerla. El señor Turco dijo que ya era mayor de edad... y se fue hecho una furia. El señor Cole se va a poner como loco.

Marion se sentó. Se sentía enferma. Katy, su niña. ¿Cómo podía hacerle aquello?

–¿Ha llegado Ben? –preguntó.

–Creo que no –contestó Cassie, llorando–. No bajó a desayunar, así que miré en su habitación y no estaba. Creo que no ha llegado. ¡Ay, Señor! ¡Qué día tan espantoso! ¡Qué regreso a casa tan horrible le espera al señorito Cole!

Marion sintió que las lágrimas corrían por sus mejillas.

–¿Dejó un mensaje? ¿Una nota? ¿Algo?

–Iré a ver –dijo Cassie, y se dirigió a la escalera.

Justo en ese momento, la puerta de la calle se abrió y Ben Whitehall entró corriendo con ojos frenéticos y el pelo tan desaliñado como su traje gris, antaño impecable.

–¡Lo he conseguido! –exclamó–. ¡Lo he conseguido! ¡Me ha contratado!

Agarró a Cassie y empezó a dar vueltas con ella en una danza improvisada. Estaba tan eufórico que no notaban que ellas no sonreían.

–Voy a trabajar para un periódico nuevo de San Antonio –se echó a reír–. Me han contratado para redactar noticias. He salido con el dueño y su hija y tengo que volver... –se detuvo y arrugó el ceño cuando las caras sombrías de su madre y del ama de llaves penetraron por fin su entusiasmo. Soltó a Cassie–. ¿Qué ocurre? ¿Paso algo malo?

–Tu hermana acaba de irse a Chicago –dijo Marion, abatida, con el semblante lleno de desesperación y vergüenza–. A vivir con el dueño de una taberna clandestina.

Ben se quedó paralizado. Se incorporó y se pasó una mano por el pelo, abundante y oscuro. Miró a su madre.

–¿Se ha ido con ese mafioso? –preguntó como si apenas pudiera creer lo que oía–. ¿Por qué no se lo impidió nadie?

–Al parecer, Turco no llegó a tiempo –dijo Marion en voz baja, con los ojos humedecidos–. Mi pequeña... ¡en ese sitio horrible! ¡Oh, Ben! ¿Qué será de ella?

–Vamos, mamá –dijo Ben, azorado. Se arrodilló ante ella y le frotó las manos–. Katy ya es mayor. ¿Estás segura de que no van a casarse?

–No lo sé –contestó ella–. Cassie está buscando alguna nota. ¿Por qué lo habrá hecho? –preguntó, y levantó unos ojos tan oscuros como los de su hijo para interrogar a Ben–. Últimamente estaba muy rebelde, pero no esperaba que hiciera una cosa así. Ben... –se inclinó hacia él, llena de urgencia–... Cole matará a ese hombre.

–Sí, lo sé –dijo él. Y era cierto. Cole tenía muy mal carácter y adoraba a Katy. A Ben no le extrañaría que tomara el primer tren que saliera hacia el norte con una pistola en el cinto.

–¿Cómo vamos a decírselo? –insistió su madre, mordiéndose el labio inferior.

Ben compuso una sonrisa. Qué mala suerte tenía, pensó, abatido. Llegaba a casa con la excelente noticia de que su carrera por fin iba a despegar, y no había nadie para escucharle. Su hermana Katy le había robado el protagonismo.

–Aquí está –dijo Cassie desde el vestíbulo, agitando un trozo de papel–. ¡Nos ha dejado una nota!

Marion la tomó con manos temblorosas y la leyó.

–«Mamá y todos los demás» –había escrito Katy–, «Danny y yo estamos comprometidos. Nos vamos a Chicago a conocer a sus padres. Os invitaremos a la boda. Deseadnos suerte. Con cariño, Katy».

Ben miró los ojos oscuros de su madre.

–¿La crees?

Ella sacudió la cabeza de un lado a otro.

–Pero es importante que hagamos que Coleman se lo crea. ¿Me habéis entendido? ¿Ben? ¿Cassie?

Ambos asintieron con la cabeza. No convenía excitar innecesariamente la cólera de Coleman. Era francamente peligrosa.

Entre tanto, Katy se hallaba sentada junto a Danny en su potente Alfa Romeo, y se obligaba a reír alegremente y a fingir entusiasmo por el largo viaje al norte.

A su lado, Danny Marlone sonreía de oreja y oreja. Su tez parecía aún más oscura en contraste con sus dientes blancos y perfectos. Lanzó a su acompañante una mirada cálida y comenzó a silbar.

–Te va a encantar Chicago, nena –dijo–. Voy a enseñarte los mejores sitios. Hay una playa... Te va a encantar. Tengo una casa enorme, toda de piedra, en una colina que da al algo, llena de criados. Tendrás todo lo que quieras. ¡Todo!

–Cariño, he contado una mentirijilla –dijo ella. Deseaba lanzarlo todo por la borda.

Él la agarró de la mano y se llevó su palma a los labios.

–¿Qué mentirijilla?

Katy tragó saliva y procuró no pensar en Turco y en lo que había pasado.

–Bueno, para que mi hermano no te matara, dije que íbamos a casarnos.

–¡Cariño! ¡Pero esto es muy repentino! –Danny se echó a reír. Ella se quedó mirándolo, sorprendida–. Suena bien, ¿eh? El señor y la señora Marlone –dijo él, apretándole la mano. Le puso la palma abierta sobre su muslo–. Sí, me gusta. Lo haremos a lo grande. Pondremos anuncios en todos los periódicos y a la boda irá la flor y nata de la ciudad. Puede venir tu familia. Tu hermano mayor será el padrino. ¡Será fantástico, cariño!

Katy se quedó sin respiración. No podía creer lo que estaba oyendo.

–Pero creía que sólo... que sólo querías que tuviéramos una aventura –exclamó, volviéndose para mirarlo.

–Te quiero –dijo él, y la mirada de sus ojos la hizo sentirse extrañamente humilde. Aquello no era lujuria. Era amor, pura y simplemente, y aunque se maravillaba por ser el objeto de aquel sentimiento, ansiaba que Turco la mirara así. Pero nunca lo haría. Nunca.

–¿Para siempre? –musitó.

Él asintió con la cabeza. Apartó el coche a la cuneta y dejó el motor al ralentí mientras la miraba.

–Para siempre. Vamos a casarnos.

–No soy virgen –dijo ella francamente, sin entrar en detalles.

–Yo tampoco. ¿Y qué? –preguntó él.

Ella se puso colorada. Sonrió. Se sentía muy tímida.

–Bueno...

Se inclinó y la besó en los labios. Dejar que la besara no fue desagradable. Pasó las manos lentamente por sus hombros, sobre sus pechos, y aquello tampoco fue desagradable.

Él se echó a reír.

–Tampoco tienes tanta experiencia, niña –musitó, y ella volvió a sonrojarse. Le guiñó un ojo y volvió a poner el coche en marcha–. Nos llevaremos bien. Vamos, ponte cómoda y mira cómo corro –pisó el acelerador y el coche partió a toda velocidad.

Katy, sentada a su lado, se sentía de pronto como si le hubiera tocado la lotería. Así pues, no sufriría ninguna deshonra. Sería una respetable señora casada, y Cole no iría a matar a Danny. Cerró los ojos y sonrió. Se preguntaba qué diría Turco cuando se enterara. Probablemente se alegraría al saber que se había librado de ella de una vez por todas, pensó con amargura. Se consoló con la esperanza de no estar embarazada. Turco había intentado ahorrarle esa vergüenza. Una cosa era entregarse a Danny no siendo virgen, y otra muy distinta endosarle el hijo de otro hombre. Ella tenía demasiado carácter para usar un truco tan rastrero. Pero... ¿y si Turco había fracasado en su intento?

Lejos de allí, en el extremo norte de San Antonio, Lacy se agarraba a la manga de su marido mientras éste la ayudaba a subir al tren de la mañana que cruzaba Floresville y paraba en un apeadero cerca de Spanish Flats.

Cole estaba extremadamente callado esa mañana. Parecía concentrado en sus asuntos. Vestido aún con ropa de faena, seguía atrayendo pese a todo la mirada de las mujeres. Él, sin embargo, no devolvía nunca aquellas miradas lascivas, ni parecía percatarse de ellas. Ayudó a Lacy a sentarse y se deslizó con indolencia a su lado. Aquellos movimientos lentos de su cuerpo fibroso y duro eran engañosos. Lacy lo había visto agobiado por las prisas un par de veces, y era rápido como una centella y el doble de peligroso.

–A Katy le alegrará tener compañía –comentó mientas el tren salía lentamente de la estación entre zarandeos.

–¿Cómo es ese chico de Chicago con el que sale? –preguntó Lacy.

Cole se encogió de hombros.

–Es italiano. Moreno, educado, un poco sospechoso. A Turco no le gusta.

–A Turco no le gusta que nadie se acerque a Katy y tú lo sabes –murmuró ella con sorna, mirando su rostro crispado.

Los ojos enojados y oscuros de Cole se clavaron en ella.

–Turco es el mejor amigo que tengo. Pero ni siquiera a él se le permiten esas confianzas. Katy no va a ser una de sus conquistas.

–Claro que no –contestó Lacy, socarrona, y cruzó las manos sobre el regazo de su falda oscura–. Pero es perfecta para un gánster.

–No es esa clase de relación. Katy es muy joven. Sólo está tonteando –dijo él.

Lacy lo vio cruzar las largas piernas y liar un cigarrillo. Era tan capaz, pensó. Siempre al mando de la situación, siempre encargándose de todo, siempre solucionando los problemas que surgían. Ella se había sentido a salvo a su lado, incluso en sus primeros días juntos. Cuando Cole estaba con ella, nunca tenía miedo.

–¿Por qué no dejas que Turco se acerque a ella? –preguntó con franqueza.

Cole se volvió en el asiento con el brazo apoyado sobre el respaldo y se quedó mirándola.

–Porque seduce a cualquier cosa que lleve faldas –dijo con naturalidad–. Katy sería una presa fácil para él. Y luego todo se echaría a perder. Turco se sentiría culpable y avergonzado, y ella quedaría comprometida o algo peor. Yo tendría que hacer algo al respecto y eso no ayudaría a nadie. No. Es mejor así.

–¿No crees que Turco pueda sentar la cabeza, incluso casarse? –insistió ella suavemente.

–Ya estuvo casado –contestó Cole–. Ella murió. Turco

nunca ha vuelto a querer a nadie como a su mujer. No estoy seguro de que pueda. Ahora le gusta estar solo.

–Como a ti –dijo ella con una leve sonrisa.

Él encogió sus anchos hombros.

–Estoy acostumbrado a estar solo. Dejar que los demás se acerquen a ti requiere demasiado tiempo y esfuerzo. A menudo la gente encuentra una debilidad y la explota. Y eso no ocurre si los mantienes a raya.

–Es una vida muy solitaria –le recordó ella, con ojos grises, suaves y escrutadores.

–La soledad y la independencia significan lo mismo: libertad. A mí me gusta ser libre. No creo que pudiera sobrevivir atado a alguien que me agobiara.

–Yo nunca he querido agobiarte –dijo ella a la defensiva–. Pero odiaba que me ignoraras constantemente.

–Y la única vez que no te ignoré –repuso él con calma, y vio que ella se sonrojaba–, te pasaste toda la noche llorando. Te oía a través de la pared.

Ella volvió la cara, pero Cole la agarró de la barbilla y la hizo girarse para mirarla con ferocidad.

–Te marchaste –dijo ella, temblorosa, y miró a su alrededor. No había nadie cerca que pudiera oírlos; el tren estaba casi vacío. Volvió a mirarlo–. Sabías que me harías daño y te marchaste a toda prisa. Claro que lloré.

Cole entornó los ojos.

–¿Qué podría haber dicho o hecho? –preguntó–. Creía que me deseabas. Eso parecía, aquella mañana.

Ella entreabrió los labios al recordar su boca caliente y ansiosa, su cuerpo duro y febril contra el suyo. Había sido tan dulce, tan embriagador...

–Sí, te deseaba –musitó–. Creía que sería como aquella mañana. Pero me sentía... utilizada –dijo con indecisión–. Ni siquiera dejaste que te tocara.

Él apretó la mandíbula mientras la miraba. Su pecho subía y bajaba irregularmente. Deseaba desesperadamente decirle por qué le había hecho daño. Pero dudaba que ella le creyera, aunque él pudiera rebajarse hasta ese punto.

–De todos modos, eso es agua pasada, Lacy –dijo en tono cortante. Se llevó el cigarrillo a los labios y dio una larga calada–. Tendremos que acostumbrarnos a la situación lo mejor que podamos.

Ella miró por la ventanilla, hacia el horizonte y los muchos acres de terreno sin vallar que se extendía allá fuera.

–Supongo que no se te habrá ocurrido pensar que podemos divorciarnos.

–No. Así que creo que estás atrapada, ¿no, nena? –preguntó él con una fría sonrisa.

–Igual que tú –contestó ella dulcemente, y le devolvió la sonrisa.

Cole miró el traje oscuro y pulcro que ella llevaba y el lindo sombrerito de su cabeza morena.

–Me alegro de que no lleves uno de esos vestidos nuevos tan escandalosos, como el que llevabas anoche –comentó–. Ya me cuesta bastante que mis vaqueros trabajen, sin que haya por allí mujeres volviéndolos locos. Llevan semanas rondando por la casa, intentando verle las piernas a Katy. Al final, tuve que quemarle dos de sus vestidos más atrevidos.

–Ése es tu estilo, rey del ganado –contestó ella con sorna–. Si no puedes razonar con los demás, los atropellas. Siempre fuiste así, hasta cuando eras más joven.

–No esperes que cambie, Lacy. Soy demasiado viejo.

Ella sacudió la cabeza mientras miraba sus rasgos toscos, su nariz recta y cincelada, su boca ancha, su mandíbula cuadrada. No era el rostro más bello que había visto en un hombre, pero le iba como anillo al dedo, y ella adoraba cada una de sus facciones: la piel morena, los ojos profundos y oscuros, las cejas densas, el cabello liso y abundante que le caía desordenadamente sobre la amplia frente. Era un hombre sensual. Sí, lo era de verdad, pensó Lacy de pronto, incluso en su forma de moverse. Pero ello era sólo una ilusión, porque era el hombre más reprimido que había conocido nunca y odiaba la idea misma del sexo. Lacy se había preguntado una o dos veces con cuántas mujeres habría tenido relaciones a lo largo de su vida. Curiosamente, pensaba en ocasiones que con apenas ninguna.

–Me estás mirando fijamente, cariño –la reprendió él al observar con cuánta intensidad lo miraba.

–Eres un hombre muy sensual –dijo ella con calma, y observó cómo el impacto de aquella afirmación congelaba los rasgos duros de su cara.

Cole volvió la cara y se recostó para fumar en medio de un gélido silencio. Lacy se acomodó en su asiento mientras el tren cobraba velocidad.

–Siento haberte ofendido –dijo pasado un minuto.

–No es eso –contestó él con voz firme y serena.

Pero no dijo nada más. Siguió sentado con el sombrero echado sobre los ojos y el cigarrillo humeando entre los dedos largos y morenos, y no volvió a pronunciar palabra.

Aun así, Lacy continuó estudiándolo. Sus ojos se deslizaban como manos sobre su cuerpo largo y fibroso, cuyos músculos vibraban cuando se movía.

–¿Por qué llaman Turco a Jude? –preguntó repentinamente.

Cole esbozó una fina sonrisa, pero no abrió los ojos.

–Porque no hay combatientes más fieros que los turcos. Cuando se enfada, es una fuerza de la naturaleza, niña. Un tipo de cuidado.

–¿Tanto como tú? –bromeó ella suavemente, y sus ojos azules brillaron en el marco de su cabello suave y ondulado.

Cole la miró con un ojo.

–La mitad que yo –dijo. Su ojo se posó en sus pechos abultados y se demoró allí; después volvió a posarse en su cara y la vio sonrojarse–. ¿Te da vergüenza?

–Eres tú el que se niega a hablar de sexo –le recordó ella.

Pareció que Cole se disponía a decir algo, pero al final se encogió de hombros y volvió a cerrar los ojos.

Si al menos le hablara, pensó Lacy, afligida. Si pudieran al menos comunicarse... A veces pensaba que había un hombre generoso y tierno encerrado tras aquellas emociones reprimidas. Que Cole era un cartucho de dinamita esperando una cerilla. Que, como amante, sería todo cuanto ella pudiera desear, si podía encontrar la chispa capaz de encenderlo. Pero a él no parecía importarle aquel lado de su naturaleza. Y sólo ocasionalmente, como en ese momento, dejaba entrever algún indicio de aquella faceta suya. Era el hombre más complejo y desconcertante que había conocido nunca. Quizá por eso, después de todos aquellos años, seguía fascinándola.

Ben los estaba esperando en el apeadero, vestido con traje de ciudad beis y sombrero. Se había recostado en la pared del edificio y tenía las manos metidas en los bolsillos. El coche negro, viejo pero en perfecto estado, estaba aparcado allí cerca, con la capota bajada.

Lacy no pudo evitar sonreír al ver en él la efigie de la alegre juventud.

–El futuro famoso escritor –murmuró–. ¿Crees que lo conseguirá, Cole?

–Supongo que seguirá intentándolo hasta que se muera, al menos –dijo él–. No le des alas –añadió inesperadamente.

Ella lo miró con enojo mientras él se levantaba para dejarla salir.

–Nunca lo he hecho.

–Todavía sigue enamorado de ti –dijo Cole. Sus ojos se entornaron–. Esta vez, si intenta algo, le daré una paliza aunque sea mi hermano.

–¡Cole! –exclamó ella, sorprendida por la dureza de su mirada.

–Recuerda lo que he dicho –dijo él, y la agarró del brazo con firmeza. Recogió la bolsa con la ropa de Lacy y salió del tren con ella detrás.

–¡Lacy, querida! –exclamó Ben en su tono más sofisticado, abriéndole los brazos–. ¿Cómo estás?

–Esté bien –contestó Cole con voz cortante. Miraba a su hermano como si lo desafiara a acercarse un paso más–. ¿Cómo está mamá?

–Disgustada –comenzó a decir Ben, al que no parecían afectar los repentinos celos de su hermano–. Katy se ha ido.

Lacy notó que el cuerpo delgado y fuerte de Cole se crispaba.

–¿Que se ha ido? –preguntó él.

–No pasa nada. No va a vivir en pecado ni nada parecido –se apresuró a añadir Ben–. Va a casarse con ese tal Danny Marlone. La ha llevado a casa de su madre hasta la boda.

–Esto es demasiado repentino –dijo Cole secamente–. Sólo se conocen desde hace un par de semanas. ¿Y dónde demonios estaba Turco mientras ocurría todo esto?

–En el rancho. Dijo que Katy es mayor de edad. Además –añadió de mala gana–, Katy se marchó mucho antes de que él se enterara.

–¡Podría haber ido tras ella! –replicó Cole–. ¡Y tú también!

–¿Para qué, por el amor de Dios? –preguntó Ben fríamente–. ¡Tiene más de veintiún años!

Cole lo miró con enfado, hasta que Ben dio un paso atrás.

–Ben tiene razón –terció Lacy suavemente. Tocó su brazo y notó con una leve esperanza que él no se apartaba–. Katy ya es mayor. No puedes obligarla a volver. Y, conociéndola, no se habría ido con ese hombre si no lo quisiera.

–Tú no sabes cómo está últimamente –contestó él con calma–. Ha cambiado. Se ha vuelto rebelde.

–Son sólo los nuevos tiempos –Ben se echó a reír–. La vida está cambiando a mejor. Todo es más relajado, menos rígido. Las chicas se están liberando, eso es todo.

–Se están echando a perder, nada más –replicó Cole en tono cortante–. Llevan faldas cortas, dicen malas palabras, beben, se escapan con hombres... La generación más joven se ha ido al infierno.

–Claro, y la tuya hizo mucho bien al mundo, ¿no? –contestó Ben–. La guerra que iba a acabar con todas las guerras... ¿no la llamaban así? ¿A cuántos hombres mataste tú, hermanito?

Cole le dio un puñetazo. Su movimiento fue tan rápido que Ben ni siquiera se percató de lo que le esperaba. Y Lacy no dijo una sola palabra. Se acercó un poco más a Cole, con los ojos llenos de reproche fijos en la cara magullada de Ben, que se levantó lentamente, frotándose la barbilla.

–Está bien, me he pasado –mascullo, mirando a su hermano con rabia–. Pero tú también. El mundo está cambiando. Si no puedes cambiar con él, te quedarás atrás. El coche está aquí al lado.

Se adelantó a ellos. Estaba tan alterado y se esforzaba tanto por mantener la dignidad que Lacy tuvo que sofocar una sonrisa.

–¿No vas a decir nada? –preguntó Cole, burlón, mirándola–. Creía que saltarías en su defensa.

Ella negó con la cabeza.

–Lamento que no le dieras más fuerte –contestó con calma.

Cole se detuvo y al mirarla vio en sus ojos el mismo espíritu salvaje que había visto en ellos y que tanto le había gustado cuando ella era aún una adolescente. Aquel espíritu habría sido un perfecto compañero para el suyo... en otro tiempo, en otro lugar. Era una lástima lo que ocurría entre ellos. Tal vez debería haberle dicho desde el principio lo poco que tenía que ofrecerle. Debería haberle dicho la verdad.

Tocó su cabello. Era suave y fresco, y Cole se preguntó por qué se ponía tan rígida, por qué le costaba respirar.

–¿Te asusta esto? –preguntó mientras observaba sus ojos–. Has dejado de respirar.

Ella le devolvió su suave escrutinio.

–No quiero que pares –confesó con un murmullo–. Temía que, si me movía, pensaras que no quería que me tocaras.

Los dedos de Cole temblaron.

–Lacy...

–¿Venís o no? –gritó Ben malhumorado desde el coche.

Cole no pudo evitar echarse a reír.

–Menudo gallito –mascullo–. Está bien, hijo. Ahora vamos.

Lacy suspiró suavemente mientras Cole echaba a andar. «Gracias, Ben», pensó con rabia. «Algún día te devolveré el favor».

Cuando llegaban al coche, un torbellino rubio se bajó de un caballo y corrió hacia Ben.

–¡Hola! –exclamó Faye Cameron, y saltó al estribo para darle un beso a Ben en la mejilla–. No sabía que habías vuelto de la gran ciudad. ¿Cómo estás? Hola, Lacy. Me alegro de verte. Cole, tienes buen aspecto.

–¿Qué quieres? –masculló Ben, contrariado–. Ya te dije que... Ahora no tengo tiempo de ir a verte. Estoy ocupado.

–Pero es mi fiesta de cumpleaños –le dijo Faye, con los grandes ojos azules llenos de esperanza–. Cumplo dieciocho. Oh, Ben... Prometiste venir. ¡Es esta noche!

Ben se recolocó el sombrero, molesto. Ése era el problema con las mujeres, pensó con irritación. Que te las llevabas a la cama una o dos veces y ya intentaban cazarte. Aun así, pensó mientras la miraba, Faye era un bombón en la cama, con aquellos pechos pequeños y cálidos y aquella piel caliente... y estaba dispuesta a hacer cualquier cosa para complacerlo. Si no hubiera sido por su padre, habría ido a verla mucho antes. Pero al viejo Ira Cameron no le caía bien, y Ben no estaba seguro de lo que haría si descubría que había seducido a su única hija.

–Vaya, nena, lo siento –dijo Ben suavemente, y le tiró un poco del pelo–. Pero acabo de conseguir trabajo en San Antonio, escribiendo para un periódico.

–¡Eso es fantástico, Ben! –exclamó ella, toda sonrisas.

Bueno, al menos había una persona que compartía sus triunfos con él. Ben sonrió.

–Además, voy a ser el único reportero en plantilla. El señor Bradley dijo que era tan bueno que no necesitaría a nadie más. Me han ofrecido un salario bastante bueno y mi propio despacho, y hasta me han invitado a visitar a los Bradley en su casa.

–Qué maravilla, Ben –dijo Faye. Luego frunció el ceño–. Pero ¿un periódico de una gran ciudad no necesita más de un reportero?

Ben también se lo había preguntado, pero intentó adornarlo un poco.

–Ya te he dicho que soy muy bueno. Y hasta la gente de San Antonio conoce nuestro rancho y sabe que somos de fiar. El señor Bradley dijo que eso era bueno para el negocio. Volveré dentro de una semana o dos y te lo contaré todo, ¿de acuerdo? Pero hoy he prometido ir a casa de mi jefe, a cenar con él y su hija –añadió, y Faye pareció comprender–. Ya te compensaré.

–Claro –dijo la muchacha con una pálida sonrisa. Así que el jefe tenía una hija. Y su Ben era tan ambicioso... Faye se apartó del coche. Su alegría se había esfumado y su belleza parecía haber disminuido–. Claro. Bueno, me alegro de verte. ¡Adiós!

Corrió a su caballo, pero no sin que antes viera que llevaba los ojos llenos de lágrimas. Pobrecilla, pensó con amargura. ¡Ben era tan desconsiderado!

Cole no dijo una palabra. Tal vez pensara que su hermano tenía razón. ¡Hombres!

Montaron en el coche y Ben encendió el motor. Tras ellos, Faye Cameron se había erguido en su silla, con sus jóvenes pechos apretados contra la tela de su camisa amarilla y las caderas redondeadas marcadas por los pantalones vaqueros. El sol dibujaba un halo en torno a sus rizos rubios y hacía brillar, plateadas, las lágrimas que corrían por sus mejillas blancas. Mientras los veía alejarse, se pasó la mano con rabia por la cara húmeda.

–Algún día me querrás, Ben Whitehall –musitó con voz entrecortada–. Algún día me querrás.

Deseaba saber más acerca de los hombres. Había intentado darle todo cuanto Ben deseaba en la cama. Había dejado que le hiciera las cosas más increíbles a su cuerpo sin una sola protesta, a pesar de que se preguntaba si todo aquello era normal. ¡Él hasta le había besado la cara interna de los muslos!

Naturalmente, Ben tenía experiencia. Una vez le había hablado de una mujer y le había descrito con todo detalle lo que le había hecho. Faye se había puesto colorada, turbada por la conversación, pero de todos modos le había escuchado. Y, al acabar y ver la expresión de su cara, Ben la tumbó sobre la cama y la poseyó de pie, agarrándola por los muslos con fuerza mientras miraba su cuerpo tendido; después, al alcanzar el clímax, se estremeció y se echó a reír. Aquel recuerdo sofocó de pronto a Faye. Se removió incómoda en la silla, con los labios entreabiertos y los pechos hinchados por el deseo. Quería que Ben la siguiera a casa y le hiciera el amor. Pero no iba a hacerlo. Faye tendría que esperar hasta que encontrara para ella un hueco en su ajetreada vida.

Hizo volver grupas al caballo lentamente. Sufría como nunca antes. Si supiera leer y escribir, si fuera inteligente y educada... Ben sólo la quería en la cama porque no era lo bastante lista como para relacionarse con él en público. Pero tal vez si se quedaba embarazada la querría. Frunció los labios. Sí. Quizás ése fuera el único modo de atraparlo. Y Cole lo obligaría a casarse con ella. Sonrió. Sería incluso un caso de justicia poética, dado que era Ben quien había obligado a Cole a casarse con Lacy. Se sentó más derecha en la silla y azuzó al caballo hasta que se puso al galope. Hacía un día precioso, después de todo. Era una delicia tener dieciocho años y ser ya una mujer.

Tras ella, Ben apretó el acelerador. Se preguntaba si Faye le pondría las cosas difíciles. Era una chiquilla encantadora, pero aquella Jessica Bradley era toda una mujer. No se le ocurría nada más apetecible que hacer con aquella elegante morena lo que le había hecho a la pequeña Faye. Sólo que más. Empezó a silbar mientras el coche avanzaba a toda velocidad por el largo camino de tierra que llevaba a Spanish Flats.

Ben había bajado la capota y el viejo coche de 1914 estaba lleno de polvo. Era una suerte que su madre le hubiera prohibido que pintara en el coche aquella leyenda, pensó Lacy con sorna, o la gente les habría mirado con extrañeza. De haber llevado escrito en el coche *Cuidado por dónde pisáis, chicas*, habrían llamado la atención, de eso no cabía duda. Aquella moda pasajera hacía furor entre la gente más joven, incluso en Spanish Flats.

Iban los tres embutidos en el pequeño coche, que era tan viejo como el Ford de Cole. Pero poca gente de los alrededores podía permitirse comprar coches nuevos. Después de la guerra, el comprarse un vehículo, aunque fuera diminuto, era toda una hazaña teniendo en cuenta los problemas que acarreaba el depender de la agricultura para sobrevivir. Lacy sintió que los pulmones se le llenaban de polvo, pero refrenó la lengua. Cole estaba acostumbrado al polvo; convivía con él día tras día. Sólo la despreciaría por comportarse como la novata que a veces era.

Sentado a su lado, con el brazo sobre el respaldo del asiento, Cole miraba hacia delante, tenso como una cuerda. Lacy sentía aquella tensión y no sabía a qué atribuirla. Sin duda no la había causado la discusión con Ben, y ella estaba segura de que tampoco se debía a su cercanía. Tal vez fueran los recuerdos que el joven Ben había despertado sin querer. O quizá, se dijo sonriéndose, fuera que Ben iba al volante. Era extraño que Cole no hubiera protestado, pero a veces condescendía con su hermano pequeño. Y era evidente cuánto le gustaba conducir a Ben. Cole, en cambio, se sentía más a gusto a caballo. Una vez había atravesado un almiar con su coche de grandes dimensiones y los vaqueros que lo vieron se salvaron de una muerte segura sólo por intervención divina. Cole no conducía mucho desde entonces.

–¿Qué tal en la gran ciudad? –le gritó Ben a Lacy por encima del ruido del motor.

–Estupendamente –dijo ella sin pararse a pensar.

–No fue eso lo que dijo Katy después de ir a esa última fiesta –se rió Ben.

Lacy se miró las manos apoyadas sobre el regazo.

–No, supongo que no –recordó la fiesta. Había sido igual que todas las que había dado. Alocada, alegre y larga. Y la única persona que no se había divertido había sido ella. No disfrutaba de nada sin Cole.

Él le tocó el cuello con los dedos levemente, como por accidente. El pulso de Lacy se aceleró, su respiración se hizo más lenta. Miró sus ojos oscuros e inquisitivos y sintió que su cuerpo se envaraba por entero con una mezcla de placer y deseo.

Él posó la mirada en su boca y se demoró allí tanto tiempo que ella entreabrió involuntariamente los labios. Lacy se preguntaba qué haría él si Ben no estuviera sentado a su lado y creyó adivinarlo. En ese momento habría dado cualquier cosa porque Ben saltara del coche y se esfumara, por quedarse completamente a solas con su marido.

Ben no se esfumó, desde luego, y Cole se distrajo mirando un rebaño que se movía a lo lejos. Sus ojos se entornaron y Lacy sonrió ante la intensidad de su mirada. Era propio de un ganadero el quedar fascinado por cualquier cosa que caminara a cuatro patas.

Tardaron sólo unos minutos en llegar a Spanish Flats. Marion salió corriendo a su encuentro. No abrazó a Cole; eso estaba prohibido, y todo el mundo en la familia lo sabía y respetaba su desagrado por el contacto físico. Pero abrazó a Lacy con cariño, largo rato. Parecía más mayor y más delgada.

–Cuánto me alegro de que estés aquí para ayudarme a salir adelante, querida –dijo Marion con la voz entrecortada–. ¡Mi niña ha huido con un gánster, Lacy!

Lacy le dio unas palmaditas en la espalda, azorada.

–Vamos, Marion. Katy ya es mayor, es una persona adulta.

–Y si no lo es ahora, lo será pronto –dijo Cole secamente–. ¿Lo de la boda es cierto?

–Pues sí, claro –dijo Marion, aunque no creía que fuera cierto. Incluso sonrió–. Van a invitarnos a todos.

–Puedes ir tú en representación de los demás –contestó Cole con una sonrisa tan gélida como su tono–. Si yo fuera, mataría a ese... –estuvo a punto de acabar la frase, pero recordó que estaba ante Lacy y su madre y se alejó sin decir una palabra más.

–Uf, ha estado a punto –dijo Ben, estremeciéndose–. En el apeadero he metido la pata y se ha puesto hecho una furia conmigo. Todavía está enfadado.

–¿Por qué le has dicho eso, Ben? –preguntó Lacy suavemente con ojos acusadores–. Ya sabes que no le gusta hablar de la guerra.

–Quizá por eso –masculló Ben–. Está ocultando algo. Lleva ocultándolo desde que volvió, y Turco lo ayuda. Ninguno de los dos dice la verdad...

Marion tocó el brazo de su hijo suavemente.

–Lo que ocurriera es asunto suyo –dijo–, no nuestro.

Ben suspiró con aspereza.

–Bueno, puede que sea así. Voy a guardar el coche y a traer tus maletas, Lacy.

Lacy siguió a Marion a la casa, donde Cassie la abrazó efusivamente, llorando de alegría... y después se marchó corriendo a preparar el té.

–Tú al menos tienes buen aspecto –dijo Marion más tarde, cuando, sentadas a solas en el elegante cuarto de estar, bebían el té dulce en las delicadas tazas de porcelana que Marion había llevado al rancho desde el hogar de su infancia en Houston.

–Ojalá me sintiera bien –confesó Lacy–. Llevo muerta ocho meses. Ha sido horrible estar sin él.

Marion dejó suavemente la taza sobre la mesa de roble tallado.

–Él tampoco estaba muy contento, que digamos. Ha estado más callado que de costumbre y no ha parado de trabajar. ¿Sabes?, ni siquiera tuve que retorcerle el brazo para convencerlo de que fuera a verte. Casi salió de él.

–Tal vez quería comprobar cuántos amantes tenía –Lacy se rió con amargura.

–Él sabe que no tienes ninguno –repuso la más mayor de las dos–. Y yo también. Antes os observaba a los dos. Había tanto amor en él, y todo se ha desperdiciado... Turco y él se parecen mucho, Lacy. Cuando volvieron de la guerra se envolvieron en acero y ahora intentan vivir sin ataduras de ninguna clase. No sé qué ha ocurrido, desde luego, pero estoy casi segura de que Katy no se ha ido a Chicago porque quiera a ese mafioso con el que salía.

–¿Crees que Turco le dijo algo? –preguntó Lacy mientras observaba su cara arrugada.

–Estoy segura de que sí. Quizá le dijo que no había esperanzas, o le dijo algo cruel. Pero Katy no se habría ido así sin un motivo. Y a mí no me parecía que estuviera enamorada. Al menos, no de Danny Marlone.

Katy era su amiga, pero Lacy se preguntaba si alguien la conocía de verdad. Lacy nunca la había conocido en profundidad, a pesar de que la quería como a una hermana. Pero, si había algún hombre por el que Katy estuviera dispuesta a morir, era Turco. Cuando él le hacía caso, por poco que fuese, la joven se pasaba horas soñando despierta, presa de una especie de éxtasis. Casi daba lástima cómo lo miraba y buscaba excusas para estar con él. Turco, por otro lado, se parecía mucho a Cole, como decía Marion. Su semblante no dejaba traslucir nada, y parecía esconder sus propias flaquezas con humor. Si tenía alguna, desde luego. Tal vez estuviera marcado por una tragedia íntima. Cole había dicho que su esposa había muerto. Eso habría sido desgarrador, sobre todo para un hombre tan viril. El no poder salvarla habría sido como una lacra para su virilidad.

–Estás muy callada –murmuró Marion.

–Yo también estoy preocupada por Katy –confesó Lacy–. ¿Es buen chico ese Danny? ¿La tratará bien?

–Supongo que sí, querida. Pero son sus negocios los que me preocupan. Tiene una taberna clandestina y no creo que rechace tratos ilegales. Eso es lo que me inquieta. Pero ¿qué podemos hacer? Katy ya es mayor. Yo a su edad ya estaba casada y tenía a Coleman. Tengo las manos atadas –bebió otro sorbo de té–. Por lo menos Coleman me ha creído. No saldrá tras ellos con una pistola.

–¿Creerte? –preguntó Lacy.

–Querida, no me creo ni una palabra de la nota que dejó Katy –contestó Marion con calma–. No creo que ese hombre tenga intención de casarse con ella.

–Oh –Lacy quedó anonadada al oír aquello. Quería a Katy. Ésta había sido siempre una buena chica, pese a su inclinación por el coqueteo. Y ahora ¡irse a vivir con un hombre! «Katy, ¿cómo has podido?», pensó, abatida. «¿Cómo has podido dejar que Turco te empujara a hacer algo así?».

Entonces recordó la amenaza que ella había hecho a Cole si no compartía su habitación. Su amenaza respecto a George. En fin, se dijo, el fin justificaba los medios, ¿no? Pero hasta esa noche no lo sabría. Y, al recordar la última vez, se preguntaba si iba a tener coraje suficiente para pasar por aquello. Amaba a Cole. Pero ¿bastaría su amor para salvar su matrimonio?

Ben se llevó el coche para acudir a su cita y tuvo cuidado de asegurar a su madre que iba con tiempo para recorrer el largo trayecto y que no tendría un accidente con el lindo cochecito negro de Marion.

¡Madres!, se dijo mientras avanzaba por la larga y sinuosa carretera sin pavimentar. El cielo estaba nublado, pero quizá no lloviera. De todos modos, tenía capota... ¡si recordaba cómo subirla!

Seguía aún molesto por la nueva atmósfera que se había creado entre Cole y él. Su hermano nunca le había levantado la mano, pese a todas las discusiones que habían tenido. Aquello era impropio de él, aunque los accesos de cólera no lo fueran. Estaba claro que había puesto el dedo en la llaga. Sabía que su hermano mayor ocultaba algo, pero no lograba adivinar qué era. Marion decía que no era asunto suyo, pero él se lo preguntaba de todos modos. Cole era tan reservado respecto a su vida privada... Y especialmente respecto a Lacy.

Ben hizo una mueca al recordar cómo había forzado aquel matrimonio desastroso. No pretendía arrinconarlos. Sólo había sido una broma. Pero a la mañana siguiente aquella broma perdió su gracia, cuando salieron de la cabaña. Lacy estaba pálida como una sábana y lloraba, cosa que nunca había hecho delante de él. Naturalmente, la expresión de Cole habría bastado para reducir al llanto a un hombre adulto. Era completamente feroz. Ben se había ido a visitar a una tía de Houston ese mismo día, para apartarse del camino de su hermano hasta que éste se calmara. Y, a su vuelta, Cole y Lacy estaban ya casados.

Él había querido a Lacy para sí. Era tan encantadora, tan cultivada... Mientras Coleman estaba en la guerra, él había sido la sombra de Lacy. Luego, a su regreso, Cole se había mostrado tan frío y distante que nadie, excepto Turco, parecía capaz de acercarse a él. Incluso se había apartado de Lacy cuando ella salió corriendo con el corazón en los ojos para darle la bienvenida a casa, tras el armisticio. Ben sabía que no olvidaría nunca la expresión de Lacy, ni cómo había reaccionado a la indiferencia de Cole durante los meses y los años que siguieron. Ella había empezado a hablar de dejar el rancho en la época en que Ben les gastó aquella broma pesada. Desesperado, le había pedido que se casara con él y ella se había negado con toda delicadeza.

El saber por fin que sólo sentía afecto por él había estado a punto de matarlo y le había agriado el carácter. Al igual que Katy, Ben estaba acostumbrado a salirse con la suya, sobre todo con las mujeres. Suspiró y pensó en las chicas con las que había salido en San Antonio. A veces estaba seguro de saber más de mujeres que el propio Cole. Su hermano parecía extremadamente reprimido; siempre se alejaba cuando Ben y Turco empezaban a hablar de sus conquistas. Especialmente desde la guerra.

Turco era un golfo, se dijo. El piloto había sido su héroe durante mucho tiempo. Cole, en cambio, era demasiado duro para servirle de ejemplo. Turco era más humano. Ben admiraba su éxito con las mujeres, su actitud fresca y desenfadada. Turco tenía además muy mal genio, como Cole, pero era algo más tolerante y menos rígido en sus posturas. Ben se preguntaba cómo se comportaba Cole con Lacy cuando las luces se apagaban. Tenía la impresión de que quizá por eso ella lo había abandonado. Tenían habitaciones separadas y Ben sospechaba, al igual que los otros miembros de la familia, que nunca habían consumado su matrimonio. Para una mujer como Lacy tenía que ser doloroso que todo el mundo pensara que su marido no la deseaba. Ella se había quedado ocho meses en San Antonio y, por lo que contaba Katy, había un tipo que la rondaba. Pero, si había vuelto a casa con Cole, aquel tipo no podía significar mucho para ella. Seguramente seguía aún enamorada de Cole, a pesar de todo. Cuando echaba la vista atrás, Ben no recordaba ninguna época en la que Lacy no hubiera mirado a su hermano mayor con el corazón en sus ojos llenos de tristeza.

Pero él no se había dado cuenta hasta que, al llevar a cabo aquella broma de mal gusto, había condenado a Lacy a la angustia de un matrimonio sin amor. A veces se sentía muy culpable por ello.

Volvió a pensar en su encuentro en el apeadero y en la súbita aparición de la pequeña Faye Cameron. Faye era muy bonita, pero no era la mujer que necesitaba él. Los escritores, pensó, eran sujetos solitarios. No podían conformarse con una sola mujer. Necesitaban montones de ellas.

Naturalmente, estaba Jessica Bradley, la hija del editor del nuevo periódico. Jessica era un bombón. Muy morena de pelo y con la piel clara, tenía una boca apetitosa y un cuerpo en el que Ben ansiaba poner sus manos. Ésa sí que era una muñequita sofisticada. Ben comenzó a silbar mientras pensaba en ella y pisaba el acelerador. La pobre Faye tendría que fijar sus miras un poco más abajo. De todos modos, a la hija de un ranchero le convenía un ganadero, no un escritor famoso.

Los Bradley lo estaban esperando cuando llegó a su elegante residencia cerca de El Álamo. Randolph Bradley era alto y de pelo cano, con un pulcro bigote recortado y ojos muy azules. Su hija, aparentemente, había salido a la madre, cuyo retrato colgaba sobre la refinada repisa de la chimenea del cuarto de estar victoriano.

–Mamá está en Europa, claro –le informó Jessica mientras bebían cócteles de champán, antes de que les sirvieran la cena en el espacioso comedor. Se acercó a él, anegándolo en su exquisito perfume–. Detesta la frontera. Esto no es como Nueva York. Pero papá insistió en que viniéramos para hacernos cargo del periódico.

–Papá reconoce un buen negocio cuando lo ve –dijo el señor Bradley altivamente. Bajó la mirada hacia ella e hizo una mueca–. Esa pequeña publicación va a convertirse en un pilar del periodismo del oeste, espera y verás, hija. Ahora, Whitehall, hábleme de usted. Tengo entendido que su familia tiene un rancho ganadero.

Ben se sentía incómodo.

–Pues sí –contestó con una leve sonrisa, intentando parecer tan seguro de sí mismo y tan educado como su anfitrión–. Mi hermano dirige el rancho, naturalmente. Yo me dedico más al... lado financiero del negocio –menos mal que Cole no podía oírle o se habría metido en un buen lío.

–Eres un chico listo. El ganado es muy desagradable –dijo Bradley levantando su copa–. Vamos a convertirte en el reportero del siglo. Escándalos, crímenes, tragedias... ¡Ganaremos una fortuna! Por los beneficios, hijo.

Ben levantó su copa. Notó que era de cristal Waterford. Muy bonita. El comentario de Bradley acerca de escándalos, crímenes y tragedias atravesó su cabeza sin hacer mella.

–¡Por el beneficio!

Fue una noche maravillosa. El viejo Bradley se desvivió por mostrarse cortés y la sensualidad de los ojos oscuros de Jessica convirtieron a Ben en un manojo de nervios. No se dio cuenta de lo que comía, pero agradeció que su madre se hubiera empeñado en que aprendiera buenos modales en la mesa. Al menos no tuvo que avergonzarse por no saber qué tenedor usar.

–Bueno –dijo Bradley cuando, tras el postre, bebieron una copa de coñac en el cuarto de estar–, tengo que irme a descansar. Hay que acostarse a las ocho todos los días, ¿sabes, hijo? Mantiene el cuerpo en forma.

–Sí, claro –dijo Ben, indeciso, y se puso en pie torpemente–. Yo tengo que volver a casa...

–¿Y recorrer un camino tan largo a estas horas de la noche? ¡No seas absurdo! –exclamó Bradley–. Te quedas con nosotros. No puedo permitir que mi reportero estrella vaya por esas carreteras en plena noche. Te necesito, hijo mío. Tus contactos en San Antonio van a serme imprescindibles... ¡a mí y a ti! Los anuncios cuentan, ¿sabes?, y un nombre conocido en la ciudad vende anuncios. Es un buen negocio. Que duermas bien, hijo. Buenas noches, querida

–le dijo a Jessica, y se inclinó para besarla en la mejilla cariñosamente.

–Buenas noches, papá –dijo ella cansinamente–. Yo le enseñaré su habitación a nuestro invitado. A ninguno nos vendrá mal acostarnos pronto.

–Eso mismo pensaba yo –Bradley se echó a reír mientras subía las escaleras.

–Vamos, Bennett –le dijo Jessica a Ben. Dejó su copa y lo tomó de la mano.

Llevaba un traje azul y vaporoso, con mucho encaje. El corazón de Ben se aceleró dolorosamente. Jessica Bradley era la mujer más sofisticada que había conocido nunca. Tenía su misma edad, pero era mucho más mundana que él. ¡Y tan sexy...!

Ben esperaba que le deseara buenas noches cuando ella abrió la puerta de una habitación del ala opuesta a la que ocupaba su padre. Pero Jessica entró con él... y cerró la puerta a su espalda.

–Ahora –musitó con voz ronca– puedo hacer lo que llevo esperando toda la noche.

–¿Y qué es? –preguntó él, envuelto en su perfume.

–Esto –murmuró ella, y atrajo la cabeza de Ben hacia sí.

¡Dios, vaya beso! Ben se estremeció de la cabeza a los pies al primer contacto de sus labios suaves y húmedos. Ella le metió rápidamente la lengua en la boca y comenzó a juguetear con la suya provocativamente. Ben extendió los brazos hacia ella mientras Jessica frotaba sus caderas con urgencia contra las suyas. No era virgen, eso estaba claro.

Unos segundos después, lo condujo a la cama, pero se apartó cuando Ben le alargó los brazos.

–Aún no, pequeño Ben –se rió suavemente. Retrocedió, alisándose el vestido con ojos sensuales y triunfantes mientras veía las manifestaciones de su deseo.

Se fue desabrochando los botones con dedos hábiles y finos y dejó que él mirara mientras se bajaba el corpiño y se quitaba el vestido, hasta quedar cubierta únicamente con la combinación lila y las medias. Sin apartar de él los ojos, jugueteó con los finos tirantes de la combinación y se los bajó lentamente por los brazos. Abrió los labios y se tocó los dientes con la lengua.

Ben estaba rígido sobre la colcha blanca, estupefacto por su falta de pudor. Ella apartó la combinación de sus pechos pequeños y tensos y la dejó caer. De pie, vestida con sus pantaloncitos, su liguero y sus medias, lanzó de un puntapié la combinación por el suelo de madera bruñida y levantó los brazos para quitarse las horquillas y soltarse el pelo largo y oscuro.

Arqueó la espalda al acercarse a él.

–¿Te gusto, pequeño Ben? –musitó–. ¿Mmm?

–Dios, eres... ¡preciosa! –exclamó él.

–Entonces no te quedes ahí parado, pichoncito... Enséñame cuánto te gusto –susurró ella levantándole las manos.

Las apoyó sobre sus pechos firmes, con las palmas ásperas contra sus pezones tensos y oscuros y lo miró con ojos brillantes y excitados mientras la acariciaba.

–Vamos, cariño. No seas lento –dijo, burlona, y le bajó las manos hasta sus pantaloncitos y su liguero.

Él se los quitó con manos temblorosas. Su corazón latía con violencia cuando le bajó las medias de seda. Ella se rió con malicia al tumbarse sobre la colcha, bellísima en su rosada desnudez, y comenzó a moverse sensualmente sobre la cama, bajo la intensa mirada de Ben.

–¿Vas a quedarte ahí mirando? –lo desafió.

Él parpadeó.

–Eh, no, claro que no –se sentía como si fuera la primera vez. Se quitó torpemente el traje gris y casi todo lo que llevaba debajo.

Por suerte, tenía un buen cuerpo. Terso y no muy pálido, y bastante musculoso.

Se quitó los calzoncillos y, al darse la vuelta, vio que ella bajaba los ojos hacia su sexo.

–Dios santo, no eres tan pequeño, después de todo, ¿verdad, cariño? –Jessica se rió suavemente y le tendió los brazos–. Ven aquí, mi adorable salvaje, y mátame de amor.

Aquello, al menos, era territorio conocido. Tal vez él no fuera el mejor reportero del mundo, pero sabía qué hacer con una mujer. Y ella lo descubrió enseguida, con cierto asombro.

Se rió para sí mismo al notar el ansia sorprendida de Jessica cuando ésta sintió su lengua en la cara interna de sus muslos, suave y cálida. Era muy ruidosa, pensó al deslizarse hasta sus pechos suaves y sentirla tensarse y gemir cuando mordió delicadamente uno de sus pezones fragantes y comenzó a lamerlo. Sí, iba a hacer mucho ruido. Ben confiaba en que nadie la oyera.

Mientras Ben disfrutaba de su noche, Lacy renegaba de la suya... y de la amenaza impulsiva que había forzado a Cole a compartir su habitación. Estaba sola, paseándose por el cuarto, vestida con un suave camisón de algodón rosa y una bata vaporosa, y el hecho de que estuvieran casados no la hacía sentirse menos como una vampiresa. Al principio, aquello le había parecido divertido, pero ahora estaba nerviosa. Durante todo el día había sentido algo nuevo y delicado en su relación con Cole. Un calor que faltaba antes, un tierno comienzo. No quería poner en peligro aquello. Pero era tan inexperta... No sabía nada de hombres, excepto lo poco que había aprendido aquella desagradable noche con Cole.

Juntó las manos mientras se paseaba por el suelo de tarima, descalza. No había visto a Cole desde esa tarde. Había pasado casi todo el día con Marion, hablando de Katy. Y Cole no había ido a cenar. Había un toro enfermo y el veterinario y él habían pasado la tarde atendiéndolo en el establo.

Quizá Cole sólo hubiera buscado una excusa para evitarla, pensó con tristeza. Y quizá siguiera encontrando excusas cada noche...

Lacy se volvió al oír que alguien abría la puerta con sigilo. Se quedó paralizada al ver que Cole entraba cansinamente en la habitación, cubierto de polvo y con el aspecto de haber bregado con un rebaño que se hubiera salido de su senda.

–¿Cómo está el toro? –preguntó ella suavemente.

Él levantó las cejas. Incluso logró esbozar una sonrisa cansada mientras se quitaba el sombrero de ala ancha y lo lanzaba a una silla.

–Ésa no era la pregunta que esperaba, señora Whitehall –contestó de pie ante ella, alto y avasallador en su virilidad.

–¿No? –preguntó ella con una sonrisa tímida y pudorosa.

–Necesito un baño –dijo él–. Y mucho sueño –ladeó la cabeza, mirándola–. A no ser que... –añadió, tomando la ofensiva. Quería ver si Lacy sólo estaba fanfarroneando. Y casi sonrió cuando se puso colorada y no pudo mirarlo a los ojos. Tenía razón. Ella estaba fingiendo. No se sentía ni la mitad de lo segura que aparentaba estar, y eso le agradaba. Le daba una confianza que necesitaba enormemente.

Se acercó a ella. Olía a polvo y a ganado, y, al levantar la mirada, Lacy descubrió en sus ojos oscuros una expresión extraña y suave.

–En lugar de empezar por una relación física, Lacy –comenzó a decir Cole con voz honda y suave–, supón que intentamos conocernos el uno al otro. Eso es lo único que no hemos hecho nunca. Ni siquiera al principio, cuando viniste a vivir aquí.

Lacy se relajó visiblemente. Cole lo notó y también se tranquilizó. Llevaba todo el día inquieto, buscando excusas y martirizando a sus hombres porque no sabía cómo decirle a Lacy que...

–Sí –ella interrumpió sus pensamientos–. Me gustaría –se

aventuró a mirarlo–. No pretendía expresar las cosas con tanta crudeza en San Antonio. Había bebido.

–Lo sé –él vaciló, aparentemente tan tímido como se sentía–. Lacy, en cuanto a lo de compartir habitación...

–Por favor, no me avergüences, Cole –susurró ella, desviando la mirada.

–Iba a decir que... no me importa –añadió, titubeante.

Ella levantó la mirada, sorprendida y encantada. Su rostro se iluminó. Sus ojos azules le sonrieron. Se estremeció de placer, y se le notó.

–Gracias –musitó.

–No pasa nada, pequeña –dijo él, que había recuperado en parte el aplomo. Tocó su barbilla con los nudillos y le sonrió débilmente–. Supongo que conseguiremos no echarnos el uno al otro a patadas de la cama.

Ella sonrió con el semblante iluminado y bellísimo. Levantó los ojos y volvió a bajarlos.

–Espero que no ronques, vaquero –murmuró.

–Yo no, señora. ¿Y tú? –añadió mientras se dirigía al cuarto de baño.

Lacy tomó un cojín de la silla y se lo lanzó, y él entró en el cuarto de baño riendo. Unos minutos después, Lacy oyó correr el agua.

Encontró una revista y se tumbó en la cama a hojearla. Qué extraño resultaba compartir la habitación con un hombre. Hasta los ruidos del baño le sonaban íntimos. Se preguntaba qué aspecto tendría Cole sin la ropa. Nunca lo había visto desnudo. La única noche en que habían compartido intimidad, él no había encendido la luz. De hecho, pensándolo bien, Lacy estaba casi segura de que ni siquiera se había desvestido por completo. Desde su regreso de Francia, ella nunca le había visto con la camisa abierta, ni quitada, y casi todos los vaqueros se descamisaban de cuando en cuando, sobre todo en verano. Pero Cole no. Al menos, últimamente.

Involuntariamente, su recuerdo regresó al día en que

Cole se marchó para sumarse a su unidad, en Europa. Entonces tenía la camisa quitada y la había besado y besado. Recordó cómo había acariciado ella con ansia el denso vello que cubría su amplio pecho, y cómo se había sentido al hallarse tan cerca de él y al dejar que la besara. Pensó entonces que aquello era el principio de algo, pero se equivocaba. Cole ni siquiera le escribió después de su marcha. Y, a su regreso, no soportaba que lo tocara. Al menos, hasta aquella mañana en el establo, antes de que fuera a su cuarto, aquella única noche después de su boda. Pero aquél era un recuerdo triste y vergonzante. Cole le había hecho mucho daño, y ella había llorado. No habían hablado de ello hasta que él fue a buscarla a San Antonio. Todavía les costaba sacarlo a relucir.

Recordar la ponía triste. Sacudió la cabeza como si quisiera aclarársela. Luego un artículo de la revista llamó su atención y comenzó a enfrascarse en él.

Cole tardó en salir del cuarto de baño, vestido con un pijama y una bata. Aquélla era su habitación, a fin de cuentas. Tenía ropa en los armarios, junto a la que Lacy había guardado en ellos a su llegada. Ella levantó la mirada y compuso una sonrisa.

–Pareces un par de tonos más claro –comentó con sorna.

Él se rió y se detuvo ante el tocador para peinarse el pelo liso y abundante. Lo tenía mojado, casi negro por la humedad, y aunque iba completamente cubierto por el pijama azul marino y la bata, resultaba muy íntimo verlo vestido para dormir.

Él vio la expresión de Lacy en el espejo y sonrió a medias.

–Eras tú quien quería compartir habitación, cariño –le recordó–. Ya es demasiado tarde para avergonzarse.

–Supongo que sí –murmuró ella. Lo estudió, pensando en lo atractivo y viril que era–. No me has dicho qué tal está el toro.

–El veterinario dice que sobrevivirá –Cole se volvió y

observó la cama de bronce, con su espacioso colchón–. ¿Qué lado prefieres?

–Me gusta éste, si no te importa –dijo ella, y apartó la revista.

–Da la casualidad de que es el lado en el que no duermo –contestó Cole. Se sentó en su lado de la cama, bostezó y se recostó en las almohadas–. Dios, qué cansado estoy. Los días son cada vez más largos, o yo cada vez más viejo.

–No puedes ser viejo con veintiocho años –comentó ella. Observó su rostro flaco y moreno. Se había afeitado y sus mejillas bronceadas y tersas le daban ganas de besarlo, pero le gustaba la idea de tomarse las cosas con calma–. Que duermas bien.

–Tú también, cariño –Cole se tumbó de lado y la observó inquisitivamente–. Está usted preciosa en camisón, señora Whitehall –añadió con una sonrisa.

Ella posó los ojos en su fina boca.

–Me alegra que pienses así –deseó tener más experiencia, saber qué hacer a continuación. Si se acercaba a él, ¿interpretaría Cole que le estaba rogando que le hiciera el amor? ¿Le gustaría... o levantaría otro muro entre ellos?

A su lado, Cole se hallaba igualmente indeciso. No quería presionarla. Lacy acababa de volver. Y era sincero cuando decía que deseaba una relación que no fuera sólo física. Casi se echó a reír al pensarlo. Había intentado evitar el quedarse a solas con ella e ignoraba por completo qué haría ella si se enteraba. Lacy tenía buen corazón, pero él no quería su piedad. Quería.. más que eso. Recordaba también que ella se había resistido la única vez que habían compartido la cama y que había llorado desconsoladamente. Y la certeza de que aquella experiencia había sido tan insatisfactoria para ella como para él laceraba su orgullo y su confianza en sí mismo.

–¿Podrías darme un beso de buenas noches? –preguntó Lacy, vacilante–. Sólo eso. No te estoy pidiendo que...

–Como si pudieras, después de la última vez –dijo él con calma–. Estamos casados, Lacy –añadió suavemente–. Y besarte no me parece ningún castigo. Ven aquí.

Ella se acercó. La oscuridad era íntima, incluso con la lamparita de la cama encendida por encima de ellos, en el cabecero de metal. Lacy lo miró fijamente a los ojos cuando Cole se inclinó hacia ella y se quedó parado un momento antes de cubrir sus labios un instante con ternura.

–Sabes a café –musitó.

–Y tú a tabaco –contestó ella con un susurro.

Cole volvió a besarla. Le gustaba el calor tierno y tembloroso de su boca bajo el movimiento lento y delicado de la suya. Sintió que se excitaba. Era extraño, lo rápido que sucedía con ella. Cerró los ojos y con una mano le sujetó el cuello y le ladeó la cara para acceder mejor a su boca.

–Lacy –murmuró con voz poco firme–, abre la boca un poco...

Ella obedeció, llena de placer y de asombro, y dejó escapar un leve gemido de sorpresa ante aquella orden inesperadamente apasionada.

–Sí... –jadeó él, y Lacy sintió que la lengua de Cole traspasaba lentamente sus labios y se introducía en el oscuro interior de su boca, buscando su lengua en un silencio ardiente y pesado, lleno de jadeos y húmedos contactos.

Levantó los dedos hasta la mejilla enjuta de Cole y la acarició levemente. Bajó la mano y sintió su boca pegada a la suya. Notar aquella tierna unión la excitó, y dejó escapar un gemido.

Él se apartó de pronto.

–Dios, no creo que pueda aguantar mucho así –dijo, trémulo.

–Besar es tan excitante... –musitó ella mientras escudriñaba sus ojos oscuros y fieros.

–Sí, y conduce a algo que no se nos da muy bien, ¿no crees? –preguntó Cole con voz levemente cortante.

Ella tragó saliva.

–Me dolió –dijo–. Pero una de mis amigas casadas dice que suele doler... al principio.

A Cole le dio un vuelco el corazón. Nunca había hablado de aquello. No podía hablar de cosas íntimas, excepto con Turco, quizá. Claro que Turco era un hombre.

–Le estás quitando importancia –dijo hoscamente–. Fue duro, Lacy. Muy duro. Semanas después, yo seguía teniendo pesadillas.

–Oh, Cole –musitó ella suavemente–. No fue culpa tuya. Nunca te lo he reprochado –se inclinó hacia delante y besó sus párpados cerrados con una ternura surgida de lo más hondo de su alma.

Él tembló ante aquel suave contacto. Su cuerpo ansiaba satisfacerse en el de ella. Pero el recuerdo del daño que le había hecho se lo impedía. Además, si empezaba a hacerle el amor esa noche (y no se quitaba la ropa), ello suscitaría preguntas a las que no quería responder aún. Era preferible sufrir un poco que arriesgarse a ello. Dios, cuánto la deseaba. La deseaba más allá de toda razón. Cuando sus manos suaves y cálidas le tocaban la cara, se sentía como si volara. Se preguntó cómo sería sentirlas en el pecho, en el vientre, en las caderas y los muslos, y gruñó en voz alta, porque nunca podría permitirle que lo tocara.

Se apartó de ella y se tumbó de espaldas.

–Es tarde. Necesitamos dormir –dijo con más ternura de la que había empleado nunca con ella.

–Sí. Lo mismo digo.

Se acurrucó bajo la sábana, mirándolo, y suspiró suavemente mientras su cuerpo ardía, poseído por una fiebre insatisfecha. Deseó poder pedirle que la abrazara, pero había notado la rigidez de sus brazos y manos y sabía ya que los hombres podían excitarse irracionalmente. No quería obligarle a aquello. El pasado exigía que ambos se perdonaran.

Tal y como había dicho, necesitaban tiempo para conocerse. La intimidad física llegaría después.

Lacy cerró los ojos, gozó del olor de su jabón y sonrió mientras se quedaba dormida, sintiéndose a salvo en el delicioso calor de su cercanía.

Jessica se estiró con una sonrisa de satisfacción y miró con indolencia al hombre tendido a su lado, en la cama.

–Eres un caballero muy sorprendente, Ben Whitehall –se echó a reír–. Sí, realmente sorprendente.

–Puede que sea joven, pero no soy inexperto –él sonrió, complacido consigo mismo y con ella. Jessica era una gata salvaje en la cama. Sus apetitos eran tan ardientes y desinhibidos como los de él. Ben había hecho cosas con ella que nunca había hecho con nadie más. Era única entre las mujeres que conocía–. ¿Estás segura de que tu padre está dormido? –preguntó.

–Claro. ¿Es que quieres escaparte conmigo? –preguntó ella.

Ben dejó que sus ojos se deslizaran por su cuerpo joven y espigado. Sintió que se excitaba de nuevo y vio cómo ella miraba divertida la prueba de ello.

–No creo que pueda perderte de vista, si te digo la verdad –dijo con sorna, y volvió a cernerse sobre ella.

Jessica le rodeó el cuello con los brazos y se arqueó hacia arriba cuando Ben apoyó su peso cálido y duro sobre su cuerpo ansioso.

–Esperaba que dijeras eso –musitó mientras él le acercaba la boca. Alargó la mano y comenzó a tocarlo, a acariciarlo, con ojos tan apasionados y salvajes como los de él–. Deja que te enseñe algo distinto... –murmuró, y se echó a reír alegremente cuando él hizo una mueca y apretó los dientes.

Ben sintió que perdía el control. Cerró los ojos mientras los dedos de Jessica obraban su magia sobre él. Y justo antes de que ella arqueara las caderas y engullera su miembro, pensó que aquella mujer era mucho más adictiva que cualquier alcohol que hubiera probado.

La mañana rompía sobre Chicago, envolviendo la ciudad en un cálido resplandor dorado. Katy Whitehall se desperezó ante la ventana y miró melancólicamente hacia el sur. Se preguntaba si Turco la echaba de menos. Ella lo añoraba más con cada minuto que pasaba. Pero acabaría olvidándose de él. De algún modo, lo olvidaría.

Llamaron a la puerta. Se volvió cuando la madre de Danny, la señora Bella Marlone, entró con una taza de café.

–Aquí tienes, te he hecho un buen café –murmuró la rotunda señora, ya entrada en años, con el pelo recogido en un moño del que escapaban mechones canosos y ataviada con un vestido beis pulcramente atado con un cinturón alrededor de su amplia cintura. Sonrió a Katy y sus ojos oscuros brillaron–. Qué alegría que mi Danny y tú vayáis a casaros –dijo afectuosamente–. Me gusta esto de tener en casa a una chica joven con quien hablar. ¿No te importa que vayáis a vivir conmigo? –añadió, preocupada–. En Italia no es como aquí, ¿sabes? La familia es *molto importante*. Muy importante.

–Lo entiendo –contestó Katy–. Mi familia está muy unida.

La señora Marlone asintió con la cabeza. Tomó asiento en una silla, junto a la cama, y vio a Katy sentarse al borde de la colcha y beber a sorbos su café.

–Danny dice que la ceremonia será el lunes –dijo de pronto.

A Katy le tembló la mano, pero logró aquietarla. ¡Tan pronto! Aunque quizá fuera lo mejor. Así no tendría tiempo para arrepentirse, para regresar corriendo a Spanish Flats. Como si hubiera algún motivo por el que volver. Después de todo, Turco no la quería... al menos, para siempre. Nunca la querría.

–El lunes. Qué bien –dijo calurosamente–. Yo cuidaré bien de él –añadió despacio.

–Las dos cuidaremos de él –dijo mamá Marlone con firmeza–. Yo cocinaré para él, limpiaré la casa y cuidaré de los *bambini* cuando vengan. Tú tendrás tiempo de sobra para ponerte guapa para mi chico.

Así que así sería su vida, pensó Katy con cierta tristeza. Iba a vivir con una suegra dominante... que sólo vivía para darle lo mejor a su hijo. Suspiró. Aquello le traería problemas.

Así se lo dijo a Danny más tarde y él arrugó el ceño.

–Mira, nena –dijo él despacio mientras la estrechaba entre sus brazos–, mi madre es lo único que tengo en este país. Si no te gusta, lo siento. Pero no puedo echarla a la calle. Se ha sacrificado mucho por mí.

–No quería decir eso –contestó Katy, intentando apaciguarlo. Le rodeó el cuello con los brazos y esbozó una sonrisa forzada–. Te ayudaré a cuidar de ella –dijo, y de ese modo hizo su primera oferta de paz.

–Ésa es mi niña –él se inclinó, sonrió y la besó. Era agradable, pensó ella. Muy agradable, muy distinto a los besos febriles y posesivos de Turco. Cerró los ojos con más fuerza, intentando olvidar.

Danny estaba temblando cuando la soltó. Tenía la cara sonrojada y sus manos ardían sobre los pechos de Katy, bajo la blusa holgada.

–Te deseo –murmuró con voz ronca.

–El lunes –contestó ella con una sonrisa.

–Me moriré –gruñó él.

–No creo –ella se echó a reír. Miró sus ojos y se puso seria–. Danny, ¿te importa que no sea virgen?

–Claro que no –contestó él con franqueza–. Me alegra, si quieres que te diga la verdad. Así hasta la primera vez lo pasaremos bien. Te trataré bien, cariño. Ahora vamos abajo. Quiero que conozcas a un par de amigos.

Sus amigos parecían mafiosos acérrimos. Grange era alto, grande y moreno y no abría la boca. Sammy era bajo y enjuto y tenía los ojos un poco saltones. Katy inclinó la cabeza cuando le fueron presentados.

Grange le devolvió el saludo con la cabeza. Sammy esbozó una sonrisa torcida.

–Grange es mi chófer –le dijo Danny a Katy, soltando el humo del puro que estaba fumando–. Y Sammy hace los recados. Si alguien se porta mal conmigo, Sammy se encarga de él. ¿Sabes a lo que me refiero?

¿No querría decir que...? Claro que no, se dijo Katy con firmeza. Había leído demasiados libros. Se echó hacia atrás el pelo largo y sonrió.

–Me sentiré segura teniéndolos cerca –les dijo.

–Estará segura –dijo Grange con voz profunda y tosca–. Sammy y yo no dejaremos que le pase nada a la chica del jefe.

–Puede apostar a que sí –Sammy se echó a reír. Se dio unas palmadas suaves en el bolsillo de la chaqueta–. Nosotros la protegeremos, señorita.

Aquello sonaba ominoso. Ella miró a Danny, preocupada.

–No vayas a ponerte histérica –dijo él suavemente–. Me he creado unos cuantos enemigos por el camino, pero no hay de qué preocuparse. Grange y Sammy saben arreglárselas.

–Bueno, si tú estás seguro...

–¡Claro que estoy seguro! –Danny se echó a reír–. Vamos. Voy a comprarte el mejor vestido de boda que haya. Dime una cosa, niña. ¿Quieres que tu familia venga a la boda?

Katy quería, pero se imaginó a Cole o a Turco presentándose en la boda y se le heló la sangre.

–No –dijo con calma–. Preferiría una ceremonia muy discreta y muy íntima.

–Sí. Yo también. Y rápida –añadió él con una expresión tan atormentada que ella se echó a reír.

La noticia de que Katy y su novio de Chicago se habían casado llegó al rancho el lunes por la tarde.

Cole leyó el telegrama a Marion y Lacy y luego se fue en busca de Turco para darle la noticia. No le apetecía decírselo, en realidad. Había notado un cambio en su amigo desde la brusca marcha de Katy. Lo ocurrido lo había perturbado, y Cole se preguntaba si la culpa no la tendría él por haberle impedido que se acercara a Katy. Si su hermana estaba enamorada del ex piloto, ¿qué sentía él por ella? Ahora, sin embargo, era demasiado tarde para ellos, y Cole se sentía responsable.

Turco estaba ensillando un caballo cuando Cole lo encontró en los establos.

–Hola, jefe –el más joven de los dos sonrió y se echó el sombrero hacia atrás mientras tensaba el cincho–. Hace buen día.

Cole asintió con la cabeza, distraído. Lió un cigarrillo y lo encendió antes de decir nada. Se recostó contra la pared de una caballeriza, con ojos fijos y serenos.

–He pensado que era preferible que te diera yo la noticia. Katy se ha casado.

Los párpados de Turco vibraron un instante. Eso fue todo. Nada más. Se volvió hacia el caballo y tiró de la cincha con tanta fuerza que el animal se removió, inquieto.

–¿Con ese gánster de Chicago? –preguntó con voz crispada.

–El mismo –contestó Cole. Dio una calada a su cigarrillo–. Van a vivir con su madre.

–Qué buen comienzo para un matrimonio –Turco se

rió, pero la grisura de sus ojos se oscureció cuando se volvió para dejar al animal ensillado en manos de uno de los peones. El hombre se había hecho daño en la muñeca y Turco tenía que ayudarlo a ensillar, pero él no quería quedarse en la cama, como le había dicho el médico. Turco hizo un comentario desenfadado acerca de su tozudez. Entre tanto, Cole lo observaba sin dejarse engañar por su charla. Turco estaba destrozado. Cole lo intuyó sin necesidad de que dijera nada.

Cuando el peón se marchó, Cole dio otra calada al cigarrillo y retomó la conversación.

–Katy no ha tenido valor para decírmelo en persona. Ha mandado un telegrama.

–¿Cómo se lo ha tomado tu madre? –preguntó Turco mientras fingía arreglar una brida a la que no le pasaba nada.

–Muy bien. Estoy sorprendido. Lacy parece un poco preocupada. No conoce a ese tipo y le tiene mucho cariño a Katy. Llevan años viviendo juntas.

Turco se volvió y observó al hombre taciturno apoyado en la pared.

–¿Tú qué opinas?

–Me gustaría matar a ese hijo de perra –dijo Cole con calma.

–Sí, a mí también –Turco se apartó del caballo, dejándolo atado a la cuadra, y extendió la mano para que Cole le pasara el tabaco. Cole se lo tiró y lo vio liar un cigarrillo con dedos firmes. Aquella sangre fría había sido una de las marcas distintivas de Turco durante la guerra, como piloto. Nada parecía alterarlo. Eso era algo que tenía en común con Cole.

–Por el amor de Dios, di algo –le espetó Cole–. Soy yo, ¿recuerdas? Te conozco como a un hermano, así que deja de fingir que te importa un bledo.

Turco levantó la mirada. Sus ojos grises parecían apacibles y nublados.

–¿Qué quieres que diga? Fuiste tú quien me dijo que no me acercara a ella.

–Creía que sería una de tantas –contestó Cole con franqueza–. No eres muy de fiar con las mujeres. Coleccionas sus cabelleras, muchacho.

–Después de perder a mi esposa, no parecía haber motivo para hacer otra cosa –contestó Turco secamente–. Creía que no tenía nada que ofrecer.

–¿Y ahora?

Turco se encogió de hombros. Miró sus botas desgastadas y polvorientas.

–Pienso en Katy todo el tiempo –confesó con voz vacilante–. Daba por sentado todo eso del culto al héroe. Ahora daría cualquier cosa porque volviera a mirarme así –cerró los ojos, embargado por una repentina oleada de dolor–. Dios, todo esto me pone enfermo. Se fue por culpa mía, Cole. El responsable soy yo. Le dije que no tenía nada que ofrecerle, que me dejara en paz. Supongo que fue la gota que colmó el vaso –aspiró el humo del tabaco y exhaló–. Se fue minutos después –no mencionó lo ocurrido en el granero. Cole seguía siendo su único amigo. Y Turco no sabía cómo reaccionaría si descubría la verdad.

–La culpa es en parte mía –dijo Cole con paciencia–. Quizá si no te hubiera dicho nada sobre ella...

Turco sonrió con desgana.

–Tú sólo intentabas protegerla. Soy un golfo, los dos sabemos cuánto me gustan las mujeres. Pero con Katy nunca fue así, Cole. No podría haberla tratado como a una conquista barata. Ella siempre fue especial.

–Puede que ese tipo se porte bien con ella –dijo, vacilante, el más alto de los dos.

–Y puede que los patos ganen las elecciones –repuso Turco, malhumorado. Miró la punta de su cigarrillo–. Me pone enfermo pensar que está con ese gánster de tres al cuarto.

–Llena de combustible el depósito del avión –dijo Cole, medio en broma–. Iremos a Chicago y lo ametrallaremos desde el aire.

Turco consiguió esbozar una sonrisa que no sentía. Observó los ojos oscuros y firmes de su amigo.

–A veces eres demasiado indio. Tienes un gusto por la venganza que tal vez acabe contigo algún día.

La boca delgada de Cole se tensó.

–Soy impetuoso.

–Pues no se nota –Turco frunció los labios–. ¿Por qué no le dices la verdad a Lacy?

La sonrisa de Cole se desvaneció.

–Ten cuidado –le advirtió suavemente–. Hay una línea que ni siquiera tú puedes cruzar.

–Adelante, pégame –dijo Turco–. Lo diré de todos modos. Te equivocas con Lacy. Es dura. Y, si no tienes cuidado, volverás a perderla.

–No, si puedo evitarlo –contestó Cole involuntariamente.

–Entonces deja de ocultar tus cartas. Ocultando tus sentimientos eres aún peor que yo –se llevó de nuevo el cigarrillo a los labios y una nube de humo los separó–. Tiene que sentir algo por ti o no habría vuelto, Cole. Piénsalo.

–Ya lo he pensado –gruñó Cole. Suspiró trabajosamente mientras escudriñaba el horizonte–. Lo he estropeado todo. Le hice daño... –se puso colorado y evitó la mirada de Turco.

Turco lo estudió cuidadosamente. Podía ser peligroso presionarlo en exceso, pero no quería que su amigo siguiera sufriendo. Eligió cuidadosamente sus palabras antes de hablar.

–A veces es difícil para una mujer la primera vez. Las mujeres no son como nosotros. Con ellas, hay que preparar el terreno.

Cole se quedó mirándolo con la boca abierta.

–¿Qué?

Turco se metió las manos en los bolsillos.

–Hay que excitarlas. Les duele, si no las excitas, aunque no sea la primera vez –observó los rasgos serenos de Cole–. Tú no lo sabías.

Cole suspiró profundamente. Siguió fumando sin apartar los ojos del horizonte.

–Dios mío, con razón... –murmuró–. No –dijo con aspereza–. No lo sabía –miró con enojo al hombre rubio–. Adelante, ríete.

Turco sacudió la cabeza.

–De ti, no. De ti nunca me reiría. Te entiendo mejor que nadie. Después de todo, conozco la historia completa –dijo con calma–. No hay de qué avergonzarse.

–¿No? –Cole miró el suelo con un leve sonrojo en las mejillas–. Preferiría morirme a que ella se enterara.

–No tiene por qué enterarse, si tienes cuidado –dijo Turco. Miró a Cole con los ojos entornados–. Puedes hacer que te desee.

Cole apretó los dientes. Aquello estaba machacando su orgullo, pero lo que sentía por Lacy era aún más fuerte. ¡Al infierno! Turco era su amigo, ¿no? La única persona en el mundo que sabía por qué era así.

–¿Cómo? –preguntó secamente.

–Haz que te diga lo que le gusta que le hagas –dijo Turco con suavidad, sin condescendencia ni burla–. Suena muy sofisticado, pero hace que las mujeres se vuelvan locas. Compórtate con aplomo. Observa sus reacciones y finge que sabes lo que estás haciendo, aunque no lo sepas. Esto requiere sigilo –añadió con una leve sonrisa–. Es como planear una campaña, muchacho. Tienes el objetivo a la vista y avanzas palmo a palmo.

–¿Y cómo sabré cuándo está preparada? –preguntó Cole en voz baja.

Turco le habló sin pudor de los sutiles signos que indicaba que una mujer estaba excitada.

–Hay una cosa más –añadió–. Cuando una mujer está disfrutando, no busques que sonría. Parecerá como si se estuviera desgarrando. Puede que llore o que gima, o que te muerda o te arañe. No tengas miedo de estar haciéndole daño. Te lo dirá, si es así. El placer y el dolor van a veces unidos en apariencia. Tienes la ventaja de que ella sabe tan poco como tú –añadió con sorna–. ¡No sabes qué suerte tienes!

–Menuda suerte –dijo Cole con un suspiro mientras observaba su cigarrillo–. Tener mi edad y ser tan estúpido. Pero antes de la guerra, después de que muriera mi padre, tuve que asumir la responsabilidad de ocuparme de la familia. Y después... –levantó la cara con ojos atormentados–. Después, no tuve valor para intentarlo. Lacy nunca sabrá hasta qué punto fue un infierno verme obligado a casarme con ella. Siempre la he deseado, Turco. Pero no soporto la piedad. No podía saber cómo reaccionaría a menos que la dejara ver... –cerró los ojos un instante y apartó la mirada. Se llevó de nuevo el cigarrillo a los labios–. Luchar contra los alemanes fue una cosa. Y enfrentarme a Lacy con... eso... otra bien distinta.

–Todavía lamentas que te quitara esa pistola, ¿eh, vaquero? –dijo Turco–. Pues yo no. Y algún día tú tampoco lo lamentarás. Lacy es una de esas raras mujeres. Ya lo descubrirás. Y, si te tomas las cosas con calma con ella y haces lo que te he dicho, puede que descubras placeres que ni siquiera sospechabas.

–¿Cómo demonios sabes tanto de mujeres? –preguntó Cole con curiosidad.

–Parece que siempre han caído en mis brazos –contestó Turco, riendo–. Y el matrimonio enseña muchas cosas. Es muy excitante descubrir cosas con tu mujer, averiguar las formas en que puedes darle placer y que ella te lo dé a ti –observó los ojos de Cole–. Es más excitante que una batalla a gran escala.

–La experiencia ayuda un poco –Cole suspiró.

–Pero acumular experiencia es aún mejor. Más divertido –contestó Turco con una sonrisa.

Cole apuró su cigarrillo.

–Sería más fácil si tuviera más tiempo con ella. Pero ahora mismo las cosas no andan bien. Y se pondrán cada vez peor –añadió, mirando significativamente el ganado que había más allá de la valla–. Mira esos pobres animales. No puedo conseguir suficiente comida para que pasen el invierno. No puedo permitírmelo. Sin las reses no podré pagar las letras del banco. Y el viejo Henry está deseando apoderarse del rancho. Ya embargó a Johnson, y le debía menos que yo.

–Tienes amigos –le recordó Turco–. Tus vecinos te conocen de toda la vida, y tú a ellos. Has hecho mucho por ayudarlos. No lo olvidarán. Si hay que luchar, se pondrán de tu lado.

–¿Y qué pueden hacer? La economía nos está matando a todos. Todo el mundo habla de la maldita prosperidad, pero mira a tu alrededor. Los granjeros se arruinan por todas partes. Puede que en Wall Street las cosas vayan como la seda, pero esto está muy lejos de Nueva York. Creo que nos dirigimos al desastre. Esa euforia financiera no puede ser buena. No es natural.

–La guerra lo exageró todo –dijo Turco–. Ahora que ha acabado, hay mucha gente sin trabajo. Y los granjeros y rancheros lo tienen peor que la gente de negocios. Ojalá Coolidge hiciera algo.

–Dale tiempo –contestó Cole–. Acaba de tomar posesión del cargo. Puede que lo haga.

–Puede –Turco tiró su cigarrillo al suelo y lo pisó con el tacón–. Creo que voy a ir a recorrer el cercado. Hoy estoy tan deprimido que tengo ganas de cavar hoyos.

–No dejes que lo de Katy te afecte –dijo Cole mientras Turco montaba en su caballo–. Es una Whitehall. Se las arreglará.

–Claro –Turco se subió el sombrero sobre los ojos–. Es lo mejor. ¿Qué podía ofrecerle yo?

–Tal vez más de lo que crees –contestó Cole–. En cualquier caso, siento lo que hice. Katy también es especial para mí.

Turco logró sonreír.

–Hasta luego.

Cole lo vio alejarse con una mezcla de emociones. Últimamente, parecía enredarlo todo. Era por culpa de su matrimonio, desde luego. Era lo que sentía por Lacy, que lo revolvía por dentro. La deseaba. Y, más que cualquier otra cosa, deseaba que su matrimonio fuera bien. Pero sabía muy poco de las mujeres y tenía profundas cicatrices emocionales y un secreto que apenas soportaba compartir con nadie. Sobre todo, con una mujer.

Lacy... Recordó aquel cálido y lento beso que había compartido con ellas unas noches atrás y la conversación que tuvieron entonces. Ella parecía tan ansiosa como él porque su matrimonio funcionara. Había temblado al besarla él. Cole hubiera deseado sentirse más seguro de sí mismo para calibrar hasta qué punto había participado ella de sus emociones. Ahora que conocía los signos, tal vez fuera más osado con ella. No había vuelto a tocarla, ni siquiera para besarla. Habían hablado y una vez la había llevado a dar un paseo por el camino que llevaba al riachuelo que corría entre los árboles escuálidos. Pero no había intentado hacerle el amor, a pesar de que compartían la cama. No era fácil dormir con su olor y su calor junto a él, en la oscuridad. Había tenido que forzarse a trabajar cada vez hasta más tarde, para que ella estuviera dormida cuando llegaba. Pero tenía la extraña sensación de que Lacy quería que le hiciera el amor. Pero ¿cómo podía hacerlo completamente vestido sin que ella le preguntara por qué?

Gruñó en voz alta mientras acababa de fumar. Quizá, con el paso del tiempo, cuando aprendiera a confiar en ella, pudiera superar sus miedos. ¡Dios, cuánto lo deseaba! Quería desnudar aquel cuerpo cálido y terso y verlo a plena luz, y tocarlo. Quería hacerla gritar; quería ver crisparse su cara, llena de deseo. Se excitaba con sólo pensarlo.

Masculló una maldición y fue a ensillar su caballo. Tenía trabajo que hacer, ganado del que preocuparse. Ya se ocuparía de otras cosas en su tiempo libre.

Fijó la mirada en el horizonte. Se preguntaba cómo iban a arreglárselas Katy y Ben. Ben había decidido quedarse en San Antonio para empezar en aquel nuevo trabajo que tanto lo entusiasmaba. Cole sonrió levemente. Su hermano era tan joven, tan impulsivo... Él lo quería, aunque le hubiera molestado que Ben le hiciera tantas preguntas sobre la guerra. No le gustaba acordarse de aquello, y mucho menos hablar de ello. Tal vez, si se lo hubiera confesado a Ben, si se lo hubiera explicado, no habría tantas fricciones entre ellos. Sacudió la cabeza desganadamente. Algún día, su obsesión por guardar aquel secreto sería su perdición. Pero, de momento, no podía cambiar.

En San Antonio, el joven se las arreglaba muy bien. Su madre le había permitido quedarse con el coche un tiempo, y en su nuevo empleo le iba bastante bien.

Se había mudado a una pensión y salía en secreto con Jessica cada noche desde aquella primera que pasaron juntos. Se hallaba constantemente en llamas por ella. Encontrar sitios para estar juntos era cada vez más difícil, pero también emocionante. Una noche, Ben sacó una sábana de su casera, doblada con esmero bajo la chaqueta, y Jessica y él la tendieron sobre el asiento delantero del coche e hicieron el amor allí, salvajemente y sin inhibiciones, al aire frío de la noche, bajo un roble. Estaban tan consumidos por la fiebre que ni siquiera notaron el frío. Estaban completamente desnudos y el peligro de que los descubrieran hizo su encuentro aún más excitante. Después, ella yació en su regazo, todavía desnuda, y dejó que Ben le hiciera cosas a la luz de la luna capaces de excitarlo aun en el recuerdo.

El único inconveniente de aquella nueva vida era el periodismo en sí mismo, aunque en un principio hubiera sido la parte más emocionante. A Ben no le interesaban los escándalos ni el sexo en letra de imprenta, pero eso era lo que el señor Bradley exigía para su tabloide. Los periódicos locales hacían lo posible por competir, pero el tabloide de Bradley los superaba a todos en ventas. Y ello se debía al talento literario de Ben, que podía convertir el más insulso atestado policial en un escándalo delicioso. Los habían amenazado con demandarlos y el hermano de una víctima hasta le había pegado un puñetazo en la nariz un día que estaba sentado en su escritorio. Pero, aun así, las ventas del periódico iban viento en popa. La inclusión de una página de pasatiempos las había hecho aumentar aún más, aprovechando el creciente encaprichamiento de la nación con los crucigramas.

Un día, Bradley ordenó a Ben que inventara una historia, pues esa semana no había noticias auténticas que traducir en ventas. Así que Ben, obediente, tomó prestada una anécdota de Turco y la alargó hasta convertirla en una noticia de primera página.

Al parecer, escribió, había una criatura salvaje de pies enormes y grande como un oso pardo, que rondaba las zonas rancheras. Caminaba como un hombre y tenía un pelo que parecía humano. Un ranchero de por allí había encontrado un mechón enredado en su alambre de espino, junto a los cuerpos horriblemente mutilados de dos de sus vacas. Ben tenía incluso una fotografía de aquel pelo... que era, en realidad, de un mechón de su propio cabello que Jessica le había cortado con unas tijeras. Habían colocado el mechón en un cordel de alambre de espino y le habían hecho una fotografía. La historia coló y las ventas volvieron a subir. Y, cada semana, Ben añadía algo a la historia.

Jessica y él estaban cada vez más comprometidos. Las historias de Ben en el tabloide empezaban a atraer la atención nacional, cuidadosamente alimentada por el padre de Jessica. Y ella, que veía llamar a su puerta a la oportunidad, comenzó a hacer sutiles y no tan sutiles insinuaciones acerca del matrimonio.

Ben se le declaró, como era de esperar. Y entonces Jessica anunció que su padre y ella querían conocer a su familia. A Ben casi le dio un ataque al pensar que tendría que llevarlos a Spanish Flats. Sí, la casa era bastante elegante; había sido construida por un prócer español. Pero Cole era un hombre rudo e impredecible, en el mejor de los casos, lo mismo que Turco. A Ben le preocupaba lo que Cole pudiera hacer o decir cuando se encontrara ante «el gran interés financiero de su hermano en el rancho». No quería que le diera un puñetazo delante de su futura esposa. Así que comenzó a dar largas a Jessica, alegando que su familia estaba de viaje por Europa, que había ido a Francia a visitar a los Hemingway, y luego a España a ver las corridas de toros...

Aquello funcionó. Ben pudo concentrarse en su trabajo y tranquilizar a su madre con una llamada telefónica de vez en cuando. La boda de Katy con un hombre de negocios de Chicago había sido toda una conmoción, y Ben tuvo la precaución de no mencionar aquel asunto ante su jefe y su prometida. Tampoco quería que supieran de los dudosos negocios del marido de Katy. Su familia parecía empeñada en avergonzarlo, pensaba con rabia.

Lejos de allí, en Chicago, Katy empezaba a acostumbrarse a la nueva rutina de su vida con una mezcla de diversión y temor. Danny le hacía caso de vez en cuando, pero sus principales intereses se hallaban en su taberna, en cortejar a políticos locales y en ganar dinero.

La mayoría de la gente que iba a visitarlos era fascinante. Había figuras públicas y mafiosos notorios, y Katy recibió una educación que su familia no habría aprobado.

Comenzó con la ropa lujosa que Danny insistió en comprarle. Luego hubo joyas, pieles y bólidos. Todo aquel lujo conducía inevitablemente a fiestas, donde la ginebra fluía en ríos interminables. Y Katy aprendió a beber como un pez.

Bebía más y más cuanto menos caso le hacía Danny. En la cama, él siempre iba con prisas. Incluso aquella primera noche, fue rápido y sigiloso, la poseyó sin preliminares, a no ser que aquellos besos toscos y ásperos tuvieran la intención de excitarla. En cuyo caso, no lo habían conseguido. En cierto modo, ella se alegraba de que su marido se satisficiera tan rápidamente. Así no sentía la tentación de comparar su forma de hacer el amor con la larga y dulce iniciación que había recibido de Turco Sheridan. Cerraba los ojos y suspiraba al recordar lo exquisita que había sido su primera vez. Ya ningún otro hombre podría satisfacerla. A Danny le gustaba tenerla a su lado, pero parecía más interesado en amasar dinero que en hacer el amor.

Pasadas las primeras semanas, cuando estaba siempre dispuesto a acostarse con ella, ni siquiera parecía importarle que ella se fuera a la cama antes que él. Tampoco la despertaba nunca. Y, cuanto más la descuidaba él, más bebía ella. No estaba enamorada de Danny, pero el hecho de que su marido la hubiera abandonado por los negocios tan rápidamente hería su orgullo. Y, para colmo, estaba mamá Marlone.

Mamá Marlone se mostraba condescendiente, cuando no indiferente a la presencia de Katy. Todo cuanto hacía lo hacía por Danny. Cocinaba, limpiaba, mimaba a su hijo, le planchaba la ropa. No había doncella, ni ama de llaves. La mamá se ocupaba de su hijo. Katy era un estorbo. Katy no hacía lo bastante por él; Katy debería irse al club con él, asegurarse de que estaba bien mientras trabajaba, de que comía como debía. Katy debería haber hecho cualquier cosa... menos casarse con él. Aquélla se convirtió en la principal retahíla de mamá Marlone con el paso del tiempo. Y, cuanto más descuidaba Danny a su esposa y más se quejaba su madre de ella, más bebía Katy.

Después sucedió lo peor. Danny resolvió que no tenía suficiente influencia con el jefe de barrio como para pedirle que aceptara un trato para fundir sus operaciones de contrabando de alcohol. Así que prometería al jefe de la banda un incentivo especial si aceptaba el acuerdo: podría acostarse con Katy.

Lacy empezaba a preguntarse si algo de lo que hacía bastaría para llamar la atención de Cole. Gradualmente había ido perdiendo la pequeña cantidad de terreno que había ganado con su regreso. Sabía que él estaba preocupado por el rancho, que los problemas de dinero lo asediaban. Y ahora esos mismos problemas comenzaban a enredarse en el delicado hilo de su matrimonio. Durante la semana anterior, Lacy apenas lo había visto. Cole se acostaba cuando ella ya estaba dormida, y se levantaba y se iba antes de que abriera los ojos.

La boda de Katy le había alterado. Y, al parecer, también había alterado a Turco, que cada vez pasaba más tiempo en el campo, alejado de la casa.

Hacía un día caluroso para estar en noviembre y Lacy salió a dar un paseo en mangas de camisa, cubierta sólo con un vestido de seda beis que le llegaba hasta la rodilla y unos zapatos cómodos. Marion y ella habían pasado la mañana rellenando invitaciones para la fiesta que Marion había decidido dar para Ben y su prometida. Curiosamente, Ben no quería que diera ninguna fiesta, pero Marion había roto a llorar y lo había acusado de avergonzarse de ella. Y Ben había cedido. Así que iba a haber fiesta, y todos los vecinos estaban invitados. Y, dados los gastos que suponía la celebración, Marion no se había atrevido a hablar con Cole... y había mandado a Lacy a buscarlo para pedirle permiso.

Lacy casi agradeció aquella oportunidad de verlo sin someterse a las miradas curiosas de Cassie, Marion o los vaqueros. Cole estaba a solas en el corral colindante con los establos, entrenando a un potro nuevo. No había ni un alma alrededor. Cerca de allí, un roble inmenso tenía aún unas pocas hojas, y las que se habían caído formaban una colorida alfombra sobre el suelo.

A Lacy le encantaba el mes de noviembre. Adoraba el otoño. Con un suspiro, se sentó a esperar a que Cole acabara su tarea mientras miraba nerviosamente el cielo cada vez más oscuro. Parecía que iba a llover, y no se había llevado el paraguas.

En el corral, Cole trabajaba con el joven potro. Era, por su aspecto, un apalusa, pero sólo comenzaba a mostrar sus manchas. El fondo de su pelaje era blanco. Las manchas sólo aparecían después, y a Lacy le encantaba su conformación. No sabía mucho de caballos, pero le entusiasmaban los apalusas.

El sombrero de ala ancha de Cole le cubría los ojos, protegiéndolos de la luz del sol, que empezaba a desvanecerse rápidamente tras las nubes. Ese día llevaba unos pantalones vaqueros ceñidos y una camisa de cambray estrecha que se ceñía a cada músculo de su cuerpo. Era tan masculino, pensó Lacy, sentada con las rodillas levantadas y los brazos rodeándolas. Le encantaba mirarlo. Adoraba la destreza con que hacía correr al potro alrededor del corral, sujeto con una rienda. Con los animales, era capaz de conseguir cualquier cosa. Con ellos, tenía una ternura que nunca había prodigado con ella.

En realidad, a Cole no le agradaba la gente, pensaba Lacy a veces. Tal vez hubiera sufrido demasiado con el paso de los años. Ella recordaba que, una vez, Katy había dicho que, de pequeño, los otros niños se reían de él por ser larguirucho y tener los pies grandes, y por ser tan torpe con las chicas. Y, por si no bastara con eso, las enseñanzas poco ortodoxas de su abuelo se habían sumado a todo ello. Cole aprendió a cazar, a rastrear y a vivir de la tierra. Aprendió a rechazar sus emociones y a desconfiar de los demás, porque así era su abuelo con todo el mundo, excepto con su esposa. Pero a Cole nadie lo había animado a aprender a ser tierno. Y, en la escuela, los otros niños sólo lo aceptaron cuando aprendió a usar los puños. Las niñas nunca lo aceptaron, en cambio. Lo rechazaban, no porque no fuera atractivo, sino por su actitud fría y taciturna, que las intimidaba.

A Lacy nunca la había intimidado, no obstante. Aunque era tímida, siempre había hablado con él y lo había escuchado. A veces, raramente, bromeaba con él. Al principio, cuando eran muy jóvenes, a él parecía divertirlo. Cole era sólo cuatro años mayor que ella, pero Lacy tenía la impresión de que era mucho más viejo. La hacía sentirse infantil y cohibida. Y estaba decidida a que aquellos sentimientos cambiaran. Si quería que su matrimonio funcionara, tendría que encontrar el modo de llegar hasta él.

Cole la había visto, aunque no lo hubiera demostrado. Siguió ejercitando al caballo mientras se preguntaba a qué habría ido. Después de su interesante charla con Turco, se sentía extrañamente nervioso e inseguro de sí mismo cuando estaba con ella. Y eso lo enfurecía. De ahí que mantuviera las distancias. Tal vez Lacy estuviera molesta porque la evitara. Cole se detuvo en medio del corral, desató la rienda del potro, acarició suavemente el cuello del animal y le quitó la brida para que corriera libremente. Tenía que ver si Lacy parecía disgustada.

Saltó la valla ágilmente en lugar de abrir la puerta y se acercó a ella despacio, con la rienda y la brida en una mano.

–Hola, chica de ciudad –dijo con una leve sonrisa–. ¿Qué te trae por aquí?

Ella lo miró con picardía, obligándose a no huir. Era sólo una máscara, se dijo. Cole se ocultaba tras ella para que nadie pudiera acercarse lo suficiente para hacerle daño. Él mismo lo había admitido, o casi.

–Bueno, se me ha ocurrido venir con uno de mis escandalosos vestidos, por si me tumbabas en las hojas y me hacías el amor apasionadamente –murmuró con calma, y el corazón le palpitó con violencia en el pecho a causa de su propia osadía.

A Cole también se le aceleró el corazón. ¿Estaba bromeando Lacy o hablaba en serio? La miró con intensidad, escudriñando su cara vuelta hacia un lado.

–Has visto demasiadas películas de Valentino –dijo con una risa.

–Supongo que sí –así que Cole no estaba dispuesto a entrar en el juego. De acuerdo, intentaría otra cosa–. Esa yegua es muy bonita –dijo.

Él se sacó el tabaco del bolsillo y lo dejó junto a ella.

–Sí, lo es. Va a dar buenos potrillos cuando sea mayor.

–¿Es que vas a dedicarte a la crianza? –preguntó ella con una sonrisa.

–Tengo unos cuantos caballos que me gustan –contestó él, y lamió el papel para cerrar el cigarrillo. Después encendió una cerilla para prenderlo–. Además de los pastores, claro.

–Esos son los que trabajáis con el ganado, ¿no? –murmuró ella tranquilamente mientras miraba el corral.

–El ganado que queda –contestó él con un suspiro–. Éste va a ser un invierno muy largo.

–¿No puedes pedir prestado un poco de heno a los vecinos? –preguntó ella.

–Cariño, los vecinos están tan mal como yo. Incluso he intentado vender parte de las reses, pero los precios están tan bajos que perdería dinero. Sólo me queda rezar porque los precios suban en primavera –miró la punta de su cigarrillo–. Puede que nos esperen malos tiempos, chica de ciudad. Quizá te convenga hacer las maletas y marcharte a casa.

Lacy se volvió hacia él. En su cara de tez clara, sus ojos

grandes y grisáceos tenían una expresión firme, y su cabello oscuro se curvaba suavemente hacia la boca roja y la nariz recta y respingona.

–Mi casa está donde estés tú, vaquero –dijo con calma–. Me arriesgaré aquí, si no te importa.

¿Por qué su modo de decir aquello desasosegó a Cole? Tuvo que apretar los dientes para no agarrarla. Lacy era una purasangre, sí. Tenía clase, desde el cabello oscuro a los delicados pies. Cole recorrió su cuerpo con los ojos, demorándose en sus pechos, que se apretaban contra la tela fina y sedosa del vestido. Los miró hasta que vio delinearse claramente sus pezones duros, y de pronto, como en un destello, recordó algo que le había dicho Turco.

Al parecer, Lacy sabía también qué significaba aquello, porque levantó bruscamente las rodillas para ocultarse los pechos.

–Eh... Marion me ha pedido que viniera a hablar contigo –dijo abruptamente.

–¿Sí? ¿Por qué? –Cole, en realidad, no la escuchaba. Lacy estaba excitada y él lo sabía, y se sentía conmovido.

–Ben se ha prometido, ¿sabes?

–Eso he oído.

–Tu madre quiere dar una fiesta de compromiso.

El rostro de Cole se endureció. Aquello sí lo escuchó.

–¿Y de dónde piensa sacar el dinero? ¿Es que pretende robar un banco?

–Espera, Cole... –comenzó a decir ella, y puso suavemente una mano sobre su brazo. Sintió entonces con asombro que sus músculos duros se contraían. Por un instante olvidó lo que iba a decir. Luego se repuso–. Le dije que yo tenía en San Antonio suficientes cuberterías y cristalerías que podía traer para la fiesta, y que podíamos matar una ternera y un cedo y usar parte de las verduras en conserva que Cassie tiene en la despensa para hacer un bufé informal. No tiene por qué ser una cena de gala. Será sólo para los vecinos.

Él parecía a punto de estallar. Había apartado la cara de rasgos afilados y su piel bronceada se había tensado sobre los pómulos. Fumaba su cigarrillo sin contestar.

–No seas así –dijo ella con voz suave y apacible–. No puedo evitar haber heredado ese dinero, y estamos casados...

–¿Lo estamos? –preguntó él.

Ella se mordió el labio inferior. Cole parecía tan agrio...

–Ben se merece que hagamos algo por él, ¿no crees? –cambió de táctica–. Él también es un Whitehall. Y ese trabajo es importante para su porvenir. No le hemos prestado ninguna atención desde que empezó, por cómo han ido las cosas por aquí. Cole, ¿no podemos hacer esto por él? ¿No puedes olvidarte de tu orgullo por una vez y dejar que os ayude?

–Lacy... –comenzó a decir él en tono cortante, mirándola.

–Es por Ben –insistió ella.

Él suspiró, enfadado a medias. En otro tiempo, se habría alejado de ella hecho una furia. Pero Lacy lo debilitaba con su propia vulnerabilidad.

Se quedó mirándola.

–Vosotras, las mujeres... Conseguís el sufragio y ya os creéis que sois hombres, ¿no?

–Nada de eso –murmuró ella con una leve sonrisa–. A mí no me caben tus botas, pies grandes.

Cole no podía creer lo que oía. Levantó una ceja, el cigarrillo humeante olvidado en su mano, y se miró los pies.

–Bueno, son grandes –dijo ella en su defensa.

Cole se echó a reír. Fue, más que una carcajada, una risa corta y seca, pero relajó un poco sus rasgos endurecidos. Miró con desgana sus botas de cuero marrón, polvorientas y arañadas.

–Sí, son bastante grandes, supongo –contestó. Dio una calada al cigarrillo–. Está bien. Dile a mi madre que puede celebrar su maldita fiesta, si tú pagas las facturas.

–Estamos casados –repitió ella–. Aquí no debería contar el orgullo.

–El orgullo es mi mayor defecto, Lacy –dijo él. Miró corvetear a la yegua con los ojos entornados–. Recibí una dosis doble cuando nací. Me resulta condenadamente difícil aceptar dinero de una mujer.

–¿Crees que a mí me sería más fácil aceptarlo de ti, Coleman Albert Whitehall? –preguntó ella enérgicamente.

Él la miró, divertido a medias por aquel arrebato de temperamento y orgullo. Sí, a su modo, era tan orgullosa como él.

–Entendido, Alexandra Nicole.

Ella sonrió, encantada. Cole nunca la había llamado por su nombre completo. Y él sólo podía haberse enterado de un modo de cuál era éste.

–No sabía que hubieras mirado nuestra partida de matrimonio.

Él se encogió de hombros.

–Estuvo colgada en la pared varias semanas, hasta que empecé a fijarme en ella –apuró el cigarrillo y lo pisó cuidadosamente sobre la tierra, donde no pudiera prender las hojas secas–. El orgullo otra vez, Lacy. Ni siquiera pude disculparme por lo que pasó aquella noche.

A Lacy la asombró que pensara siquiera que era necesaria una disculpa. Sin duda ello significaba que se había abierto una pequeña grieta en la piedra que lo rodeaba. Miró las manos fibrosas y morenas de Cole, que él había juntado sobre su rodilla, y levantó luego la vista.

–Sabía que no pretendías hacerme daño –dijo con suavidad.

Él le sostuvo la mirada y el silencio se hizo de pronto tenso y cálido a su alrededor.

–Lo que pasó esa mañana me hizo arder la sangre –contestó él con voz ronca–. Estuve pensando en ello todo el día, soñaba con ello, lo saboreaba. Cuando oscureció, estaba en llamas –alargó la mano, tocó sus labios entreabiertos y sintió la suavidad de su carne bajo el carmín oscuro y su temblor al acariciarlos. Lacy parecía tan vulnerable... Tocaba algo muy hondo dentro de él, y las palabras le salieron sin querer–. Lacy... yo no lo sabía –dijo, titubeante–. No sabía que a las mujeres hay que excitarlas primero.

El corazón de Lacy dejó de latir. Se detuvo. Ella lo miró con pasmo cuando el significado de sus palabras comenzó a penetrar en su entendimiento.

Los pómulos altos de Cole se habían sonrojado, pero él no parpadeó mientras la miraba.

–Así es, Lacy. También fue mi primera vez.

Ella apenas podía hablar.

–Pero... ¿por qué?

–Debes recordar cómo eran las cosas cuando llegaste a Spanish Flats –contestó él. Posó los ojos en su boca–. Tenía demasiadas responsabilidades. Luego llegó la guerra. Había demasiado horror –suspiró profundamente–. Y después –añadió eludiendo su mirada– no me interesé por las mujeres –recogió un palo y lo hizo girar entre sus manos mientras sentía los ojos de Lacy fijos en su perfil–. No te habría hecho daño a propósito, Lacy. Es que no sabía gran cosa.

Lacy sintió el escozor de las lágrimas en los ojos. Bajó la mirada hacia los largos dedos de Cole para que él no lo viera. Podía imaginar cuánto le había costado confesarle aquello, teniendo en cuenta su negro orgullo.

–Me siento aliviada –musitó con vehemencia, sorprendiéndolo. Levantó los ojos hacia su cara. Su voz sonaba suave, aunque algo trémula. Logró esbozar una sonrisa llorosa–. Si me lo hubieras dicho hace ocho meses, nunca te habría dejado.

Él arrugó el ceño y escrutó sus ojos grandes y empañados.

–Creía que te habías ido porque te hice daño, porque me tenías miedo.

Ella movió la cabeza de un lado a otro.

–Fue porque pensé que sólo me habías usado. No podía

creer que fuera porque no habías estado con ninguna otra mujer. Los hombres de hoy en día... En fin, suelen tener mucha experiencia, como Turco.

Cole se relajó. El oprobio que temía no llegó. Apenas podía creer que a Lacy no le importara su falta de experiencia. Se sentía más ligero que el aire cuando la miró.

–Nunca tuve ocasión de adquirir experiencia –dijo con sencillez–. Mi padre murió prematuramente. Además, ya sabes cómo era yo con las mujeres.

–Sí –murmuró ella con una sonrisa irónica–. ¡Avasallador!

–No te burles de mí –dijo él en tono cortante.

–No me burlo. Yo te adoraba desde lejos, pero eras tan distante y frío que pensaba que no estaba a la altura de tus expectativas.

–Qué estupidez –dijo él en voz baja.

–Hice de todo, excepto colgarme un cartel al cuello –musitó ella. Le costaba ser sincera con él. No podía mirarlo; estaba demasiado azorada–. Me parecías lo más maravilloso del mundo desde la invención del inodoro.

Él se echó a reír.

–Pero si salías corriendo para no verme.

–Me daba miedo que notaras lo loca que estaba por ti.

–Si lo hubiera notado, te habrías metido en un buen lío –contestó él en tono burlón–. Me parecía usted un bombón, señora Whitehall. Con esas piernas largas y elegantes...

–¡Coleman!

–Perdona. Quería decir miembros.

Ella le lanzó una mirada dura. Se había puesto colorada y él sonrió. Contemplaba abiertamente su cuerpo esbelto, con ojos oscuros y admirativos. Turco le había dicho que actuara con aplomo, que simulara saber lo que hacía. Y parecía funcionar. Lacy parecía intimidada y más femenina.

–Eres tímida, ¿no? –preguntó suavemente. Le gustaban sus reacciones. Se quitó el sombrero y lo tiró a un lado; después se recostó contra el tronco del árbol y la miró con una sonrisa llena de virilidad.

Lacy sintió que le ardía la cara. Aquello se le estaba yendo por completo de las manos. En San Antonio, había sido ella quien lo había perseguido, y ahora parecía ser la presa. Si Cole tenía tan poca experiencia, ¿cómo era que sabía tanto?

–¿Te estás arrepintiendo? –preguntó él, desafiante–. Creía que estabas ansiosa por compartir mi cama.

–Cole...

–Te has puesto colorada –él se echó a reír–. Lo más delicioso de todo es que tú sabías aún menos que yo.

–Pues, si es tan delicioso, ¿por qué has pasado estas últimas noches con tus vacas en vez de conmigo? –preguntó ella, sorprendida.

–A ti no parecía importarte –replicó él.

Ella volvió la cabeza. Sus ojos azules brillaron, llenos de enojo.

–No, no me importa –dijo secamente–. Por mí puedes dormir en el cobertizo, si quieres.

Así que le importaba dónde pasaba él la noche. Los labios delgados de Cole esbozaron una lenta sonrisa. Dios, qué guapa estaba cuando se enfadaba. Sintió que su cuerpo se ponía tenso y caliente y cambió de postura para que ella no lo notara. Hablar de aquello era una cosa. Y mostrarse descarado, otra. No quería avergonzar a Lacy. A pesar de su sinceridad, ella era casi tan reticente y reservada como él.

Lacy comenzó a ponerse en pie. Él alargó la mano velozmente y la agarró del brazo. Tiró de ella y le hizo darse la vuelta para que quedara tumbada de espaldas. Deslizó las manos entre las suyas, sujetándoselas por encima de la cabeza, y posó los ojos ensombrecidos en sus pechos. Sí, allí estaban los pezones endurecidos de los que le había hablado Turco y que delataban su excitación. Pensó que nunca se había sentido tan completo, tan masculino, como en ese instante. La sangre palpitaba en sus venas. Su pecho se henchía de orgullo.

Los ojos de Lacy se agrandaron al mirar su semblante duro y opaco, y sintió que un estremecimiento de deseo recorría su cuerpo. Aquello era lo que había deseado desde el principio, con lo que soñaba. Había deseo en el rostro de Cole, y ella no tenía tanto miedo ahora que sabía lo inexperto que era. Juntos aprenderían a conocerse íntimamente.

Él entrelazó los dedos con los suyos en movimientos lentos y exquisitos, sin dejar de mirarla a los ojos.

–No tienes miedo, ¿verdad? –preguntó con calma.

–Ahora no –musitó ella. Sus labios se abrían y dejaban escapar leves suspiros de excitación. El viento agitaba las hojas por encima de ellos y el olor de la tierra bajo su espalda era tan agradable como la fragancia a tabaco y cuero del cuerpo tenso y musculoso de Cole.

Él contrajo suavemente las manos y fijó la atención en la boca suave de Lacy. Se inclinó lentamente y abrió los labios sobre los suyos. Mientras la miraba, ella comenzó a abrir los labios. Cole amoldó lentamente la boca a la suya y saboreó su cálida humedad, sintiendo la textura de sus labios al incrementar la presión.

Se sintió aturdido cuando introdujo la lengua en su boca y sintió la tímida respuesta de Lacy. Gruñó suavemente. Ansiaba la cálida desnudez de su cuerpo, anhelaba tocarla de la manera más íntima. ¿Se lo permitiría ella?, se preguntaba. Y, si él perdía la cabeza, ¿se preguntaría ella por qué no dejaba que lo tocara, ni se desvestía?

Aquellos interrogantes lo distrajeron. Levantó la cabeza, sintió el aliento agitado de Lacy sobre sus labios húmedo y bajó la mirada hacia ella. Los ojos azules de Lacy se entrecerraron, turbios por el placer. Sus labios estaban ligeramente hinchados.

–No pareces –musitó ella con voz ronca.

Él observó su semblante.

–No me toques –repuso en un murmullo. Le soltó las manos y esperó a ver qué hacía.

Lacy se quedó quieta, con las manos junto a la cabeza y los ojos fijos en su cara morena. Tenía sospechas acerca de aquella faceta de Cole... acerca de por qué no quería que lo tocara, ni viera su cuerpo desnudo. Pero, de momento, tenía que enseñarle a confiar en ella.

Cole se mantuvo suspendido sobre ella un momento, el tiempo suficiente para darse cuenta de que lo obedecía sin protestar. Su mandíbula se tensó.

–¿Sin preguntas? –dijo.

–Sin preguntas –musitó ella. Sus ojos suaves, llenos de adoración, recorrían su cara–. ¿Vas a hacerme el amor?

El cuerpo de Cole se tensó. Sus labios se abrieron y le miró los pechos crispados.

–¿Vas a dejarme, a plena luz del día? –preguntó con voz tensa.

–Sí.

Él sintió que un leve temblor recorría su cuerpo excitado. Dios, cuánto deseaba aquello. Deseaba hundirse en ella. Esta vez, quería hacerla gritar mientras le daba placer. Quería que se sintiera como se sentía él, dar tanto como tomar.

–Nunca has mirado mi cuerpo –dijo ella con una voz extraña y ronca, desafiándolo. Ardía de deseo. Quería que todo cuanto pudiera ocurrir ocurriera entre ellos–. Lo has tocado, pero nunca lo has visto. ¿No quieres?

Él se estremeció.

–Dios mío, claro que quiero –contestó–. Pero, Lacy, es de día... y mis hombres suelen usar el establo.

Si Lacy hubiera estado menos aturdida por sus besos, tal vez se habría reído al oír la nota casi desesperada de su voz profunda.

Cole estaba perdiendo la razón, llevado por la tormentosa urgencia de su cuerpo. Deslizó los dedos muy lentamente más allá de la clavícula de Lacy y empezó a trazar la suave pendiente de sus pechos mientras ella permanecía inmóvil. La sintió temblar, oyó que contenía la respiración. Deslizó la mano un poco más abajo, hasta tocar con las puntas de los dedos el pezón endurecido. Ella dejó escapar un gemido. Ver cómo Cole la tocaba tan íntimamente la aturdía. Tuvo que refrenar una protesta.

Lacy era más suave de lo que él había soñado. La noche que pasaron juntos, él estaba demasiado nervioso y ávido para acariciarla. Turco tenía razón; era mejor cuando ella se mostraba vulnerable y sumisa. Le daba placer poder hacerle aquello a Lacy. Miró sus ojos llenos de asombro.

–Eso me ha gustado –susurró con aspereza–. Me ha gustado el ruido que acabas de hacer.

Frotó con los dedos el pezón duro y ella gimió de nuevo y se mordió el labio inferior. No le habría importado morirse en ese momento. Era tan increíble estar allí, tumbada con Cole a la luz del sol y sentir sus manos apoderarse de su cuerpo, excitándola, gozándola... Y Cole estaba gozándola. Ella lo notaba en su cara, veía allí el placer, y resplandecía, llena de orgullo.

Él emitió un suspiró áspero, apoyó la palma suavemente sobre el pezón erecto y comenzó a besarle los pechos. Ella entreabrió los labios y se arqueó con un gemido. Estaba tan excitada que ya no le importaba que él viera cuán vulnerable era a sus caricias.

¡Dios, qué hermosa era! Cole nunca había visto los pechos desnudos de una mujer, salvo en fotografías. La noche que pasó con ella, no pudo ver a Lacy. Pero ansiaba verla así, con el vestido abierto, y contemplarla. Sin embargo, tenía que conservar la cabeza. Alguien podía pasar por allí.

Lacy lo miraba a través de los párpados entornados. Pensó que nunca había visto nada tan dulce como la mano de Cole sobre su cuerpo. Se arqueó un poco, palpitando de placer. Aquella ternura era el paraíso. Y ella no le había creído capaz de ser tierno.

–Aquella noche... apenas me tocaste –dijo con voz entrecortada.

–No hubo tiempo –contestó él. Posó los ojos en su pecho firme y terso. Frotó lentamente con los dedos el pezón–. Lacy, ¿qué sientes cuando te toco así?

–Hace que me sienta débil –musitó ella con voz enronquecida–. Me hace... temblar.

Él frotó la nariz contra su cuerpo. Lacy sintió su aliento en los labios, rápido y brusco. Él contrajo suavemente el pulgar y el índice, y ella se estremeció.

–¿He apretado demasiado? –preguntó él en voz baja, y se levantó un poco para mirarla a los ojos–. ¿Te ha dolido?

–Oh, no –musitó ella. Tragó saliva–. Cole... puedes... puedes hacerlo por debajo del vestido, sobre mi piel.

Él sintió que su cuerpo se tensaba aún más, y sus ojos brillaron.

–Lacy, ¿recuerdas dónde estamos? –preguntó con los dientes apretados.

–¿En la luna? –susurró ella, aturdida, y levantó la mano hacia su boca.

–Ojalá –gimió él contra sus labios. Apoyó la mano sobre su corpiño, lenta y cálidamente. Era como la víspera de su marcha a la guerra, cuando Lacy no se saciaba de su boca. Ella se derritió en sus brazos y clavó las uñas en su nuca mientras intentaba que él se acercara un poco más.

–¡Cole! –gimió, y las lágrimas empañaron sus ojos.

Él levantó la cabeza. Intentaba controlarse. Lacy yacía ante él, sumisa como una virgen sacrificial. Sintió que el cuerpo empezaba a dolerle.

–Yo también quiero más, pequeña –dijo con aspereza–. Más de lo que crees. Pero tenemos que parar mientras podamos.

Aquello se parecía mucho a lo que le había dicho años antes, al abandonarla. Aquellas palabras resonaron en la cabeza de Lacy. Abrió los ojos y lo miró con ansia.

–Así fue antes de que te marcharas a la guerra –musitó–. ¿Recuerdas, Cole? Me llevaste a tu habitación y cerraste la puerta. Nos besamos y besamos, y luego hiciste que me fuera porque los dos estábamos temblando.

–Sí, lo recuerdo –contestó él–. ¡Dios mío, claro que lo recuerdo! Viví de ese recuerdo todo el tiempo que estuve fuera. Me hacía seguir adelante cuando tenía ganas de abandonar... –se detuvo de pronto.

Ella le tocó la boca, indecisa.

–Pero cuando volviste no dejaste que me acercara a ti –dijo con tristeza–. Me rechazaste.

Él respiró hondo lentamente y se sentó. Se pasó una mano por el pelo oscuro mientras intentaba respirar con normalidad.

–Tenía mis motivos.

Ella empezaba a darse cuenta de cuáles podían ser esos motivos. Fragmentos de conversación se filtraron en su memoria mientras estaba allí tumbada, mirándolo.

–¿Alguna vez me dirás por qué? –preguntó suavemente.

Cole la miró. Sus ojos parecían arder de nuevo. Desvió la mirada hacia el horizonte.

–Tal vez. Algún día.

–¿Cuándo? –preguntó ella con osadía al tiempo que escrutaba sus ojos opacos.

Él apretó los dientes. La miró, titubeante. Deseaba de nuevo su boca. Deseaba tocarla, yacer con ella. Casi gimió en voz alta.

–No me presiones.

Ella se obligó a calmarse y le sonrió.

–Está bien –dijo sin protestar–. Pero no me gruñas.

–Me has excitado tanto que no sé lo que digo ni lo que hago –Cole se echó a reír y se inclinó para darle un beso ansioso y vehemente en los labios risueños–. Da la casualidad de que la deseo con locura, señora Whitehall. Pero tenemos que tomarnos las cosas con calma.

–Lo que tú digas, jefe –murmuró ella con ironía.

Vio cómo se apartaba él de nuevo. Cole miró intensamente su cuerpo un momento antes de levantarse y ponerse a liar un cigarrillo. Ella se sacudió el polvo de la falda y también se levantó.

–Cole... –dijo cuando estaba a su lado.

Él se volvió con el cigarrillo en la mano.

–¿Qué, cariño?

–¿Crees que soy... una descarada? –preguntó con el ceño fruncido, y parecía sinceramente preocupada por ello.

Él sonrió con una mirada afectuosa.

–No, no creo que seas una descarada. Pero eres toda una mujer.

Lacy se sonrojó un poco y cruzó las manos ante ella mientras caminaba a su lado hacia la casa. Cole tenía un paso largo y elegante, que casi doblaba el suyo. Caminaba como un vaquero. Lo que había dicho con tanta naturalidad hacía resplandecer a Lacy de orgullo.

–Tú también eres muy excitante, vaquero –dijo con voz sedosa.

Lo oyó reír suavemente al tiempo que sus ojos azules contemplaban el extenso horizonte, los contornos conocidos de la casa en la distancia. Texas era tan grande, pensó. Grande, desparramada y todavía llena de reminiscencias de la antigua frontera.

–Taggart me dijo que el ejército mexicano pasó por aquí de camino a El Álamo –dijo de pronto.

–Sí –contestó él–. Acamparon justo ahí –señaló un largo claro entre arboledas de mesquites.

–De eso hace mucho tiempo –suspiró ella.

–Ni siquiera hace cien años –repuso él–. Como si fuera ayer.

Ella se rió, radiante.

–¿Cuál de tus abuelos era el comanche? –preguntó con curiosidad.

–El padre de mi padre –contestó Cole, sonriendo–. No quiso vivir en una reserva. Escapó a las montañas después de recibir un disparo en una pelea y se encontró con una mujer blanca, una viuda que vivía sola con dos hijos pequeños. Según cuenta la historia, ella lo curó y lo ocultó de la caballería, pero se quedó sin provisiones y llegaron las nieves. Sus hijos y ella se morían de hambre. Mi abuelo se había marchado ya, pero regresó a ver cómo estaban y los encontró famélicos. Se hizo cargo de mantenerlos, pese a las protestas de ella. Al final, se casaron. Mi padre fue uno de los hijos que ella le dio. Murieron con cinco meses de diferencia el uno del otro. Se amaron hasta el final.

–Tu abuelo debía de ser un hombre muy especial –comentó Lacy.

–Era un renegado –contestó Cole–. Le encantaba invitar a los amigos de la universidad de mi padre y servirles perro, o serpiente, o cualquier otra cosa sorprendente que encontrara para que mi abuela la cocinara. Nunca aceptó del todo el modo de vida de los blancos y, cuando llegué yo, prácticamente me raptó y me educó como un comanche. Mi padre y él se peleaban constantemente por mí.

Ella observó su rostro duro.

–Nunca hablas de tu padre, Cole.

Él se encogió de hombros.

–Era un hombre duro. Mucho más duro que mi abuelo, a su modo. Hizo de la vida de mi madre un infierno. Ella nunca ha sido fuerte, pero el poco espíritu que tenía él lo aplastó.

Lacy se detuvo.

–¿Marion lo quería?

–No podría haberlo querido, tal y como la trataba –respondió Cole con una mirada feroz–. Era la persona más fría que he conocido nunca. No tocaba a nadie, ni nadie lo tocaba. Ni siquiera sus propios hijos. A mí me quería únicamente para mantenerme alejado de mi abuelo.

–Puede que le importaras y no supiera demostrarlo, Cole –dijo Lacy.

Él la miró.

–Yo tampoco sé demostrar las cosas, ¿verdad, Lacy? –preguntó con calma–. Puedo hablar tranquilamente de la frialdad de mi padre, pero la he heredado.

Ella sacudió la cabeza despacio.

–No –dijo–. En muchos sentidos, eres un hombre apasionado –su rostro se inflamó y apartó la mirada.

–Siempre he detestado ese lado de mi carácter –dijo Cole con voz profunda y cortante. Se acercó a ella y Lacy sintió el calor de su cuerpo y el olor a tabaco de su camisa–. Al principio te odiaba porque tú lo despertabas.

–¿Y sigue siendo así? –preguntó ella con pudor.

Cole tocó su cintura con los dedos y la atrajo hacia sí.

–Cuando te hago el amor, me siento aturdido –dijo en voz baja–. Joven, desinhibido y lleno de alegría. Hoy me he dejado llevar por primera vez en mi vida, y me siento como si flotara. ¿Contesta eso a su pregunta, señora Whitehall?

Ella observó sus ojos.

–Te quiero, Cole –dijo suavemente.

Él respiró lentamente, con premeditación.

–¿Sí? –susurró con voz trémula. Oírla decir aquello lo aturdía. ¿Lo decía en serio o era sólo un residuo de la pasión que había agitado en ella? ¡Ojalá pudiera estar seguro!

–Cole, ¿qué me estás ocultando? –la voz de Lacy sonó suave, tierna. Su mirada era firme y cálida.

A él se le aceleró el pulso. Lacy era demasiado. Trazó con los dedos el contorno de su mejilla.

–Oscuros secretos, Lacy –dijo con amargura–. Cosas que no quiero recordar. Cosas que no quiero afrontar.

–A mí no me importarán –dijo ella.

Él exhaló lentamente un suspiro triste.

–Sí te importarán –contestó con firmeza–. Quizá demasiado.

–Cuéntamelas, Cole.

Él miró su boca.

–Ahora no.

Lacy se preguntó qué serían aquellas cosas. Quizás algo que había hecho en la guerra y que lo avergonzaba. O quizá tuviera que ver con su reticencia a desvestirse ante ella.... Tal vez hubiera quedado deformado en algún sentido.

Pero nada de eso importaría, se dijo ella, abatida, mientras lo miraba. Lo quería.

Cole vio aquella mirada de adoración y comprendió que era su única esperanza. No podía seguir sin contárselo. Debería habérselo dicho al principio, antes de que se casaran. Pero no esperaba que las cosas se desarrollaran así entre ellos. El deseo que sentía por ella lo había sorprendido, así como el de Lacy por él. Pero ¿qué clase de futuro podía ofrecerle? Sus ojos se ensombrecieron, atormentados.

–Te cuesta confiar en los demás, ¿verdad? –preguntó ella suavemente.

–Más de lo que crees –contestó él–. Confiar en la gente... dejar que se acerquen. Siempre he sido un solitario, toda mi vida. Pero, si te sirve de consuelo, nadie ha estado nunca tan cerca de mí como tú.

Lacy sintió que su corazón se hinchaba al oír aquella confesión hecha con reticencia.

–¿No es extraño cómo han salido las cosas? –preguntó–. Me fui a San Antonio sintiendo que todo había acabado. Y ahora...

–¿Alguna vez has pensado que lo que sientes por mí podía ser sólo un capricho? –preguntó él con el ceño fruncido–. Tú también eres muy inocente.

–Tenía a George Simon siempre a mi alrededor –dijo ella con una sonrisa tenue–. Pero ni siquiera dejaba que me tocara. Y –añadió irónicamente–, a pesar de lo que me habías hecho, seguía prefiriendo que me hicieras daño tú a que me diera placer otro hombre.

Él apretó los dientes.

–Y ni siquiera sabías que no te había hecho daño a propósito.

–Bueno, eso sí lo sabía –dijo ella, repitiendo lo que ya le había dicho–. Te conozco muy bien, Cole. Te he visto curar a un pájaro con un ala rota. Te he visto vendar a coyotes... esas bestias que algunas leyendas dicen que se quedaban con los hombres heridos y los protegen de los depredadores hasta que alguien los ayuda. Otra gente los mata, pero tú no.

Un hombre capaz de sentir tanta compasión por un animal salvaje no haría daño a nadie deliberadamente.

Él se volvió. ¡Dios, qué bien lo conocía Lacy! Su mirada lo traspasaba, y ello resultaba vagamente desconcertante. Nadie había sido capaz de aquello, hasta entonces.

–Otras personas no te ven así. Asustas a los hombres e intimidas a las mujeres –dijo ella lacónicamente, y echó a andar otra vez–. Pero yo hace mucho tiempo que te quiero. Te veo bajo una luz distinta.

–Yo nunca he querido a nadie –dijo él lentamente–. A mi familia, sí, claro, pero no es lo mismo, ¿no? –la miró–. Contigo todo es nuevo. Tocarte. Abrazarte. Desearte.

–Para estar empezando, no lo haces mal –dijo ella en tono aterciopelado y sensual mientras batía sus largas pestañas.

En lugar de ofenderse, él se echó a reír.

–Ten cuidado, no me provoques –masculló–, o te tumbaré en el suelo y te tomaré aquí mismo.

Ella se puso colorada y el aliento raspó suavemente su pálida garganta.

–Vaya, vaquero –dijo–, ¿y tú decías que he visto demasiadas películas de Valentino?

Él levantó la barbilla con arrogancia.

–Entré a escondidas en un cine cuando ninguno de los chicos me veía y vi una película... ésa del jeque –confesó con sorna–. No sé cómo los que la hicieron se salieron con la suya. ¡Es sorprendente!

–Apuesto a que ganaron una fortuna. El modo en que la acorrala él contra la pared de la tienda, y esa mirada suya... –Lacy se estremeció. Fijó los ojos azules en la cara de Cole–. Me recuerda a ti.

–¿Sí? –él tiró el cigarrillo y la tomó en sus brazos, levantándola del suelo–. Si las cosas fueran distintas, te habría hecho el amor allí –señaló con la cabeza el árbol bajo el cual se habían tumbado.

Ella le rodeó el cuello con los brazos con cierto titubeo, para no molestarlo.

–Cole, ¿tiene eso algo que ver con... con la razón por la que no quieres que vea tu cuerpo, ni te toque? –preguntó con osadía.

Él tembló. Sus párpados vibraron. Hizo amago de hablar, sus labios se movieron, pero el sonido repentino de los cascos de un caballo que se acercaba rompió aquel sutil hechizo.

Cole volvió la cabeza. Turco se acercaba al galope. Pareció extrañamente divertido al ver al jefe abrazando a su esposa.

–Disculpad. No sabía que estabais haciendo manitas en medio del camino –dijo, echándose el sombrero sobre los ojos.

Lacy se recostó en los brazos fuertes de Cole y lo miró con enojo.

–Usted no es el único donjuán que hay por aquí, señor Sheridan –sonrió–. Y no tiene la ventaja de unos ojos latinos, oscuros y ardientes.

Cole se echó a reír. A pesar de la gravedad de la situación y del horror que esperaba ver en su cara cuando conociera su secreto, se echó a reír.

–Valentino en carne y hueso –Turco sonrió–. Sí, ya veo el parecido.

–¿Necesitas trabajo? –preguntó Cole–. Porque hay que sacar el estiércol de los establos.

–No dejéis que os interrumpa –dijo Turco rápidamente–. Es sólo que el viejo Cameron viene para acá hecho una fiera. Ha estado bebiendo y trae la cara colorada. Creo que te has metido en un lío.

–Me pregunto qué demonios le habrá contado la pequeña Faye a su padre –Cole suspiró amargamente. Soltó a Lacy–. Comprendí que habría problemas cuando Ben le dijo que no iría a su fiesta de cumpleaños.

–No creo que sea eso –dijo Turco, mirando rápidamente a Lacy.

–Sé cómo son las cosas –le dijo ella al ex aviador–. No me desmayaré si menciona la palabra «sexo» delante de mí.

Turco rompió a reír y Cole crispó la cara.

–Es probable que Ben la sedujera. ¿Es eso lo que intentas insinuar? –le preguntó Lacy a Turco.

–Eso mismo –contestó él tranquilamente. Cruzó los brazos sobre el pomo de la silla–. Ben se escapó dos noches seguidas para ir a verla, antes de marcharse a San Antonio. Una noche lo seguí. Fue a casa de Cameron.

–¿Y? –preguntó Cole.

–Ella lo estaba esperando en la puerta. No había nadie más en casa. El coche de su padre no estaba.

Cole emitió un siseo.

–Oh, mier... –recordó que Lacy estaba allí y se refrenó. Su educación no le permitía decir obscenidades delante de una dama. Ningún hombre decente juraba cuando había mujeres delante, aunque ciertamente su padre no le había ahorrado aquel espectáculo a su madre.

Lacy levantó las manos.

–Me rindo. ¿De qué nos ha servido el sufragio? Sólo hay igualdad sobre el papel y en las ciudades –apoyó las manos en las caderas y los miró con enfado. Pronunció aquella palabra con claridad y le lanzó una mirada triunfal–. ¿No es eso lo que ibas a...? ¡Cole!

Él le dio una palmada en el trasero e inclinó la cabeza cuando ella dio un respingo y se puso colorada.

–Dilo otra vez delante de mí y ya verás lo que pasa... ¡y que la igualdad se vaya al infierno!

Turco intentaba disimular una sonrisa. Lacy dio un pisotón, se volvió y echó a andar hacia la casa con vehemencia.

–Menuda mujer –dijo Cole con evidente admiración–. Dios, creo que me moriré si vuelve a irse.

–No se irá –dijo Turco–. Ella, no.

–No lo sabe aún –repuso Cole mientras miraba el Ford que avanzaba por el largo camino.

–A ella no le importará. ¿Es que no has notado cómo te mira, idiota?

–El enamoramiento se pasa –contestó Cole–. Y ella no es como otras mujeres. No será feliz sin...

–¿Y si fuera ella? –preguntó con vehemencia Turco–. Piénsalo. ¿Y si fuera ella y no tú? ¿La dejarías?

–No lo sé –contestó él con amargura, eludiendo su mirada–. Dios, no lo sé. Hace falta mucho amor para aceptarme tal y como soy.

–Lacy tiene mucho amor –Turco le dio un puñetazo en el hombro con rudo afecto–. Relájate un poco o estallarás. Y, hablando de estallar, aquí viene otro hecho una furia. Me voy. No quiero quedar atrapado en el fuego cruzado.

–Debería entregarle a Ben –gruñó Cole.

–Yo te ayudaré a cazarlo –prometió Turco–. Le vendrían bien algunos problemas. Llevas toda la vida allanándole el camino.

–¿Y quién iba a hacerlo, si no?

–Está bien, tienes razón. Me voy. No me gustan mucho las riñas domésticas.

Cole mantuvo la mirada fija en el coche negro que se detuvo ante él.

Ira Cameron salió del coche, vestido de negro, y se irguió meticulosamente. Necesitaba un afeitado. La papada le caía casi hasta el cuello manchado de la camisa blanca, y el pelo parecía habérsele pegado recientemente al interior de un cuenco de cereales. Cerró la puerta con sus manos rollizas y miró a Cole vagamente, hasta que sus ojos oscuros se enfocaron.

–Ahí estás, Coleman –farfulló. Se inclinó sobre el capó y miró con rabia al más joven de los dos–. Te estaba buscando. ¿Qué es eso de que tu hermanito ha deshonrado a mi niña?

–A las mujeres no se las deshonra, se les hace el amor –dijo Cole, imperturbable–. Y Ben no necesita violar a ninguna.

–¡Eso es mentira!

–Vamos, Ira. Tú sabes que tu hija adora a Ben –masculló Cole mientras empezaba a liar un cigarrillo–. Lleva meses persiguiéndolo. ¿Qué quieres que haga? ¿Traerlo a rastras desde San Antonio y obligarlo a casarse con ella?

Cameron se removió, inquieto.

–Eso salvaría su buen nombre –asintió con la cabeza lentamente.

–Destrozaría su vida –replicó Cole–. Vivir con un hombre que se vio obligado a casarse con ella... Faye acabaría odiándolo. Adelante, Ira. Pregúntame cómo lo sé.

Ira carraspeó.

–He oído decir que el joven Ben gasta bromas muy pesadas. Pero, aun así, no sería mal yerno.

–Está prometido. Con una mujer muy elegante de la ciudad. Y rica, además.

Ira suspiró.

–Se acabó, entonces –mascullló. Se pasó una mano por el pelo canoso–. Demonios, ¿qué voy a hacer ahora?

–Manda venir a Faye para que Lacy hable con ella –contestó Cole, consciente de que su esposa sabría exactamente qué decir. Sonrió un poco–. Tiene buena mano con la gente. Ni siquiera le doy miedo yo.

–Pues eso es muy raro. Pero Ben no debió seducir a Faye.

–En eso estoy de acuerdo contigo –dijo Cole–. Y me va a oír en cuanto vuelva.

Ira asintió con la cabeza. Cole siempre cumplía su palabra.

–Dile que lo considero un golfo. Y que, si vuelve a pisar mi propiedad, le volaré la pierna de un tiro.

Aquello era una bravata de borracho y Cole la reconoció como tal. Se limitó a asentir con la cabeza y lo dejó pasar.

Ira se irguió. No era tan débil, a fin de cuentas. Hasta que se había enfrentado a Coleman Whitehall.

–Te deseo buenos días, entonces.

–Ten cuidado con el coche –dijo Cole–. No te sostienes mucho en pie, viejo.

–No me pasará nada. Sólo he estado probando mi aguardiente –sonrió–. No sólo en Chicago fabrican ginebra casera. Y corren tiempos difíciles, Cole.

–Ya lo he notado.

–Puedo darte una botella.

–Yo no bebo –contestó Cole con calma.

–Ah, bueno. Es una pena. Yo no soportaría tener que afrontar el día sobrio –levantó la mano y montó en el coche. Al dar la vuelta, estuvo a punto de llevarse por delante dos cercas, pero por fin logró enfilar la carretera.

Cole suspiró amargamente mientras lo veía alejarse. Así que Ben había saltado otra valla. Pobre Faye. Ben debería haber tenido más cuidado. Y Cole iba a hacerle pagar por ello cuando volviera. Se lo debía a Faye. Pobre chiquilla. Entregar su corazón a un hombre que no la quería. Cole ladeó la cabeza hacia la casa. ¿Era eso lo que le sucedía a Lacy con él? ¿Se había sentido ella así cuando, tras huir a San Antonio, él no la había seguido?

Hizo una mueca. Casi sentía por sí mismo tanta lástima como por Faye. Sabía que Lacy lo deseaba, que lo quería. Pero sus propios sentimientos lo asustaban. Iba a tener que confiarle todos sus secretos, por oscuros que fueran, y eso quizá significara perderla para siempre.

No sabía si podría seguir viviendo, en caso de que pusiera su orgullo a los pies de Lacy y ella le diera la espalda.

Se llevó el cigarrillo a la boca, dio una calada y lo tiró al suelo. Sólo había un modo de averiguarlo. Si Lacy lo quería de veras, tal vez todo se arreglara. Y si no... Cole regresó hacia el corral. De nada le servía pensarlo en ese momento.

Ira consiguió detener el coche justo delante de los escalones, toda una hazaña teniendo en cuenta que apenas lograba acertar con el pedal. Salió tambaleándose, se apoyó un momento en el salpicadero, rodeó el coche y se sentó pesadamente en los peldaños de madera.

–¿Qué te ha dicho, papá? –preguntó Faye con nerviosismo desde la puerta. Se retorcía las manos, intranquila y exasperada. Decirle a su padre que Ben la había seducido había sido un intento desesperado, pero sabía, incluso mientras se lo contaba entre lloros, que no funcionaría. Ella no podía competir con la mujer de San Antonio a la que Ben había mencionado. Lo había perdido. La cara de su padre hablaba por sí sola, y ella sintió que su corazón se marchitaba dentro de su frágil cuerpo.

–Ben no estaba allí. Coleman me dijo que hablaría con él –contestó Ira–. Pero no servirá de nada... Ya está comprometido.

Faye pensó que su corazón se detenía.

–¿Comprometido?

–Eso dijo Cole. Con una mujer de San Antonio –hizo una mueca al ver su expresión–. No llores, Faye. Tiene novia. Lo siento, niña.

–¡Oh, papá! –Faye entró corriendo en la casa, deshecha

en lágrimas. ¿Cómo podía ser Ben tan cruel? Nunca había dicho que la quisiera, pero sin duda sabía que era una buena chica. Nunca había besado a nadie, excepto a él, ¡y él iba a casarse con una niña rica!

Se tumbó en la cama y lloró hasta que le dolió la garganta y sus ojos se enrojecieron. No estaba embarazada. Había deseado estarlo. Ben le había hecho el amor tres veces con precipitación, y ni siquiera estaba del todo sobrio. Pero no habría ningún bebé. Él no lo sabía, sin embargo. Faye se animó un poco al pensar en lo que le diría Coleman. Tal vez lograra que volviera con ella. Aunque Ben no la quisiera, ella podía hacer que llegara a enamorarse. Lo trataría tan bien que tendría que quererla. Lo único que tenía que hacer era aguantar y al final lo conseguiría, a pesar de aquella mujer de la ciudad...

Unos minutos después, Marion Whitehall buscó a Lacy sin saber el motivo de la intempestiva marcha de Ira Cameron.

–Pareces preocupada –dijo Lacy mientras tomaban café en la cocina.

–Lo estoy –contestó Marion. Se dejó caer en una silla. Parecía encontrarse mal. Estaba pálida. Había en su rostro arrugas nuevas y más canas en su pelo antaño negro–. Es por la fiesta de Benjamín. ¿Cómo vamos a...?

–No hay nada de qué preocuparse –la interrumpió Lacy con una sonrisa–. He convencido a Cole para que me deje correr con los gastos.

Marion se quedó boquiabierta.

–¿Sí? Pero ¿cómo?

Lacy no quería contárselo. Se puso azúcar y leche en el café y evitó su mirada aguda.

–Apelé a su lógica –contestó–. En todo caso, va a dejarme que haga lo que crea conveniente. Ben tendrá su fiesta.

–Pero ¿vendrá a ella? –preguntó Marion, afligida–. Parece tan desganado, Lacy... Es casi como si... en fin, como si se avergonzara de nosotros. Esa gente de San Antonio con la que vive tiene dinero. Tal vez no quiera que su futuro suegro vea cómo vivimos.

–¡Cómo vivimos! –Lacy dejó su taza–. Marion, nosotros somos muy civilizados. Tenemos fontanería interior, electricidad y hasta teléfono –evitó mencionar que ella podía competir tranquilamente con los amigos de Ben en cuanto a riqueza. No lo dijo porque no quería que Marion se sintiera aún peor.

–Pero no somos ricos, querida. Y esa gente lo notará. No quiero ni pensar cómo se comportará Cole si son unos remilgados.

Lacy tampoco quería pensar en ello.

–Estoy segura de que serán personas educadas –dijo, pero no parecía muy convencida.

–Ira ha venido por Faye, ¿verdad? –prosiguió Marion–. Supongo que Ben habrá hecho algo escandaloso con esa pobre chiquilla.

–Se supone que nosotras no debemos enterarnos –contestó Lacy con sarcasmo–. Somos el sexo débil. Los hombres deben protegernos de esas cosas, no vaya a ser que nos desmayemos –se tapó los ojos con el brazo e hizo como que se desmayaba.

–Ya podemos votar, querida. Hemos dejado de desmayarnos –le recordó Marion con una sonrisa, más animada–. De todos modos, estoy preocupada, Lacy –añadió–. Faye es una muchacha muy delicada. A veces parece muy enferma, como si apenas pudiera tenerse en pie.

–Es una chiquilla encantadora. Pero Ben es todavía muy joven... y está enamorado de la idea de ser un periodista famoso. Tiene talento, ¿sabes? Y casarse con la heredera de un periódico no puede perjudicar a su carrera.

–¿Le importa su profesión más que su familia?

–Dale tiempo –dijo Lacy suavemente–. Es un Whitehall. Uno de estos días lo recordará. Está probando sus alas por primera vez. Déjalo volar.

Marion se recostó en el respaldo recto de la silla.

–Rezaré para que no aterrice en un cactus.

–Hazlo, sí –Lacy se echó a reír.

–Es sólo que... ¡Oh, Dios mío! –Marion se quedó muy quieta y sus ojos se agrandaron. Se llevó la mano al pecho–. ¡Cuánta... presión! Qué raro, Lacy...

Se precipitó de bruces hacia el suelo y sólo la rápida intervención de Lacy la salvó de una mala caída. Pero estaba inconsciente y Lacy sintió pánico. No sabía qué hacer, así que corrió a la puerta trasera y llamó a gritos a Cole. Rezaba por que estuviera en el establo y no fuera, en alguna parte del rancho.

Como si respondiera a su plegaria, Cole salió del establo inmediatamente.

–¿Qué ocurre? –gritó.

–¡Es Marion! ¡Aprisa! ¡Temo que sea su corazón!

Él rompió a correr y entró por la puerta de la cocina en el momento en que Lacy acercaba una botella de amoniaco a la nariz de Marion, en un intento por hacerla volver en sí.

Al cabo de un minuto, Marion comenzó a removerse y a toser. Lacy y Cole la ayudaron a sentarse.

–Me siento tan mal... –dijo, tragando saliva. Estaba mortalmente pálida y tenía la piel pegajosa.

–Lo siento, pero vamos a tener que llevarte a casa del doctor Simon, madre –dijo Cole en voz baja–. Nada de protestas –añadió al ver que ella vacilaba–. Éste no es el primer ataque que tienes. Es hora de que un médico nos diga qué te ocurre.

Marion transigió.

–Muy bien –dijo débilmente–. Pero no voy a poder evitar marearme por el camino.

–Podemos llevar una palangana y un paño húmedo –sugirió Lacy, y fue a buscarlos.

Juntos montaron a Marion en el coche y Cole las llevó a la ciudad.

Lacy esperaba un milagro. Pero no sucedió. El doctor Simon diagnosticó que Marion padecía hidropericardio.

Aquello era una sentencia de muerte, todos los sabían. Podían pasar semanas, meses, o tal vez un año, pero el destino de Marion estaba sellado definitivamente.

Cole guardó silencio durante todo el trayecto de regreso a casa, y Lacy y Marion hablaron desganadamente del tiempo. El doctor Simon había prescrito unas píldoras para aliviar el dolor y reposo mientras durasen la debilidad y las náuseas.

–Tendremos que cancelar la fiesta de Ben... –comenzó a decir Lacy.

–Nada de eso –dijo Marion con firmeza–. Puede que sea la última... –su voz se quebró y tuvo que intentarlo otra vez–. Puede que sea la última fiesta que vea en Spanish Flats. No la cancelaremos. Sigue con los preparativos, Lacy. Yo te ayudaré en lo que pueda.

–Ni lo sueñes –dijo Cole en tono cortante. Era la primera vez que hablaba y, pese a su palidez, parecía decidido.

–No me lleves la contraria, Coleman, por favor –dijo Marion suavemente–. Tengo derecho a decidir cómo quiero pasar el tiempo que me queda.

–¡Simon no debía habértelo dicho!

–Claro que debía. Ya sabes cómo detesto las mentiras. En todo caso, era lo que sospechaba. Creo que lo sabía antes de que me lo dijera –dijo con calma, con una mirada apagada y llena de resignación–. Soy una Whitehall, ¿sabes? –añadió con una sonrisa forzada–. Somos gente muy dura.

Los ojos oscuros de Cole se deslizaron sobre su cara, que mostraba un leve terror, y se posaron luego en la mueca amarga de Lacy. Por alguna razón, el miedo que vio en los ojos de Lacy le dio fuerzas. Le sonrió con ternura, tranquilizadoramente, y vio que ella se relajaba un poco. Se las arreglarían, le dijo él en silencio.

–De acuerdo –dijo por fin–. Dad vuestra dichosa fiesta, si es necesario.

–Así Bennett tendrá algo que recordar –contestó ella–. Una bonita celebración por su compromiso y su empleo.

–Mientras sus amigos de la ciudad no nos miren por encima del hombro –dijo Cole–. No toleraré su esnobismo, ni siquiera por el bien de mi hermano.

–Estoy segura de que no serán unos esnobs, querido –dijo Marion, aunque no parecía muy convencida.

–¿No? –Cole tomó la carretera del rancho y, al acelerar, dejó tras ellos una nube de polvo–. He oído rumores sobre la chica con la que se ha comprometido. A mí me parece muy ligera de cascos.

–Es la vida de Ben –le recordó Lacy.

–En efecto.

–Coleman, por favor, frena un poco o volverás a romper las correas –dijo Marion con un débil suspiro.

–Llevo suficientes de repuesto –contestó él con paciencia.

–Ruedas, también, espero –murmuró Lacy–. La última vez que llevé a mi tía abuela Lucy a comprar al pueblo, pinchamos dos veces.

–¿Y las cambiaste tú sola? –preguntó él con una sonrisa burlona.

Ella sonrió ante aquella muestra de camaradería.

–No. Por suerte, unos caballeros amigos de la tía Lucy nos llevaron en ambas ocasiones. San Antonio tiene tanto tráfico que me daría pánico conducir por allí. Si supiera conducir –confesó.

–No aprendas nunca, querida –la aconsejó Marion–. Lo que aprendes, tal vez te veas obligada a utilizarlo algún día. Es mejor seguir en la ignorancia y sin que nadie te pase factura.

–La voz de la sabiduría –Cole se echó a reír. Pero, en el fondo, lo preocupaba cómo iba a decirles a Ben y a Katy lo que le ocurría a su madre. Odiaba la idea de tener que admitir que iban a perderla. Le dolía como ninguna otra cosa antes. Al menos tenía a Lacy, pensó, y dio gracias a Dios y a su madre por haber propiciado su encuentro en San Antonio. Superar aquel calvario no sería tan duro teniendo a Lacy a su lado.

Ella estaba pensando lo mismo, y se preguntaba cómo iba a decírselo Cole a los otros. Se alegraba de que aquella obligación no recayera sobre sus hombros. Claro que Cole tenía unos hombros muy anchos, y nunca eludía las responsabilidades. El solo hecho de estar con él la hacía sentirse confiada y optimista, aunque ciertamente había muy poco por lo que sentirse optimista en ese momento. Tomó de la mano a Marion y se la apretó con fuerza. Aquella mujer había sido para ella como un padre y una madre durante ocho años. Iba a ser terriblemente doloroso perderla. Pero quizá con descanso y cuidados, Marion pudiera vivir algo más. Lacy pondría todo de su parte, pensó, para alargar el tiempo que le quedaba.

De regreso a Spanish Flats, obligaron a Marion a echarse y a descansar tras tomarse una de las píldoras que le había recetado el doctor Simon. Lacy se quedó con ella hasta que se durmió y luego fue a reunirse con Cole en la cocina, donde él bebía una taza de café con expresión sombría.

Cole levantó la mirada cuando ella entró en la habitación. Estaba pálido y macilento y tenía una mirada triste y amarga.

Lacy, tan impulsiva como siempre, se fue derecha a él, atrajo suavemente su mejilla hacia sus pechos y lo abrazó de ese modo apoyando la cara sobre su cabello oscuro.

Notó su aliento rápido y pensó con fastidio que había vuelto a equivocarse. Pero él rodeó de pronto con los brazos su cintura esbelta y gruñó mientras la abrazaba.

–Yo también la quiero –dijo Lacy suavemente, cerrando los ojos–. Pero de algún modo saldremos adelante.

–Tendremos que hacerlo –dijo él con voz crispada. Sentía el corazón lleno de clavos. De clavos de diez peniques. Lacy olía a colonia ligera y sus pechos eran muy suaves. Tenía un corazón de oro, pensó Cole con orgullo, y sintió que se relajaba. Era la primera vez en su vida adulta que aceptaba el consuelo de los demás, pero ese día lo necesitaba.

–¿Vas a decírselo a Katy y a Ben? –preguntó ella.

–Sí. Puedo telefonear a Katy, supongo –mascullό él en tono de desaprobación–. Ben puede esperar hasta la fiesta para saberlo. Así tendrá un poco más de tiempo para vivir en su feliz ignorancia. Tal vez también espere hasta entonces para decírselo a Katy.

Así lo postergaría hasta el último minuto, pensó Lacy, pero no dijo nada.

Por fin, Cole agarró su cintura con sus manos grandes y nervudas y la apartó. La hizo sentarse en la silla contigua a la suya y le dio su pañuelo mientras le llenaba una taza blanca de café humeante y solo.

Ella se enjugó las lágrimas.

–Gracias.

Cole se encogió de hombros.

–Yo estoy tan triste como tú, si eso te consuela. No me importó mucho perder a mi padre. Era un hombre duro y frío, Lacy... egoísta y salvaje. Pero mi madre... en fin, es mi madre.

–Lo sé –ella le devolvió el pañuelo y bebió un sorbo de café. Sus ojos azules se encontraron con los de él por encima del borde de la taza–. No permitiré que se agote con los preparativos de la fiesta, pero para ella sería más duro que intentáramos cancelarla. Está empeñada en festejar a lo grande el compromiso y el nuevo empleo de Ben.

–Intenta que haga lo menos posible, entonces. Les diré a mis hombres que maten una ternera y un cerdo, si quieres. Podemos pedirles a Taggart y a Cherry que se ocupen de guisar.

Ella logró esbozar una sonrisa llorosa.

–Mientras no tengan que servir la mesa –dijo.

Él sonrió.

–Entendido. Intentaremos que cocinen contra el viento para que su tufo no le llegue a nadie.

–Yo puedo pedirles a algunas de las viudas que me ayuden a preparar el resto de la comida y a servirla. Cole... supongo que no será buena idea invitar a la pequeña Faye.

–No. No podemos hacerle eso a Ben.

–Faye es tan frágil... Me da mucha pena.

–A mí también, Lacy. Pero a la gente no puede obligársela a amar.

Los ojos azules de Lacy escudriñaron su cara.

–No, es cierto –dijo en voz baja.

Cole la miró a los ojos y tensó la mandíbula.

–Si sigues mirándome así, uno de estos días saltará la valla.

Ella contuvo el aliento.

–No entiendo.

–¿No? –él se movió de repente, la agarró de la nuca y se apoderó de su boca.

La besó con ansia durante varios segundos. Cuando ella empezaba a relajarse y a ceder, la soltó.

–Me darías lo que quisiera –dijo con voz áspera y sus ojos, casi negros, brillaron–. ¿Tienes idea de cómo hace que me sienta saberlo?

–No, porque siempre te alejas –musitó ella, temblorosa.

Él movió el pulgar lentamente bajo su labio inferior, limpiando las manchas oscuras de su carmín corrido.

–No puedo hacerte el amor con luz, Lacy –dijo ásperamente–. Nunca podré.

Ella no quería hablar, romper el hechizo. Cole nunca había sido tan franco con ella.

–No me importará –dijo con vehemencia–. ¿Es que no lo entiendes, Cole? ¡Te quiero!

–Puede que el amor no baste –contestó él cansinamente. Se puso en pie, enfurecido–. Tengo que volver al trabajo.

Lacy también se levantó y recogió de encima de la mesa el pañuelo que él le había prestado.

–Un momento. Mi carmín no te queda tan bien a ti.

Él se detuvo y se quedó muy quieto mientras le limpiaba los finos labios y le quitaba los vestigios de rojo oscuro.

Observaba su cara con avidez. Pasado un minuto, le quitó el pañuelo manchado y, sujetándole la cabeza con una mano, le quitó también el carmín de la boca.

–¿Por qué...? –exclamó ella.

Él arrojó el pañuelo a la mesa y se inclinó para levantarla del suelo en un abrazo.

–Bésame –jadeó contra sus labios.

Lacy se estremeció de deseo. Sonrió al darse a él y rodearle el cuello con los brazos. Cole era muy fuerte y muy cálido, y a ella le encantaba aquella fuerza, tanto como su olor. Abrió involuntariamente la boca y se aferró a sus brazos, que se contrajeron a medida que el largo beso se prolongaba.

Cuando la soltó, apretada contra su cuerpo, ella se sonrojó y dio rápidamente un paso atrás al notar que el contorno de su anatomía había cambiado.

–Estamos casados –dijo Cole con voz tranquila, pero él también tenía las mejillas coloradas, aunque intentaba disimular su turbación–. Tendremos que acostumbrarnos a esto, supongo.

Ella tragó saliva.

–Perdona. A fin de cuentas, estamos en la época de la permisividad. Pero supongo que yo sigo viviendo en la época victoriana.

–Yo también, si te sirve de consuelo –Cole acarició tiernamente su mejilla. Tenía una mirada suave y serena–. ¿Quieres saber qué pasó en Francia, Lacy? ¿Estás segura de que quieres saberlo?

–Sí.

–Te lo contaré esta noche, entonces –dijo él, muy serio–. Es mejor que lo saquemos todo a la luz. Luego podrás decidir si quieres quedarte o no. Cuando sepas la verdad, quizá San Antonio te atraiga mucho más.

Se dio la vuelta y se marchó. Sus espuelas tintineaban musicalmente cuando salió al porche por la puerta trasera.

No quería contárselo. Pero Lacy tenía derecho a saberlo. Si lo quería lo suficiente, se quedaría. Él confiaba en que así fuera. Nunca había deseado algo hasta tal punto. No sabía si podría salir adelante solo, ahora que su madre estaba enferma. Nunca antes había necesitado a otra persona, pero necesitaba a Lacy. Dios mediante, ella no volvería a huir de él.

Lacy lo miró alejarse con sentimientos enfrentados. Por fin, Cole iba a decirle la verdad. Ella sabía que aquello tenía algo que ver con lo que había sucedido en el extranjero, pero ignoraba qué podía ser. Cuando Cole se lo contara, quizá pudieran establecer entre ellos una nueva comprensión y construir una relación duradera. Llevó las tazas sucias al fregadero y abrió el grifo para lavarlas.

Era tarde cuando Cole regresó. Había estado ayudando a dos de sus hombres a construir un establo más grande para las reses recién paridas, y apenas habían acabado el armazón. Al día siguiente colocarían el tejado. El trabajo era duro, pero les vendrían bien las cuadras para las novillas de dos años que daban a luz por primera vez y para las vacas que tenían un mal parto. El establo viejo estaba casi ruinoso. El padre de Cole había afirmado siempre que era mucho más fácil construir un cobertizo nuevo que reparar uno viejo.

Lacy se estaba haciendo un vestido nuevo y Cole le dijo que siguiera con lo que estaba haciendo. Fue a la cocina y levantó el paño de hilo blanco que cubría los restos de la cena. Se llenó un plato con jamón frío, panecillos y guisantes en conserva. Abrió luego la pequeña heladera y picó un poco de hielo para llenar un vaso alto. No quería tener que pedirle a Lacy que le hiciera café y, como había estado trabajando, tenía calor a pesar del frío. Se sirvió un vaso de té azucarado de la jarra de cerámica que había sobre la mesa. Luego lo puso todo en una bandeja y fue a la habitación de su madre a pasar con ella un rato.

Marion estaba incorporada en la cama, comiendo un trozo de tarta de coco. Parecía cansada y estaba pálida. Pero de todos modos le sonrió.

–¿Cómo te encuentras? –preguntó Cole mientras ponía

su bandeja sobre la mesita de noche y dejaba el sombrero en una silla cercana.

–Un poco mejor, creo. Gracias, querido. Pareces cansado.

–Hemos acabado el armazón del establo nuevo –dijo él cansinamente–. Mañana pondremos el tejado. Menos mal que en esta zona no hace mucho frío en invierno. Turco me ha contado historias horribles del invierno en Montana, con dos metros de nieve en el suelo.

Marion asintió con la cabeza.

–Por eso se da tan bien el ganado en el sur de Texas. O eso decía siempre tu padre.

Él tomó un mordisco de jamón y la observó con los ojos entornados.

–¿Querías a mi madre?

Ella se sobresaltó y agrandó los ojos.

–¡Claro que sí!

–¿Cómo podías quererlo, con lo cruel que era contigo? –preguntó él con calma–. Te trataba como si fueras un mueble, cuando no te reprendía por una cosa o por otra.

Marion sonrió suavemente.

–Tú veías su mal genio. Yo veía al chico del que me enamoré, intentando con todas sus fuerzas salir adelante –se recostó sobre el montón de almohadas y sus ojos se empañaron al recordar–. Él tenía dieciocho años y yo dieciséis cuando nos casamos. Una tarde, a última hora, montamos en el coche de mi padre y nos fuimos a casa del reverendo Johnson con nuestra licencia de matrimonio. El reverendo nos casó y su esposa nos dio la cena. Yo era muy feliz, Coleman. Aquellos primeros años fueron maravillosos.

–¿Y luego?

Ella dejó el fino plato blanco de la tarta.

–Luego compramos este rancho. Tu padre nunca tuvo madera de ranchero. Era un chico de ciudad, con grandes ideas. Habría sido un buen hombre de negocios. Nunca pudo soportar al ganado.

–No es así como yo lo recuerdo –masculló él.

–Oh, aprendió –dijo Marion–. Pero odiaba la industria ganadera, el polvo y la tierra y lo sangriento que era todo. Un hombre que se ve forzado a hacer algo que aborrece puede volverse cruel.

–Puede ser –dijo él ambiguamente.

–No me crees. A ti te encanta lo que haces. Te gusta trabajar al aire libre. Creo que hasta te gustan las penalidades. Algún día, Coleman –prosiguió con mirada suave–, no tendrás que vivir así. Tendrás algo mejor.

–Yo no necesito comodidades –protestó él suavemente–. Aunque supongo que a Lacy no le molestarían.

Los ojos de Marion brillaron.

–¿Puedo atreverme a preguntar si las cosas van mejor entre vosotros?

–Van mucho mejor –dijo él, a pesar de que tenía una mirada triste–. De momento.

Su madre lo observó un rato sin decir nada.

–Lacy te quiere mucho –dijo–. En ciertos sentidos eres como tu padre, Coleman. Te da miedo confiar en los demás, abrirte a los otros, porque los que más cerca están son los que más daño pueden hacernos. Lacy jamás te haría sufrir.

–La gente puede hacerte sufrir sin proponérselo –dijo él, y cambió bruscamente de tema. Ni siquiera con su madre podía hablar de sus miedos más hondos, de su inseguridad, de sus cicatrices. No quería contárselo a Lacy, pero tenía que hacerlo si quería que su matrimonio tuviera una oportunidad.

Cuando se levantó para irse, Marion tocó suavemente su mano mientras él sostenía la bandeja con los platos vacíos.

–¿Cuidarás de Ben y de Katy... cuando llegue el momento? –preguntó, preocupada.

El semblante de Cole se crispó al mirarla. Vio su vida pasar en un destello ante él, recordó los amorosos cuidados de su madre, su ternura.

–¿No lo he hecho siempre? –preguntó en voz baja–. Pero deja eso ya. Dios ya estaba aquí. Él hizo a los doctores.

Marion sonrió.

–Sí, ¿verdad?

–Recuérdalo –se inclinó para besarla en la frente con suavidad. No era un hombre afectuoso, pero quería a su madre. Marion le tocó el pelo suavemente y recordó al bebé de pelo moreno al que había acunado en sus brazos y apretado contra su corazón veintiocho años atrás. Muchas noches oscuras le había dado el pecho en su mecedora de mimbre, junto a la ventana, mientras su marido dormía a pierna suelta en la cama cercana. Los ojos se le llenaron de lágrimas, pero las ocultó. Los recuerdos de una madre eran preciosos e íntimos, algo que rara vez compartía ni siquiera con los hijos que se los habían procurado.

–¿Te importa llevarte mi plato? –preguntó, y logró que su voz sonara casi normal.

–Claro –Cole puso el plato en la bandeja y le sonrió–. Intenta dormir.

–Lo haré. Apaga la luz cuando salgas, ¿quieres, querido?

–Que duermas bien.

Cole alargó la mano hacia el cordel metálico unido al casquillo de la única bombilla suspendida del techo y tiró de él. La luz se apagó al instante. Cole sacudió la cabeza, asombrado por aquel milagro moderno. La familia se había ido a la cama a la luz de las lámparas de queroseno hasta hacía dos años. La electricidad seguía siendo un lujo, como el teléfono, pero Marion había dicho que los precios del ganado subieron mientras Cole estaba en Francia, recuperándose en el hospital, tras la guerra. A su regreso había muchos cambios en la vieja casona. Cole sabía que la guerra parecía haber relanzado la economía, así que nunca había cuestionado aquellas decisiones. Su madre había disfrutado tanto de aquellos lujos que no tuvo valor para reprenderla por gastar un dinero que podrían haber dedicado a mejorar la cría de reses. Con ayuda de los vecinos, y con Taggart y Cherry supervisando el ganado, al menos el rancho había salido adelante mientras él luchaba en el extranjero. Aquello había sido una suerte. Ahora, la suerte sería poder pagar la hipoteca antes de que perdieran todo el negocio. Eso, y que Marion siguiera viva todo el tiempo posible, añadió para sus adentros con una oración silenciosa.

Pero, de momento, tenía otra preocupación. Cómo decirle a Lacy, como había prometido, que su sueño de tener un hijo nunca se haría realidad.

Cuando Cole acabó de bañarse y de ponerse ropa limpia, Lacy estaba sentada delante de la pequeña chimenea de su cuarto, en la que había encendido el fuego. Estaba cosiendo el dobladillo del vestido que había hecho y su rostro refulgía suavemente a la luz del fuego. Las habitaciones de altos techos eran frías en noviembre, pese a que estaban en el sur de Texas. El fuego sentaba bien.

Cole se detuvo junto a su sillón.

–He dejado los platos en el fregadero –dijo con calma–. Aguantarán hasta mañana.

Ella le sonrió.

–Gracias. ¿Cómo está Marion?

–Apagué la luz. Dijo que iba a intentar dormir –se sentó en la butaca de respaldo recto, junto a ella, y se pasó una mano con nerviosismo por el pelo todavía húmedo–. Te prometí una explicación.

Ella deslizó la aguja en la tela del vestido y detuvo las manos. Sus ojos azules sostuvieron los de Cole.

–Sí.

–Va a ser duro.

–Ya te lo dije: no va a cambiar nada, Cole –contestó ella.

–¿No? –preguntó él con velado sarcasmo. Se recostó precariamente en la silla y comenzó a liar un cigarrillo–. Ya sabes que me hirieron en Francia y que tardé mucho tiempo en recuperarme. Lo que no sabes es cómo ocurrió –se puso el cigarrillo acabado en la boca y tomó una de las largas cerillas de cocina que usaban para encender el fuego. La metió en el fuego, encendió el cigarrillo y la arrojó al fuego–. Yo volvía de una incursión en las líneas alemanas. Íbamos varios, en formación. Fuimos sorprendidos por una escuadrilla alemana que volvía a su base después de atacar nuestro frente.

–¿Una escuadrilla? –preguntó ella, curiosa.

–Así llamábamos a una formación de aviones –explicó él–. El nombre del piloto al mando decidía también el nombre de la escuadrilla. Al frente de la escuadrilla Richthofen estaba el Barón Rojo en persona.

–Entiendo.

–Fue una locura. No te imaginas lo difícil que es intentar estabilizar un avión en el aire y al mismo tiempo acribillar al enemigo. Mi avión era un biplano, un Nieuport, y justo cuando logré ponerme a la cola del enemigo me ametrallaron desde arriba. Caí con el avión en llamas.

Lacy no se había movido. Confiaba en seguir respirando.

–¿Te estrellaste con el avión en llamas?

–No. Los aviones estaban hechos de madera, alambre y tela engrasada, así que se quemaban muy fácilmente. Pero yo tuve suerte porque había un terreno llano muy cerca. Pude aterrizar. Pero se me quedó atrapado el pie y no pude salir. Y justo cuando toqué tierra, el avión estalló –miró el rostro horrorizado de Lacy–. Turco me había visto caer. Aterrizó casi al mismo tiempo que yo y corrió hacia mí. Yo estaba ardiendo cuando me sacó del avión –se estremeció al recordar el calor y el espantoso dolor–. Sofocó las llamas y se quedó conmigo hasta que llegaron los médicos. Pasé meses en el hospital. Al principio creyeron que moriría, pero empecé a mejorar. Turco se quedó conmigo. Me hablaba. Me daba ánimos. Me salvó la vida –no la miraba ya–. Cuando estuvo lo bastante recuperado, los médicos me contaron lo que había ocurrido y lo que podía esperar. Cuando se fueron, eché mano de mi revólver. Turco me lo quitó.

Lacy dejó escapar el aire.

–Oh, Cole –dijo, horrorizada.

Él se rió fríamente mientras miraba las llamas e hizo una mueca al sentir su calor.

–Tenía la espalda y las piernas bastante mal. Incluso la tripa. Me curé, pero sigo teniendo cicatrices horribles. Pero eso no es lo peor de todo –se llevó el cigarrillo a los labios y dio una larga calada–. Me dijeron que no podría tener hijos.

Ella se levantó del sillón y se arrodilló ante él antes de que acabara de hablar, lo enlazó con los brazos y apoyó la cara contra su pecho. Lo apretó con fuerza, sin decir nada.

Él apoyó ligeramente las manos sobre su pelo mientras procuraba asimilar lo que significaba su reacción. ¿Era aquello consuelo o piedad?

Mientras intentaba llegar a una conclusión, alguien llamó a la puerta y Ben entró corriendo en la habitación. Estaba cubierto de polvo y despeinado, y tenía una mirada horrorizada.

–¡Cole, tengo que hablar contigo! –dijo con premura–. Perdona, Lacy, pero esto no puede esperar. ¡Por favor, Cole, tiene que ser ahora mismo!

Lacy se levantó con la cara vuelta para que Cole se pusiera en pie. Él la miró, pero Lacy eludió su mirada. Cole salió con Ben y cerró la puerta tras ellos.

–Bueno, ¿qué pasa? –preguntó. Sabía que no podía tratarse de Marion, porque aún no le había hablado de su enfermedad a Ben.

–Me ha llamado Faye –mascculló su hermano–. Dio conmigo en San Antonio y asegura que está embarazada y que el niño es mío. Dios mío, Cole. ¡Estoy prometido en matrimonio! ¡No tengo tiempo para este lío!

–Tuviste tiempo para acostarte con Faye y dejarla embarazada –replicó Cole con frialdad–. La deshonraste. La avergonzaste. Ira vino a verme hoy. Estaba como loco.

–Nunca pretendí que las cosas llegaran tan lejos –gruñó Ben–. Había bebido y ella se mostraba tan dispuesta, tan complaciente. Desde entonces me he mantenido alejado de ella. Hace más de tres meses que estuve con ella. Y sé que el niño no puede ser mío... si es que está embarazada.

–¿Cómo lo sabes? –preguntó Cole en tono cortante.

–Porque unos días después quise volver a acostarme con ella y me dijo que no podía porque tenía la regla –le dijo Ben–. Así que no puede ser mío.

Cole llevaba trabajando en la cría de reses tiempo suficiente para conocer los ciclos del menstruo y la ovulación. Asintió con la cabeza. Había excepciones, desde luego, pero era improbable que Faye estuviera embarazada si hacía meses le había dicho la verdad a Ben.

–¿Qué voy a hacer? No puedo permitir que Jessica se entere –gimió su hermano–. Podría romper el compromiso y entonces ¿qué haría yo? ¡Su padre me despediría!

–¿No irás a casarte con ella por tu trabajo? –preguntó Cole cansinamente.

–Voy a casarme con ella porque es buena en la cama, rica y tiene toda clase de contactos –contestó Ben escuetamente–. ¿Y por qué no? Estoy harto de ser pobre.

Cole estaba asqueado y se le notaba.

–El dinero no lo compra todo, y vivir de una mujer es una vergüenza.

–Eso lo sabrás tú mejor que yo –replicó Ben, irritado por el reproche de su hermano.

–¿Qué quieres decir? –preguntó Cole.

–Que llevas años viviendo de Lacy. ¿O es que no sabes que fue ella quien pagó todas estas comodidades modernas? –contestó Ben–. Hasta pagó la segunda hipoteca del rancho para que no nos embargaran cuando tú estabas en Francia. Las cosas se pusieron feas y Lacy nos salvó.

–¿Por qué no me lo dijisteis? –preguntó Cole, muy pálido.

–No preguntaste –dijo Ben, intranquilo. No le gustaba el aspecto de su hermano–. ¿Por qué se ha acostado ya mamá?

Cole nunca había sentido tanta rabia. Lacy lo había ayudado sin él saberlo. Maldito fuera Ben por hacerlo sentirse como un tonto.

–Mamá tiene hidropericardio –le dijo a Ben, hundiendo el cuchillo sin una pizca de mala conciencia–. El médico dice que se está muriendo.

Dio media vuelta y dejó a Ben allí de pie, con los ojos dilatados en la cara blanca. Volvió al dormitorio y cerró la puerta... y no lo lamentó. ¡Maldito Ben! No lamentaba en absoluto lo que había hecho.

Lacy estaba sentada junto al fuego, con el rostro sereno y demacrado. Levantó la mirada, expectante.

–Cole... –comenzó a decir suavemente.

–Has estado invirtiendo dinero en la casa y el rancho –le dijo él con frialdad–. ¿Por qué me lo has ocultado?

El rostro de Lacy delató su mala conciencia.

–Porque sabía que te pondrías furioso –dijo con sencillez–. Tenía el dinero, el rancho lo necesitaba y...

–Te lo devolveré –dijo él en tono cortante–. Hasta el último penique.

–¿Tenemos que hablar de eso esta noche?

–No –Cole se acercó al armario y sacó su pijama y su bata. Se volvió hacia ella con una mirada gélida–. De ahora en adelante dormiré en el cuarto de invitados. Si no te gusta, vuélvete a San Antonio. Por mí puedes irte al infierno.

Lacy no podía creer lo que estaba oyendo. Se levantó.

–Cole, por favor, no hagas esto. No seas así. Las cosas se pusieron difíciles durante la guerra. Tú no estabas... Había facturas que pagar y amenazaron con embargarnos... Yo tenía ese dinero y mucho más. No esperarías que te dejara perder Spanish Flats.

–Yo no acepto dinero de una mujer –contestó él con furioso orgullo.

–¡Cole, por favor, escúchame! –le suplicó ella.

–Buenas noches, Lacy –Cole salió y cerró de un portazo.

Lacy se dejó caer en su sillón. Sentía un latido sofocado

en las sienes. Debería haber adivinado que su gélido orgullo la derrotaría cuando averiguara que había ayudado financieramente a su familia. Había tocado su punto más sensible. Cole no lo olvidaría, ni la perdonaría. Se hallaban de nuevo donde habían empezado y, a juzgar por la expresión de Cole, seguirían así mucho tiempo. Ella había querido decirle que lamentaba que no pudieran tener hijos, pero que no le importaba. Que sus cicatrices no le importaban. Lo quería: quería vivir con él, pasara lo que pasase. Pero él no estaba dispuesto a escucharla. Lacy cerró los ojos y se recostó en el sillón. ¿Debía volver a San Antonio? Recordaba con claridad cómo había sido su vida tras su boda con Cole. Él la helaba con cada miraba, con cada palabra. Ella sabía que no podría soportar de nuevo su indiferencia, su ira. Pero ¿cómo iba a dejar a Marion?

No podía, resolvió por fin. Tendría que aguantarse... al menos hasta después de la fiesta de compromiso de Ben. Iría decidiendo a medida que pasara el tiempo. En ese instante, sólo quería acostarse. Aquél había sido uno de los peores días de su vida. Primero Marion y ahora Cole. Era Ben quien se lo había dicho a Cole, por supuesto. Sus ojos brillaron. Costara lo que costase, al día siguiente le diría al pequeño Bennett lo que pensaba de él. De buena gana habría azotado a aquel niño mimado con un látigo.

Ignoraba que Ben ya estaba sufriendo por su indiscreción. Se había acostado en su antigua habitación y sus ojos se habían llenado de lágrimas cuando nadie podía verlo. Nunca había imaginado que su madre pudiera morir. Cole no tenía derecho a decírselo así. Él no había pretendido contarle lo del dinero que les había dado Lacy, pero a veces la gazmoñería anticuada de Cole lo sacaba de sus casillas. Tenía edad suficiente para casarse y vivir como quisiera, y a Cole ni le gustaba ni podía digerirlo.

Se ponía enfermo cuando recordaba que iba a perder a su madre. Y encima Faye amenazaba su futuro, lo llamaba por teléfono y aseguraba entre gimoteos que estaba embarazada. Tendría que arreglar las cosas con ella antes de irse, eso estaba claro. No podía permitir que fuera por ahí contando mentiras sobre él. De pronto la vida parecía indeciblemente complicada, pensó con amargura.

En Chicago, Katy había caído en una triste rutina: en público era la esposa de Danny y, en privado, su cabeza de turco. Su suegra se pasaba el día quejándose y acusándola y, cuando estaba en casa, Danny tomaba el relevo. Nada de lo que Katy hacía estaba bien. Él ya ni siquiera quería acostarse con ella y sólo llevaban casados unas semanas.

–No eres la que creía que eras cuando te traje a casa –le dijo con leve desdén una noche, cuando llegaron a la taberna en la que Danny iba a celebrar una reunión de negocios con el jefe mafioso Blake Wardell–. No sonríes, nunca estás alegre. No haces más que quedarte sentada y poner malas caras. Mi madre está desilusionada.

–Yo también –dijo Katy cansinamente–. Debería haberme quedado en Texas.

–Para algo servirás, muñeca –dijo él misteriosamente–. Que no se diga que yo pierdo una oportunidad –aprobó con la mirada el vestido de lentejuelas que ella llevaba. Luego miró la diadema de plumas que envolvía su cabello oscuro, recogido hacia arriba–. Deberías cortarte ese pelo. Pareces rara con él.

Todas las chicas parecían llevar el pelo corto, a la moda, pero a Katy no le gustaba. Prefería tener el pelo largo. Y, si con ello desafiaba las convenciones, tanto mejor. La vida con Danny era un infierno. Hasta languidecer por Turco en Spanish Flats le pareció preferible a aquella muerte en vida. Se había convertido en un objeto de la propiedad de Danny, como uno de sus coches, y se preguntaba si él la había querido siquiera al principio. Si así había sido, mamá Marlone había puesto fin a aquello. Hacía cuanto podía por poner a Danny en contra suya. Y él no la habría llevado a aquella reunión si no pretendiera aparentar delante de un posible socio comercial.

Blake Wardell era un hombre grande y moreno, con ojos amables pese a su fama de ser uno de los mayores gánsters de Chicago. Se dedicaba a las apuestas y dirigía casinos por todo el país. Danny quería entrar en el negocio.

Katy se vio arrastrada hasta aquel hombretón. Algo en él le recordó a Turco. Quizá fuera su tamaño, o el modo en que sonreía, o la suave opacidad de sus ojos cuando la miraba. Al mirarlo, Katy recordó vivamente su último día con Turco. No se arrepentía en absoluto de lo ocurrido. Sabía (estaba casi segura) que estaba embarazada. Sabía también que el bebé era de Turco y no de Danny. Un hijo sería un dulce recuerdo de Turco que podría guardar como un tesoro durante su horrible matrimonio, y Danny no lo sabría.

Pero ansiaba decírselo a Turco. Él era su vida, pero no la quería. Eso había dicho. La había dejado marchar sin un solo intento por detenerla, por pedirle que se quedara. No la quería y ella iba a tener que aceptarlo. Su vida estaba allí ahora, en un mundo cuya existencia desconocía hasta su llegada a Chicago.

Los mafiosos la fascinaban. No tenían dos cabezas ni iban armados hasta los dientes. Eran hombres corrientes, nada sensacionales. Simplemente, se ganaban la vida al margen de la ley y parecían creer que no había nada de raro en ello. Katy había oído algunas historias espeluznantes sobre matanzas y extorsiones. Danny tenía amigos que habían matado a gente. Katy se tomaba todo aquello con temeroso asombro, pero se preguntaba qué pensarían Lacy y su pobre madre si pudieran verla en ese momento. Por suerte Cole no podía, se dijo para sus adentros, o habría montado en el siguiente tren con una pistola en la maleta. Desde la boda, su único contacto con ella había sido una áspera carta de felicitación. Katy sabía que despreciaba a Danny. Cole ignoraba lo sucedido entre Turco y ella, y ella podía al menos evitar que su amistad con Turco quedara destruida. A fin de cuentas, no importaba: probablemente, Turco y ella no volverían a verse mientras vivieran. Si no fuera tan difícil convivir con Danny... Últimamente, su comportamiento había empezado a cambiar. A menudo se volvía agresivo y violento, y Katy empezaba a tenerle miedo. Ya le había pegado una vez...

–Está usted muy seria, señora Marlone –dijo Blake Wardell con voz suave. En su mano izquierda sostenía un puro encendido. Llevaba un anillo de rubíes en el dedo meñique, pero ninguna otra joya.

Katy lo miró con desganado interés. Wardell tenía las cejas pobladas y una nariz grande e imponente. Bajo ella había una nariz de labios duros y grandes y una mandíbula cuadrada. Su ancha cara podría haberse descrito a la perfección diciendo que era de granito cincelado. Pero sus ojos hundidos la salvaban. Eran oscuros y vivos, unos ojos que decían más que las palabras. Le sonrió y aquellos ojos se avivaron como llamas oscuras.

–Katy no habla mucho últimamente –dijo Danny con sarcasmo–. Ni hace gran cosa. Es como una estatua. Sólo sirve como decoración.

–Danny, por favor –dijo Katy con una mueca.

–Es muy decorativa, desde luego –contestó Blake con galantería–. ¿Cómo es posible que te arriesgues a enseñársela a otros hombres? –le preguntó a Danny.

Aquella pregunta detuvo en seco la mirada fría de Danny. Miró a Blake con repentino interés.

Quería entrar en los negocios de Wardell, pero no tenía dinero suficiente para invertir en ellos. Wardell, por su parte, parecía fascinado con Katy. Su expresión evidenciaba que no sólo la encontraba atractiva, sino también deseable. Bueno, bueno. Danny sabía que Katy era frígida, pero Wardell lo ignoraba. Aquel inesperado giro de los acontecimientos podía jugar a su favor.

–¿Por qué no bailas con Blake, Katy? –sugirió–. Baila muy bien –le dijo a Wardell.

Estaban tocando un charlestón y Katy titubeó. Sentía deseos de rebelarse, pero de pronto se sentía llamativa.

–No sé si debo... –comenzó a decir.

La expresión de Danny se volvió amenazadora y Katy lo notó con temor disimulado.

–No seas boba –mascullό él–. Baile con el bueno de Blake.

Aquello era una amenaza. Ella no volvió a protestar.

Wardell se rió suavemente, creyendo que le daba vergüenza bailar en público. El charlestón era considerado un baile decadente por cierto segmento de la población que lo veía como un indicio de la podredumbre moral de la sociedad. Esa misma gente había intentando desterrar el jazz como una plaga social.

–Si no le gusta la música, señora Marlone, puedo arreglarlo –dijo Wardell. Hizo una seña al camarero, le dio un billete, le susurró algo y señaló a la banda con la cabeza. El camarero sonrió, inclinó la cabeza y fue a hablar con el director de la orquesta. Unos segundos después, aquella música desenfrenada cesó, reemplazada por una dulce y lenta melodía que Katy reconoció al instante.

–¿Mejor? –preguntó Wardell poniéndose en pie.

Katy se sonrojó, porque la banda estaba tocando *Una chica bonita es como una melodía*, una canción que se hizo popular el año posterior a la guerra.

–Usted es muy bonita –dijo Wardell cuando Katy se halló entre sus brazos, moviéndose al ritmo de fox-trot de la canción–. ¿No se lo dice su marido?

Katy hizo un gesto con un hombro.

–No.

–Qué lástima –sus ojos recorrieron el cabello de Katy, recogido en un moño flojo sobre la nuca, y se deslizaron luego por su vestido, que le llegaba justo por debajo de las rodillas y que sostenían tirantes de pedrería. El brillo de las piedras realzaba exquisitamente la tersura lechosa de su piel, y Wardell se preguntó cómo estaría desnuda, con un collar de diamantes. Aquella idea lo excitó, y se echó a reír con una risa profunda y gutural.

Ella levantó la mirada, desconcertada.

–¿De qué se ríe?

–No la conozco lo bastante bien para decírselo –contestó él–. Pero eso cambiará.

Katy se aclaró la garganta. Wardell tenía un olor muy masculino, especiado y limpio. Danny no se bañaba a menudo y siempre parecía oler a sudor. Lo cierto era que Katy lo encontraba repulsivo. Probablemente le habría dado asco, si él hubiera pretendido acostarse con ella.

Pero Blake Wardell olía bien, como Turco, y su colonia le resultaba familiar. Seguramente era la misma que usaba Turco. Eso explicaría sus sentimientos encontrados por aquel hombre fornido y moreno. Él parecía encontrarla atractiva y, a su vez, la atraía. Aquello resultaba perturbador. ¿Y si se convertía en una de esas mujeres que disfrutaban de diversos hombres? Se sintió horrorizada. No había sido educada para convertirse en una mujer de vida alegre, pero se sentía intensamente atraída por Blake Wardell. Además, estaba casi segura de estar embarazada...

–¿Qué ocurre? –preguntó él, y su mano grande se cerró suavemente sobre los dedos de Katy.

Ella levantó los ojos; su cara parecía abierta como un libro.

Él sonrió muy suavemente.

–No pasa nada –dijo en voz baja–. Yo también lo siento.

–Estoy... casada –balbució ella.

–Eso no importa.

–¡Pero...!

Él se inclinó y su boca susurró contra los labios de Katy tan fugazmente que ella apenas podía creer que aquello hubiera ocurrido.

–He dicho que no importa. Ven aquí –la atrajo hacia sí y ella se estremeció al sentir su cuerpo íntimamente pegado al suyo. Turco, pensó, y sus ojos se cerraron al recordar el día de su marcha de Spanish Flats. ¡Oh, Turco!, gimió para sus adentros. Tenía la impresión de haberlo traicionado... cuando era por Danny por quien debía sentirse culpable.

Danny la veía bailar con Wardell sin sentir celos, ni rabia. Sonreía. Bien. Excelente. Wardell la deseaba. En su mente empezaban a formarse planes como nubes. Katy podía convertirse en la cuña que usaría para introducirse en los negocios de Wardell. Al menos, pensó, por fin le serviría para algo. Bien sabía Dios que acostarse con ella era como acostarse con una estatua. Katy odiaba el sexo. Danny imaginaba que la mayoría de las mujeres de su clase eran así. Él prefería las mujeres experimentadas que sabían lo que hacían. Sus ojos se posaron en una rubia que lo miraba desde la mesa contigua. Miró a Katy y a Wardell y pensó ¿por qué no? Le hizo una seña a la rubia, dejó una propina en la mesa, ordenó al camarero que le dijera a Katy que había tenido que marcharse y salió con la rubia del brazo.

Aquello fue el comienzo de un nuevo capítulo en la vida de Katy. Desde esa noche, Blake Wardell parecía hacerse presente cada vez que Danny y ella salían por la ciudad. Ella agradecía su compañía, porque delante de él Danny no la maltrataba. Pero Blake era un hombre imponente, y su presencia surtía un efecto violento sobre sus emociones.

Las cosas llegaron a un punto crítico cuando, en una de sus rabietas, los insultos de Danny la hicieron huir de su dormitorio. Mamá Marlone no estaba en casa. Esa noche había ido a visitar a un pariente. Danny la alcanzó y la golpeó. Ella se cayó por las escaleras y Danny la dejó allí tendida y se marchó.

Fue Blake Wardell quien la encontró medio inconsciente, sangrando y gimiendo de dolor. Estaba casi segura de que había perdido el bebé. Blake llamó a una ambulancia, la acompañó al hospital y le sostuvo la mano mientras ella lloraba desconsoladamente.

Cuando Katy despertó, él estaba sentado junto a su cama y volvía a sostenerle la mano.

–Has tenido un aborto –dijo con calma–. Lo siento.

Las lágrimas corrieron por las mejillas de Katy.

–Lo sé –sollozó.

–¡Pobre chiquilla! ¿Dónde está Danny? Voy a llamarlo –se ofreció.

–¡No! Fue... fue él quien me tiró –dijo con voz crispada–. Me pegó.

Cerró los ojos y Blake dejó escapar un gruñido.

–¿No sabía lo del bebé? ¿No se lo habías dicho?

Ella dejó fluir las lágrimas.

–No era suyo –musitó–. Era de Turco.

El rostro de Blake se endureció.

–¿De qué Turco?

–De Turco Sheridan. Era el capataz de mi hermano... Todavía lo es –dijo, titubeante–. Estaba enamorada de él, pero él seguía llorando a su difunta esposa y no me quería.

–¿Sigues enamorada de él? –preguntó Blake con suavidad.

–Te acabo de decir que no me quería –Katy comenzó a llorar con más fuerza.

Con un largo suspiro, Blake la estrechó entre sus brazos y apoyó la cara contra su pelo.

–No llores, Katy –dijo suavemente–. Yo cuidaré de ti. Te quiero. Siempre te he querido.

Katy se aferró a él. Era cálido y fuerte, y la protegía. Era todo cuanto no era Danny. Pero no era Turco.

–Danny siempre intenta juntarnos –dijo cuando sus lágrimas comenzaron a remitir. Se las enjugó con descuido–. Ten cuidado con él, Blake –añadió levantando los ojos enrojecidos–. Es un mal hombre.

–Lo sé –Blake tocó su boca–. Pero yo sé cuidar de mí mismo. Y también puedo cuidar de ti, si lo dejas.

Ella quería dejarlo. Pero temía lo que Danny pudiera hacer. Se estremeció y se tocó la cara magullada.

–No puedo.

–Escucha –dijo él, enojado–. No permitiré que te haga daño. Danny es un don nadie. Yo no. Tengo poder y puedo usarlo. Dame permiso y lo mandaré de vuelta a Italia en una lata de sirope.

Katy quizás hubiera estado de acuerdo, si Danny no le hubiera preocupado. Pero su marido era traicionero... y cada día se volvía más agresivo. Ella temía lo que pudiera hacer, y no sólo a Wardell, sino también a su familia, en Texas. Tenía contactos en todas partes.

–No –dijo al cabo de un minuto–. No. No quiero que sufras.

El semblante de Wardell cambió. De pronto parecía tener la mitad de la edad que tenía, y la miraba con maravilla.

–¿No... no quieres que sufra? –repitió, perplejo.

Su expresión conmovió a Katy. Sonrió tristemente y acercó la mano a su cara ancha.

–Pareces sorprendido.

–Lo estoy. Nunca le había importado a nadie –dijo escuetamente–. Mi madre hacía la calle para ganarse la vida. Ni siquiera sé quien era mi padre. Tuve una infancia dura y siempre andaba metido en líos con la ley. Nunca he tenido nada que no hubiera conseguido por mí mismo.

Katy sentía una vívida compasión por él. Blake no era malo en absoluto. Ella lo había visto desvivirse por ayudar a gente en apuros, y allí estaba, cuando ella no tenía a nadie más que la cuidara.

Llevada por un impulso, acercó el rostro de Blake al suyo y lo besó suavemente en la boca.

Él se puso rígido y Katy comenzó a apartarse, pero la mano ancha de Blake se deslizó tras su cabeza y su boca se abrió sobre la de ella.

Tenía al menos tanta experiencia como Turco, si no más, pensó ella, aturdida. Le gustó cómo acarició su boca con los labios y los dientes antes de penetrar en ella profundamente con la lengua y hacerla proferir un súbito gemido de deseo.

Él oyó aquel sonido y levantó la cabeza. Sus ojos oscuros y sagaces se entornaron al encontrarse con los de Katy.

–No te sientas culpable. Ninguno de los dos podemos evitarlo –ella tragó saliva. Tenía una mirada angustiada–. Lo sé –dijo Blake con calma–. Quieres a ese capataz. Es su recuerdo el que crees haber traicionado, y no el de tu marido, ¿no es así?

Ella asintió con la cabeza, indefensa.

Blake alisó su cabello húmedo y revuelto.

–Pues, si te sirve de algo, yo también me siento un poco culpable. Estás casada. No tengo muchos escrúpulos, pero nunca había tenido un lío con una mujer casada.

Su tono irónico animó a Katy.

–Yo no diré nada, si tú no lo dices –musitó con un raro asomo de su antiguo carácter.

Él contuvo el aliento al notar su cambio de actitud, el brillo de sus ojos verdes, el fulgor de su cara. Vislumbró fugazmente cómo era estando enamorada y maldijo al idiota del capataz de su hermano por haber rechazado su amor. De pronto se dio cuenta de que él daría cualquier cosa porque lo amara.

–Ojalá hubiera sido yo, en vez de Danny –dijo secamente–. O, mejor aún, yo en vez de ese tejano –se apartó de ella con reticencia–. Pero supongo que conmigo habrías salido peor parada. Me dedico a las apuestas. Me gano la vida aprovechando la debilidad de otros hombres. Además –añadió apartando la cara–, soy estéril. Tuve paperas siendo mayor. No puedo dejar embarazada a una mujer.

La tristeza con que dijo aquello hizo acudir las lágrimas a los ojos de Katy. Le acarició la mano y la entrelazó con la suya.

–Lo siento.

Él la miró.

–Si Danny vuelve a pegarte, lo mataré –dijo sin rodeos.

Katy se sonrojó.

–Blake...

–No vas a convencerme de lo contrario. ¿Qué te parece si cuando salgas de aquí vamos al teatro? Encontraremos algo que te anime.

Ella le sonrió agradecida.

–Me gustaría mucho.

Blake entrecerró los ojos. Por fin sonrió. Su mirada recorrió el cuerpo de Katy.

–Siento lo del bebé.

–Yo también –contestó ella–. Pero es lo mejor, supongo. Él no lo habría querido... –se interrumpió, abatida.

Blake se inclinó y enjugó sus lágrimas con besos.

–No llores más –musitó junto a sus labios. Los mordisqueó con ternura y tomó luego el suave labio inferior entre sus dientes–. Acuéstate conmigo, Katy –ella contuvo el aliento. Sus ojos se agrandaron–. No te asustes. No me refería a ahora –volvió a besarla–. Nunca lo he hecho con una mujer que me importara –dijo con ansia balbuciente–, una mujer a la que pudiera respetar. Creo que te quiero, nena.

Ella lo miró con fijeza.

–¿De veras?

Él asintió con la cabeza. Se acercó de nuevo a su boca y la besó tiernamente.

–La tengo grande –dijo–. Mucho más grande que Danny.

Aquella atrevida afirmación la hizo sonrojarse. Danny nunca le había hablado de aquello, y menos aún Turco.

Él sonrió.

–Es mejor que lo sepas antes de decidirte. Ha habido prostitutas que han huido de mí.

El corazón de Katy se detuvo en su pecho. Miró sus ojos fijamente.

–Pero tú no me harías daño –dijo, segura de ello–. Con Danny no me gusta. Nunca me ha gustado.

Blake entornó los ojos.

–¿Y con el capataz?

Ella apartó la cara.

–Yo... lo quería –tartamudeó.

Él suspiró.

–Bueno, no puedo ser otro en la cama. Pero me portaré bien contigo, Katy –acercó la cabeza de Katy a sus labios–. Puede que no sea tan duro con un hombre que te ama más que a su vida.

Ella cerró los ojos. Blake no era Turco. Pero era sin duda lo siguiente mejor que podía encontrar.

–Blake...

–No te educaron para cometer adulterio, lo sé. Pero piénsalo. Te deseo con locura –dijo él con voz ronca–. Dios, Katy, te deseo más que a la vida misma.

Katy se abrazó a él. Blake no era ni la mitad de malo de lo que creía ser. Había bondad en él. Si no hubiera sido por la violencia de Danny, tal vez se hubiera ido con él. Pero era un riesgo que no podía correr. Estaba atrapada. Lo único que no entendía era por qué Danny parecía empeñado en empujarla en brazos de Wardell.

A la mañana siguiente, Ben fue a ver a Faye muy temprano. Por suerte, su padre se había ido a la ciudad y ella estaba sola en casa.

Se envaró al verlo en la puerta. Tenía el pelo rubio revuelto, formando alrededor de la cara una mata rizada, y llevaba una vieja bata de felpa atada flojamente sobre el camisón de algodón que colgaba, suelto, sobre su cuerpo enflaquecido.

–Así que eres tú –dijo con petulancia–. Vienes a hablarme de esa novia tan elegante que tienes en San Antonio, ¿no?

–No estás embarazada –dijo Ben secamente mientras la miraba con enojo–. ¿Por qué mentiste?

–No era mentira –dijo ella–. Podría haberlo estado –levantó la mirada. Su labio inferior temblaba–. ¡Podría haberlo estado y tú lo sabes! Fuiste el primero y el único.

Ben se sentía incómodo. Faye parecía pequeña e indefensa, y sus grandes ojos rebosaban llenos de lágrimas.

–Mira, Faye –dijo sin ira–, tú no entiendes lo que pasa. No quiero pasarme el resto de mi vida entre ganado. Quiero algo más. Jessica puede dármelo. Es rica y tiene una posición sólida. Esto es más un acuerdo comercial que un matrimonio.

–¿Y qué sacará ella a cambio? –preguntó Faye.

Él sonrió con insolencia.

–Tú ya sabes lo que sacará.

Faye se puso colorada y apartó la mirada.

Aquello avergonzó a Ben. Ella lo quería. Se había entregado a él confiada y él había menospreciado aquel regalo.

–Lo siento –dijo, y la agarró suavemente por los hombros–. De veras, lo siento –frunció el ceño al recordar. Con Jessica se había tomado mucho tiempo, porque era una mujer experimentada y exigente. Pero las veces que había estado con Faye, estaba borracho y se había dado prisa–. Tú no disfrutaste, ¿verdad, Faye? –preguntó de pronto.

Ella apartó la cara. Ben la hizo volverse y dio un respingo al ver su expresión. Parecía... angustiada.

–¿Estás embarazada? –preguntó muy suavemente.

Las lágrimas se derramaron.

–¡No! –gimió ella–. Quería estarlo. Rezaba por estarlo. Pero tú no me quieres, ¿verdad? Habría sido horrible para ti. ¡Oh, Ben, lo siento! –musitó con voz entrecortada. Se cubrió la cara con las manos y empezó a temblar–. ¡Lo siento! Te quería tanto que pensé que tú también tenías que quererme un poco, pero no es así. Nunca me has querido. Sólo era una chica fácil y me entregué a ti como una mujer de la calle.

Él la abrazó con un gruñido. Era tan frágil... ¿Por qué tenía que ser así, tan dulce y vulnerable? Él no podía volver a liarse con ella, no podía permitírselo estando prometido. Se hallaba en la cúspide del mundo y lo único que tenía que hacer era sacrificar a la pequeña Faye para conseguir todo lo que quería.

–Te quiero tanto... –sollozó ella contra su camisa.

Ben exhaló un suspiro angustiado mientras acariciaba distraídamente su pelo.

–No llores –murmuró. Cerró los ojos–. Faye, mi madre se está muriendo –balbuceó.

Ella se apartó un poco y se enjugó los ojos.

–¿Tu madre? ¡Oh, Ben, no!

–Es su corazón –Ben le apartó el pelo de la cara. Tenía una mirada triste y el rostro desencajado por el dolor–. Yo no lo sabía. Voy a perderla ¿y qué haré entonces? Nunca he estado muy unido a mis hermanos, pero a mi madre sí, quizá porque soy el pequeño. ¡Y va a morir!

–Es una buena mujer –dijo Faye con ternura. Levantó la mano hacia su cara con los ojos llenos de compasión–. Será el más dulce de los ángeles, Ben...

Su voz se quebró. Él la abrazó con fuerza, temblando de pena. Ella lo estrechó entre sus brazos, lo consoló, le susurró tiernas naderías que lo tranquilizaron. La pequeña Faye, con su corazón grande y generoso.

–No pasa nada, Ben –musitó. Frotó suavemente la mejilla contra la de él–. Lo superarás. Además, los doctores pueden equivocarse. Quizá todavía le queden años de vida.

Consiguió que Ben volviera a sentirse entero, como si fuera capaz de conquistar el mundo. Respiró hondo lentamente y levantó la cabeza. No se sentía avergonzado porque ella viera el rastro de las lágrimas en sus densas pestañas. Faye formaba parte de su vida desde que eran niños. Él había sido su primer amante. Cuando estaba con ella, sentía el impulso de protegerla, de mantenerla a salvo. Pero la había dado por descontada. No tenía derecho a estar con ella. Era una deshonra.

–Eres muy buena –dijo suavemente. Sonrió y se inclinó para besarla levemente en los labios. Sin embargo, en cuanto sus labios se tocaron, comprendió que había cometido un error. Era como el fuego al tocar la madera seca. A pesar de la destreza y la variedad de las técnicas de Jessica, Faye excitaba su deseo hasta la locura con sólo tocarlo.

Gruñó y apretó las caderas de Faye contra las suyas.

Ella dejó escapar un gemido de sorpresa al sentir su deseo, la presión caliente de su sexo contra su vientre.

–¡Faye! –musitó él, estremecido.

Se apoderó de su boca y la llevó hacia el largo y desvencijado sofá. Ajeno al lugar donde se encontraban, a quiénes eran, incluso al hecho de que su padre podía volver en cualquier momento, la tumbó sobre el sofá. Deslizó las manos suavemente sobre ella. Sintió tensarse sus pequeños senos y estremecerse su cuerpo.

Unos segundos después, le quitó la bata y el camisón y contempló su cuerpo. Nunca lo había visto verdaderamente, como lo veía en ese instante. Las veces que habían hecho el amor, él apenas estaba sobrio y siempre había sido a oscuras. Ahora, sin embargo, la miraba, y ella tenía la piel blanca y exquisita, a pesar de su delgadez. Sus pezones, malvas y duros, se alzaban como si ansiaran su boca y se sonrojaban con el mismo rubor que teñía sus mejillas.

–Qué cosa tan bonita –murmuró. Bajó la boca hasta sus pechos y comenzó a chuparlos. Ella gimió, extasiada. Aquello bastó para desatar la locura de Ben. La hizo gozar con la boca y las manos como había hecho con Jessica la primera vez, pero a diferencia de ésta, Faye, más inexperta, se abandonó por completo a sus caricias. Le hizo sentirse como el hombre más viril del mundo. Gemía, temblaba y sollozaba mientras él avivaba la llama de su cuerpo. Nunca se había excitado hasta ese punto, probablemente porque él había sido demasiado egoísta para preocuparse por eso. Ahora, sin embargo, aquello le importaba. Levantó la cabeza para mirarla y el orgullo iluminó sus ojos al ver cómo se reflejaba el deseo en su rostro, cómo se retorcía indefenso su cuerpo y cómo temblaban sus largas piernas.

No pudo esperar el tiempo necesario para desvestirse. Se desabrochó los pantalones y se tumbó sobre ella rápidamente.

–Tranquila –susurró cuando Faye intentó empujarlo hacia abajo. Vaciló, suspendido sobre ella de modo que apenas la tocaba.

Ella volvió a gemir. Ben nunca había oído aquel sonido resonar en la garganta de una mujer.

Aquello lo excitó febrilmente, pero logró dominarse.

–Estate quieta –dijo con voz ronca. Apoyó los antebrazos

junto a su cabeza y contempló su cara mientras se movía lentamente. Ella se estremeció cuando comenzó a penetrarla. Ben se detuvo un momento y sonrió con avidez–. ¿Más? –murmuró.

–¡Por favor...!

Él se movió de nuevo. Sus ojos brillaban.

–¿Así? –preguntó, y sintió que su cuerpo temblaba violentamente–. ¿O así? –y se hundió en ella con fuerza.

Faye sintió que la llenaba de pronto y se convulsionó. Aquel placer ardiente y oscuro era vagamente aterrador. Era la primera vez que lo experimentaba, y sentía miedo. Intentó defenderse, pero ni siquiera veía. Su cuerpo palpitaba con cada grito estrangulado mientras el éxtasis la lanzaba rítmicamente contra las caderas de Ben.

Ben la miraba, asombrado por su cara y su cuerpo. Era extraño que nunca hubiera visto a Jessica así. Naturalmente, Jessica había estado con otros hombres. Faye no. Faye no había estado con nadie, salvo con él...

Aquella idea recorrió su espina dorsal hasta que se expandió, palpitó y estalló de pronto en astillas del placer más delicioso que había conocido nunca.

Con la cara enrojecida por el éxtasis, se arqueó, estremecido, y gimió mientras el placer se apoderaba de él y estallaba en un arco iris de fuego.

Faye volvió en sí justo en el instante en que lo sintió estallar, y sus ojos grandes lo miraron con fascinación. Lo vio como no había soñado verlo. Unos segundos después, Ben se retiró y ella no pudo apartar los ojos de él.

–¡Ben! –jadeó–. ¡Ben, Dios mío!

Él se derrumbó a su lado, temblando. El latido de su corazón era audible. Su respiración, fatigosa.

Tenía los ojos cerrados. Luego, al darse cuenta de lo que había hecho, soltó un gruñido. Malditas fueran sus hormonas y la belleza de Faye.

Ella lo miró con el corazón en los ojos.

–No... no hacía falta que... que hicieras eso –balbuceó

cuando él abrió los ojos–. Quiero decir que... no tenías que... darme placer.

–No, no tenía por qué hacerlo –contestó él secamente.

–Entonces, ¿por qué lo has hecho?

Él miró sus pechos, ya relajados, hermosos y tersos, y sintió que se excitaba de nuevo. No podía creerlo. ¡No podía creerlo!

La sentó sobre él y la amoldó a su cuerpo con brusca facilidad, reteniéndola allí.

–Otra vez –dijo roncamente–. Voy a dártelo otra vez.

–Pero estás... prometido, Ben –gimió ella.

–Ella no puede darme esto –masculló Ben–. Oh, Dios, Faye. Nadie puede darme esto, excepto tú.

Se contuvo lo suficiente para satisfacerla antes de entregarse a ella una última vez y sentir que el sol estallaba en sus venas. Fue un éxtasis increíble. ¿Por qué no sentía aquello con la mujer a la que había pedido en matrimonio?

Más tarde, se arregló la ropa mientras Faye se vestía. No la miraba. Estaba demasiado avergonzado.

Ella se acercó a la puerta y la abrió. No levantó los ojos.

–Adiós, Ben –musitó con voz trémula–. Gracias –añadió, titubeante– por enseñarme cómo podría haber sido. Ha sido muy bonito.

Perdió el dominio de sí misma al decir esto, pero se mordió el labio y se aferró a su orgullo.

Ben se detuvo en la puerta. Nunca se había sentido tan mezquino. Faye le había dado consuelo y él no le había ofrecido nada a cambio, salvo el riesgo de quedarse embarazada. De pronto le impresionó la idea de que pudiera darle un hijo. Le impresionó y le hizo dudar.

–Lo siento, Faye –dijo inadecuadamente.

Ella sacudió la cabeza.

–Yo quería. No pasa nada, no se lo diré a nadie. No debí permitir que mi padre fuera a ver a Coleman. De esto no se enterará, te lo prometo.

Él le hizo levantar la cara para mirarla a los ojos.

–Si te has quedado embarazada, quiero saberlo.

El corazón de Faye se detuvo.

–No podría hacer eso, Ben –dijo–. Estarás casado. No estaría bien.

–¿Y qué harás, en el nombre de Dios?

–Me libraré de él –susurró ella con voz estrangulada–. No pasará nada.

–¿Librarte de él? –estalló él, enfurecido.

El súbito ruido de un coche a lo lejos lo alertó de la posibilidad de que su padre volviera a casa. Gruñó para sus adentros por ser tan estúpido. Iba de mal en peor. Miró a Faye e intentó buscar las palabras adecuadas. ¡Sin duda ella no se arriesgaría a morir en una de aquellas sucias clínicas!

–Seguramente no me habré quedado embarazada, de todos modos –dijo Faye con feroz orgullo–. Antes no me quedé.

Ben quiso añadir que él no había sido tan minucioso las otras veces. Pero ella tenía razón. Quizás el destino se mostrara amable una vez más. De todos modos, él tenía que pensar en su futuro. Jessica podía darle todo cuanto quería.

–Adiós, Faye –dijo, envarado.

Ella lo miró con adoración, tristemente.

–¿La quieres?

Ben se removió.

–Está muy bien situada.

–Entiendo.

Aquello enrabietó a Ben.

–Por lo menos tiene orgullo y no entrega su cuerpo a un hombre prometido.

Faye no volvió a levantar los ojos. Parecía... destrozada.

Ben masculló una maldición, volvió a su coche y arrancó con ímpetu furioso. Se negaba a pensar en nada que no fuera su matrimonio. Faye pertenecía al pasado... desde ese preciso instante.

Ella lo miró alejarse con un largo suspiro. «Hasta la vista, compañero», pensó con humor amargo. «Espero que consigas todo el dinero que quieres. Pero no será suficiente. Nunca lo es». Dio media vuelta y entró en la casa.

Ben se detuvo ante la puerta principal de Spanish Flats, lleno de rabia. Había lastimado a Faye, su madre se estaba muriendo, Cole y Lacy ni siquiera se hablaban y él se sentía responsable de los males de todo el mundo. Quizás estuviera madurando, pensó con amargura.

Salió del coche y subió al porche con paso más lento que de costumbre. Lacy estaba en el cuarto de estar, pero salió al vestíbulo al oírlo entrar. Esa tarde tenía un aspecto tan victoriano como Cole, ataviada con un vestido gris y blanco muy correcto, de cuello alto. Sus ojos eran tan gélidos como los de su marido.

–Muchísimas gracias por destruir mi matrimonio... o lo que quedaba de él –le dijo–. Cole no debía enterarse. Prometiste no decírselo nunca.

Él dio un respingo al sentir el látigo de sus palabras. Siempre había querido a Lacy, aunque ella no lo tuviera en mucha estima. Era la persona que más daño podía hacerle en el mundo.

–Lo siento –dijo en voz baja–. Me acusó de casarme por dinero y dijo que sólo una alimaña viviría del dinero de una mujer. Perdí los nervios y le contesté.

Lacy se sintió mareada. Después de aquello, decirle a Cole que había estado viviendo de su dinero había sido una crueldad intolerable. Cerró los ojos y palideció.

–Entiendo.

–Él se vengó –añadió Ben con voz ronca–. Me dijo lo de mi madre sin rodeos.

Lacy lo miró con enojo.

–¿Y te importa? –preguntó–. Has destrozado a Faye, has arruinado mi matrimonio, has decidido que el dinero y la posición valen más que el orgullo de tu familia o tu amor propio. Me parece que no sientes nada, Bennett.

–Te equivocas –dijo él–. No sabes cuánto te equivocas.

–Tu madre va a celebrar una fiesta de compromiso para ti –continuó ella, imperturbable–. Puede que sea la última fiesta que dé. Vas a venir a ella con tu prometida, aunque tenga que mandar a Cole y a Turco a San Antonio para que te aten y te traigan aquí sobre la silla de un caballo. ¿Me has entendido, Bennett? Vas a hacerlo por tu madre. Y será mejor que tu novia no haga ningún comentario sarcástico sobre nuestra forma de vivir.

Su orgullo herido dejó rígido a Ben.

–¿Me estás amenazando, Lacy?

–Son promesas, no amenazas –puntualizó ella–. Tu prometida no es la única persona rica que hay en San Antonio –sonrió con frialdad–. A decir verdad, yo soy el doble de rica que ella y tengo diez veces más contactos entre la gente adecuada –sus ojos azules se entornaron con furia venenosa. Ben nunca la había visto así–. Una palabra mía y tu precioso periódico perdería tantos anunciantes que se hundiría. ¿Ha quedado claro?

Él contuvo el aliento.

–No serás capaz.

–Haría cualquier cosa por Marion y Cole –contestó ella.

–¿Y por mí no? –preguntó él, dolido.

–Te diré una cosa, Bennett –dijo ella en voz baja–. Mi hijo pequeño jamás será un niño mimado cuyo egoísmo se extienda a todas las facetas de su vida. Tú existes para el placer de una única persona: tú mismo. Ni siquiera piensas en las vidas que dañas, en el dolor que infliges, con tal de obtener lo que quieres.

Ben se puso colorado.

–¡Eso no es cierto!

–Sedujiste a Faye a sangre fría y luego te negaste a tener nada que ver con ella, después de haber arruinado su reputación –dijo Lacy–. Arrojaste a la cara a Cole un secreto familiar que ha destruido la poca felicidad que yo había logrado encontrar aquí. Tardaste tanto en contestar a la carta de Marion sobre tu fiesta de compromiso que pensó que te avergonzabas de ella, que no querías que esa novia tuya tan elegante pusiera un pie aquí.

El rostro de Ben se crispó.

–Yo no me avergüenzo de mi madre –dijo.

–Ella cree que sí –contestó Lacy–. Por eso vas a venir a la fiesta.

–Cole no permitirá que la pagues tú... y no puede permitírsela –masculló Ben en voz baja.

–Aceptó antes de que tú llegaras y eso hirió su orgullo. No dará marcha atrás, aunque quiera. Pagaré la fiesta e intentaré asegurarme de que la casa esté a la altura de tus expectativas –añadió con un frío sarcasmo que crispó a Ben–. Después, me iré a vivir a San Antonio, a no ser que tu madre esté demasiado débil.

–¿Y Cole? –preguntó él.

Lacy levantó la cabeza con orgullo.

–¿Qué pasa con él? –dijo–. Es una pena que no sepas lo que le pasó. Si tuvieras un poco de compasión, probablemente te matarías por las cosas que le has dicho sobre la guerra todos estos años.

Giró sobre sus talones y volvió al cuarto de estar. Cerró la puerta tras ella.

Ben fue al dormitorio de su madre. Se sentía como si le hubieran dado una paliza. Entró y se sentó junto a la cama.

–Hola, querido –dijo Marion–. No me he enterado de que estabas aquí hasta el mediodía. Me he quedado dormida, supongo.

–Te viene bien descansar –repuso Ben evasivamente.

–¿Coleman te lo ha dicho? –preguntó ella.

Él asintió con la cabeza y respiró hondo, trémulamente.

–Oh, mamá –gimió.

Marion extendió los brazos y lo abrazó, meciéndolo suavemente, como cuando era un niño. Era su pequeño. Su favorito. Aunque se aseguraba de que los demás no se dieran cuenta, Bennett era su debilidad. Cuando llegara el momento, su muerte le haría mucho más daño que a Cole o a Katy. Pero, entre tanto, podía reconfortarlo. Su pobre bebé.

Más tarde, cuando Ben se calmó, le habló titubeante de la fiesta.

Él se sentía culpable por lo que había dicho y le pareció ver cierto temor en sus ojos cansados.

–Eres muy amable por darnos una fiesta –dijo–. Vendremos encantados. Estoy seguro de que Jessica te gustará.

Ella sonrió, radiante, y Ben se alegró de haber aceptado. Pero, en el fondo, temía la fiesta. Jessica no era muy amable, como no fuera en la cama con un hombre. Era una esnob y tenía una lengua afilada. Podía ofender fácilmente a su madre y, si la casa o los muebles no le gustaban, no repararía en decirlo.

Aquello podía tener terribles repercusiones. Cole no toleraría la grosería y la amenaza de Lacy había inquietado enormemente a Ben. Lacy estaba, en efecto, mucho mejor situada que Jessica y su padre, y un periódico dependía de la buena voluntad y la generosidad de sus anunciantes. La publicidad mantenía sus puertas abiertas. Si Lacy ejercía su influencia para que los clientes del periódico dejaran de anunciarse en él y acudieran a publicaciones rivales, la carrera de Ben no tardaría en ser agua pasada.

Pero tendría que cruzar ese puente cuando llegara el momento. Entre tanto, le convenía volver a San Antonio antes de que Cole llegara a casa. Después de la angustia que había causado, estaría más seguro lejos del alcance de la lengua de Cole y de la gélida formalidad de Lacy. Eso, por no hablar de los suaves brazos de Faye. Se sentía terriblemente culpable por haberla seducido. Faye lo quería y él la había utilizado. Lo ocurrido ese día había empeorado las cosas. Hacerle el amor había encendido algo increíble dentro de él, algo que Jessica no podría darle ni en cien años. Jessica era dura, fría y mercenaria, aunque fuera sexualmente excitante. Faye era vulnerable, tierna y cariñosa, y lo que le daba en la cama le hacía zozobrar de placer. Pero Jessica era rica y Faye no. Tenía que recordarlo. El problema era tenerlo presente y no recordar la voz de Faye murmurándole que lo quería más que a su propia vida.

Cole llegó muy tarde. Marion estaba dormida y Lacy estaba recogiendo los platos.

–¿Dónde está mi hermano? –preguntó, enfadado. Había vuelto a casa con intención de dar una paliza a Ben.

–En San Antonio, imagino –contestó ella con frialdad–. Se llevó el coche de tu madre. Marion dijo que no le importaba.

–Claro. Es su favorito –dijo Cole.

–Se supone que tú no lo sabes –ella guardó la mantequilla en la nevera y dobló el paño sobre la mesa–. ¿Has escrito a Katy para hablarle de Marion?

–Sí.

Lacy no preguntó nada más. Estaba claro que a Cole no le apetecía hablar. Ni a ella tampoco.

Él la miró trabajar, con ojos tristes e irritados. Lacy le había dado tantas cosas... Y él le había dado muy poco con el paso de los años, excepto su indiferencia, su lujuria y, de mala gana, su apellido. Ella había salvado el rancho de la ruina y él la había injuriado por ello. Pero era muy duro para su orgullo trabajar con tanto ahínco y aun así ser mucho más pobre que ella.

–Me iré después de la fiesta, si Marion no me necesita –dijo Lacy con calma.

El corazón de Cole dejó de palpitar. No quería que ella se fuera. Dios, no quería que se fuera. Lo destrozaría perderla de nuevo.

–A no ser que Katy vuelva a casa, cosa que dudo, no habrá nadie que cuide de mi madre –dijo.

Lacy no se engañó pensando que quería que se quedara. Sencillamente, a Cole le convenía que se quedara.

–Muy bien. Me quedaré... mientras sea necesaria.

Cole vaciló. Lacy sabía ya cuanto había que saber sobre él. Aquello le hacía sentirse vulnerable, expuesto.

–Lo que te dije...

Ella se volvió. Tenía una mirada fría y el cuerpo envarado.

–No iremos más lejos –dijo al instante, malinterpretando su comienzo vacilante–. Creía que lo sabrías sin necesidad de preguntar.

El rostro de Cole se endureció.

–No era una pregunta. Te debía la verdad, supongo.

–Sólo la verdad –dijo ella, enojada–. Si lo prefieres, ¿por qué no piensas en ese dinero como en un regalo para Katy, Marion y Ben? Ellos han sido mi familia todos estos años, desde que la mía se perdió en el mar.

–¿Ellos y no yo? –preguntó él, intentando no mostrar lo doloroso que era que no lo incluyera.

–Tú nunca me quisiste cerca –dijo ella con dignidad–. Era un estorbo cuando te perseguía, un impedimento cuando te fuiste a la guerra y una carga como esposa. Nunca he podido pensar en ti como en parte de mi familia, y ahora menos que nunca.

La mandíbula de Cole se tensó.

–Pero me deseabas.

Ella tragó saliva.

–Te quería –puntualizó–. Pero el amor acaba por morir... como una flor que no tiene un lugar al sol en el que calentarse –bajó los ojos.

–Entonces ¿no... –vaciló– no me quieres?

Ella fijó los ojos en la ventana.

–No quiero quererte –dijo–. Supongo que, si me esfuerzo, lo conseguiré algún día.

Él cerró los ojos.

–Lacy –susurró con aspereza–, Dios, ¿cómo hemos llegado a esto?

Ella levantó la cara y vio su expresión atormentada.

–Vas a conseguir lo que querías desde el principio –dijo, crispada–. Librarte de mí –sollozó, y se volvió para salir corriendo de la habitación.

–¡No!

Cole la agarró, la estrechó entre sus brazos y se inclinó sobre sus ojos angustiados y su cara pálida como el papel.

–¡No! –exclamó con voz ronca, y la meció contra sí–. Yo... no quiero librarme de ti –logró decir entrecortadamente.

Ella sintió que el tiempo se detenía a su alrededor y tejía una red de súbito silencio y vacilación. Cobró conciencia de la respiración rápida y agitada de Cole, de su pulso fuerte contra sus pechos. Él olía a cuero, a cáñamo y a sudor, y al menos sentía algo por ella. ¿O era por Marion por lo que daba esa impresión?

Cole notó que Lacy temblaba y se sintió mal. Con ella, nunca parecía acertar. Había vuelto a hacerle daño. No sabía qué hacer, qué decir, cómo arreglar las cosas.

–No voy a dejar a Marion –dijo ella, temblorosa–. Esto... no es necesario. No tienes que fingir que te importa que me vaya.

Él levantó la cabeza y la miró con ojos brillantes y duros.

–Pero me importa. Siempre me ha importado.

–Ni siquiera me escribiste.

–¿Qué podía decirte? –preguntó él en voz baja–. ¿Que después de estar contigo me sentí como un animal y que tú lloraste y... sangraste...? –la soltó bruscamente y se apartó, angustiado.

Lacy se sobresaltó.

–Era mi primera vez –dijo, a pesar de que le costaba hablar de algo tan íntimo incluso con su propio marido–. En San Antonio tenía una amiga casada que me lo... explicó. Para algunas mujeres resulta desagradable. No tuve suerte, eso es todo.

–En más de un sentido. Si yo hubiera tenido más experiencia, quizá para ti hubiera sido más fácil –Cole apoyó el hombro contra la pared, incapaz de mirarla directamente–. No podía soportar que volviera a ocurrir –dijo con voz densa–. No fui en tu busca porque pensaba que no querrías que volviera a tocarte, y yo aún lo deseaba.

–Eso no me lo dijiste.

Él se encogió de hombros.

–¿Cómo iba a decírtelo? Tú no sabías lo que era, lo que la guerra había hecho de mí. No sabías que ya no era un hombre completo.

–Eso no es cierto –contestó ella con voz ronca–. Eres el mejor hombre que he conocido en toda mi vida y te quería. Si hubieras perdido las dos piernas, no me habría importado. Incluso así habrías sido un hombre completo.

Cole se arriesgó a mirarla y vio en sus ojos que era sincera. Exhaló un lento y trémulo suspiro. En aquella postura, con la ropa de faena, el Stetson gastado y los zahones de cuero manchados, parecía un vaquero de los de antaño.

–Sólo podremos ser nosotros dos –comenzó a decir por fin–. Nunca tendremos hijos. Y en la cama... –volvió a fijar su atención en la ventana oscurecida, en la leve silueta del horizonte llano–. En la cama, seguiremos sintiéndonos incómodos y avergonzados.

–¿Por qué?

–Por qué no sé cómo actuar –dijo secamente, mirándola con enojo–. ¿Es que no te acuerdas?

–Casi nadie sabe cómo actuar al principio. Pero se aprende.

–¿Sí? –preguntó él con sorna–. Si alguna vez me vieras con luz, huirías chillando a San Antonio –dijo con aspereza–. Te odiarías por haber dejado que te tocara.

–¡Tonterías! –replicó ella, furiosa–. Tienes cicatrices. ¿Y qué? Puedes andar y trabajar y tu cerebro sigue en perfecto estado. En cuando a tener hijos... –tragó saliva, porque le hacía sufrir la certeza de que no podrían tenerlos–. Es muy posible que yo sea estéril, ¿has pensado en eso? Algunas mujeres nunca conciben. Yo podría ser una de ellas.

La esperanza, como una llama diminuta en la oscuridad, empezaba a encenderse dentro de Cole. Se recostó contra la pared, dobló la rodilla y se apoyó sobre el tacón alto de la bota. Su espuela tintineó suavemente.

–La otra tarde, en el corral, estuvo bien... cuando fuiste a preguntarme por la fiesta de Ben –reconoció.

Ella se sonrojó.

–Muy bien –dijo con voz aterciopelada.

Cole vaciló.

–Siempre sería en la oscuridad –dijo lentamente–. Y tampoco sé si podré soportar que me toques las quemaduras.

–¿Te duelen? –preguntó ella, preocupada.

–No. La piel... es distinta. Más fina, muy suave en algunas zonas –casi se atragantó al hablar–. Estoy desfigurado.

A ella casi se le rompió el corazón al ver su expresión, la rara vulnerabilidad de su semblante. Respiró muy lentamente.

–Si yo me hubiera quemado así, ¿no querrías tocarme?

Él levantó las cejas.

–¿Qué?

–Si estuviera... desfigurada como tú, ¿me encontrarías repulsiva?

–Claro que no –contestó él.

Lacy sonrió. No dijo nada. Se quedó allí parada y lo miró hasta que Cole comprendió lo que quería decir.

Él dejó escapar un suspiro entrecortado.

–Entiendo.

–No, no creo que lo entiendas... aún –contestó ella–. Pero puede que con el tiempo lo entiendas. Me gusta mucho la idea de que lleguemos a conocernos antes de volver a tener relaciones íntimas –prosiguió.

–A mí también –Cole comenzó a sonreír–. Y, mientras tanto, me quedaré en la habitación de invitados. Podemos compartir el cuarto de baño... aunque no al mismo tiempo –añadió al ver que ella se sonrojaba.

Lacy asintió con la cabeza. Escudriñó sus ojos.

–Sé que te sientes herido en tu orgullo porque pagara las cosas mientras estabas fuera. Debes recordar que tus padres me acogieron en su casa y me mantuvieron cuando los míos murieron, así que fue más bien la devolución de una deuda –su rostro se endureció, y añadió–: Pero, si quieres, dejaré que me devuelvas el dinero cuando el rancho vuelva a ser solvente. Y lo será –añadió con convicción–. Nunca, ni por un minuto, lo he dudado. Hasta Turco dice que en la cría de ganado de primera clase hay pocos como tú.

Él le sonrió con los ojos.

–Él debe saberlo. Tenía un rancho estupendo en Montana –suspiró–. Echa de menos a Katy. No ha sido el mismo desde que se fue. Creí que estaba haciendo lo mejor para ella al separarlos. Ahora no estoy tan seguro.

–Puede que él no supiera lo que sentía por Katy hasta que fue demasiado tarde –aventuró Lacy.

Cole la miraba con ansia. Asintió con la cabeza. Tenía los ojos entrecerrados y una mirada pensativa.

–Puede que no. A veces, uno está ciego. No ve a la mujer que tiene delante hasta que se va.

Lacy se acercó un poco a él y levantó la mirada hacia su cara.

–¿Tú me... me echaste de menos?

–Oh, sí –contestó él mientras observaba sus ojos–. En Francia sólo pensaba en ti. Después de estrellarme, tenía pesadillas. Soñaba que volvía a casa y que te ponías a gritar al verme –su rostro se endureció–. Por eso agarré la pistola...

–¡A mí no me importa tu aspecto! –estalló ella–. Lo único que quería era que volvieras a casa vivo, Cole. Fuera como fuese.

Él tragó saliva. Lacy le hacía sentirse humilde.

–Por eso no querías casarte conmigo –dijo ella, convencida de pronto–. Pensabas que no te querría.

–Me faltaba confianza en mí mismo para arriesgarme –repuso él–. Ben nos obligó y yo estaba aterrorizado. Intenté mantenerme alejado de ti, pero empezamos a besarnos en el establo... y mi propio deseo me derrotó. Esa noche, cuando llegué a casa, no me habría detenido ni una pistola cargada –tocó su mejilla–. Fue... tan delicioso –dijo con aspereza–. ¡Tan delicioso! No sabía nada de mujeres, salvo lo que había oído contar en el ejército. Pensé que tú también estabas disfrutando. Luego acabó y tú lloraste. Cuando vi por qué, quise volarme la tapa de los sesos –atrajo la frente de Lacy hacia su pecho y la abrazó, apoyando la mejilla sobre su pelo.

–Nunca volverá a ser así –dijo ella con suavidad.

Él tomó su cara entre las manos grandes.

–Puede que seas más feliz con otro –dijo, todavía indeciso.

–Primero tendría que aprender a dejar de quererte –repuso ella con sencillez.

Cole sonrió. Cuando Lacy hablaba así, se sentía bien. En realidad, nunca se había permitido querer a nadie, excepto a su madre y sus hermanos. El amor era un riesgo porque te hacía vulnerable. Pero podía amar a Lacy. Oh, sí, pensó al inclinar la cabeza hacia ella. ¡Podía amarla!

Su boca tocó la de ella suavemente, y luego no con tanta suavidad. Sintió que los labios suaves de Lacy se abrían bajo los suyos, húmedos, dulces y cálidos, y la levantó en vilo mientras el beso quemaba su alma, su corazón. Gruñó contra su boca y la sintió gemir al oír aquel sonido que delataba su placer.

El golpe de una puerta al cerrarse los sobresaltó. Se separaron rápidamente y ambos pusieron una expresión culpable cuando Marion entró lentamente en la cocina.

Marion se rió, encantada, al ver sus semblantes.

–Y yo que creía que no os hablabais –dijo.

Los dos se echaron a reír, rompiendo la tensión. Marion sonrió mientras empezaban a hablar. A ella no la engañaban. Allí había, al menos, un matrimonio que tenía una oportunidad de salir adelante. Le procuraba cierto consuelo saber que Cole, al menos, no estaría solo cuando ella muriera. Pero ¿y Ben y Katy? Cole se lo había dicho a Ben, pero ¿qué pasaba con Katy? Quería preguntarlo, pero la alegría de aquel momento era demasiado preciosa para turbarla con la cruda realidad. Más tarde, se dijo, preguntaría a Lacy.

En Chicago, la carta de Spanish Flats yacía, sola, sobre la mesa oscura del vestíbulo. Katy la había visto y mamá Marlone le había dicho que estaba allí, pero Katy no la había abierto. Lo evitó durante días, hasta que su suegra comenzó a incordiarla por ello. Entonces la recogió y la puso sobre su cómoda, en el pequeño joyero de cedro que Blake Wardell le había regalado esa semana. No quería abrirla. La letra era de Cole, y sabía que estaba enfadado con ella. La semana anterior había sigo agotadora. Danny intentaba arrojarla en brazos de Blake Wardell casi cada noche. Blake la deseaba y obraba sobre ella cierta magia misteriosa, porque Katy también lo deseaba. En su estado de confusión, nada tenía mucho sentido. Estaba aprendiendo a ser alegre. Eso incluía beber cantidades de ginebra que hacían su vida soportable.

Por fin abrió la carta y la leyó. Después rompió a llorar. Danny nunca estaba en casa. No podía buscar consuelo en él. Pero esa noche se lo contó a Blake Wardell y él la atrajo hacia sí y la abrazó mientras lloraba. Aquéllos eran sus únicos momentos alegres desde su llegada a Chicago y, cuando él le dio un vaso de ginebra, la apuró de un trago. Por un tiempo, el alcohol sofocó su dolor. No soportaba pensar que iba a perder a su madre.

Más tarde, rogó a Danny que la dejara ir a casa. Él se negó en redondo. No le dijo por qué era tan necesario que se quedara en Chicago, pero lo cierto era que Blake Wardell empezaba a ablandarse, a ceder a su propuesta de hacerle socio de sus negocios. No podía permitir que Katy volviera a casa. Tal vez el ardor de Wardell disminuyera en su ausencia, y él perdería la ventaja que había conseguido.

–Tu madre vivirá años –dijo en tono cortante cuando ella se echó a llorar–. Mi tío tenía lo mismo. Los médicos le dijeron que se moriría en un mes. Vivió cinco años, por el amor de Dios. No puedo dejar que vuelvas a casa. Eres mi mujer.

–¿Cinco años? –preguntó ella, más animada.

–Claro –contestó él–. Escribe a tu madre y dile que irás en cuanto puedas, que estoy demasiado ocupado para llevarte y que no puedes irte sin mí. Ya se te ocurrirá algo convincente. Y deja de preocuparte, por el amor de Dios. Nadie vive para siempre.

Él podía permitirse decir eso, pensó Katy. Su madre vivía y lo cubría de mimos. Si él estuviera en su lugar, tomaría corriendo el primer tren. Katy lo intentó de nuevo.

–Podría ir un día de visita –dijo.

Él se volvió bruscamente y la golpeó tan fuerte en la boca que comenzó a sangrar. Katy comenzó a llorar y retrocedió. Fue como la noche que perdió el bebé. Danny no se había disculpado por ello, ni había dicho una palabra sobre su aborto. Últimamente, eran tan raras las veces que estaba sobrio que apenas se enteraba de nada.

–He dicho que no –le dijo. Sus ojos brillaban como si disfrutara de lo que había hecho. Se acercó a ella y Katy retrocedió. Él se echó a reír, con las pupilas dilatadas. Cuando conoció a Katy llevaba varias semanas desenganchado de la droga, pero la abstinencia le resultaba demasiado dura, así que había vuelto a su viejo hábito. Éste crecía de día en día, como antaño. Por eso, entre otras cosas, necesitaba a Wardell como socio. Porque Wardell ganaba dinero. Montones de dinero. Él se había pinchado esa mañana y se sentía bien. Le gustaba que Katy le tuviera miedo. Le hacía sentirse aún mejor.

–¿Tienes miedo, pequeña? –preguntó–. Eres un témpano de hielo. Tenía que estar loco cuando me casé contigo.

–¡Danny, no! –gritó ella.

Él se quitó el cinturón.

–Te gustará –dijo con voz ronca, excitado por su temor como nunca lo había estado por su cuerpo–. Les gustará a todos. Ya lo verás.

Cuando acabó con ella, Katy yacía magullada y enferma sobre la colcha de raso de la cama. Danny se vistió y se marchó silbando. Katy apenas consiguió llegar a tiempo al cuarto de baño. Sangraba por lo que le había hecho y se sentía humillada por el perverso placer que su asco había procurado a Danny. Se estremeció, preguntándose cómo iba a sobrevivir a su matrimonio.

–A partir de ahora harás lo que te diga –le había dicho él al acabar–. ¿Entendido, pequeña? Harás lo que te diga o la próxima vez traeré a los chicos y les dejaré mirar –sus ojos se habían iluminado como los de un maníaco al ver que ella se encogía y se apartaba de él–. Me gusta mirar. Tal vez te entregue a alguien para poder hacerlo. Wardell te desea. Cuando intente algo, síguele la corriente, ¿entendido? Tengo planes para él y tú eres mi as en la manga, nena. Él ya sabe que no me importa.

Katy tenía los labios tan magullados que apenas podía hablar.

–¿Le dejarías...? –sollozó.

–¿Por qué no? No eras virgen –dijo él con insolencia–. A una puta como tú no debería importarle. En la cama no vales nada, pero quizás a él no le importe. No me hagas enfadar, pequeña, o la próxima vez lo que ha pasado ahora te parecerá el cielo.

Katy se bañó. Hizo una mueca de dolor cuando el agua tocó su cuerpo. Sollozó amargamente. Aquello se lo había buscado ella, por su rebeldía, por sus ansias de apartarse del callejón sin salida en que se había convertido su relación con Turco. Pero seguía queriéndolo y eso era peor castigo que lo que le había hecho Danny. Cerró los ojos y el miedo y la infelicidad casi la ahogaron. Danny le reprochaba el que no fuera virgen, pese a lo que había dicho antes de su boda. Creía que había estado con muchos hombres y no la respetaba.

Danny iba a entregarla a Blake. A ella le gustaba Blake, pero lo que proponía Danny era monstruoso, como convertirla en una prostituta. Cada día le tenía más miedo. Danny había matado a un hombre. Le haría lo mismo a ella si no lo obedecía. Estaba asustada y no se atrevía a acudir a la policía. Danny tenía a algunos policías a sueldo, y ella no sabía de cuáles podía fiarse. Su suegra no la ayudaría. Podía escribir a Cole, pero, si lo hacía, su hermano podía acabar muerto. Aquello era problema suyo. Iba a tener que sobrellevarlo de algún modo.

Más tarde, se sentó ante su escritorio y escribió a su madre y a Cole, inventando mentiras acerca de por qué no podía volver a casa. Tardó mucho tiempo, porque no quería que sus lágrimas mancharan el papel...

Cole no hizo comentario alguno acerca de la carta, pero Marion se la mostró a Lacy con lágrimas en los ojos.

–¿Es que no le importa? –preguntó, afligida–. ¿No comprende lo que le decía Cole?

Lacy la abrazó.

–Tú sabes que Katy te quiere –dijo para calmarla. Pero estaba preocupada. Conocía a Katy tan bien como Marion. Katy quería a su madre y no era egoísta, ni desconsiderada. Allí pasaba algo raro, Lacy lo notaba. Katy estaba metida en un lío, o sufría, y no podía decírselo a nadie. Lady sólo deseaba poder hacer algo. Averiguar, al menos, qué le preocupaba. Pero sabía, como probablemente lo sabía Katy, que Cole tomaría el primer tren a Chicago si intuía que su hermana tenía problemas. Katy no quería que le hicieran daño, ni Lacy tampoco, desde luego. Los mafiosos eran peligrosos y mataban sin escrúpulos. Lacy no quería que su marido fuera otra víctima de las guerras entre bandas.

Pero, con el paso de las semanas, la vida de Katy empeoraba. Ella no había visto a Danny drogarse, pero había oído hablar a sus hombres de su dependencia cada vez mayor. Se encontraba sometida a una crueldad que nunca había sospechado. Temía que algún día Danny fuera demasiado lejos y la matara. Su único consuelo era que la pegaba en sitios donde sus magulladuras no se veían, de modo que Blake

Wardell no sospechaba nada. Katy no podía olvidar lo que Blake había amenazado con hacer si Danny volvía a pegarla. No quería que se enterara. No soportaba la idea de que Blake sufriera.

Blake se había convertido en una constante en su vida, para deleite de Danny. La llevaba al teatro y al ballet. La acompañaba por la ciudad y la invitaba a los mejores restaurantes, a las mejores fiestas. La enseñaba a encajar en aquel mundo y la trataba como a una reina. Le compraba regalos. Ella se embriagaba con su bondad, porque Danny nunca era amable.

También se embriagaba con ginebra. Era lo único que la hacía seguir adelante, que hacía su vida llevadera desde el aborto.

Intentaba no pensar en ello. De todos modos, nadie en el rancho lo sabría. No podía volver a casa para ver a su madre moribunda sin arriesgarse a morir ella misma. Quizá, si bebía lo suficiente, se mataría. Así acabaría con la angustia de vivir. Pero haría sufrir a mucha gente. Apretaba los dientes. No tenía escapatoria.

Blake la había llevado a un club nocturno especialmente bueno, y cuando se marcharon estaba muy animada.

–Bebes demasiado últimamente –dijo él mientras se marchaban en su limusina con chófer–. Y no es bueno para ti.

–Nada lo es –dijo Katy, embriagada. Echó la cabeza hacia atrás–. Odio mi vida. Lo odio todo.

Blake la estrechó entre sus brazos. El tamaño de su cuerpo resultaba reconfortante. Katy apretó la mejilla contra su amplio pecho.

–Déjale –dijo él bruscamente–. Yo no soy una ganga, pero te quiero. Al menos yo no te haré daño.

Ella se apretó contra él.

–Lo sé.

Blake vaciló.

–Katy, Danny mandó a una chica al hospital hace un par

de meses. Cuando está drogado, se transforma. Y volvió a la droga poco después de casarse contigo –entornó los ojos al notar su repentina rigidez–. No deja marcas que puedan verse, pero apostaría algo a que estás llena de ellas.

Ella lo miró con expresión suplicante.

–No debes hacer nada –dijo–. Ya sabes lo loco que está. ¡Podría matarte!

–Es poco probable.

–Quiere algo de ti, ¿verdad? –preguntó, porque Danny lo había mencionado en un momento de lucidez.

–Una participación en mi negocio –contestó Blake.

–Y yo soy su moneda de cambio.

Él levantó una ceja.

–¿Desde cuándo lo sabes?

–Me lo dijo él mismo –se rió, nerviosa–. Me dijo que te siguiera la corriente.

Él entornó un ojo.

–¿Y quieres... seguirme la corriente?

Ella suspiró y apoyó la cabeza sobre su brazo mientras Blake la observaba. Blake era todo un hombre y ella lo deseaba. Quería dejar que la amara una vez. Sería toda una novedad que un hombre fuera amable con ella. Danny lo sabría, porque ella se lo diría, y tal vez no volviera a pegarla. Aparte de eso, aquello sería una forma de compensar a Blake por su amabilidad. Estaba tan ocupada dándose razones para permitir que aquello ocurriera que arrumbó al fondo de su mente la principal: que ella también lo deseaba porque en su relación había una ternura especial que no había experimentado nunca, ni siquiera con Turco. Naturalmente, Turco no la quería. No como la quería Blake.

–No sería ningún castigo para mí acostarme contigo, Blake –dijo suavemente–. Creo que lo sabes desde el principio. Eres muy especial para mí.

–Ese pobre tonto de Texas estaba ciego –dijo él en voz baja, y un deseo febril sonrojó sus mejillas. La apretó contra él y la besó con exquisita ternura.

A Katy siempre le había gustado besar a Blake. Cada vez era distinto. Sus besos eran casi siempre reconfortantes y afectuosos. Pero aquél fue algo más. Aquél, además de cálido y respetuoso, era profundamente excitante.

La ginebra la hizo aún más receptiva a su ternura. Le rodeó el cuello con los brazos y no protestó cuando se puso un poco vehemente. Blake no le haría daño. No podía. La amaba demasiado.

Blake ordenó al conductor que los llevara a casa de Katy. La casa estaba a oscuras. Mamá Marlone estaba pasando el fin de semana con su hermana en Nueva Jersey. Danny había salido, supuso Katy.

Blake le dijo al chófer que se fuera a casa y entró con ella.

–Danny podría volver... –comenzó a decir ella, preocupada.

Él se quitó el abrigo y la ayudó a quitarse el suyo. Después la levantó fácilmente en brazos y comenzó a subir las escaleras.

–Danny no nos interrumpirá –dijo con sencillez.

Probablemente tenía razón. A ella, de todos modos, no le importaba. Sentía el efecto de la ginebra. Su cabeza flotaba. Blake era fuerte y cálido y la quería. Katy se sentía en las nubes.

Dejó que Blake la desnudara y disfrutó al sentirse de nuevo deseable. Él le susurraba lo hermosa que era, acariciaba su cuerpo blanco como si nunca hubiera visto una mujer desnuda. Besó con reverencia sus pechos hinchados. Sus manos eran cálidas y expertas. Ella tembló de deseo mucho antes de que él se apartara para quitarse la ropa. Pero, cuando Blake comenzó a quitarse la ropa, apartó la cara.

–¿Sigues sintiendo pudor? –él se rió un poco–. Eres una entre un millón.

Ella miraba fijamente el armario. Había algo extraño en la inclinación de la puerta, pero antes de que pudiera decidir qué era, Blake estaba en la cama con ella. La sábana blanca apenas cubría sus caderas cuando se volvió hacia ella.

De cerca, sin ropa era aún más fornido, más amenazador. Tenía la piel morena y cubierta de vello, y no era flácido en absoluto. Katy tocó sus anchos hombros y miró sus ojos, fascinada por la ternura que veía en ellos. Turco había sido tierno con ella. ¡Turco! ¡Oh, Turco!, pensó, angustiada por los remordimientos, y se apoderó con ansia de la boca de Blake para sofocar su mala conciencia.

Su ardor pilló desprevenido a Blake, pero éste se recuperó al cabo de unos segundos. Hacía mucho tiempo que la deseaba. La adoraba. No iba a precipitarse en un momento tan delicioso.

Se tomó su tiempo. La besó suavemente durante unos minutos, hasta que sintió que ella se relajaba y se amoldaba a su cuerpo. Después comenzó a tocarla, a acariciarla. Apartó la sábana y la miró de nuevo, complacido por los suaves contornos de su cuerpo, por la suave turgencia de sus hermosos pechos rosados. Sonrió al inclinarse para excitarlos con la boca, los dientes, los labios. A ella le gustó. Comenzó a retorcerse y, después, la boca de Blake descendió rápidamente por su cuerpo. Sus labios encontraron un lugar que ningún otro hombre, ni siquiera Turco, había conocido, y ella profirió un gemido de sorpresa.

–¡No! –protestó mientras el placer se apoderaba de ella como un fuego.

–Sí –contestó él, y siguió adelante.

Katy gemía, presa de un placer palpitante. Cuando la sintió arquearse, indefensa, Blake se colocó entre sus piernas y la penetró. Ella abrió los ojos y gimió al sentir el tamaño de su miembro.

–Sss –musitó. Se había quedado quieto, muy quieto, para darle tiempo a que se acostumbrara a él, a que volviera a relajarse.

–Oh, Dios... mío –gimió ella entrecortadamente–. No voy... a poder...

–Sí, cariño, sí. Tranquila. No tengas miedo. No voy a hacerte daño. Te quiero, Katy, te quiero muchísimo –besó suavemente sus labios y deslizó la mano sobre sus pechos, hasta su cadera y sus muslos, y de allí entre los cuerpos de ambos. La besó. Al mismo tiempo, comenzó a tocarla, haciendo brotar de nuevo el deseo ardiente que el choque de su unión había enfriado en ella.

Unos segundos después, los músculos tensos de Katy comenzaron a ceder y Blake dejó que su sexo lo envolviera hasta donde podía. Ninguna mujer había podido acoger nunca su miembro por entero.

Ella lo miró a los ojos, perpleja.

–No te preocupes –dijo él suavemente–. Nunca te haría daño. Deja que satisfaga esta ansia y luego te haré gozar. ¿De acuerdo? Eso es. Acomódate en el colchón e intenta no tener miedo. Sé que podría hacerte mucho daño si no tengo cuidado. Pero lo tendré. Eso es, Katy –susurró suavemente al sentir que ella se relajaba–. Eres preciosa. Nunca había deseado tanto a una mujer.

Sonreía mientras yacía sobre la cama y lo miraba. Su cuerpo fornido se movía con suma suavidad. Apenas se mecía sobre ella. Se inclinó y la besó con ternura, pero un gruñido escapó de su garganta al sentir que el placer empezaba a surgir de la base de su espina dorsal. La quería. Nunca había sentido nada tan dulce.

Su rostro se ensombreció y se crispó cuando el suave ritmo de sus movimientos lo condujo a un éxtasis intenso y repentino. Apretó los dientes y se estremeció. Un sollozo escapó de sus labios cuando se dejó ir. Katy era todo cuanto había soñado. Repitió su nombre y tembló, presa de un placer que no parecía embotarse.

Katy lo sintió palpitar dentro de su cuerpo. Lo abrazó y contuvo el aliento al sentirlo estremecerse entre sus brazos.

–Oh, Blake –murmuró cuando él por fin levantó la cara y ella pudo ver sus ojos.

–¿Estás impresionada? –preguntó él, conmovido–. ¿Nunca habías mirado?

–No –musitó ella. Tocó su cara húmeda y acalorada, su pelo despeinado–. Nunca soñé que un hombre pudiera ser tan tierno –dijo con voz ronca.

–¿Cómo iba a ser de otro modo contigo? –preguntó él, trémulo. Sus ojos oscuros le sonreían. Se inclinó y rozó con los labios su cara tensa–. Tú tardas mucho, ¿verdad? –preguntó con la voz enronquecida por el placer y la cara húmeda de sudor–. Me has hecho gozar. Ahora voy a hacerte gozar yo a ti. Quiero que sientas lo que yo acabo de sentir, que conozcas el placer de sentirte amada con toda el alma.

Ella cerró los ojos y lo estrechó entre sus brazos. Turco nunca la había querido, sólo se había acostado con ella. Pero Blake la quería. Y ella podía corresponderle. Podía, al menos aquella noche.

–Blake... –comenzó a decir.

–No hables –él cambió de postura para poder besar sus pechos. Era muy hábil, delicado y generoso de un modo que Katy, con su inexperiencia, nunca había conocido. Pero no era su destreza lo que la hacía temblar de deseo, era la certeza de que la quería, de que, en ese momento, para él su deseo era lo único importante. Se tumbó de espaldas y se entregó a él por completo, disfrutando del placer febril que Blake procuraba a su cuerpo fluido. Se sentía muy atraída por él, y sus sentimientos eran sinceros. ¡Podía amarlo!

Él encendió en su cuerpo un deseo salvaje, tan inesperadamente que Katy gimió, asustada, cuando la penetró. La impresión de su acometida fue tan arrolladora que se convulsionó, llena de un placer abrasador. Sus gritos sonaban como música para el hombre que se cernía sobre ella. Blake tensó la mandíbula y emitió una risa profunda y gutural al verla estremecerse y retorcerse. Ella lo miraba frenéticamente mientras se rendía al éxtasis que él le procuraba. Blake estuvo a punto de dejarse llevar por el placer, pero logró apartarse a tiempo.

Ella le rogó con voz entrecortada que no parara y se aferró a él, atrayéndolo de nuevo hacia sus brazos. Se sentía insaciable, ebria de gozo, y Blake no pudo resistirse a ella. La poseyó, temblando, de un clímax a otro, de un plano del éxtasis al siguiente, aún más largo. Ella sollozaba y se aferraba a él. Tenía los ojos cerrados y no pensaba en nada, salvo en la deliciosa magia que Blake obraba sobre ella. Sentía que los estremecimientos de su cuerpo la elevaban, la iluminaban, la colmaban de gozo físico. Se arqueó contra el cuerpo tenso de Blake y gritó. Blake dijo algo y su cuerpo cedió por fin a su propio deseo angustiado. Katy lo sintió convulsionarse sobre ella, pero estaba tan exhausta que apenas oyó sus ásperos gemidos.

Alguien la estaba mirando. Lo sintió a pesar del letargo de placer y del agotamiento que la consumían. Abrió los ojos cuando los últimos estremecimientos comenzaban a disiparse y vio a Danny de pie junto a la puerta del armario, mirándolos. Tenía la cara sudorosa y los ojos vidriosos. Ella se tensó, horrorizada.

Blake seguía temblando. La sintió moverse y arrugó el ceño. Levantó la cabeza para preguntarle si le había hecho daño. Vio su expresión, siguió su mirada y maldijo brutalmente mientras intentaba recobrar el aliento.

–¡Maldito pervertido! –exclamó, furioso.

Se apartó de Katy y se dirigió a Danny, que logró entrar en la habitación contigua antes de que lo alcanzara. Se gritaban obscenidades a medida que alzaban la voz. El ruido de la lucha llegó hasta Katy. Después, se oyeron dos disparos.

Katy se levantó de un salto y corrió a la otra habitación a tiempo de ver a Danny tendido sobre la alfombra, en medio de un charco de sangre. La sangre manaba de un pequeño orificio en su frente, y de su pecho. Tenía los ojos abiertos, pero no la veía. No veía nada. Blake estaba de pie a su lado, con la mirada feroz y la pistola todavía humeante en la mano, envuelto con descuido en una bata.

–¡Loco estúpido! –espetó–. ¡Loco estúpido! ¡Intentó matarme! Maldito pervertido. Se lo tenía merecido por lo que te ha hecho. ¿Katy? –se movió hacia ella–. Katy, no pasa nada, pequeña. Nunca volverá a pegarte. ¿Katy?

Katy gritó. Sintió luego que el mundo se oscurecía a su alrededor al tiempo que aquella sórdida escena hacía mella en su conciencia estremecida. Se desplomó, llena de miedo y dolor, y quedó inconsciente antes de que Blake Wardell, angustiado, pudiera sostenerla.

Lacy había notado una nueva actitud en Marion durante las semanas anteriores. Ben telefoneaba con frecuencia y había aceptado sin protestas que su madre organizara la fiesta. Marion estaba más alegre, más viva. Descansaba y se cuidaba. Desde hacía un tiempo no sufría mareos. Aquello tenía que ser buena señal.

Entre Cole y Ben reinaba un frío silencio desde su confrontación. Pero Lacy y Cole se llevaban mejor que nunca. Hablaban, iban juntos a los sitios. Él hasta la había llevado a una reunión de la asociación de ganaderos de San Antonio que culminó en un banquete. Al día siguiente tuvo que trabajar con ahínco para recuperar el tiempo perdido, pero no pareció importarle haber pasado la noche fuera. Las cosas comenzaban a mejorar. La fiesta para Ben era a la noche siguiente, y Cole no había protestado porque sus hombres hubieran matado un ternero para la cena. Lacy llevaba días atareada en el horno, y Marion había hecho lo que podía. Las mujeres de los peones habían limpiado la casa y la tarde siguiente ayudarían a colgar linternas japonesas y guirnaldas.

Era viernes por la noche y Lacy se estaba dando un baño. El agua estaba caliente y jabonosa. Le había puesto jabón en polvo ligeramente perfumado. Se sentía absolutamente sensual, con el agua justo por encima de la cintura y los bellos pechos desnudos. El aire, que los acariciaba, le parecía extrañamente excitante. Se sentía libre y toda una mujer. Se estiró, indolente, y cerró los ojos con una sonrisa soñolienta mientras disfrutaba del agua caliente sobre su piel.

La puerta se abrió de repente... y se encontró con los ojos asombrados de Cole, que se había detenido en seco al entrar en la habitación.

–No sabía que estabas aquí –dijo él, pero no se movió. Tenía los ojos fijos en la belleza de alabastro de sus pechos, con sus pequeñas coronas rojas, oscuras y erguidas. Nunca había visto a una mujer así. Y, aunque la hubiera visto, ninguna podía compararse con Lacy. Era preciosa.

Lacy no pudo decir nada. El impacto de sus ojos la dejó sin respiración. Había imaginado que Cole la miraba así, pero sus ensoñaciones no la habían preparado para el cosquilleo que recorrió su piel, ni para los impulsos, suavemente lujuriosos, que latieron en ella al mismo tiempo que su corazón.

Él vaciló en la puerta. Sus pómulos se habían teñido de color.

–Será mejor que me vaya –dijo con aspereza.

–Eres mi marido, Cole –le recordó ella con voz ronca–. No pasa nada. Puedes mirarme, si quieres.

Él quería mirarla. Su rostro se coloreó aún más, pero no podía apartar los ojos de ella ni aunque su vida hubiera dependido de ello.

–Quería lavarme las manos –dijo, haciendo un esfuerzo porque su voz sonara normal.

–Adelante –lo invitó ella.

Él tuvo que forzarse a acercarse al lavabo para quitarse la suciedad y el pelo de caballo. Cuando se secó las manos, se volvió hacia Lacy y, sin poder evitarlo, posó la mirada en sus pechos.

Ella se estremeció mientras la miraba. Su cuerpo se arqueó involuntariamente.

–Lacy... –murmuró él, angustiado.

–Ven aquí –suplicó ella suavemente, tendiéndole los brazos.

Cole iba en ropa de faena, como solía. Se arrodilló junto a la bañera. Sus zahones crujieron, sus espuelas tintinearon. Lacy era tan hermosa, y le pertenecía...

Se inclinó para besar su boca suave y, mientras la besaba, acercó una mano a su pecho. Ella tenía la piel fresca y sedosa, y él dejó escapar un gruñido.

Ella exhaló un gemido en su boca.

Cole levantó la cabeza, jadeante. Tenía una mirada oscura e intensa y su mano no se movió.

–¿Te molesta que te toque así? –preguntó.

–No –ella pasó los dedos sobre su mano y la sostuvo allí.

El cuerpo de Cole se tensó de placer. Sonrió suavemente mientras miraba el lugar donde reposaba su mano, tan morena en contraste con la piel marmórea de Lacy. Cubrió del todo su pecho y deslizó el pulgar sensualmente sobre el pezón. Ella dejó escapar una leve exclamación de sorpresa y a él le gustó, de modo que volvió a hacerlo. Esta vez, Lacy gimió.

Cole actuaba literalmente a tientas, pero empezaba a descubrir que a ella le gustaba. La hizo cambiar un poco de postura y se movió para poder meterse su pecho en la boca. Lo chupó, la oyó gemir y aumentó la presión.

–Sabes dulce –murmuró–. Como a seda cálida –frotó con la lengua su pezón. Ella se aferró a sus hombros–. Dime si te duele –dijo él, y volvió a apoderarse de su pezón.

A Lacy no le dolía. Era delicioso. Aferrada a él, invitó a su boca a acariciar su otro pezón. Adoraba sentir las manos de Cole deslizándose sobre su cuerpo mientras la besaba.

Cuando Cole la sacó en volandas de la bañera, ella no dijo una palabra. Él la dejó en pie suavemente y buscó una toalla. La secó en medio de un silencio tenso y suave. Lacy permanecía ante él, temblorosa, mientras Cole la recorría con las manos y los ojos, hasta que estuvo al fin seca.

–Pareces un hada –jadeó él–. Toda blanca y rosa.

–No puedes imaginar cómo me siento por dentro –repuso ella con voz trémula. Se apretó contra él y notó su erección. Estaba loca por él, pero no sabía qué decir.

Acercó indecisamente las manos a los botones de su camisa. Levantó la mirada y esperó.

La mandíbula de Cole se crispó.

–No creo que pueda dejarte hacer eso a plena luz –dijo.

–Sólo el pecho –murmuró ella–. Quiero sentirlo contra el mío.

Cole se sonrojó.

–Está bien. Sólo eso.

Aquello era un hito. Los dedos de Lacy desabrocharon con torpeza los botones mientras su corazón amenazaba con estallar. Apartó la tela. Había franjas blancas mezcladas con músculo y vello denso y negro, pero fue la anchura y la fortaleza de su cuerpo lo que la fascinó. Se deslizó contra él y cerró los ojos al sentir su piel pegada a la suya y el leve roce de su vello contra los pezones endurecidos.

Gimió y se frotó suavemente contra él.

Las manos de Cole se deslizaron por su espalda, atrayéndola hacia sí. Su rostro estaba crispado por el deseo. Bajó la mirada hacia el lugar donde sus cuerpos se tocaban, hacia sus senos, que reposaban sobre su pecho.

–Eres preciosa –dijo con voz honda–. Eres lo más hermoso que he visto.

–Eso es maravilloso –ella puso las manos sobre su pecho y acarició el vello denso–. Me encanta esto –murmuró–. Es tan suave contra mi piel...

Cole sonrió. Aquello no era tan difícil como pensaba. El pecho no lo tenía tan mal. No como la espalda. Pasó el nudillo de su dedo índice por el pecho de Lacy hasta detenerse en la unión entre el pezón y su torso.

–Apártate un poco para que pueda tocarte –susurró.

Ella se rió con nerviosismo y obedeció.

–Creía que no sabías mucho sobre mujeres.

–Sé lo suficiente para arreglármelas, supongo –tomó el pezón entre el dedo índice y el pulgar y ella dejó escapar un gemido–. Es muy sensible, ¿verdad?

–Mucho.

Él soltó el pezón y deslizó ambas manos por sus costados, hasta sus caderas. Sentía con maravillado asombro la tersura de su piel. La levantó en vilo y la apretó contra su miembro duro.

Ella se crispó involuntariamente al sentir su ardor.

–No temas –dijo él con suavidad–. No te haré daño.

–Lo sé –Lacy tragó saliva–. Nos enseñan toda la vida a no dejar que los hombres nos toquen en ciertas partes, de ciertas maneras. Luego nos casamos y todo vale. Cuesta un poco acostumbrarse.

–A mí también me cuesta. Nunca había visto a una mujer desnuda. Me intimida. No sabía que fueras tan hermosa así.

Ella sonrió con timidez y escondió la cara contra su pecho cálido.

–Me alegra que creas que soy hermosa.

Cole inhaló bruscamente al sentir los labios de Lacy sobre su piel.

–Lacy...

Ella deslizó las manos sobre su pecho mientras besaba con cierta torpeza su garganta. El corazón de Cole latía muy rápido, y un levísimo temblor se había adueñado de sus piernas.

–Marion está dormida –musitó ella–. No hay nadie más en casa.

Él la abrazó con fuerza e intentó pensar.

–Necesito un baño –dijo, malhumorado.

–Pues dátelo –contestó ella–. Aguantaré unos minutos.

Él la miró con encendida impaciencia. Tenía el rostro tan rígido como el cuerpo y su expresión dejaba traslucir sus inhibiciones.

Lacy lo besó suavemente en los labios.

–Apagaré la luz.

Él cerró los ojos un momento.

–Lacy, tú te mereces mucho más de lo que puedo darte –dijo.

–Te quiero –contestó ella con mirada llena de adoración–. Eres lo único que deseo.

Cole se preguntó si algún hombre había disfrutado alguna vez del don que se le había concedido a él. La besó en los labios con un susurro de sensualidad.

–Está bien –dijo–. Iré contigo cuando acabe aquí.

–Esperaré.

Ella se desasió de sus brazos y se envolvió en el albornoz que colgaba de la puerta. Lo miró provocativamente y lo dejó allí.

Apenas quince minutos después, Cole salió del cuarto de baño. Lacy apenas veía su silueta en la habitación en penumbra. No había luna.

Cole se deslizó bajo las sábanas y la atrajo hacia sí. Se sintió cautivado al descubrir que estaba tan desnuda como él. Sonrió al amoldarla a su cuerpo, temblando de placer por el contacto de su piel.

–Estás caliente –musitó.

–Tú no, pero lo estarás pronto –Lacy se acercó a él, con cuidado de no apartar las manos de su pecho. Sus piernas rozaron las de Cole y suspiró al apoyar la cara contra su cuello caliente.

Su tierna docilidad le hizo sentirse culpable. La última vez, él no le había dado nada, y sin embargo ella se mostraba tan confiada como si la hubiera conducido al paraíso. Intentó recordar todo lo que Turco le había dicho. Esa noche, haría que Lacy se alegrara de haberse casado con él, aunque tuviera que estar despierto hasta el amanecer.

La besó lentamente, ignorando sus propios deseos para concentrarse en encender los de ella. Con las manos iba descubriéndola, tocaba sus lugares secretos, escuchaba sonidos que le decían lo que la hacía gozar.

Se lo tomó con calma, disfrutó de sus reacciones ansiosas y recorrió sus pechos con besos suaves que finalmente se convirtieron en besos ávidos y la hicieron retorcerse.

La sábana estaba caliente. Cole la apartó, confiado en que

ella no lo vería. Pero él tampoco la veía a ella, y por un momento lo lamentó. Pero podía tocarla, olerla, saborearla, lamer sus pechos pequeños y endurecerlos. La tocó, como Turco le había dicho, para asegurarse de que estaba lista. Luego se colocó sobre ella, cubrió su boca con la suya y descendió entre sus muslos tersos.

Ella se puso rígida sin poder evitarlo.

–No pasa nada, pequeña –murmuró Cole–. No va a dolerte. Te lo prometo... Esta vez, no.

–Lo siento...

–Sss... –él mordió su boca mientras se colocaba, deslizando una mano bajo ella–. Sé que la última vez fue muy duro. Pero ahora tu cuerpo sabe cómo amoldarse al mío. Será fácil. No, no te tenses así, te dolerá.

–Lo estoy intentando –gimió ella.

Cole sintió que su cuerpo intentaba rechazarlo, y se quedó inmóvil sobre ella. Besó su boca suavemente. Deslizó la mano entre ellos, acariciando el vientre plano de Lacy y sus muslos.

–Formas parte de mí –susurró–. Tu cuerpo está especialmente diseñado para pemitirme entrar. Quiero sentirte a mi alrededor, como aquella noche. Quiero conocer la suave y húmeda maravilla de tu feminidad envolviéndome.

Ella se estremeció. Las palabras de Cole eran evocadoras, excitantes. Sintió que se hundía en el colchón al entregarse por fin. Él movió las caderas un poco y de pronto sucedió.

No le dolía. Se dio cuenta de ello mientras asimilaba la impresión que le había producido su penetración, la descarnada intimidad de lo que hacían.

–¡Es tan íntimo! –balbuceó.

–Sí –Cole besó sus ojos cerrados. Sus caderas comenzaron a moverse con un ritmo lento y pausado que sorprendió a Lacy por el intenso placer que le procuraba cada una de sus acometidas.

Se agarró a sus brazos. Leves gemidos escapaban de su garganta mientras los muelles chirriaban bajo ellos, y se alegró de que la habitación de Marion estuviera lejos. Porque ahora empezaba a moverse al compás de Cole, y el ruido era cada vez más alto. Cole la llenaba de ansia. Ella se alzaba, caía y volvía a alzarse con él, se aferraba a su cuerpo, se tensaba y jadeaba entrecortadamente mientras el placer se acercaba y se alejaba.

Ella lo perseguía con él, sus caderas buscaban la presión y el ritmo que lo trajera de vuelta.

Cole sintió sus movimientos espasmódicos, oyó cómo cambiaba de pronto su respiración. Lacy comenzó a tensarse, y él supo qué hacer.

Lo hizo, con una habilidad que desconocía poseer. Ella comenzó a convulsionarse y a gritar. Si Turco no le hubiera dicho qué podía esperar, su reacción le habría asustado. Pero sabía que aquello era la culminación de su placer y, a través de un deseo violento, gozó al saber que le había ofrecido un pedazo de cielo.

Unos segundos después, ella comenzó a relajarse de nuevo y él se crispó sobre ella y gruñó ásperamente cuando el éxtasis recorrió su espina dorsal y estalló en su cuerpo. Se derrumbó sobre ella. El latido de su corazón se oía en el silencio ardiente.

Oyó un suave sollozo, pero sonrió. No era el dolor lo que había desbaratado las emociones de Lacy. No, esta vez no era el dolor.

Se apartó de ella y la apretó contra su costado.

–Y dicen que no se puede volar sin aviones –murmuró, soñoliento.

–Oh, Cole... –musitó ella contra su hombro–. Cole...

–¿Ha sido suficiente? –preguntó él con suavidad.

–Sí –Lacy se estremeció–. Sí, ha sido suficiente.

Él acarició su pelo y la abrazó largo rato sin decir nada, disfrutando de la paz y el placer de estar con ella. Por fin se volvió hacia ella y besó sus labios con ternura.

Sintió que su boca temblaba, oyó que su respiración se agitaba suavemente. Se movió hasta encontrar sus pechos con los labios y comenzó a acariciarlos hasta que ella se estremeció.

–Quiero hacer el amor otra vez –susurró contra su boca–. ¿Y tú?

–¡Sí!

Cole sonrió hasta que el ardor y la pasión de la respuesta de Lacy avivaron sus ansias. Pasaron horas antes de que se quedaran por fin dormidos.

Cuando Lacy se despertó, Cole se había vestido y se había ido. Ella miró a su lado, pero la única evidencia de que él había estado allí era un hueco en la almohada de plumas. Se estiró e hizo una mueca al sentir los músculos doloridos. Después se sonrojó al recordar.

Se levantó y fue a hacer el desayuno, sonriéndose. Por primera vez, se sentía casada.

Cole había entrado en el establo poco después del alba. Parecía tan satisfecho que Turco olvidó sus penas y se echó a reír.

–Nada de comentarios ingeniosos –dijo Cole mientras empezaba a ensillar un caballo.

–Yo no he dicho una palabra –Turco sonrió mientras ensillaba su montura–. Mi mujer y yo descuajaringamos tantas veces la cama nuestra primera semana de casados, que al final pusimos el colchón en el suelo y dormimos así.

Cole se sonrojó. Lacy y él no habían descuajaringado la cama, pero estaba seguro de que los muelles habían estado a punto de saltar.

–No te pongas colorado –dijo Turco–. El sexo es una parte muy bonita de una relación. No es algo sucio, ni antinatural que haya que esconder o embellecer. Una mujer apasionada vale su peso en oro.

–En lo que respecta a la pasión, todavía estoy en la etapa de aprendizaje.

–Ya te harás con ella –apretó la cincha–. ¿Has tenido noticias de Katy?

–Sí –contestó Cole–. Cuenta no sé qué idiotez de que tiene que quedarse con su marido.

Las manos de Turco se detuvieron. Miró a Cole con curiosidad.

–¿Estamos hablando de la misma Katy que se iba a San Antonio haciendo autoestop cuando te negabas a llevarla en coche?

–Sí. Estoy preocupado. No me gusta ese tipo con el que se casó. Había en él algo vagamente siniestro –dijo Cole lisa y llanamente–. Ojalá pudiera hacerla venir el tiempo suficiente para averiguar qué está pasando. La carta que escribió a mi madre no era mucho más coherente que la que recibí yo. Algo va mal.

Turco sintió de nuevo aquella vieja culpa. Había deseado mil veces impedir a Katy que se marchara. Sabía que podría haberlo hecho con una sola palabra.

–Puede que esté embarazada –dijo con crispación, y se preguntó si quizá lo estaría de él. Eso sin duda complicaría la vida de todos.

–Nos lo habría dicho –contestó Cole.

–Supongo que sí –dijo Turco, poco convencido. Cabía esa posibilidad.

–Esta noche tenemos que ponernos de punta en blanco para la fiesta de Lacy. Ben va a traer a su novia.

–Me muero de impaciencia –contestó Turco–. ¿Y si, para celebrarlo, dejamos entrar a Taggart y Cherry para que bailen con ella?

–Si dejamos entrar a esos dos en casa, no hay boda.

–Sólo era una idea, jefe. Vamos a trabajar –miró a Cole pensativamente–. Si es que puedes montar, claro.

–¡Maldito seas! –Cole rompió a reír.

Turco partió delante, contento de que al menos Cole pareciera feliz. No se atrevía a pensar en Katy, o se volvería loco.

En Chicago, el día amaneció frío y destemplado. Katy yacía con los ojos muy abiertos en una blanca cama de hospital, pero no parecía oír ni entender nada de lo que le decían. Había salido de su estado de conmoción, pero su mente parecía afectada.

El juez había levantado el cadáver de Danny mientras mamá Marlone gritaba e insultaba a Blake Wardell, que había matado a sangre fría a su niño. No dedicó un solo pensamiento a Katy, ni al hombre fornido y moreno al que la policía se llevó antes de que tuviera tiempo de hablar con Katy, de disculparse. Los dos operarios del depósito se llevaron a Danny con una sonrisa malévola.

–Estos mafiosos sí que saben vivir –decían–. Son unos degenerados. Y la chica de Marlone debía de ser muy fogosa.

Katy se hallaba en un estado extraño cuando llegaron, tendida en la cama, con los ojos como platos, sin moverse ni percibir lo que sucedía a su alrededor. Debía de ser la impresión, se dijeron.

Los médicos estuvieron de acuerdo en que era, en efecto, la impresión de lo sucedido. Katy no se daba cuenta de nada. El maltrato de Danny y las circunstancia de su muerte habían perturbado su mente. Seguramente tendrían que internarla, pero primero había que avisar a su familia. Aquello causó cierto revuelo, porque nadie sabía dónde estaban ni quiénes eran, y a la madre de la víctima habían tenido que sedarla. Katy era incapaz de decir nada. Aquello dejaba sólo a Blake Wardell, que estaba en la cárcel por asesinato. En fin, alguien tendría que ir a la prisión de la ciudad a hablar con él. Sin duda Wardell sabría dónde vivía la familia de la chica.

Todo aquello llevó tiempo. Pasaron horas antes de que tuvieran noticias.

Entre tanto, en Spanish Flats, Lacy y Marion se vestían para una cena de gala a la que todos sus vecinos estaban invitados.

El rancho de Spanish Flats nunca había estado tan elegante, pensó Lacy con orgullo al supervisar su trabajo. Coloridas linternas japonesas adornaban el amplio y largo porche y hasta el cuarto de estar. La gran mesa del bufé, colocada en el comedor, estaba decorada con ramos, un mantel de hilo blanquísimo y cubertería de plata. Lacy había sacado su mejor vajilla, una fuente de ponche de plata y cristal y finísimas tazas de vidrio. Teniendo en cuenta la cantidad de amigos y vecinos a los que había invitado, un bufé era el único modo posible de servir la cena. No había sillas y mesas suficientes para acomodar a todos los invitados.

El gramófono había sido colocado en el cuarto de estar, del que se habían quitado las alfombras para que la gente pudiera bailar. Aquélla prometía ser una noche de gala. Quizá la casa fuera antigua, pero tenía clase. Tal vez los amigos de Ben no los miraran con condescendencia. Lacy rezaba por que así fuera. No los temía, pero sería terrible que hubiera una escena.

Lacy llevaba un original vestido de seda confeccionado en París, con un suave escote en forma de pico. El vestido caía seductoramente sobre sus curvas esbeltas, en vaporosas capas, hasta sus tobillos (su longitud era una concesión a las convenciones rurales). Lucía unos zapatos grises con hebillas y llevaba el collar y el brazalete de diamantes de su tía. Estaba encantadora, pero, además, parecía muy rica. Ello era deliberado: sólo por si acaso la prometida de Ben creía poder mirarlos con desdén.

El vestido de Marion era gris perla. Llevaba el pelo canoso recogido en un moño suave y sonreía mientras hablaba con las esposas de los rancheros que componían la cola del bufé.

Incluso Cole iba elegantemente vestido. Los ojos enamorados de Lacy aprobaban visiblemente su traje oscuro, su corbata de lazo y su blanquísima camisa. Estaba muy elegante y muy sexy. Lacy se preguntaba si se atrevería a decírselo.

Junto a Cole, Turco refunfuñaba por haber tenido que «vestirse de punta en blanco», aunque estuviera muy guapo y elegante con su traje gris oscuro y su corbata convencional. Su rubicundez contrastaba con la tez y el cabello morenos de Cole.

–Sólo por si acaso algún caballero la mira demasiado, señora Whitehall, menciónele que acabo de limpiar mi pistola –dijo Cole con sorna cuando Lacy se reunió con ellos.

Ella se sonrojó. No había visto a Cole hasta ese momento. Él se había ido a trabajar antes de que ella se despertara y estaba en la cocina, ya vestida para la cena, cuando él volvió a casa para asearse.

Cole sonrió al ver su expresión. Se sentía un poco azorado, pero no quería demostrarlo. El recuerdo de haber tenido a Lacy en sus brazos la noche anterior le hacía estremecerse de placer.

Lacy le devolvió la sonrisa y miró a Turco.

–Estáis los dos muy guapos –murmuró.

–No tanto como tú, cariño –dijo Cole suavemente–. Tal vez convenga que enseñe la pistola...

Ella se acercó a él y se metió bajo su brazo con una confianza que nunca había sentido en su turbulenta relación.

–Si dejas que me quede aquí, no hará falta –susurró, y frotó la mejilla contra su pecho.

El corazón de Cole dio un vuelco.

–Creo que será lo mejor –dijo.

Turco comprendió que sobraba.

–Voy a ir a echar un vistazo al asado de ternera –dijo. Luego vaciló–. Supongo que Katy y su marido no van a venir.

–Me pareció preferible no invitarlos –contestó Cole con calma–. O mejor dicho –añadió en tono cortante–, a Ben le preocupaba que su prometida y su futuro suegro pensaran que tenía por costumbre codearse con elementos criminales de Chicago.

La cara de Turco se endureció.

–Entiendo. ¿Y no le importa que Katy sea su hermana?

–Ben es muy joven –dijo Lacy en su defensa–. Todavía tiene que aprender que la riqueza y la posición social no lo son todo.

Levantó la mirada hacia Cole mientras hablaba, y los ojos de él se encendieron oscuramente. Turco se marchó y ellos ni siquiera lo notaron.

El cuerpo alto y fibroso de Cole reaccionaba violentamente a la cercanía de Lacy. Casi se ahogaba de deseo por ella. Posó los ojos en el corpiño de su vestido y recordó vivamente lo que había debajo, cómo olía su piel, cómo sabía.

–No, por favor –le suplicó ella tímidamente, sonrojándose–. Si sigues mirándome así, voy a desmayarme, ¿y qué pensará la gente?

Cole se echó a reír.

–Que no tengo nada que envidiarle a Valentino –susurró–. ¿Te avergüenzo?

–Sólo un poco –ella cerró los ojos–. Te quiero tanto... –dijo con voz ronca–. Tanto que me moriría si volviera a perderte.

Cole se estremeció. La apretó con fuerza contra él.

–Ven aquí.

La llevó al pasillo desierto y la apretó contra la pared antes de inclinarse para besarla hasta que ella tuvo la boca hinchada y roja y apenas podía respirar.

–Llévame a la cama –susurró Lacy, temblorosa.

–Oigo un coche –respondió él con la respiración tan agitada como la suya–. Llegan más invitados.

–Me duele la cabeza –dijo ella–. Es terrible. Tienes que ponerme paños fríos en la frente.

–Buen intento –dijo él–. Pero querrán subir a ver qué tal estás, y sería muy embarazoso. Esta mañana casi hemos roto la cama. Los muelles son muy explícitos.

–¡Cole! –exclamó ella, apartándose, horrorizada–. ¿Nos ha oído alguien?

Él hizo una mueca.

–No, pero no debería haberte dicho nada, ¿verdad? Ahora te pondrás nerviosa pensando que pueden oírnos.

–Es... algo privado –dijo ella, insegura.

–Muy, muy privado –susurró él mientras frotaba la punta de la nariz contra la suya–. Esta noche pondré el colchón en el suelo.

–¿Sí? –preguntó ella, todavía tímida.

Él le mordió suavemente el labio inferior.

–Sí. Nunca soñé con tanta felicidad –dijo con vehemencia.

–Yo tampoco.

Él tomó su cara entre las manos y la besó con ternura.

–Siento no poder darte un hijo –murmuró tristemente.

–Yo también lo siento –dijo ella–. Pero no seré infeliz, Cole. Ya te he dicho que nada me importa más que ser tu mujer. No me importan las cicatrices. No me importa que seas estéril –sonrió suavemente–. No tengo orgullo. Te seguiría de rodillas, sobre cristales rotos, hasta el fin del mundo.

El rostro de Cole se tensó.

–No me lo merezco –dijo, inquieto–. Nada de lo que he hecho en mi vida merece el que seas mía.

Ella se puso de puntillas y lo besó.

–Los ángeles te quieren, cariño mío –susurró–. Y yo también. Bésame. Me gusta que me beses con fuerza.

Cole la había tomado en brazos y la estaba besando con toda su alma cuando Marion tosió audiblemente.

Cole soltó bruscamente a Lacy y ambos se sonrojaron al ver que Marion levantaba una ceja y sonreía.

–Ben y su prometida están aquí –les dijo recatadamente–. Será mejor que limpies el carmín antes de entrar, Lacy –añadió con una risa.

–Oh, se me ha corrido, ¿verdad? –balbuceó Lacy, y sacó del bolsito su pañuelo y su espejo de mano.

–No me refería al tuyo, querida –respondió Marion, mirando a su azorado hijo.

Lacy miró a Cole y sonrió maliciosamente. Él tenía toda la boca rodeada de manchas rojizas. Ella sonrió al empinarse para limpiárselas. Cole también sonrió al darse cuenta de lo que ocurría.

Al entrar, se encontraron, esperándolos con impaciencia, a un Ben muy nervioso, a una morena de aspecto más bien aburrido y a un caballero de cabello blanco.

–Aquí están –dijo Marion, y les presentó a Cole y Lacy.

Jessica saludó a Lacy inclinando la cabeza, pero enseguida se volvió hacia Cole y lo observó con interés lleno de coquetería.

–Entonces, tú eres el hermano mayor de Ben –murmuró–. Es un placer conocerte.

–Igualmente –dijo Cole, pero no sonrió ni demostró particular interés–. Lacy y yo estábamos deseando conocerte –añadió, y atrajo a Lacy hacia sí–. ¿Éste es tu padre? –continuó, mirando al más mayor de los hombres.

–Randolph Bradley –el caballero asintió con la cabeza y le tendió la mano. Su bigote se tensó–. Siento que mi mujer no haya podido venir, pero en este momento está en Europa.

–Detesta la vida en el campo –murmuró Jessica–. Qué provinciano es esto, con todas esas vacas apestosas –añadió. Disfrutaba sintiéndose superior en aquella choza destartalada. Saltaba a la vista que los familiares de Ben eran unos palurdos, y pensaba asegurarse de no tener que aguantarlos muy a menudo. Su padre y ella necesitaban desesperadamente el talento periodístico de Ben, y ella disfrutaba de él en la cama. Pero mezclarse con aquella gente tan provinciana la sacaba de quicio.

Cole dio un respingo al oír aquel insulto, pero Lacy le dio un codazo en las costillas para que se callara y sonrió con dulzura.

–Señor Bradley, tengo entendido que publica usted lo que se conoce como un tabloide.

–Eso es –dijo él con una sonrisa–. Publico un periódico. Es pequeño, pero crecerá. Sobre todo, contando en plantilla con el talento de su cuñado.

–¿Cuántos reporteros tiene? –preguntó Lacy.

–Sólo al joven Ben, todavía –confesó Bradley–. Es un escritor prodigioso. Justo lo que necesitábamos.

«Necesitabais su nombre y su linaje familiar», pensó ella cínicamente, «para que os abrieran las puertas». Pero no dijo nada. Cole estaba a punto de estallar. Y, por Marion y por su bien, ella tenía que impedir que iniciara una discusión. Ben sonreía de oreja a oreja. Al parecer, ni siquiera se había percatado de las ofensas de Jessica. Se pavoneaba, con sus ropas elegantes y su refinada prometida a su lado. Dos vecinos llegaron y Ben se volvió junto con Cole para saludarlos y presentar a Randolph Bradley a los recién llegados.

Al quedarse a solas con Jessica, Lacy sonrió amablemente.

–Me gusta su vestido, señorita Bradley –era cierto que le gustaba. Era un vestido largo y negro, recamado de encaje, y Jessica lo llevaba con unas perlas. Iba un poco vestida en exceso, pero quizá fuera a propósito. Resultaba evidente que la señorita Bradley estaba empeñada en demostrar a los moradores de Spanish Flats lo bien situada que estaba. Para sus adentros, Lacy se reía.

El cumplido pilló desprevenida a Jessica.

–Gracias –contestó con una sonrisa altiva–. Lo compré

en una tienda exclusiva de Nueva York –recorrió a Lacy con la mirada–. Usted debe de coser –añadió. Aunque la tela del vestido de Lacy parecía seda, no podía serlo, se dijo. Era ridículo que la mujer de un ranchero vistiera de seda.

Lacy no movió un solo músculo.

–Sí –dijo con una sonrisa congelada–. Me hago mucha de mi ropa.

–No es mal empeño –dijo Jessica con aire crítico–. Pero una cosa, querida... si no le importa que le dé un pequeño consejo. Esas piedras de imitación son un poco ostentosas. Sé que la bisutería hace furor, pero se le ha ido la mano. Unos diamantes auténticos como ésos valdrían el rescate de un rey. Si quiere que nadie note que son falsos, será mejor que sólo se ponga unas cuantas piedras cada vez.

Lacy estuvo a punto de caerse al suelo de risa. El collar de su tía abuela valía, en efecto, el rescate de un rey, como el brazalete a juego y los pendientes. Su vestido había sido confeccionado en París. Era evidente que Jessica no esperaba encontrar tal elegancia en un rancho, ¿y quién era Lacy para desengañarla? El hecho de que su tío abuelo hubiera sido el magnate del ferrocarril más rico del sur de Texas era un secreto que pensaba guardar hasta que le conviniera sacarlo a la luz. Jamás alardeaba de su riqueza. Por de pronto, porque ello avergonzaría a Cole.

–Es usted muy amable por decírmelo –dijo con una sonrisa desganada.

–Bueno, vive usted en medio del desierto –Jessica se encogió de hombros–. Nadie espera que las mujeres de campo sepan mucho de moda.

–Tiene mucha razón –contestó Lacy amablemente.

Comenzaron a llegar otros invitados. Lacy y Jessica se reunieron con los demás para recibirlos. Jessica, sin embargo, se empeñaba en comportarse como una gran señora. Hizo constantes comentarios sarcásticos sobre la casa, hasta que Cole se envaró, lleno de orgullo herido. Lacy lo hizo entrar en la cocina mientras Marion conversaba con los

Bradley. Ben no había notado la actitud de Jessica. Sonreía entusiasmado mientras los vecinos alababan su trabajo y a su prometida, sin saber que la mayoría sólo intentaba mostrarse amable porque los Whitehall eran una familia muy respetada en Spanish Flats.

Lacy cerró con cuidado la puerta de la cocina y se volvió hacia Cole.

–No pasa nada –le dijo, y le apartó un mechón de pelo de la frente–. No frunzas así el ceño. Vas a asustar a la gente.

–¿Estoy frunciendo el ceño? Esa estúpida es tan bien recibida aquí como un pecado en domingo –masculló–. Ben va a cometer el mayor error de su vida.

–Sí, así es –dijo Lacy–. Pero es su vida y no puedes decidir por él, como no podías decidir por Katy.

Él escudriñó sus ojos azules y se relajó un poco.

–Dios mío, qué suerte he tenido –dijo de pronto.

–¿Suerte por qué? –preguntó ella, sorprendida.

Cole tocó ligeramente su garganta y la vio sonrojarse.

–Por haberte recuperado –dijo con sencillez–. Se me dan bien los caballos y el ganado –se encogió de hombros y sonrió con franqueza–. Pero nunca he sabido cómo comportarme con las mujeres, ni he tenido mucha suerte con ellas.

–Conmigo sí.

–Pero yo no lo sabía, ¿no? –preguntó él con un suave suspiro–. No hasta el día que me fui a la guerra y me dejaste que te besara. Aquello fue una revelación... pero no tuve tiempo de descubrir nada más. Tuve que dejarte.

–Me pasé días llorando –dijo ella–. Luego leía los papeles y me asustaba, y rezaba por no ver tu nombre en la lista de muertos o desaparecidos. Cuando llegó la carta diciendo que estabas herido, pero vivo, me pasé una hora dando gracias a Dios por haber velado por ti –sonrió–. Supongo que tú casi no pensaste en mí durante esos largos y duros años.

Él vaciló sólo un segundo.

–Nunca te he enseñado esto, ¿verdad? –tiró de la cadena

de oro que colgaba del bolsillo del reloj de su chaleco, sacó su viejo reloj de oro, lo abrió y le mostró una pequeña fotografía en blanco y negro de ella y un diminuto mechón de su pelo fino y oscuro.

Ella miró el reloj con incredulidad.

–¿Cómo...?

–Le dije a mi madre que te lo cortara –dijo él con suavidad–, mientras dormías. Le hice prometer que me guardaría el secreto. Quería llevarme algo tuyo.

Los ojos de Lacy se llenaron de lágrimas.

–¿Por qué te apartaste de mí ese día? –preguntó con voz entrecortada–. Si nos hubiéramos acostado, quizá hubiera tenido un hijo tuyo.

Él respiró hondo, agitadamente.

–¿Crees que no lo sé? ¿Qué no me atormento pensándolo? –cerró el reloj y se lo guardó mientras luchaba por dominarse–. Pero no estábamos casados y no había tiempo. ¿Cómo iba a dejarte aquí, metida en un lío tan sórdido, con todo el pueblo murmurando sobre ti y tu honor por el polvo?

–No habría sido sórdido –dijo ella en voz baja.

–Sí, lo habría sido –Cole trazó sus labios con el dedo índice–. El honor, el deber y la responsabilidad me fueron inculcados desde la niñez. Si te hubiera deshonrado, aunque hubiera sido por ese motivo, habría destruido algo precioso. Eres mi mujer –musitó–. Mi preciosa mujer. Llegaste a mí pura, sin una sola habladuría ni una mancha sobre tu carácter. Estos tiempos salvajes dejarán un rastro de dolor en las personas que olvidan la moralidad por el atractivo del placer. La mancha de la promiscuidad las perseguirá hasta que mueran –le sonrió–. Nuestros recuerdos serán alegres, valdrá la pena rememorarlos. Un día, dentro de mucho tiempo, me sentaré en la mecedora, contigo sobre mi regazo, y recordaremos nuestras vidas con ilusión, sin remordimientos.

Aquél fue un largo discurso tratándose de Cole, que a veces podía pasarse una hora entera sin decir una palabra. Lacy no se había dado cuenta de que sintiera así, de que para él lo suyo fuera algo más que deseo. Pero el reloj delataba sus sentimientos, y aquello la conmovió profundamente.

Le sonrió con ojos cargados de placer y felicidad.

–Espero que pasemos mucho tiempo juntos, Cole –dijo.

–Yo también –besó con delicadeza su frente–. Me gustaría besarte, pero esa pintura de guerra se corre enseguida.

Ella se rió y dio un paso atrás. Sus ojos brillaban.

–De ahora en adelante no me la pondré para que me beses mucho –prometió.

Cole no sonrió. Su semblante se había puesto rígido.

La sonrisa de Lacy se desvaneció. A sus ojos asomó de pronto la incertidumbre. Estaba convencida de haber metido la pata.

–Me vuelves loco –jadeó él, y sus ojos brillaron extrañamente.

Los labios de Lacy se entreabrieron suavemente al exhalar un suspiro contenido.

–Creía que te había avergonzado. Parecías muy incómodo.

Él levantó una ceja.

–Estamos casados. ¿Por qué no miras hacia abajo si quieres ver por qué estoy incómodo?

Ella bajó la mirada antes de darse cuenta de qué era lo que la estaba invitando a ver, y apartó los ojos con una exclamación de sorpresa.

–Falda corta –dijo él, malhumorado–, charlestón, carmín... Creía que eras una mujer sofisticada.

–Contigo no –ella se rió de su propio azoramiento–. Estamos casados, pero contigo me siento todavía como una niña.

–Espero que siempre sea así, Lacy –le echó hacia atrás el pelo ondulado y brillante–. No debería provocarte. Sencillamente, no puedo resistirlo.

–Mientras sólo me provoques a mí... así –contestó ella con recato.

–Puedes estar tranquila. No me siento cómodo con otras mujeres. Nunca me he sentido cómodo –entrelazó sus dedos con los de Lacy y suspiró–. ¿Volvemos a enfrentarnos a los leones? –dijo–. Creo que me he recuperado lo suficiente como para no llamar la atención.

Ella no miró esta vez, pero se sonrojó.

–Cole, por favor... –murmuró.

Él acarició sus dedos.

–Todo esto forma parte del matrimonio –le aseguró.

–No permitas que Jessica te saque de quicio –lo advirtió ella–. Si las cosas se ponen feas, tengo un as en la manga del que ella no sabe nada.

–¿Ah, sí? –preguntó él–. ¿Y cuál es?

Lacy se lo dijo en voz baja y él se echó a reír.

–¿No te importa que se lo diga, si es necesario? –preguntó, preocupada.

–No –contestó él, y Lacy se sorprendió–. Pero a Ben le importará. Así que utilízalo como último recurso.

–De acuerdo, jefe –contestó ella, burlona.

–Sigue provocándome y volveré a ponerte contra la pared –la amenazó él–. Y esta vez no pararé.

–¿Con la casa llena de gente? –sus ojos brillaron, llenos de humor–. No te atreverías.

–Sí me atrevería.

Lacy no le creía, pero volvió rápidamente al cuarto de estar, por si acaso.

Marion se estaba retorciendo las manos. Aquello no iba bien. Jessica expresaba con tanta libertad su opinión sobre el rancho que la gente empezaba a murmurar. Hasta Ben parecía incómodo cuando Jessica comenzó a coquetear con Turco e intentó hacerle hablar de los aviones que había derribado durante la guerra.

Ben se acercó a ella, nervioso.

–No hagas eso, por favor –dijo, evitando los ojos brillantes de Turco–. Cole y él nunca hablan de Francia. Te estás buscando problemas. Turco no es muy civilizado, y mi hermano es como un puma cuando se le presiona.

–Qué emocionante –ella miró hacia la puerta de la cocina, donde aparecieron por un instante las siluetas de Cole y Lacy. Cole era todo un hombre. Jessica descubrió de pronto que envidiaba a Lacy. Aquel hombre bastaría para cualquier mujer, y sería él quien llevara los pantalones, no su mujer. Ben, en cambio, era fácil de manipular, casi infantil. Coleman Whitehall era lo contrario, tenaz, viril y muy excitante.

–¿Cuánto tiempo llevan casados? –preguntó Jessica, señalando a Cole y Lacy con la cabeza.

–Casi un año.

–¿En serio? –Jessica se echó a reír con leve envidia–. Vaya, vaya. Pues se comportan como recién casados, ¿no? Ella es bastante dócil y provinciana. Cualquiera habría pensado que él preferiría otro tipo de mujer.

Lacy era el talón de Aquiles de Ben. No le gustó que Jessica hablara de ella en esos términos. Todo aquel asunto empezaba a ponerlo nervioso. Había querido que su madre pudiera ofrecerle la fiesta. Pero Jessica tendía a ser sarcástica y era una esnob de la cabeza a los pies. Por más que disfrutara con ella en la cama, se avergonzaba de ella en público. Si no fuera por el trabajo, no le habría ofrecido aquel anillo de compromiso, por más presionado que se hubiera sentido.

Seguía acordándose de Faye, de la pobre Faye que lo quería, que moriría por él. Tan dulce, tan distinta a aquella mujer de ojos fríos que usaba su cuerpo como un arma para sacar de los hombres lo que quería.

–¿Turco está casado? –preguntó ella mientras sus ojos codiciosos recorrían al capataz, el cual permanecía de pie, solo, junto a la mesa del ponche.

–No.

Jessica frunció sus hermosos labios.

–Qué desperdicio. Tiene una mirada muy sensual. Apuesto a que está tan bien dotado como tú, Ben.

Él se removió, inquieto. Aquello no era propio de una dama. Claro que Jessica no era una dama.

–Vamos a dar una vuelta –dijo–. Veo...

Se detuvo en seco y palideció cuando Faye Cameron entró por la puerta principal. No iba vestida para una fiesta. Llevaba un sencillo vestido de algodón con una chaqueta gastada encima. Tenía el pelo rubio revuelto y había estado llorando.

Se acercó a Ben (una estampa que él no había imaginado ni en sus peores pesadillas) y lo miró con rabia.

–¿Y bien? –preguntó él. Con la mirada le suplicaba que no hiciera una escena. Los vecinos parecían sospechar qué hacía ella allí y algunas personas, incluida Cole, los miraban fijamente.

–¿Es ella? –preguntó Faye con la mirada clavada en Jessica.

–Es mi prometida, Jessica –contestó él, envarado–. ¿Qué quieres?

Faye podría haber huido al oír su tono y ver la mirada que lo acompañaba, pero se mantuvo firme. Estaba muy pálida y débil. De hecho, temblaba. Pero no retrocedió ni un ápice.

–Quiero saber si todavía piensas casarte con ella –dijo en voz baja–, ahora que estoy esperando un hijo tuyo.

–Eso es mentira –dijo Ben tranquilamente.

–Lo era hace un par de semanas –contestó ella–. Pero ahora no lo es. Tú sabes por qué. Y cuándo fue.

Él se quedó completamente pálido. Así que aquella tarde iba a pasarle factura. Pero ¿por qué ahora, por el amor de Dios, cuando estaba en la cumbre? ¿Por qué había ido ella allí a destruirlo públicamente, delante de su jefe y su prometida?

Comenzó a decir algo, a pedirle que saliera con él para que pudieran hablar. Pero Jessica se le adelantó.

–Líbrate de él, cariño –le dijo a Faye con fría insolencia y una mirada que hablaba por sí sola–. Las chicas como tú saben cómo hacerlo, ¿no es cierto? Ben correrá con los gastos.

–¿Qué... qué quiere decir? –tartamudeó Faye.

–Que abortes –Jessica se encogió de hombros–. Es fácil. Cualquier madame puede enseñarte. Pero no conseguirás a Ben, porque lo necesito y va a casarse conmigo. Las fregonas como tú siempre pueden buscarse un paleto. En un sitio como éste, encontrarás oro –añadió mirando con intención la casa abarrotada de gente.

El salón había quedado en silencio. A Jessica no le importó. Tenía que librarse de aquella muchacha antes de que despertara la compasión de Ben.

–Ahora fuera de aquí –le dijo a la chica–. Aquí no queremos pordioseros...

–¿Quién demonios se cree usted que es, señorita? –dijo la voz profunda de Cole. Lacy intentó detenerlo, pero él se desasió y se acercó a Jessica–. Faye, ven aquí –extendió los brazos y Faye, asustada, corrió hacia él. Cole la abrazó y miró con evidente desprecio el rostro perplejo de Jessica–. Ésta es mi casa –le dijo–. Yo decido quién se va y quién se queda. Faye Cameron es una muchacha encantadora que no había hecho ningún mal hasta que cayó en la órbita del granuja de mi hermano. Si está embarazada, su hijo será un Whitehall y tendrá lo que le corresponde. Nadie va a raspárselo como si fuera un hongo. Y si vuelve usted a hablar con tanto veneno, lo lamentará.

–No puede hablarle así a mi hija –dijo altivamente Randolph Bradley.

–Oh, claro que puede –dijo Lacy. Se acercó y rodeó a Faye con el brazo por el otro lado para consolarla. Faye había tenido valor por presentarse allí. Lacy no pensaba permitir que aquella gente la humillara.

–No creo que un ranchero tenga derecho a tratar así a personas de nuestra posición –dijo Jessica con sarcasmo–. Sobre todo teniendo en cuenta que le hemos hecho un favor a Ben al venir aquí. Usted no es nadie en San Antonio, señor Whitehall.

–¿El marido de la heredera de la fortuna de los Jacobsen?

–dijo Lacy–. Debe usted estar loca si cree que Cole carece de influencia social –sintió la rabia de Cole y vio la angustia de Ben, pero ahora era su turno. Levantó el mentón–. ¿Supongo que no sabía usted que mi tío abuelo Horace Jacobsen fundó Spanish Flats?

Randolph Bradley titubeó.

–¿Horace Jacobsen? ¿El magnate del ferrocarril?

–Pues sí –contestó Lacy tranquilamente, consciente de que Cole estaba rígido a su lado. Odiaba hacerle aquello a su orgullo, pero se había hecho necesario para salvar a Faye–. Él le dejó su fortuna a mi tía abuela, su mujer, y a su muerte yo la heredé –tocó sus diamantes–. Estas piedras falsas eran suyas –le dijo a Jessica–. Claro, que no son falsas. Pertenecieron a María Estuardo, reina de Escocia, según cuenta la leyenda. María fue antepasada mía. Y el vestido que llevo, querida, no lo he cosido yo –sus ojos brillaron–. Es de París. Y me atrevería a decir que se encuentra muy lejos del alcance de su bolsillo.

Jessica había palidecido. Ben intentó apiadarse de ella, pero no le resultaba fácil. Faye parecía destrozada, y Cole iba a hacerle picadillo; lo notaba en la expresión furiosa de su hermano mayor. Lacy se estaba animando, sencillamente.

–Hay otro pequeño dato del que quisiera informarle, señor Bradley –prosiguió con venenosa cortesía–. Entre sus más importantes anunciantes se cuentan dos primos míos que me adoran. Una palabra mía y su periódico tendrá que cerrar de la noche a la mañana.

Randolph Bradley no se había arrastrado en toda su vida, pero en ese momento estuvo a punto de hacerlo. De sus labios fluyeron disculpas por su actitud y la de su hija. Lacy no le escuchaba. Miraba a Jessica con furia.

–No esperará que me disculpe –dijo Jessica fríamente–. Esa putita no está embarazada. Se lo ha inventado para cazar a Ben. Pero Ben me pertenece... y no voy a compartirlo. Llévame a casa, Ben. Y no esperes que vuelva a venir aquí.

–¿Cómo has podido? –preguntó Ben ásperamente, mirando a Faye–. ¿Cómo has podido hacerme esto, sabiendo lo que significa para mí mi carrera? ¡Maldita embustera!

Faye apoyó la cara llorosa sobre el pecho de Cole. Este miró a su hermano con rabia.

–¿La dejas embarazada y la abandonas, y encima la insultas? –preguntó con voz amenazadora–. Eres un mercenario, un oportunista con la sangre muy fría.

Marion se adelantó, pálida como una sábana.

–Bennett, por favor, no arruines la fiesta. ¡Por favor, calmaos todos!

Se llevó la mano al pecho. Lacy la condujo rápidamente a una silla mientras la gente se reunía a su alrededor. Lacy corrió a buscar las píldoras que el médico le había recetado, regresó y deslizó una bajo su lengua. El dolor pareció remitir rápidamente, pero Marion siguió pálida y mareada.

Cole miró a Ben por encima de su cabeza.

–Saca a esa ramera de mi casa –dijo con furia glacial–. Si vuelves, te daré una paliza que no olvidarás. ¡Lo juro por Dios!

Ben vaciló, pero sólo un instante. Nunca había visto a Cole mirarlo así, como si fuera un insecto. Hasta los ojos de su madre tenían una expresión de reproche, y Lacy y Faye no lo miraban. Él era el ofendido, así que ¿por qué se sentía tan desdichado? Con un áspero suspiro, tomó a Jessica del brazo, ignorando su rabia, y la sacó de la casa.

Randolph Bradley permaneció allí un momento sin saber qué hacer.

–Les pido disculpas en nombre de mi hija... –comenzó a decir.

Lacy lo miró. Temblaba de indignación por cómo había tratado Ben a Faye. Aquel hombre había manipulado a Ben y los había puesto a todos en aquella vergonzosa situación.

–Si yo fuera usted, no contaría con quedarme mucho más tiempo en San Antonio. De hecho, me pensaría seriamente el marcharme mientras aún estuviera a tiempo.

Él tragó saliva. Su nueva empresa iba a acabar en la ruina por culpa de su hija. No sabía cómo iba a afrontarlo.

–Su cuñado se quedará sin empleo –dijo, usando su última carta.

–Mi cuñado se lo merece –repuso ella en tono cortante–. Por favor, salga de mi casa.

Bradley se marchó, indeciso. Los invitados murmuraban entre ellos. Iban a llevarse a casa suficientes habladurías para que les duraran todo el invierno. Lacy hizo una mueca.

Cole se levantó.

–Bueno, no se queden ahí –dijo, mirando con enojo a los invitados. Apretó a Faye contra su costado y le sonrió–. Voy a ser tío. Eso sí que es motivo para una fiesta. ¡Que vuelva a sonar la música!

Aquella insólita declaración salvó la fiesta. Nadie dijo que su futuro sobrino o sobrina sería ilegítimo, ni que Faye había quedado deshonrada, ni que la invitada de honor acababa de ser puesta de patitas en la calle. La fiesta comenzó de nuevo, bulliciosamente.

–Oh, señor Whitehall, ¿podrá perdonarme? –gimoteó Faye–. No sé por qué lo he hecho.

–Porque quieres a Ben, por supuesto –dijo él amablemente. Le dio su pañuelo–. Quítate las manchas –añadió, burlón–. El pintalabios de Lacy es muy potente.

–Tiene que serlo, teniendo en cuenta la cantidad que le has quitado esta noche –dijo Marion en un leve intento de bromear que pronto se convirtió en lágrimas de tristeza y angustia.

Lacy besó su mejilla empolvada.

–Vamos, vamos –dijo–. Voy a mandar al señor Bradley a Nueva York en un periquete. ¿No hace eso que te sientas mejor?

–¡Ben se irá con ellos! –gimió ella.

–Será mejor que se vaya, sí –dijo Cole con un brillo en la mirada–. Lo que he dicho iba en serio. No consentiré que vuelva a esta casa.

–Es tu hermano, Coleman –sollozó Marion–. ¡Mi hijo!

–Es un cretino –contestó secamente Cole–. Y hasta que

no aclare sus prioridades, que se quede bien lejos. ¿Cómo crees que se siente Faye? ¡Ben no tiene honor! La deja embarazada y se comporta como si todo fuera culpa de ella. Y luego permite que esa estúpida la llame furcia delante de todos sus vecinos.

–Voy a tener un hijo y no estoy casada –dijo Faye, afligida–. Supongo que soy una furcia.

–¡No lo eres! –los ojos de Cole parecían amenazadores–. No vuelvas a decir eso. Ayudaremos a Ira con los gastos. Mimaremos a tu hijo. Haremos de él un consentido. Ese niño será un Whitehall. No lo olvides.

Faye se animó un poco.

–Entonces, ¿no... no le importa?

Él le sonrió.

–No, no me importa.

–La gente hablará –suspiró ella–. Todo el mundo lo sabrá.

–Es mejor así –le aseguró Lacy–. Los secretos son peligrosos. Te hacen vulnerable. Si todo el mundo lo sabe todo de ti, nadie puede chantajearte –tocó su pelo rubio claro–. Siempre hay gente a la que no le importa aprovecharse de las desgracias ajenas. Por eso no debes ocultar a tu hijo, Faye. Todo el mundo lo sabrá y ésa será tu defensa. No lo ocultaremos y tú vendrás todos los domingos a la iglesia con nosotros antes de que el bebé nazca.

–¡Oh, no! –exclamó Faye–. ¡No me lo permitirían!

Lacy tiró de ella y apagó el gramófono. Después levantó la mano para pedir silencio.

–Tengo que preguntarles algo. ¿A alguno de ustedes le parece mal que llevemos a Faye con nosotros a la iglesia el domingo, teniendo en cuenta que es una madre soltera?

–¡Santo cielo, no! –exclamó la señora Darlington–. Ninguno de nosotros es tan perfecto, querida –le dijo a Faye con una sonrisa.

Aquel sentimiento fue repetido por numerosos vecinos, y Lacy se relajó.

Cole la atrajo hacia el círculo de sus brazos mientras vigilaba a Marion, que parecía cada vez más animada, ahora que había hecho efecto la medicina.

–Lo ha afrontado usted muy bien, señora Whitehall –dijo, sonriendo–. Le has dado a Bradley un buen escarmiento.

–Siento que las cosas llegaran a ese punto. Pobre Ben.

–¡Pobre Ben! ¡Y un cuerno! –contestó él–. Pobre Faye.

–Faye saldrá adelante –dijo ella–. Es fuerte. Me alegro de que no hayamos intentado ocultarlo. Faye habría sido muy infeliz intentando ocultar su estado y aterrorizada porque alguien lo descubriera. Es mucho mejor hacer las cosas a las claras. A fin de cuentas, para Dios no tenemos secretos... aunque nos los ocultemos los unos a los otros.

–Supongo que sí. Mi madre nunca ha podido soportar las habladurías. Las personas de su generación preferían morir a deshonrar a sus familias.

–¿Te imaginas lo que algunos de nuestros contemporáneos tendrán que esconder cuando sean abuelos? –bromeó ella. Lo miró con coquetería–. ¿Te apetece bailar?

–En vez de mandar a San Antonio a mi hermano y su novia de una patada, claro que me apetece.

–Ben nunca te perdonará por lo que le has llamado –dijo Lacy, tensando los labios.

–Y yo nunca lo perdonaré por lo que le ha dicho a Faye. Pobrecilla... Mírala. Quiere tanto a Ben que echará a perder a ese niño cuando nazca. Y él prefiere a ese témpano de hielo.

–Puede que ella no se muestre tan complaciente cuando mis primos acaben con su padre –dijo Lacy–. Ben quería a Jessica por su carrera. Ella quería a Ben porque su padre necesitaba que escribiera para el periódico, consciente de que lo haría por poco dinero si se liaba con ella. Sospecho que no tardarán en separarse.

–Ojalá –dijo Cole–. Pero lo digo en serio. Hasta que no se disculpe, Ben no volverá a esta casa.

–¿Ni siquiera para ver a Marion? –preguntó Lacy suavemente–. A tu madre se le romperá el corazón.

–Puede verla en la ciudad –contestó él escuetamente–. Le diré a Turco que la lleve.

–El pobre Turco se ha ido. Jessica no le quitaba ojo.

–Ya no es tan mujeriego como antes –dijo Cole pensativamente–. Es asombroso. Parece cambiado últimamente.

–Desde que Katy se fue –repuso Lacy.

–Sí, desde que Katy sc fue –Cole suspiró–. Ojalá supiera cómo está. Estoy seguro de que le pasa algo. Lo intuyo.

Como en respuesta a aquella afirmación, el teléfono del rancho sonó tres veces. Cole y Lacy se miraron antes de apresurarse a contestar. Lacy contuvo el aliento, presintiendo el desastre.

Cole no reconoció la voz del otro lado de la línea. Antes de conectarlos, la operadora había dicho que era una llamada de Chicago.

–Quiero hablar con el señor Whitehall –anunció la voz de un desconocido entre el crepitar del hilo telefónico.

–Yo soy Coleman Whitehall –dijo Cole escuetamente.

–Soy el teniente Higgins, de la policía de Chicago. Me temo que tengo malas noticias. Ha habido un tiroteo –dijo la persona que llamaba y se apresuró a añadir–: La señora Marlone no está... herida. Su marido, sin embargo, ha muerto. Hemos detenido al culpable. Es un tal Blake Wardell, un mafioso muy conocido en la ciudad con el que la señora Marlone tenía relaciones.

Cole contuvo el aliento. ¡Marlone, muerto! ¡Aquel maldito gánster! Cole no pudo sentir compasión por él, pero la sintió por Katy.

–¿Puedo hablar con mi hermana? –preguntó en voz baja para que Marion y Lacy no lo oyeran. Quería ganar tiempo para darles la noticia con delicadeza.

–Verá, ése es el problema. Hasta hace cinco minutos, no sabíamos cómo contactar con su familia. Por desgracia, a la madre del señor Marlone hubo que sedarla y no pudo decirnos nada.

–¿No podía decírselo Katy? –preguntó Cole, asustado.

–Señor Whitehall –Higgins vaciló–. La señora Marlone no... no puede hablar. El médico que la atiende cree que ha perdido la cabeza, y perdóneme la expresión. Quiere hablar con usted sobre la posibilidad de trasladarla a un... sanatorio. No cree que se recupere.

Cole sintió que la sangre abandonaba su cara. Se quedó completamente sin habla mientras intentaba digerir la noticia. Katy había perdido la cabeza. Estaba loca. La culpa, la rabia y una ira asesina se apoderaron de él.

–¿Dónde está? –preguntó, consciente de que Lacy y su madre lo miraban angustiadas.

–En el Hospital General de la ciudad. Señor Whitehall...

–¿Ella presenció el tiroteo? –preguntó Cole con fría certeza.

–Sí.

–Hay algo más. ¿Qué es? –añadió impulsivamente.

–Cuando llegamos, dos de los ocupantes de la habitación estaban... desnudos. El señor Marlone, el difunto, estaba completamente vestido y armado. Me temo que la situación hablaba por sí sola.

Cole decidió al instante que no podía contarle aquello a su madre y a Lacy. Pero sintió una rabia furiosa contra el muerto por haber dejado a Katy en semejante compañía.

–Saldré en el primer tren hacia Chicago –dijo con voz crispada–. Dígale al doctor que no haga nada hasta que yo llegue.

–Sí, señor. Haré que alguien vaya a buscarlo a la estación.

–Gracias –Cole colgó, apenas consciente de que Lacy le tiraba de la manga y del rostro angustiado de Marion. Se volvió hacia ellas–. El marido de Katy ha sido asesinado –dijo en voz baja–. Ella está bien, pero Lacy y yo tendremos que ir a Chicago para traerla a casa. Está... conmocionada –dijo evasivamente.

–¿Seguro que está bien? –preguntó Marion con lágrimas en los ojos–. ¡Oh, Coleman! ¡No puedo soportar mucho más!

–Lo sé –Cole la rodeó con el brazo y le hizo una seña a Faye–. Cariño, ¿puedes quedarte con mi madre esta noche? Lacy y yo tenemos que ir a Chicago a recoger a Katy.

–Claro –dijo Faye–. Mi padre seguramente ya estará borracho. No notará que me he ido.

–Si tienes algún problema, llama a Turco. Él se ocupará de todo en mi ausencia. Lacy, será mejor que te cambies. Voy a hablar con Turco. Él puede llevarnos a la estación.

Lacy no vaciló. Subió inmediatamente a su habitación para ponerse su traje de viaje y un abrigo.

Horas después, cansados y soñolientos, llegaron a la estación de tren. Tal y como había prometido, el teniente se había encargado de que alguien fuera a buscarlos: él mismo.

Era un hombre alto, de ojos azules, con el pelo cano y una sonrisa amable.

–Soy Higgins. Son ustedes los Whitehall, supongo –dijo tendiéndole la mano a Cole. Cole no se había cambiado de traje; sólo había añadido al que llevaba un Stetson negro y unas botas. Tenía un aspecto muy del oeste, cosa que Higgins parecía encontrar fascinante–. Nunca había conocido a un ranchero de verdad –le dijo a Cole mientras se dirigían al coche–, pero en el mercado de ganado se venden muchas reses tejanas.

–Eso tengo entendido –dijo Cole–. ¿Ha dicho algo mi hermana?

–Me temo que no. Pero me alegro de que hayan venido. Habría odiado ver que la mandaban a uno de esos sitios.

Angustiada, Lacy dio vueltas a aquella afirmación mientras se dirigían al hospital. Cole hacía preguntas y el teniente las contestaba como podía. Cole se lo había contado todo. O casi, se dijo para sus adentros, convencida de que todavía le estaba ocultando algo. Sólo confiaba en que Katy no estuviera tan mal como les habían hecho creer. Había notado que Cole no le había dicho nada a Turco, salvo que el marido de Katy había muerto y que ella quería volver a casa. Más tarde, él le dijo que tenía ciertas sospechas respecto a los sentimientos de Turco por Katy y quería estar presente cuando su amigo conociera la verdad. Turco podía hundirse, dijo. Lacy también se preguntaba por aquello. El rubio capataz no era el mismo desde la boda de Katy.

Su llegada al hospital distrajo sus pensamientos hacia asuntos más acuciantes. Los condujeron a una habitación llena de camas con barandillas de hierro. En una de ellas yacía Katy, sobre sábanas tan blancas como su cara. Estaba muy quieta bajo las mantas, penosamente delgada, con el pelo castaño revuelto y los ojos verdes sin brillo. Miraba al techo, pero no veía nada, no oía nada.

Lacy se inclinó sobre ella para que la viera.

–¿Katy? –musitó.

No hubo respuesta. Ni siquiera la vibración de un párpado. Cole salió de la sala con el doctor. Cuando volvió a entrar, estaba muy serio y visiblemente pálido.

–¿Puedes vestirla? –le preguntó a Lacy con voz tensa–. Yo esperaré fuera.

–S-sí –balbució Lacy–. Cole...

–Lo sé –dijo él ásperamente. Miró a Katy e hizo una mueca–. Dios, lo sé. Haremos las cosas paso a paso. Date prisa. Si es posible, quisiera tomar el próximo tren. Podemos dormir en casa, si te crees con fuerzas.

–Claro que sí –se apresuró a decir ella.

Él salió, a solas con sus pensamientos. Una enfermera entró a ayudar a Lacy, echando la cortina alrededor de la cama. Mientras Lacy luchaba por vestir el cuerpo inerme de Katy, la enfermera fue dándole instrucciones sobre cómo proceder cuando llegaran a casa: sobre la necesidad de que un médico la visitara con regularidad y los cuidados más sencillos, como cambiarla de postura cada pocas horas para impedir que le salieran escaras. Lacy estaba cansada y soñolienta, pero la escuchaba.

–¿Hay alguna posibilidad de que se recupere? –le preguntó a Cole cuando él llevó en brazos a Katy al coche. El teniente Higgins seguía con ellos, preocupado.

–Muy pocas, ha dicho el doctor –contestó Cole con voz crispada.

–A veces sucede un milagro –insistió el teniente–. Yo he visto unos cuantos en mis veinte años como policía.

–Espero que tenga razón –dijo Lacy con fervor–. ¡Oh, pobre Katy!

–¿Es usted consciente de que no está en condiciones de testificar? –le preguntó Cole al oficial de policía de camino al tren.

–Desde luego. Pero, si su estado mejorara, nos gustaría que nos lo notificaran.

–Espero poder hacerlo –contestó Cole–. Tal vez baste con que esté en casa.

–¿Y el hombre que disparó? –preguntó Lacy con curiosidad.

–Ah, el habilidoso señor Wardell –Higgins sonrió–. Supongo que saldrá bajo fianza en cuanto abran las puertas de la prisión, por la mañana. Es rico... y tiene muchos amigos en el ayuntamiento. Despreciaba a Marlone. Wardell puede ser un mafioso, pero es un mafioso honorable. Odia las drogas.

Cole se quedó paralizado.

–¿Las drogas?

–¿No lo sabía? –preguntó el teniente. Esperó hasta que Lacy captó el mensaje y se adelantó. Después se detuvo junto a Cole–. Marlone estaba enganchado. Se dedicaba a toda clase de perversiones con las mujeres. Wardell estaba enamorado de la señora Marlone. Aunque él mismo dijo que ella había bebido unas cuantas copas y no sabía muy bien lo que hacía, él estaba loco por ella. Dijo que Marlone le había dado una paliza brutal unos días antes. Anoche, ella estaba achispada y él perdió el control. Marlone no les sorprendió. Estaba allí, se había escondido para mirarlo.

–Dios mío –masculló Cole, enfermo por la sordidez de aquel asunto–. ¿Lo sabía Katy?

–No se enteró hasta después. Ninguno de los dos se enteró. Wardell saltó de la cama gritando que iba a matarlo. Marlone agarró su pistola e intentó dispararle, pero Wardell fue más rápido –miró a Cole a los ojos–. Lo que ha pasado es horrible, pero su hermana es sólo la víctima. Hacía lo que Marlone le decía porque la tenía aterrorizada. Él estaba tan drogado que no le importaba matar a la gente. Su hermana seguramente temía que matara a alguno de ustedes si les pedía ayuda. No la culpe.

–Es mi hermana –contestó Cole, mirando la cara delgada e inexpresiva de Katy–. La quiero.

–Seguramente Wardell la buscará –dijo Higgins–. Pregunta por ella constantemente. Se siente responsable.

–¿Un mafioso con conciencia? –dijo Cole, burlón.

–Un hombre enamorado –repuso Higgins con calma–. Hace mucho tiempo que lo conozco. Nunca lo había visto así. Está destrozado. Intentó apartarla de Marlone, pero a ella le daba miedo irse.

–Dijo usted que a la madre de Marlone tuvieron que sedarla. ¿Se pondrá bien?

–Tiene familia en Italia. Imagino que ahora volverá allí. Nunca le ha gustado este país.

–Para algunas personas, no es sano –dijo Cole. Lo que acababa de descubrir hacía que le diera vueltas la cabeza.

Alcanzaron a Lacy, que tenía el ceño fruncido.

–Ha dicho usted que Danny tomaba drogas. Katy no las tomaba, ¿verdad? –preguntó, abatida.

–Estoy seguro de que no, señora –contestó el policía galantemente–. No tenía marcas de aguja.

–Gracias a Dios –musitó Lacy con los ojos fijos en el semblante de Katy–. ¡Mi pobre Katy!

–Les deseo lo mejor –dijo el teniente mientras los veía montar en el tren. Cole llevaba en brazos a Katy–. Nos mantendremos en contacto.

–Gracias –dijo Cole sinceramente–. Si alguna vez pasa por Texas, siempre tendrá un sitio donde quedarse.

El otro sonrió.

–Siempre he soñado con ser un vaquero. Aunque imagino que no será tan emocionante como lo pinta Zane Grey.

Cole sonrió.

–No, a no ser que le gusten la sangre, el sudor y las coces de las vacas.

–Eso me parecía. Que tengan buen viaje –hizo una pausa–. En cuanto a Wardell...

Cole vaciló. Quería mandar al diablo a Wardell. Pero aquel hombre había intentado ayudar a Katy cuando nadie más lo había hecho. Y él sabía por experiencia cuánto dolía querer a alguien que parecía inalcanzable. Suspiró con desganada resignación.

–Dígale que puede llamar. Tiene mi número. Pero sólo hablará conmigo. ¿Entendido?

–Muy bien –respondió Higgins–. Pobre diablo. No puede remediarlo. Es una lástima que sea un hombre respetable, con el cerebro que tiene. Adiós.

Katy no se movió durante todo el trayecto hasta el apeadero de Spanish Flats. Lacy durmió, acurrucada contra Cole, y él dormitó intermitentemente. Ella le había hecho preguntas, pero él no había dicho gran cosa. No quería que lo supiera todo por el momento.

Las preocupaciones se agolpaban en su cabeza. La salud de su madre, el enfrentamiento con Ben, el embarazo de Faye, el estado de Katy... Y, además de todo eso, su situación financiera, que empeoraba de día en día, a medida que bajaban los precios del ganado. Cerró los ojos y rezó en silencio. Nadie excepto Dios podía sacarlo de apuros.

Marion salió al porche cuando oyó llegar el coche. Cole y Lacy llegaron con Katy. Hacía tiempo que era de día y habían aceptado que un vecino que había ido al pueblo a recoger su correo los llevara en coche. Marion apenas había dormido, a pesar de los cuidados de la pequeña Faye.

–¡Katy! –exclamó angustiada al ver el rostro pálido y la mirada perdida de su hija–. ¡Cole! ¿Qué le ha pasado?

–Está conmocionada –dijo Cole al instante–. Necesita mucho descanso y mucha paz, y se pondrá bien. Vamos a llevarla a su cuarto.

–He hecho su cama –dijo Marion–. ¡Oh, mi pobre niña! –tocó el pelo de Katy, pero su hija no se movió, ni siquiera cuando la tendieron sobre la colcha de la cama. Cole le puso una almohada bajo la cabeza y los tres se quedaron mirándola, llenos de preocupación.

–¿Dónde está Turco? –preguntó Cole.

–En el establo. No, lo oigo venir –dijo Marion, y sonrió mientras el capataz avanzaba por el pasillo–. Estaba tan emocionado porque Katy iba a volver a casa como yo. Y no es que no sintamos lo de Danny, por supuesto –añadió, compungida–. ¿Volverá Katy para el funeral?

Eso sería un prodigio, pensó Cole tristemente.

Turco entró en la habitación antes de que Cole pudiera contestar. Llevaba el sombrero en la mano y sonreía.

–Así que estás ahí, pequeña... –su sonrisa se desvaneció. La luz de sus ojos se apagó cuando vio a Katy. Se acercó lentamente a la cama y la miró sin decir nada–. Creía que habías dicho que estaba bien –le dijo a Cole con un destello en la mirada.

–Se recuperará –dijo Lacy con terquedad–. Sufrió una conmoción, nada más.

–¿Qué clase de conmoción? –preguntó Turco. Su rostro tenía de pronto una expresión salvaje.

–A Danny lo mataron delante de ella –dijo Cole. No añadió nada más respecto a las circunstancias de la muerte de Marlone. Turco no necesitaba conocerlas. Si no, se volvería loco.

–Qué pena –dijo el capataz en voz baja. Pasó la mano por la cara de Katy con doloroso anhelo. Hacía tanto tiempo que no la veía... Había revivido aquella tarde con ella cada noche, se despertaba ardiendo de deseo por ella cada mañana, se maldecía por haber dejado que se marchara con Marlone. Ahora había vuelto, pero no estaba allí. Estaba destrozada. Delgada, macilenta y envejecida, sus ojos no parecían ver nada. Sin duda, pensó asustado, aquello no era únicamente una conmoción por haber visto morir a su marido. Él conocía aquella mirada tan bien como Cole. La había visto en las caras de los aviadores que no podían volver a subir a sus aviones. La había visto en los rostros de los soldados que no podían salir de sus camas, aquellos ojos vacuos, aquellas mentes extraviadas...

Se volvió hacia el semblante atormentado de Cole y, al verlo, lo comprendió todo. Intercambiaron una mirada que las mujeres no vieron. Turco sintió un vacío en el estómago. Había algo más. Algo horrible. Miró a Katy y la luz del mundo pareció apagarse cuando comprendió que no se trataba de una simple conmoción.

¡Si él le hubiera impedido marcharse! La inmovilidad de su cuerpo lo aterrorizaba. Sólo su respiración somera la hacía parecer viva.

–¿Dónde está Faye? –le preguntó Lacy a Marion.

–Detrás. Hoy toca colada –contestó Marion.

Lacy asomó la cabeza por la ventana y miró. Allí estaba Faye y dos de las mujeres del rancho, lavando la ropa. Faye sostenía una vara larga de madera; estaba de pie sobre un caldero negro de agua hirviendo, donde había metido las sábanas a remojo y las removía con el pelo húmedo alrededor de la cara. Cerca de ella, dos grandes tinas de agua fría aguardaban para aclarar el jabón y la lejía de las camisas. Había también otra tina de agua jabonosa con una tabla de lavar de madera y metal para restregar la ropa de faena y quitarle la tierra. Detrás de las tinas había dos largos alambres sujetos a robles para tender la colada. Lavar era un trabajo de todo el día, y en el rancho no había aún lavadora. Las mujeres habrían dado un riñón por un lujo como aquél, pero Marion insistía en que las lavadoras eran demasiado caras y se había negado a que Lacy le comprara una. El teléfono, la fontanería de la casa y la electricidad ya pesaban sobre su conciencia.

Faye parecía contenta, a pesar de su trabajo. Lacy sonrió.

–¿Crees que podrá quedarse con nosotros? –le preguntó a Cole–. Su padre no la echará de menos, y está demasiado borracho para cuidar de ella.

–No me importaría –dijo Cole–, pero Ira no querrá ni oír hablar de ello. La quiere, ¿sabes? Borracho o sobrio.

–Supongo que tienes razón –Lacy suspiró.

–Además, ahora tenemos que cuidar de Katy –añadió él, mirando a su hermana con preocupación–. Dios sabe por lo que habrá tenido que pasar todos estos meses. Está tan delgada...

–Mi pobre niña –dijo Marion en voz baja, con lágrimas en los ojos–. Qué noche tan terrible habrá pasado.

–Se pondrá mejor –dijo Lacy con convicción–. Espera y verás.

–Espero que tengas razón –dijo Marion. Pero parecía acongojada.

Turco no había dicho una palabra. Miró una última vez a Katy y salió de la habitación. No soportaba su quietud un minuto más. No se había dado cuenta de que la quería hasta que la había visto en aquel estado. Qué ironía, pensó, que lo supiera ahora, cuando seguramente era ya demasiado tarde.

En Chicago, Blake Wardell salió en libertad a primera hora de la mañana, cuando aún había poco tráfico en las calles. Necesitaba afeitarse y tenía los ojos inyectados en sangre. A su lado, su abogado hablaba, pero él apenas le escuchaba.

–... un caso claro de defensa propia –masculló el abogado–. Todo el mundo sabe que Marlone era un drogadicto y un pervertido. Pero si la mujer se recupera y testifica...

–No –Wardell lo miró con ira–. Déjala al margen. Iré a la cárcel si es necesario, asumiré la condena por asesinato si hace falta, pero a ella déjala completamente al margen. Soborna a quien tengas que sobornar, pero que su nombre no aparezca en los periódicos.

–Habrá que sacar a mamá Marlone de la ciudad –dijo el abogado pensativamente.

–Mándala a Italia en un barco –dijo Wardell–. Hoy mismo. Luego busca a los chicos de la oficina del forense y a los policías que atendieron el aviso. Gánate su simpatía, úntales la mano. Pero que mantengan el pico cerrado. Y habla en persona con los dueños de esos periódicos.

–Te estás arriesgando.

–Tomaría veneno por ella –dijo Blake con voz ronca–. Vete a casa. Quiero ver a Higgins.

El teniente estaba en su despacho y no se sorprendió cuando Wardell entró, fornido, moreno y extrañamente abatido.

–Tenga –dijo, y le dio un trozo de papel sin que Wardell se lo pidiera–. Es el número de teléfono del hermano. Dijo que podía llamar, pero que sólo hablaría con él. No se lo ha contado todo a la familia. Probablemente nunca lo hará.

–¿Cómo está ella? –preguntó Blake en voz baja.

–Mal –contestó Higgins sin rodeos. Wardell era muy capaz de asumir cualquier cosa que la vida arrojara en su camino, hasta la pérdida de la mujer a la que adoraba–. Nadie sabe si ha perdido la razón o no, pero su hermano no permitirá que la internen.

–Yo tampoco. ¿Su familia está bien situada?

–No lo sé. Son rancheros. Supongo que no.

–Todo lo que necesiten –dijo Blake–. Lo que sea. Médicos, dinero, enfermeras... cualquier cosa.

–Dígaselo a él. Pero no espere que acepte su ayuda. Tiene más orgullo que el mismísimo demonio.

Wardell sonrió levemente. Aquello le resultaba familiar.

–Está bien. Hay otros modos. Conozco a banqueros en todas partes.

–No me sorprende –Higgins se levantó–. Si hace algo ilegal, procure que yo no lo sepa. Bastantes líos tiene ya.

–¿Usted cree?

Higgins se encogió de hombros.

–La verdad es que no. Marlone era una alimaña. Se lo tenía merecido. Ningún jurado en su sano juicio lo condenará. Conozco a varias damas que bailarían sobre el ataúd de Marlone y que serán excelentes testigos.

Wardell miró el trozo de papel y casi lo acarició. Su único vínculo con Katy. Era la cosa más preciosa que poseía. Miró a Higgins.

–Se lo dijo usted, ¿verdad? –el teniente asintió con la cabeza–. Y aun así me dio su número de teléfono.

–El señor Whitehall es un caballero –dijo Higgins–. E imagino que también un observador muy agudo de la naturaleza humana. Verá, le dije lo que sentía usted por la señora Marlone.

Wardell se rió con voz hueca.

–Para lo que va a servirme... Está ese otro tipo del rancho –dijo con ojos apagados–. Ella no hablaba de otra cosa. Anoche estaba ebria y yo me aproveché. Pero ella ni siquiera me reconoció cuando se desmayó... –cerró los ojos y volvió la cara, acongojado.

–Wardell...

Blake esperó un momento, pero no lo miró.

–¿Qué?

–Conviértase en un hombre honrado –dijo Higgins–. Las malas compañías lo están echando a perder. Con un cerebro como el suyo, podría ser gobernador.

–Creía que había dicho que me convirtiera en un hombre honrado –contestó Blake con ironía. Salió y cerró la puerta con sigilo a su espalda. Higgins sonrió tristemente y sacó el archivo de su siguiente caso.

El viaje a San Antonio fue largo y angustioso. Durante todo el trayecto, Jessica no dejó de quejarse, rabiosa, del trato que había recibido.

–Y tú te quedaste ahí y les dejaste que me restregara por el suelo –chillaba–. ¡Ni siquiera eres un hombre! No me importas nada, Ben. Sólo te he hecho caso porque papá te necesitaba.

–Papá ya no lo necesita –dijo Randolph cansinamente desde el asiento de atrás. Sus sueños malogrados le habían dejado un regusto amargo en la boca–. Su cuñada va a echarme del negocio. Me sugirió que salvara los trastos mientras aún estaba a tiempo. Me sonó como un consejo. Voy a cerrar el periódico y volveremos a Nueva York. Lamento que esto haya acabado así, Ben. No sabía que la señora Whitehall tuviera tanta influencia.

–Yo tampoco –contestó Ben en voz baja. Lacy nunca hablaba de su tía abuela en el rancho, ni de que hubiera heredado nada de ella, excepto la casa de San Antonio. Para no herir el orgullo de Cole, pensó con amargura. Todo lo que hacía Lacy era por Cole.

–¿Qué vas a hacer? –preguntó Randolph.

–Me iré a París –contestó Ben bruscamente. El saber lo que Jessica sentía por él en realidad apenas había escocido su orgullo. Tal vez incluso se mereciera lo que le estaba pasando. Había hecho sufrir tanto a Faye y a su madre que se merecía mucho más. Hasta había herido a Lacy y a Cole, a pesar de que ahora parecían más unidos que nunca.

–¿Vas a unirte a la Generación Perdida? –preguntó Jessica, burlona–. ¿Qué te hace pensar que te aceptarán?

Él la miró con frialdad.

–A algunas personas les gusto por mí mismo.

–¿A la rubita? Siempre puedes volver con ella.

¿Podía, en realidad? Faye lo había querido. Pero no creía que pudiera seguir queriéndolo después de cómo la había humillado esa noche. Pobrecilla. ¿Y si de veras estaba embarazada?

–Ten cuidado por dónde vas, Ben. No quiero tener un accidente de camino a casa –dijo Jessica altivamente.

Él fijó su atención en la carretera. Se iría a París, decidió. Había ahorrado algún dinero. Cole no le dejaría acercarse al rancho, ni siquiera para ver a su madre enferma. Gruñó para sus adentros. Marion se estaba muriendo y él casi le había provocado un ataque al corazón por llevar a aquellos depredadores a su casa, a una fiesta en la que ella había arriesgado su salud. Parecía estropear cuanto tocaba. El exilio no era mala idea. Nadie lo echaría de menos, pensó con tristeza. Si podía encontrarse a sí mismo, quizá pudiera recomponer su vida.

Miró a Jessica y quedó impresionado al darse cuenta de que lo único que había sentido por ella era excitación física. Lo habían estado utilizando. Lacy se había dado cuenta enseguida. ¿Por qué no se había dado cuenta él?

Le dieron ganas de ponerse a gritar. Lo había complicado todo. Se preguntaba si alguna vez podría corregir sus errores.

–Tienes que decirme la verdad –le dijo Marion a Cole. Su madre lo había seguido hasta el porche–. Tengo que saber por qué está así.

Él la miró con silenciosa angustia.

–No puedo.

Los ojos de Marion comenzaron a empañarse.

–Oh, Cole. ¿Tan terrible es?

–Sí –él apartó la mirada y la fijó en el establo, adonde se había ido Turco. Luego volvió a mirar a su madre. Siguió mirándola hasta que por fin dijo con reticencia–: Mamá, los médicos no saben cuánto tardará en recuperarse. Si se recupera –añadió en voz baja. Marion contuvo el aliento y se agarró el pecho–. ¡Oh, Dios! –exclamó él–. Madre, lo siento –la levantó en brazos y la llevó a la casa–. Lo siento, madre. No debería habértelo dicho.

–Me siento como si... como si tuviera un caballo sentado sobre el pecho. ¿No es gracioso? –apenas podía respirar–. Soy yo quien lo siente... Soy una carga para ti... –las lágrimas desbordaron sus ojos.

–No seas absurda. Si alguien tiene derecho a disgustarse, eres tú. Bien sabe Dios que estos últimos días han traído tantas preocupaciones como para destrozar a una persona sana –la dejó tumbada y fue a buscar sus píldoras mientras alguien llamaba a Lacy para que se quedara con ella.

Pero la píldora no funcionó. Tampoco funcionaron dos. Lacy se levantó, llamó al hospital y habló con el médico de Marion.

–Tenemos que llevarte a la ciudad, Marion –le dijo suavemente–. Vamos, no llores –suplicó–. No podemos dejar que sufras así. Cole, ¿puedes traer el coche?

–Claro.

Él fue en busca del coche, pero se tomó un minuto para buscar a Turco, que estaba apoyado contra la pared del establo, pálido como papel de arroz y con la mirada perdida.

Cole lo agarró de la chaqueta vaquera y al zarandearlo estuvo a punto de tirar al suelo su Stetson negro.

–Despierta. Te necesito –dijo escuetamente–. Creo que a mi madre le está dando un ataque al corazón. Vamos a llevarla al hospital. Ve a quedarte con Katy hasta que vuelva.

Turco tenía una mirada llena de angustia.

–Se ha ido –dijo con voz áspera–. Es una muerta que respira. Y es por mi culpa. Todo es por mi culpa. Podría haberla detenido con una sola palabra... ¡y fui demasiado egoísta para decirla!

Cole volvió a zarandearlo.

–Éste no es el momento –dijo con energía–. Vamos.

Lo sacó del establo y lo empujó hacia la casa. Turco echó a andar, pese a que su mente apenas funcionaba.

Cole y Lacy montaron a Marion en el coche y partieron a toda velocidad hacia la ciudad.

Faye había salido de la casa para ver qué ocurría.

–¿Puedo hacer algo? –le preguntó a Turco, y arrugó el ceño al ver su semblante entristecido.

–No. No, gracias. Voy a quedarme con Katy. Haz... haz lo que estuvieras haciendo, Faye.

–Claro.

Ella se marchó, pero miró indecisa por encima del hombro cuando él desapareció en el interior de la casa.

Katy estaba en la misma posición en la que Turco la había visto, con los ojos abiertos y ciegos. Respiraba muy suavemente.

Turco se sentó en la cama, a su lado, acercó la mano grande y encallecida a su cara delgada y la acarició con temblorosa ternura.

–¿Qué te he hecho? –preguntó con voz entrecortada y el corazón acongojado–. Te dejé marchar y mírate. Debí detenerte, Katy. Debí escuchar a mi corazón y no a mi cabeza.

Ella no parecía oírle. Ni un solo músculo de su cuerpo se movía.

Pero Turco no podía callarse. Ya había guardado silencio demasiado tiempo. Se inclinó hacia ella para verla desde más cerca, para que su cara llenara los ojos ciegos de Katy.

–Escucha –musitó–, no puedes hacerte esto a ti misma. Marlone no merecía la pena. Era un maníaco, un loco, y los dos sabemos que sólo te casaste con él por mí. Nunca lo quisiste. No te destruyas por él.

Un estremecimiento recorrió el cuerpo enflaquecido de Katy y él contuvo el aliento. ¡Lo había oído! Tenía que haberlo oído.

–Katy... –dijo con suavidad. Pasó el pulgar por su boca, trazando suavemente sus contornos resecos–. Mírame, cariño.

Aquella palabra le salió de manera natural. Apenas era consciente de lo que había dicho. Pero los párpados de Katy vibraron y ella se movió.

–Eso es –murmuró él. La miró a los ojos y vio lentamente el primer indicio de conciencia en ellos.

Katy parpadeó. Todo comenzó a volver, y gimió, angustiada.

–¡No!

Él le apretó los labios con fuerza para acallarla.

–Estoy aquí –dijo–. Estoy aquí, a tu lado. Nada ni nadie va a hacerte daño mientras me quede un último aliento. ¿Me oyes, pequeña?

Ella tragó saliva. Tenía los ojos dilatados, aterrorizados.

–Él... estaba allí –logró decir con voz ronca–. Mirando –cerró los ojos. Las lágrimas corrieron por sus mejillas–. Danny... Toda esa sangre... –comenzó a sollozar–. No me toques. ¡Soy sucia! ¡Sucia! Soy una ramera, como decía Danny cuando me pegaba. Dijo que no era virgen, que me merecía todo lo que me estaba pasando.

Turco tembló de rabia. La tomó en brazos y la apretó, angustiado.

–No eres ninguna ramera –le dijo al oído, sintiéndose culpable de nuevo. Él le había arrancado su virginidad. ¿También la había hecho pagar Danny por eso?–. No eres sucia.

–Me acosté con Wardell... –dijo ella con voz ahogada, y sintió que el cuerpo de Turco se tensaba de pronto–. Danny me decía que saliera con él, me amenazaba si no me portaba bien con Wardell. Me pegaba, me hacía daño. Pero Blake Wardell me quería, me quería tanto... ¡Tanto! Estaba borracha. Él me deseaba y era tan dulce sentirse amada, olvidar lo que Danny me había hecho... –se estremeció, febril.

Turco siguió abrazándola mientras luchaba, ciego, con el arrebato de celos que le causaban sus palabras. Por alguna razón, era mucho peor que ella se hubiera acostado con aquel mafioso, además de con Danny Marlone.

–Wardell me llevó a la cama y después apareció Danny. ¡Nos había... nos había visto! Blake estaba furioso. Fue tras él. Danny sacó su pistola. Hubo disparos... –Katy se estremeció, indefensa–. Danny murió. Estaba allí tendido, en medio de su propia sangre, y sus ojos abiertos me miraban... –jadeó buscando aire–. ¡Quiero morir! Déjame morir. ¡No puedo vivir con esto! –luchó por desasirse. Sus ojos volvían a estar ciegos, pero ciegos de ansias de autodestrucción.

Turco también conocía aquella reacción. Había tenido que impedir que Cole se matara en Francia, al saber lo terribles que eran sus heridas. Katy lo intentaría. Él comprendió sin que nadie se lo dijera que de allí en adelante habría que vigilarla constantemente, hasta que fuera capaz de afrontar lo ocurrido. Con su educación, el horror sería aún peor. Pero aquello no escandalizó ni asqueó a Turco, que la conocía muy bien. Ni siquiera el hecho de que Danny la hubiera empujado en brazos de otro hombre. De algún modo dominaría sus celos. Pero si pudiera estar seguro de que Katy no se había enamorado de Wardell... Dios sabía que podía haber ocurrido. Danny había sido cruel con ella. Wardell la había querido. Katy no había recibido mucho cariño de los hombres. Tampoco de él. Él le había hecho daño. Danny también. ¿Cómo iba a reprocharle que se hubiera vuelto hacia el primer hombre que le había mostrado un poco de compasión?

–No dejaré que te hagas daño –dijo con firmeza–. Estate quieta.

Llegaron las lágrimas, horribles sollozos que sacudieron el cuerpo de Katy, hicieron palidecer sus mejillas y finalmente la debilitaron por su violencia.

–Estoy segura de que Cole lo sabe –sollozó–. Tienen que habérselo dicho. Se avergonzará de mí. Todo el mundo lo sabrá. El escándalo...

Turco le hizo volver la cara hacia él y la obligó a mirarlo.

–Nadie va a arrojarte a los lobos. Basta ya.

Ella se mordió los labios y eludió su mirada.

–Todo me pareció tan estúpido, todas esas normas y esos altos principios y esa rigidez... Pero ahora comprendo por qué hay normas. Impiden que nos convirtamos todos en animales –cerró los ojos con un leve gemido–. Turco, he sentido tanto miedo... Sólo quiero dormir...

Estaba agotada. Hasta cierto punto, seguramente había sido consciente de todo lo ocurrido. No había querido regresar, pero Turco la había hecho salir de su trance. Ella aceptaba el hecho de que él podía hacerla volver de la tumba. Turco sentía lástima por ella, pero, ahora que lo sabía todo, ya no la querría. Se había destruido a sí misma ante sus ojos. Pero ¿qué importaba? En realidad, él nunca la había querido.

–¿No le contarás a mi madre lo que te he dicho? –suplicó ella de pronto.

–Claro que no.

Katy parpadeó y miró a su alrededor, confusa.

–¿Dónde está mi madre?

–Durmiendo un rato –dijo Turco.

–¿Se encuentra bien? –preguntó ella, preocupada.

–Claro que sí –mintió él–. Anoche dieron una fiesta por el compromiso de Ben. Está agotada.

–Eso, y ahora lo mío –mascculló ella. Se tumbó, derrotada–. Y se está muriendo –añadió con voz mortecina–. Parece que voy a perderlo todo. Pero supongo que me lo merezco.

–No hables así –dijo él en tono cortante.

Ella cerró los ojos para no ver su fría mirada.

–¿Con quién va a casarse Ben? –preguntó al cabo de un minuto.

–Con nadie, ya. Lacy dio un escarmiento a su prometida, una chica de la ciudad, muy esnob. Ben mandó aviso esta mañana de que se va a Francia una temporada. No he tenido tiempo de decírselo a nadie.

–Pobre Ben.

–Pobre Marion –la corrigió Turco. Su novia era una arpía, se rió de todo, desde los muebles a la pobre Faye.

–¿Faye Cameron? –murmuró ella.

–Está... embarazada –dijo por fin.

Katy abrió los ojos.

–¿De quién es el niño?

–De Ben.

–Eso es terrible –dijo Katy con tristeza–. Pobre Faye. Seguramente Ben cree que no es suficiente para él, el muy esnob.

–Cole y Lacy la defendieron. Se las arreglará bien sin Ben –frunció el ceño, preocupado–. Katy... ¿tú estás... bien?

Ella levantó los ojos y dio un respingo.

–¿Qué quieres decir?

Una mano grande y pesada se posó suavemente sobre su estómago plano y descansó allí. Los ojos de Turco formulaban una pregunta que sus labios no lograban articular.

Ella apartó la mirada.

La mano de Turco se hizo más pesada y cálida.

–Katy –dijo con suavidad–, quiero saber si estás... embarazada, de mí.

Ella cerró los ojos. No podía decírselo. No podía...

–Por favor –musitó él con semblante fatigado. La hizo volver la cara y la obligó a mirarlo–. Katy...

Ella tragó saliva, llena de angustia. No quería que él lo supiera, pero ya no podía mentir más. Llevaba demasiado tiempo callándolo.

–Danny me tiró por las escaleras la primera vez que me pegó –tuvo que obligar a las palabras a salir de su garganta y no pudo mirarlo al añadir–: Perdí el niño que esperaba.

Él gruñó ásperamente y se levantó. Apoyó las manos en el alféizar de la ventana y miró por el cristal, hacia el horizonte. La había dejado embarazada. Ella había perdido el bebé y había pasado por un infierno, todo porque él no había podido dejarla intacta. Antes de su marcha, Katy era una muchacha dulce e inocente, una virgen, y Turco apenas podía asumir lo que le había hecho. Si él hubiera conservado la cabeza, ella nunca se habría ido con Marlone. ¡Maldito Marlone! Le había pegado, le había hecho perder al bebé. Turco maldijo en silencio, con la cara rígida por el dolor y la rabia. ¡Maldito Marlone! Si algún hombre merecía una bala...

–No pasa nada, ¿sabes? –dijo ella cansinamente–. Habría sido otra complicación. Fue culpa mía, de todos modos... Te perseguía, prácticamente me arrojé en tus brazos el último día. Nunca te he culpado. Sólo he tenido lo que me merecía, por ser tan frívola y tan rebelde.

–No puedo creer lo que estoy oyendo –dijo él con voz

entrecortada–. Te arrebaté tu castidad, te arrojé en las garras de ese maníaco asesino, te has visto envuelta en un asesinato... Te dejé embarazada... ¿Y no me culpas? –se dio la vuelta con la cara crispada y los ojos desprovistos de emoción–. Pues yo sí me culpo, Katy. Me culpo por haber estado ciego, por haber sido un egoísta y un cobarde, por no haberme enfrentado a Cole y haberle dicho que no tenía derecho a decirme lo que tenía que hacer respecto a ti. Me dijo que guardara las distancias y lo hice... por lealtad hacia él. Pero se equivocaba. Se equivocaba del todo. Si no hubiera sido por el esfuerzo que me costó mantenerme alejado de ti todo ese tiempo, no me habría sentido tan consumido por el deseo, no habría perdido el control ni te habría forzado de esa manera.

–No me forzaste –protestó ella, sonrojándose.

–Demonios, sí te forcé –contestó él–. No eras más que una niña, pero yo sabía lo que podía ocurrir. Te comprometí.

Ella ladeó la cabeza sobre la almohada y dejó escapar un pequeño suspiro.

–Hacen falta dos para cometer un pecado, Jude –dijo, sin darse cuenta de que había usado su nombre–. Pensé que, si me entregaba a ti, me querrías. Pero no fue así. No puede uno forzar a la gente a que lo quiera.

–Katy... –él se acercó a la cama y buscó las palabras adecuadas.

Katy levantó la mirada y creyó entender su expresión.

–¿Me quieres? –preguntó con una risa suave y cínica–. No me hagas esto –dijo, abatida, y cerró los ojos–. No necesito tu compasión, Turco. No hace falta que ahora finjas que me quieres, cuando los dos sabemos que antes no me querías. Déjalo estar. De todos modos, no creo que nunca más vuelva a querer que un hombre me toque. La sola idea me pone enferma.

Y así era. No era una broma. La noche anterior había sido traumática. Había ido contra todos sus principios al acostarse con Wardell, en parte por miedo a Danny, por piedad y por deseo hacia Wardell, por los efectos del alcohol y por la necesidad de cerrar los ojos y dejarse amar. La impresión de encontrarse a Danny viéndolo todo, y la violencia de su muerte, había quebrado algo dentro de ella. La idea del sexo le daba náuseas.

–Todavía es pronto –dijo Turco pasado un minuto, aunque tenía los ojos velados–. Algo así no se supera de la noche a la mañana.

–Supongo que no –ella se tapó los ojos con las manos–. Pobre mamá –musitó–. Qué escándalo. Ben y ahora yo...

–Tu madre es humana –contestó Turco–. Cole le ha ocultado casi todo. Sólo sabe que Danny ha muerto. Nada más. Cole no le ha contado a nadie lo que ocurrió, ni siquiera a mí.

Ella se enjugó los ojos húmedos y volvió la cara hacia la almohada. La deshonra sería absoluta cuando salieran los periódicos. Inevitablemente, algún vecino de Spanish Flats se enteraría. ¡Todo el mundo lo sabría!

–No, Katy –dijo él con voz áspera. Le dolía verla así. Y el bebé... Si se paraba a pensar en eso, se volvería loco.

–He arruinado mi vida –susurró ella–. Y el honor de mi familia. Lo he destruido todo.

–Tú eres más víctima que nadie –dijo él, y se detuvo junto a la cama para mirarla. Hizo una mueca al recordar lo que ella había dicho sobre las palizas de Danny.

–¿Sí? –dijo ella fríamente–. Vivía con un hombre que quebrantaba todas las leyes, he cometido adulterio, bebía sin parar... He vivido entre mafiosos y hasta conozco a personas que han cometido asesinatos. No soy una buena persona.

Turco se inclinó sobre ella y alisó su pelo revuelto.

–Eres simplemente Katy –dijo suavemente.

Ella lo miró a los ojos.

–No soy nada en absoluto. No quiero tu compasión. No quiero nada de ti.

La mano de Turco se detuvo.

–Eso cambiará –dijo, pero apartó la mano.

–No, no cambiará –contestó ella–. Me he portado mal. Y ahora tengo que pagar por ello.

–Estás traumatizada –dijo él, negándose a escucharla–. Lo superarás. Te llevará algún tiempo, nada más. ¿Qué te parece si intentas comer algo?

–Comer me daría náuseas –contestó ella. Cerró los ojos de nuevo–. Sólo quiero dormir. Por favor, déjame sola.

–Sólo si juras sobre la Biblia que no harás ninguna estupidez.

Ella lo miró fijamente.

–¿Como saltar por la ventana?

Él asintió con la cabeza.

–Eso o cualquier otra forma de autodestrucción –entornó los ojos amenazadoramente–. Debes tener en cuenta que ahora mismo tu madre no puede soportar mucho más.

–Lo sé –contestó ella. Cerró los ojos–. No la haré sufrir más –dijo cansinamente.

–Buena chica –Turco se acercó a la puerta–. No estaré lejos. Llámame si necesitas algo.

–Cole se ha ido, ¿no tienes trabajo que hacer?

–Me dijo que te vigilara.

–Entiendo.

–No, no lo entiendes –dijo él con los dientes apretados, enfurecido por su tono y su tenaz negativa a creer que la quería–. Estaré aquí cerca. Intenta dormir.

–Claro –Katy cruzó las manos sobre su vientre y cerró los ojos, llenos de lágrimas que no quería que él viera. El hijo de Turco había yacido allí, bajo su corazón, y Danny lo había matado al arrojarla por las escaleras. Él no había sabido que estaba embarazada hasta que perdió al bebé, y entonces pensó que era suyo. Pero no le había importado especialmente. De no haber sido por Wardell, seguramente ella hubiera muerto después del aborto. Habría muerto de tristeza. Después empezó a beber por pura angustia. La ternura y la compasión de Wardell la habían sorprendido. Pero ella sabía que no debería haber sido así. Wardell la quería. Qué terrible ironía. Wardell la amaba. Ella amaba a Turco. Y Turco amaba a... a su difunta esposa, suponía Katy. Fueran cuales fuesen sus sentimientos, no quería la piedad que él le ofrecía, ni su pretendido cariño. Lo único que quería era dormir.

Turco se sentó en silencio en el cuarto de estar y se enfrascó en sus pensamientos hasta que Cole y Lacy volvieron a casa. Iban solos y tenían una expresión amarga.

–La han ingresado en el hospital –dijo Cole–. Pero no está grave, gracias a Dios. Puede que, si mejora, esté en casa a fines de esta semana. En todo caso, la tendremos en casa antes de Navidad –no añadió lo que todos sabían: que Acción de Gracias había sido poco más que una cena, sin celebraciones, debido al torbellino que se había apoderado de la familia. Los Whitehall se estaban deshaciendo.

–Bien.

Turco tenía una expresión extraña. Estaba pálido y un poco tembloroso.

–¿Te encuentras bien? –preguntó Cole, preocupado.

–Katy despertó mientras estabais fuera –contestó él, fatigado.

–¿Está consciente? –exclamó Cole, y los ojos de Lacy se llenaron de lágrimas–. ¡Gracias a Dios!

–Gracias a Dios –repitió Lacy, abrazándose a Cole–. ¡Vamos a hablar con ella!

–Está dormida –dijo Turco–. Dejadla descansar un poco. Se pondrá bien en cuanto salga de la depresión.

–Los médicos dijeron que nunca volvería a ser la misma –dijo Cole con pesadumbre–. Rezaba por que se equivocaran.

–Todos rezábamos –dijo Lacy–. ¡Todavía hay milagros! ¿Lo sabe Faye?

–No. Sigue fuera –dijo Turco–. Podrías decírselo tú...

–¡Sí, claro! –Lacy se empinó para besar a Cole en la mejilla y salió alegremente. Cole comprendió entonces que pasaba algo más, algo de lo que Turco no quería hablar delante de Lacy.

–Está bien. Ya se ha ido. Habla –dijo con calma.

Turco evitó su mirada.

–Estaba embarazada –dijo con voz desprovista de emoción, como si ya no tuviera fuerzas.

Cole comenzó a maldecir.

–Qué mala suerte. Ahora tendrá un recuerdo permanente de ese repugnante drogadicto.

–¿Drogadicto? –preguntó Turco.

–Danny se pinchaba. Y no sólo eso: era un pervertido –contestó Cole lisa y llanamente–. ¿Qué siente ella respecto al niño?

–Lo perdió –dijo Turco–. Él la pegó y ella se cayó por las escaleras.

El rostro de Cole se ensombreció, lleno de rabia. Siguió maldiciendo hasta tal punto que Turco se alegró de que las mujeres no pudieran oírle.

–Es aún peor –dijo Turco. Levantó la barbilla, con la mirada llena de odio hacia sí mismo. Sonrió con insolencia, confiando en que Cole se enfureciera hasta el punto de agredirlo. Quería que alguien le diera una paliza–. El niño era mío.

Pero Cole no lo agredió. Sus ojos oscuros escudriñaron los de Turco.

–¿Por eso se fue?

–No –Turco se pasó la mano por la mandíbula–. No, se fue porque me quería. Yo perdí los estribos. Hacía tanto tiempo que la deseaba y ella... –no tenía valor para culpar a Katy de nada, para insinuar siquiera que su vulnerabilidad y su adoración le habían hecho perder la cabeza–. Sencillamente... no tuve fuerzas. No comprendí a tiempo lo que sentía por ella y, cuando volví en mí, era ya demasiado tarde. Pensé que seguramente ella me odiaba, así que no intenté impedir que se fuera con Marlone.

Hubo un momento de tensión mientras Cole lo miraba

fijamente, comprendiendo por fin que nada de lo que dijera cambiaría ya nada. Turco había traicionado su confianza, pero, por su expresión, sabía que no lo había hecho deliberadamente. Fuera lo que fuese lo que Turco sentía por Katy, tenía que ser muy poderoso para que se sintiera tan desgraciado.

–¿No quieres pegarme? –preguntó Turco en tono cortante–. Bien sabe Dios que tienes todo el derecho.

Cole sacudió la cabeza.

–No has sido el mismo desde que Katy se fue –Cole hizo una mueca al mirarlo a la cara–. La culpa es mía en parte. Pero eras un mujeriego y yo sabía que no habías superado la muerte de tu esposa. No quería que Katy sufriera –se rió con frialdad–. Tiene gracia, ¿no? Intenté ahorrarle sufrimientos y sólo le he causado dolor.

–Hiciste lo que creíste mejor para ella –contestó Turco con calma–. No puedo reprochártelo. Seguramente tenías razón. Pero ahora todo es distinto, incluido lo que siento por Katy.

–Eso podrías decírselo a ella –dijo Cole con suavidad.

Turco lo miró con angustia.

–He intentado decírselo. Pero cree que es sólo piedad. No me creerá.

Antes de que Cole respondiera, regresó Lacy.

–Se lo he dicho a Faye. Va a recuperarse, ¿verdad? –añadió, preocupada.

–Claro que sí –dijo Turco con convicción–. Todavía está muy disgustada y se culpa por un montón de razones estúpidas. Pero creo que con el tiempo se pondrá bien –hizo una mueca–. Dios Todopoderoso, no tendrá que volver a testificar, ¿verdad? –añadió al recordar las sórdidas circunstancias de la muerte de su marido.

–No –contestó Cole secamente–. La esconderé, si es necesario. Bastante duro será cuando la prensa se entere. Apuesto a que los amigos periodistas de Ben se echarán sobre nosotros en cuanto se corra la voz.

–Ben se ha ido a París –dijo Turco–. No he tenido tiempo de decíroslo. Mandó un mensaje con un vecino. «Siento mucho los problemas que os he causado. Me voy a París», eso es todo lo que decía.

–Es igual –dijo Cole–. Le dije que no podía volver. No se enterará de lo de Katy a no ser que lo lea en el periódico.

–Será terrible para ella que se sepa –dijo Turco, indignado.

–A mi madre tampoco le hará ningún bien –contestó Cole. Se quitó el sombrero y lo lanzó al sofá–. Qué lío tan espantoso.

–Amén.

Lacy se quitó el abrigo.

–Voy a preparar café y algo de almuerzo. Katy seguramente se pasará el día durmiendo.

–Iré a ver si Faye tiene hambre.

Comieron en medio de un silencio melancólico. Cole y Turco se fueron a trabajar, pero no sin que antes Turco los advirtiera del estado de confusión mental en el que se hallaba Katy. Los avisó de que no la dejaran sola ni un minuto y así se lo hizo prometer a las mujeres antes de marcharse. Faye y Lacy se turnaron para cuidarla, pero Katy no se había despertado aún cuando Cole entró en su cuarto, ya anochecido.

Cole se estaba aseando cuando sonó el teléfono. Lacy contestó, pero la operadora preguntó por Cole.

Lacy fue a buscarlo y se preguntó por qué parecía tan preocupado.

–Whitehall –dijo él en tono cortante, con la esperanza de no tener que decirle al teniente de policía que Katy había vuelto en sí. No podía permitir que regresara a Chicago y volviera a complicarse con aquella gente.

–Usted no me conoce –dijo una voz profunda y huraña–. Sólo quería saber cómo está Katy.

Cole comprendió al instante quién era. Aquel mafioso tenía agallas, eso había que reconocerlo, por llamar para preguntar por Katy, dadas las circunstancias. Pero a su modo se había portado bien con ella, de modo que Cole sofocó su ira.

–Hoy le ha dicho unas palabras a mi capataz. Ahora está durmiendo.

–Gracias a Dios. Es lo mejor, que duerma. Qué embrollo tan sórdido...

–Esta línea es compartida –lo advirtió Cole–. Espere un momento –añadió, y aguzó el oído para asegurarse de que no había nadie escuchando. Por suerte, no sucedía a menudo y, cuando sucedía, era bastante obvio. La línea parecía segura por el momento–. Está bien, prosiga.

–No le entretendré mucho. Escuche, me he ocupado de todo. Nadie va a saber nada. No se filtrará ni una palabra.

–¿Cómo demonios...? –preguntó Cole.

–La gente me quiere. Yo los mantengo en silencio y les devuelvo el cariño –contestó Wardell con sorna–. No pregunte. Dígale a Katy que yo he dicho que todo está arreglado. Mi abogado dice que me sacará sin problemas. Ni siquiera Higgins, su amigo, cree que sea necesario que soborne al jurado. Así que dígale a Katy que no se preocupe por nada. Está a salvo. Me he asegurado de ello. No permitiré que su nombre sea mancillado por repugnantes habladurías.

Cole vaciló. Aquel hombre parecía ansioso por proteger a su hermana.

–Katy no puede testificar –dijo.

–¡Demonios, preferiría ir a la silla eléctrica antes que pedírselo! –dijo Wardell con voz ronca–. ¿Por quién me toma?

La opinión de Cole sobre el mafioso dio un giro de trescientos sesenta grados. Si Wardell se preocupaba tanto por Katy, no podía ser tan malo.

–Gracias –dijo por fin.

–Dijeron algo de un sanatorio... –comenzó a decir Wardell con voz ahogada.

–No habrá nada de eso –le aseguró Cole–. Katy va a ponerse bien. Nosotros cuidaremos de ella.

–Usted y el aviador, ¿no? –se rió fríamente–. Sé lo de ese hombre. Katy lloró mucho cuando perdió al niño. ¿Sabe usted lo del niño?

–Lo sé –dijo Cole, incómodo.

–Ella quiere a ese tipo como yo la quiero a ella. Puede que ahora ese tal Turco tenga más sentido común. Si no, métaselo usted en la cabeza. Si la hace sufrir, tendrá que vérselas conmigo.

–No es así –contestó Cole, casi sonriendo al pensar que un mafioso notorio se preocupara tanto por la felicidad de su hermana–. Él nunca le haría daño. No sabía lo del bebé. Está destrozado.

–Debería haberse portado mejor con ella. Mire, tengo que colgar. Si necesita algo, dinero, enfermeras, lo que sea, avíseme. Higgins sabe cómo ponerse en contacto conmigo.

Cole dio un respingo.

–No necesitamos ninguna ayuda.

–¡Usted y su maldito orgullo! –repuso Wardell con voz profunda y malhumorada–. Sé que en la calle ni siquiera me dirigiría la palabra, pero estamos hablando de Katy. Me siento responsable por lo que ocurrió. Dígale que lo siento y que, si alguna vez necesita ayuda, sólo tiene que avisarme. No habrá ataduras. ¿Entendido?

–Le daré el mensaje –dijo Cole, crispado.

–No me haga ningún favor.

El sarcasmo era potente. Cole se calmó.

–Acabo de llevar a mi madre al hospital con un ataque al corazón –dijo con impaciencia–. Mi hermano ha huido a París dejando a una chica embarazada. Katy está medio loca y al aviador lo consume la mala conciencia, se ha bebido media botella de vodka ilegal y está buscando su revólver para volarse la tapa de los sesos en cuanto me descuide. No podría hacerle ningún favor, aunque quisiera.

Hubo una pausa.

–¿Alguna vez ha pensado en escribir una novela de quiosco? –contestó Wardell con sorna.

Cole se echó a reír, pese a sí mismo.

–Váyase a robar un banco. Yo ya tengo suficiente sin tener que preocuparme por un mafioso con mala conciencia.

–No soy tan malo –dijo Wardell–. Nunca he robado a un hombre honrado y no suele matar a nadie. Dígale a Katy que tampoco tiene nada que temer de los amigos de Danny. Me he ocupado de esa pequeña complicación.

–¿Y la madre de Danny?

–De camino a Italia. ¿Lo ve? No hay cabos sueltos.

–Es usted muy minucioso –contestó Cole.

–En mi negocio hay que serlo. ¿De veras está bien? Sé que Danny la pegaba mucho. Intenté alejarla de él, pero estaba tan asustada que no quiso irse conmigo. Tampoco lamento lo que le hice a Danny. La habría matado alguna noche que estuviera drogado.

–Yo ni siquiera lo sabía –dijo Cole con pesadumbre.

–Katy decía que iría a matarlo si se enteraba –contestó Wardell–. Y que seguramente Danny lo pillaría desprevenido y haría que sus matones lo llenaran de plomo –vaciló–. Supongo que ese as de la aviación habría hecho lo mismo.

–En un abrir y cerrar de ojos –dijo Cole–. No suele ser tan estúpido. Pero yo compliqué las cosas advirtiéndole que no se acercara a Katy.

–Meterse en la vida de los demás es una estupidez.

–Como sin duda usted sabe muy bien –replicó Cole.

Una risa fría resonó en la línea.

–Sí, exacto. Lástima que Katy no me quisiera. Sería un cuñado estupendo.

–Me pasaría la vida sacándolo de la cárcel bajo fianza, así que es mejor así –masculló Cole. Suspiró profundamente–. No se preocupe por Katy. Y gracias por impedir que su nombre salga a relucir –hizo una pausa–. ¿Su abogado está seguro de que saldrá libre?

–Esto es Chicago –dijo Wardell con indiferencia–. Si no tengo suficiente influencia, tengo amigos que la tienen. Marlone no le era simpático a nadie.

–Katy se recuperará –le dijo Cole–. Estoy seguro de ello. Si sucediera lo peor, Katy podría hacer una declaración sobre lo que ocurrió.

Hubo una tensa vacilación.

–Soy yo quien la metió en eso, ¿recuerda?

–También es quien intentó arrancarla de las garras de Marlone –repuso Cole, imperturbable–. Quiero saber los resultados de la investigación.

El silencio se prolongó.

–De acuerdo.

La línea quedó vacía y Cole colgó.

–¿Quién era? –preguntó suavemente Lacy que, frente a él, lo miraba con curiosidad.

–Wardell.

–¿El gánster? –ella dejó escapar un gemido de sorpresa.

–No es tan malo. Quería a Katy, tanto que ha conseguido que su nombre no salga en los periódicos –añadió.

–Gracias a Dios –susurró ella–. ¡Gracias a Dios! Pero ¿y él?

–Si yo fuera jugador–dijo Cole acercándose a ella–, apostaría el rancho y todo lo demás a favor de Wardell –se rió–. Qué bien hueles –musitó, y se inclinó hacia su boca–. Bésame.

–¡Cole! –protestó ella porque se hallaban en el cuarto de estar. Pero los labios de Cole se posaron suavemente sobre los suyos, perdieron después parte de su suavidad, y ella cedió de inmediato.

Se hallaban en estado febril cuando la puerta principal se cerró de golpe. Turco carraspeó audiblemente.

Cole soltó a Lacy y la vio huir, colorada, hacia la cocina. Él sonrió a Turco.

–Será mejor que telegrafíes a Valentino para decirle que se ande con cuidado –dijo Turco, tambaleándose un poco.

Cole lo miró con enfado.

–Líbrate de ese vodka.

–¿De qué vodka?

–No me vengas con juegos –Cole se acercó–. Deja de preocuparte por Katy. No tendrá que testificar. Su nombre no va a relacionarse con el caso. Su amigo el mafioso se ha ocupado de todo. Dice que preferiría ir a la silla eléctrica antes que pedirle que fuera a testificar por él.

El rostro de Turco se ensombreció.

–Será mejor que se quede en Chicago, si sabe lo que le conviene.

Las cejas oscuras de Cole se arquearon.

–Pareces muy celoso para estar empeñado en morir soltero.

Turco se tambaleó un poco más, sintiendo los efectos del alcohol.

–Katy no puede ser suya. Dile que lo he dicho yo.

–Siéntate antes de que te caigas.

Turco se resistió a los esfuerzos de Cole por llevarlo a una silla.

–No quiero. Tengo que ver a Katy.

Cole conocía aquella tensión de su mandíbula y aquel fuego en sus ojos claros. Para sacar a su amigo de la casa, haría falta una trifulca en toda regla. Era mucho más sencillo dejar que se saliera con la suya.

–Está bien –dijo Cole–. Pero sólo un minuto. Es tarde y todos necesitamos dormir. Lacy y Faye están poniendo la mesa para la cena. Me encargaré de que te hagan café bien cargado –añadió con una mirada cargada de intención antes de dejar a Turco ante la puerta de Katy.

Turco llamó a la puerta de Katy y apenas esperó a que ella murmurara una respuesta para entrar. Una lamparita con pantalla de encaje lucía suavemente junto a la cama; Katy descansaba bajo una gruesa colcha, con un camisón de franela amarillo con el borde de puntilla que cubría sus brazos.

Su pelo largo, que alguien había lavado, se esparcía sobre la almohada. Ella seguía estando muy pálida, pero parecía más llena de vida que esa mañana.

–¿Cómo estás? –preguntó Turco con voz levemente pastosa.

–Bien –Katy, que había visto a muchos hombres borrachos, suspiró. Lo miró con fijeza y sus ojos se demoraron sobre su cuerpo fornido, desde las largas y poderosas piernas a las caderas estrechas y los anchos hombros. Turco poseía la complexión atlética de un vaquero, sin un gramo de grasa en todo el cuerpo. Seguía deleitando la vista de Katy, incluso a pesar de lo que había sufrido. Pero, en ese momento, estaba más desaliñado de lo habitual. Tenía los botones de arriba de la camisa desabrochados sobre el pecho velludo y el cabello rubio le caía sobre la frente. Su aspecto evidenciaba que había estado bebiendo, aunque sus ojos inyectados en sangre o su paso tambaleante no lo hubieran dejado claro.

–¡Oh, Turco! Has estado bebiendo, ¿verdad? –preguntó ella en voz baja.

Él se encogió de hombros.

–Tenía mis motivos.

–Beber no te servirá de nada.

–Eso es lo que tú crees –se acercó a ella, pero, en vez de sentarse en una silla, se sentó en la cama, con la cadera junto a su muslo.

–¡No! –musitó ella, mirando la puerta cerrada.

–¿Por qué no? ¿Es demasiado íntimo? –preguntó con una sonrisa burlona–. Te dejé embarazada. Cole lo sabe. No se va a escandalizar si me ve sentado en tu cama.

–¿Se lo has dicho a Cole? –ella cerró los ojos, llena de vergüenza.

–Se lo he contado todo –dijo él con voz densa. Su mano se posó sobre el vientre de Katy, por encima de la colcha–. Mi hijo –musitó con aspereza–. Ya son dos veces, Katy. ¡Dos veces! –su voz se quebró.

Su mujer había muerto embarazada. Ahora Katy había perdido a su hijo. Ella podía sentir su dolor.

–Lo siento, Turco –dijo suavemente, angustiada por él.

–Eres tú quien necesita consuelo, no yo –repuso él con un suspiro áspero–. No necesito piedad.

–Sí, la necesitas –ella le tendió los brazos.

No iba a mostrarle una debilidad estúpida, se dijo Turco. Pero sería agradable dejar que lo abrazara, aunque sólo fueran unos segundos. Con un suspiro largo y tembloroso, apoyó la cabeza sobre sus pechos y ella lo acunó allí, alisando su pelo rubio con suaves caricias. Turco sintió que los ojos se le humedecían, pero, naturalmente, no eran lágrimas. Los cerró y notó una fresca humedad en la mejilla.

Katy sintió sus lágrimas contra su pecho y lo abrazó con más fuerza, dando rienda suelta a su pena. Todo cuanto había deseado en su vida estaba en sus brazos en ese momento, pero no le procuraba placer alguno saber que Turco sólo estaba allí movido por la culpa y el dolor. La había rechazado. No la había querido.

–Quería el bebé –musitó involuntariamente–. ¡Lo quería tanto...! Cuando lo perdí, pensé que no sería capaz de soportarlo. Odiaba a Danny.

Él deslizó los brazos bajo ella hasta que su respiración se aquietó y sus ojos y los de Katy se secaron.

Katy sofocó su angustia al fin y se tensó para que Turco se incorporara.

Él sintió su rechazo, notó que el orgullo crispaba su semblante y que evitaba su mirada mientras se enjugaba las lágrimas.

–Tu amigo Wardell ha hecho callar a los periódicos –dijo en voz baja, y vio su expresión de sorpresa–. Le dijo a Cole que prefería ir a la silla eléctrica antes que involucrarte en su juicio.

–Gracias a Dios –dijo ella–. Al menos mi madre no tendrá que avergonzarse por mi culpa –vio la ira reflejada en el semblante de Turco e hizo una mueca–. Él intentó protegerme –dijo a la defensiva–. Me... me quiere –añadió. No añadió que le dolía haber aceptado tantas cosas de Wardell y haberle dado tan poco.

–Te acostaste con él –mascculló Turco–. Podrías estar embarazada...

–Sólo fue una vez –ella lo miró con bravura–. Y es estéril –murmuró–. Me lo dijo cuando perdí al niño y no podía dejar de llorar. Sabía lo que se sentía por no tener hijos, me dijo. No puede tenerlos, ¿entiendes?

–¿Y tu... marido?

Resultaba difícil hablar de aquello, pero Turco no estaba muy sobrio y no dejaría de insistir hasta que lo supiera todo. Ella se miró las manos pálidas sobre la colcha de colores. Era una colcha hecha de recuerdos, una colcha que Marion Whitehall había confeccionado con retales de vestidos que Katy había llevado, e incluso con retales de vestidos que había llevado su abuela, para que, cuando la mirara, se acordara de toda la ropa que había usado para su creación.

–Danny... no podía, Turco –dijo por fin–. Sólo fueron una o dos veces, al principio, después de la boda. Después empezó a tomar drogas y no era... capaz. Creo que por eso me pegaba –se estremeció al sentir de nuevo aquel miedo.

Turco tomó su mano y se la apretó con fuerza.

–No tenía derecho a preguntar –dijo con voz vacilante–. Bien sabe Dios que he sido un mujeriego –la miró con solemnidad–. Desde que estuve contigo, no he vuelto a estar con ninguna otra mujer, Katy –dijo lentamente, eludiendo sus ojos.

Ella no sabía qué decir. Seguramente la mala conciencia por lo que había hecho lo había llevado a convertirse en un puritano.

–No hace falta que llegues a esos extremos –dijo–. Nadie te culpa de lo ocurrido. Fue culpa mía...

–¡No! –dijo él suavemente, con el ceño fruncido–. No es porque me sienta culpable –levantó la mano de Katy hasta su pecho–. ¿Es que no lo entiendes, Katy? No deseo a nadie más –ella se sonrojó y bajó la mirada–. Podría haberlo dicho mejor –masculló él con un profundo suspiro–. Estoy borracho, cariño.

–Ya lo he notado.

Él besó las puntas de sus dedos.

–Ahora todo te parece sórdido y desagradable por lo que te ha pasado. Pero lo superarás –dijo–. Sólo necesitas un poco de tiempo.

–Claro que lo superaré –ella apartó la mano–. Creo que me meteré en un convento.

–No, no puedo permitir que hagas eso. Yo estaría ridículo con hábito –ella levantó las cejas con curiosidad–. Donde tú vayas, voy yo –dijo Turco con determinación–. Ya te dejé marchar una vez. Pero no volveré a hacerlo.

Ella se mordió el labio inferior.

–No puedo tener relaciones íntimas contigo –musitó–. Sé a lo que me obligó Danny, pero...

Él inhaló bruscamente.

–Crees que por lo que te obligó a hacer te veo sólo como un medio para satisfacer mi lujuria, ¿no es eso? –preguntó con aspereza–. ¡Dios mío! ¿Tan mezquino me crees, Katy?

–Sólo eres un hombre normal –dijo ella–. Pero yo ya no soy una mujer normal. Lo que pasó en Chicago... me ha cambiado.

Se estremeció. Él le hizo volver la cara y la obligó a mirarlo.

–Querías el bebé.

–Sí –dijo ella con voz vacilante.

Él acarició su boca con las yemas de los dedos.

–Yo también lo habría querido.

–Lo sé.

Turco titubeó.

–Tengo treinta años –dijo despacio–. Soy más mayor que Cole –apartó unos mechones de pelo de la mejilla de Katy, extrañamente indeciso–. Me gustaría... tener un hijo –levantó los ojos y le sostuvo la mirada–. ¿A ti no? –ella se tensó al comprender lo que le estaba preguntando. Pero no podía hablar–. Soy fértil –dijo él–. Tengo que serlo, si te dejé embarazada tan fácilmente –tomó un mechón de su pelo entre los dedos y lo miró con fijeza–. Creo que a los dos nos vendría bien tener un hijo, Katy. Nos ayudaría a curar nuestras heridas.

–Ya he deshonrado bastante a mi familia –comenzó a decir ella lentamente.

Él levantó la mirada.

–Nos casaríamos primero, naturalmente –se apresuró a decir–. No te pediría que me dieras un hijo fuera del matrimonio.

Ella palideció. Sus ojos brillaron como musgo húmedo.

–¡No puedo!

–¿Por qué no?

Katy volvió la cabeza sobre la almohada para no verlo.

–No quiero tener relaciones sexuales.

Él cerró los ojos.

–Oh, Dios mío –gruñó.

–Lo siento –Katy sintió que los ojos se le llenaban de lágrimas de nuevo–. ¡Lo siento! ¡Lo siento! ¡No puedo soportarlo!

Aquello se debía al trauma que había sufrido. Él lo sabía. Pero no sabía cómo afrontarlo, qué hacer. La mente era algo tan complejo... Quizá Katy no fuera nunca capaz de mantener relaciones íntimas con un hombre, después de la sórdida impresión que le había causado su última experiencia.

Lo único que le daba esperanzas era que lo había querido. El amor no moría, aunque sufriera. El amor nunca moría. Si tenía paciencia y era amable y tierno, quizá volviera a encender de nuevo su cuerpo esbelto. Tal vez volviera a conquistarla.

–Sólo han pasado dos días –dijo suavemente–. Es muy poco tiempo para recuperarse, para afrontar el futuro. No te pido nada ahora. Sólo quiero que conozcas mis intenciones. Me aseguraré de que Cole también las conozca –añadió, muy serio–. Y que se enfade todo lo que quiera. Esta vez, no me separará de ti. Ni aunque me despida, ni aunque me dé una paliza, lo juro.

Katy se volvió hacia él lentamente, todavía insegura y temerosa.

–Tú me has querido tanto tiempo que para ti es una forma de vida –dijo él lentamente y sin petulancia–. Has enterrado ese amor porque te dije que no lo quería. Pero descubriré dónde lo has puesto y lo desenterraré. Porque ahora lo quiero –añadió muy suavemente–. Lo quiero con todo mi corazón.

–Estoy muerta... aquí dentro –musitó ella, poniéndose la mano sobre el corazón.

–No, no lo estás. Sólo estás aturdida por el dolor –su mano grande cubrió la de ella, cálida y fuerte, y se movió para sentir su suave calidez, el latido rápido de su corazón. Trazó lentamente con el pulgar el pezón y lo hizo endurecerse. Luego pasó la mano sobre su pecho. Miró los ojos asombrados de Katy–. Tu mente no quiere. Pero tu cuerpo sí. Te curarás, pequeña. Yo puedo esperar. Toda una vida –puso la mano sobre su mejilla y sonrió al inclinarse para besar su frente–. No pasa nada. Tu pasado no me importa, ¿sabes? –dijo–. Yo nunca te he hablado del mío.

Los ojos de Katy lo miraban con curiosidad.

–No sabes por qué Cole y yo somos amigos –dijo él, respondiendo a su pregunta tácita–. Por qué le debo tanto. Algún día te lo diré –se levantó y se desperezó. Sus ojos parecían más calmados–. Creo que Cole tiene razón. Será mejor que le dé el resto del vodka.

–¿Por qué has estado bebiendo?

Él se encogió de hombros.

–Me duele lo del niño –dijo con sencillez, sin ocultar ya sus sentimientos–. He causado mucho daño, ¿verdad, Katy?

–Yo he causado mucho daño –contestó ella–. Tengo que asumir la responsabilidad de lo que he hecho, Turco. Tú no puedes compartirla –inhaló lentamente–. Rompí todas las normas. Me merezco un poco de infelicidad.

–Yo no lo creo. Ni tampoco Wardell –añadió fríamente.

–Él me quería –contestó ella con tristeza–. Me sentía tan culpable... –no añadió que su mala conciencia se debía en gran medida a que aquel pobre hombre la había amado con desesperación... y a que hasta en el culmen de su placer ella había fingido que era Turco. No podía reconocerlo. Ni siquiera delante de Turco.

Turco, por otro lado, apenas podía soportar la idea de que hubiera estado en brazos de otro hombre. Se imaginaba cómo se había sentido Wardell, pero ¿amaba Katy al mafioso? ¿Lo había deseado?

–Dijiste que esa noche habías bebido... –comenzó a decir. Quería que le dijera que había sido el alcohol lo que la había empujado en brazos de Wardell.

Ella no podía mirarlo. Se había puesto colorado.

–Sí. Y tenía miedo de Danny. Wardell se vio atrapado en el medio. No quería tener nada que ver con Danny, pero temía por mí.

–Debería haberme casado contigo –dijo él con aspereza–. Nada de esto habría pasado si te hubiera pedido que te quedaras.

–Yo no tuve que casarme con Danny –repuso ella tercamente. Sus ojos brillaron–. Me merezco lo que me pasó –dijo con voz ronca, apartando la cara–. Cuando se rompen las normas, hay que pagar un precio.

–Dios mío –dijo él, apesadumbrado–. ¡Y qué precio!

Se volvió y fue a abrir la puerta. No miró atrás. Los celos se lo comían vivo.

–¿Quieres a Wardell?

Ella no podía contestar sin reconocer lo que sentía por Turco. Guardó silencio.

Turco cerró la puerta tras él y Katy se quedó mirándola. Se entregó a las lágrimas una última vez y por fin se quedó dormida.

Lacy recogió los cacharros limpios de la cena mientras pensaba en lo ocurrido. Miró a Faye, que estaba pálida y callada. Habían fregado los platos mientras Cole y Turco echaban un vistazo al ganado.

–¿Te encuentras bien? –preguntó Lacy suavemente.

–Sí, claro –dijo Faye, y logró sonreír–. He hecho toda la colada. Menos mal que no ha llovido.

–Sí –Lacy se quitó el delantal–. ¿Has sabido algo de tu padre?

–Se pasó por aquí para ver cómo estaba. No le importa lo del niño –dijo con una sonrisa–. Supongo que soy una perdida, pero a mí tampoco me importa.

–Algún día la gente juzgará menos al prójimo y será más compasiva –dijo Lacy–. Si alguna vez deja de haber hipócritas –añadió de mala gana–. Entre tanto, puedes quedarte con nosotros.

–Sólo esta noche –dijo Faye con firmeza–. Lacy, quiero ir a San Antonio –añadió rápidamente–. Puedo buscar trabajo. Puedo decirle a la gente que estoy separada o algo así.

–¿Estás segura?

–Sí –contestó Faye–. No puedo seguir cuidando de mi padre y pensando en Ben. Quiero hacer algo con mi vida.

–Entonces te ayudaré –dijo Lacy con calma–. Tengo primos allí. Uno de ellos tiene una tienda. Quizá puedas echarle una mano.

Faye se animó.

–¿En serio?

–En serio. Nos ocuparemos de eso dentro de unos días. Ahora –murmuró–, ya tenemos suficientes problemas en los que pensar.

–Sé lo que quieres decir. Pobre señora Whitehall. Y pobre Katy. Supongo que está triste porque mataron a su marido.

–Seguro que sí –mintió Lacy.

Pero más tarde, cuando la casa estaba ya cerrada y todos se habían ido a dormir, Lacy permanecía sentada en silencio junto al fuego de su habitación, con su largo camisón blanco. Estaba preocupada. Una suave llamada a la puerta la distrajo. Sonrió al ver entrar a Cole.

–Lo siento. ¿No te dejo dormir con mis paseos por la habitación? –preguntó.

Él sacudió la cabeza. Llevaba un pijama oscuro y una gruesa bata, y tenía aún el pelo húmedo por el baño.

–Estuviste muy callada en la cena. ¿Qué ocurre?

Tal y como habían cambiado las cosas entre ellos, Lacy se sentía segura de sí misma y posesiva, sobre todo al ver que él la miraba con tanta ternura.

–Creo que necesito amor –musitó, y levantó los brazos hacia él.

Cole sonrió al inclinarse para levantarla en brazos. Sus labios susurraron sobre los de ella cuando la llevó a la cama.

–Creo que puedo complacerte –le dijo. La puso bajo las mantas y se detuvo el tiempo justo para quitarse la ropa antes de reunirse con ella sobre las sábanas frías–. Dios, ¡qué frío hace aquí! –exclamó.

Ella se acurrucó a su lado.

–Encendí el fuego hace unos minutos. Está empezando a avivarse. No se preocupe, señor Whitehall, yo le daré calor hasta que arda como debe.

–Para eso están las esposas –bromeó él, y buscó su boca.

Lacy se aferró a él y sonrió bajo su boca fresca. Disfrutaba del olor a limpio de su cuerpo. Cole era muy pulcro, a diferencia de otros hombres, que nunca parecían bañarse. Deploraba los malos hábitos higiénicos, y hasta sus uñas estaban limpísimas cuando no estaba trabajando en el rancho.

Él deslizó una pierna entre las de ella y la tumbó suavemente de espaldas.

–Te quedarás helada si te quito el camisón –susurró.

–No me importa.

–¿No? –preguntó él con una sonrisa. Le levantó el camisón y acarició lentamente su cuerpo con los labios. Su respuesta inmediata, sus leves gemidos, le encantaron.

–Oh, Cole... –gimió ella, y arqueó la espalda para acercar los pechos a sus labios.

–Eres tan suave... –murmuró él con ansia–. Es como besar seda. ¿Te gusta esto, Lacy?

–¡Sí!

–¿Y esto? –mordisqueó delicadamente uno de sus pezones duros y la sintió tensarse y jadear. Pero sus manos, que se aferraban a él, le dijeron lo que su voz ahogada no podía: que la excitaba febrilmente.

Cole buscó su boca mientras se movía y con una mano desabrochaba los botones de la chaqueta de su pijama y el de su pantalón para librarse de las últimas barreras que los separaban. Sin embargo, no se quitó completamente el pijama.

–Por favor –musitó ella cuando Cole se colocó entre sus

muslos, y sus manos vacilaron sobre su costado. Deseaba desesperadamente tocarlo bajo el pijama.

–Lacy... –comenzó a decir él, atormentado.

–Te quiero –dijo ella. Sus manos temblaron al deslizarse lentamente por sus caderas, sobre la carne cicatrizada, con su tensa suavidad y sus pliegues rugosos–. Por favor, déjame –jadeó. Mordió sus labios. Él se había puesto rígido. Su cuerpo palpitó cuando sintió por primera vez la caricia de las manos de una mujer sobre los músculos duros de sus nalgas. Dejó escapar un gemido, no porque Lacy le hiciera daño, sino porque el placer de aquellos dedos era como una descarga de mil voltios.

–¿Ves? Es agradable, ¿a que sí? –musitó ella, y levantó obedientemente las caderas para aceptar sus acometidas insistentes. Lo envolvió, le dio calor, sonrió bajo su boca hambrienta mientras los muelles de la cama chirriaban al ritmo febril de las caderas de Cole, que la aplastaban contra el colchón.

Ella gimió cuando una súbita punzada de placer la hizo levantarse rítmicamente hacia él. Él agarró sus caderas esbeltas y las levantó bruscamente mientas se hundía febril en ella. Su voz se quebró al pronunciar el nombre de Lacy, arrastrado por el éxtasis. Era demasiado pronto... lo sabía, pero el tacto de sus manos... lo estaba matando.

Lacy lo quería así, desenfrenado y suyo. Subió las manos por la parte delantera de sus muslos, sobre su núcleo secreto de su sexo y lo oyó gritar de repente con placer angustiado.

El ardor y la energía de su cuerpo casi satisficieron a Lacy al fin, pero ni siquiera entonces le importó que no fuera suficiente. Lo abrazó. Cole se desplomó sobre ella. Ella adoraba sentir su peso. Él luchaba por respirar.

Las manos de Lacy se deslizaron por su larga espalda, sin que le importaran las cicatrices y las quemaduras que habían curado y tenían un tacto extrañamente terso. Lo tocó con maravillado asombro porque le permitiera aquella intimidad prohibida.

–Nunca pensé... que pudieras soportarlo –dijo él con voz entrecortada–. Tengo tantas cicatrices, Lacy... ¡Es terrible!

–Tonto –ella suspiró, besó su garganta y su pecho–. Te quiero tanto...

–Lacy –musitó él, y su nombre sonó casi como una plegaria.

–Sss –ella se acurrucó a su lado. Le quitó lentamente la camisa y luego los pantalones del pijama. Él protestó al principio, pero Lacy le susurró con ternura hasta que cedió. Cuando estuvo del todo desnudo, como ella, Lacy comenzó a apartar las sábanas a la luz suave del fuego.

–No –dijo él con aspereza–. Lacy, Dios, no...

Tenía una mirada asustada. A Lacy la conmovió que un hombre tan valiente y voluntarioso pudiera temer los ojos de la mujer a la que amaba.

–Eres muy hermoso, Cole –musitó–. Deja que te mire.

–¡Lacy!

Ella lo besó suavemente en los labios mientras con los pies terminaba de apartar la ropa de la cama.

–Déjame, cariño –susurró contra sus labios–. Deja que te vea.

Él apretó con fiereza sus brazos. Lo aterrorizaba la posible reacción de Lacy. Ella era muy delicada. Ignoraba qué aspecto ofrecía un cuerpo quemado, y él no quería por nada del mundo que viera el suyo.

Pero ella ya estaba mirando. Se desasió de sus manos y se sentó lentamente. Miraba con timidez su miembro. Sus pechos pálidos, suaves y firmes, con sus rojas areolas, todavía erizadas por su boca, atrajeron la atención de Cole. Él deslizó la mirada hasta su prieta cintura y su vientre plano, hasta la sombra de su sexo, entre los muslos suaves y cremosos. Se sonrojó, porque la desnudez de su cuerpo todavía le resultaba nueva y fascinante.

Ella, entre tanto, también lo miraba. Había zonas en las que su piel, normalmente atezada y áspera, era blanca, y rugosidades allí donde una herida había curado. Había sitios enrojecidos y de aspecto descarnado, y huecos entre el vello denso que ensombrecía sus muslos, su estómago y su pecho. Pero nada de aquello hacía de él un monstruo. Estaba muy bien conformado y era extremadamente sexy, y Lacy gimió para sus adentros al pensar en el dolor que tenía que haber sufrido.

–Date la vuelta –musitó, levantando los ojos hacia su cara–. Quiero verlo todo.

–¡Dios mío, Lacy!

Ella se inclinó y besó osadamente su cintura, cuyo vello denso le hizo cosquillas en la nariz. Lo sintió jadear y tensarse y, cuando levantó la cabeza, advirtió otra reacción que halagó su tímida feminidad.

–Por favor –dijo suavemente.

Cole no pudo negarse. Se dio la vuelta, cerró los ojos, angustiados, y la dejó mirar.

Ella sabía que la espalda era lo que peor tenía. Se inclinó y comenzó a besar lentamente las zonas más dañadas.

Él contuvo el aliento.

–Lo siento –dijo ella con suavidad, y apoyó sobre la piel fresca de su espalda sus pechos cálidos y tersos–. ¿Te he hecho daño?

–No me duele –logró contestar él entre dientes–. Es muy excitante.

–¿Sí? –ella sonrió malévolamente y volvió a hacerlo, sacando la punta de la lengua mientras pasaba los labios por el centro de su espalda.

Cole gruñó con dulce angustia, se dio la vuelta y la agarró con fuerza de las caderas.

–Libertino –musitó ella, y montó a horcajadas lentamente sobre sus caderas. Se rió suavemente al ver su expresión–. ¿Qué pasa, vaquero? –bromeó–. ¿Estás demasiado chapado a la antigua para hacerlo así?

–Sí –contestó él, y bruscamente la agarró por los muslos y la tumbó bajo él con un movimiento suave. Descendió sobre ella y la penetró de una sola acometida. Después quedó suspendido sobre ella, observando su expresión–. Hada –jadeó mientras sus ojos recorrían su cuerpo blanco, hasta su cara, rodeada por su pelo revuelto–. Eres tan hermosa que me dejas sin aliento. ¿Cómo soportas mirarme?

–Te quiero –dijo ella, y su amor era evidente en su voz, en sus ojos, en su cara. Se movió lentamente sin apartar los ojos de los de él y levantó las caderas para que él la penetrara aún más. Gimió al sentir la repentina presión que evidenciaba el deseo de Cole.

–¿Sorprendida? –preguntó él con suavidad–. Todavía no sabes gran cosa de los hombres –se movió despacio de un lado a otro. Ella dejó escapar un sonido que Cole nunca le había extraído, y él asintió con la cabeza, a pesar de su deseo febril–. Ahora empieza –musitó, y se inclinó para apoderarse de su boca. Mordió su labio inferior mientras seguía moviendo las caderas y sintió que ella empezaba a convulsionarse–. Ahora empieza, Lacy –susurró–. Ahora. Ahora. Oh... ¡Dios, ahora!

Sintió su clímax, lo sintió en cada célula de su cuerpo, oyó los gemidos indefensos que escapaban de su garganta y que penetraban en la boca de él con cada uno de sus jadeos. Pero no se detuvo, ni siquiera cuando ella se relajó de repente y jadeó, intentando recuperar el aliento. Turco le había dicho una vez que el cuerpo de una mujer era capaz de un placer infinito. Tenía que serlo, porque sólo pasó un minuto antes de que sus lentos movimientos volvieran a encenderla, antes de que lo enlazara con las piernas y comenzara a levantar las caderas para salir al encuentro de sus embestidas.

Durante los largos y exquisitos minutos que siguieron, Cole se deleitó en su capacidad de hacerla gozar. Siguió hasta que quedó exhausto y por fin se rindió a su necesidad física con una última y fuerte acometida que, increíblemente, hizo convulsionarse de nuevo a Lacy. El estruendo de una de las lamas de madera de la cama al ceder bajo el colchón los sobresaltó y los hizo reír.

Más tarde, recuperada ya la respiración, Cole yacía con la mejilla de Lacy apoyada sobre su pecho. Lo maravillaba la novedad de yacer desnudo entre sus brazos, con el cuerpo expuesto y vulnerable al reflejo anaranjado del fuego.

–Ni siquiera Turco te ha visto así, ¿verdad? –preguntó ella, soñolienta y sonriente, y posó la mano posesivamente justo por debajo de su cintura.

Él se removió, excitado por el leve contacto de sus dedos, a pesar del largo interludio que acababan de vivir. Se rió.

–No, no me ha visto. Para. Eres demasiado frágil para hacer otra vez el amor así.

–Lo sé –gimió ella. Apretó los labios contra su carne, a través del vello–. ¿Alguna vez pensaste que sería así si hacíamos el amor? –preguntó.

–Antes de la guerra, sí –confesó él–. Después, no. No podía permitirme pensar en ello. Tenía pesadillas, soñaba con cómo reaccionarías.

Ella se rió maliciosamente.

–Apuesto a que no volverás a tenerlas.

Él la estrechó entre sus brazos con ansia.

–Adoro el suelo que pisas –dijo–. ¡Dios mío, Lacy!

Ella se acurrucó a su lado.

–Por fin se ha caído una de las lamas de la cama –dijo tímidamente–. Teníamos tanta prisa que no hemos puesto el colchón en el suelo. Espero que no hayamos despertado a todo el mundo.

Cole suspiró.

–Yo me alegro de que no sea verano –dijo con sorna.

Ella se sonrojó.

–Soy muy ruidosa.

Él le mordió la boca ardientemente.

–No me importa. Me refiero a la cama, no a esos ruiditos

tan excitantes que haces cuando nos frotamos el uno contra el otro –ella se apoderó de su boca y gimió–. No podemos –jadeó Cole–. Te haría daño.

–Te quiero tanto... –logró decir ella–. ¡Te quiero tanto, Cole!

Temblaba con la fuerza de su sentimiento. Suavemente, con apacible resignación, él la tumbó de lado y, mirándola a los ojos, la atrajo despacio hacia su sexo. Ella dejó escapar un gemido de sorpresa al sentir que la penetraba suavemente. Su cuerpo se puso rígido.

–Sólo esto –musitó él–. Podemos dormir así, si quieres. Pero tu cuerpo no disfrutará de nada más.

Ella tragó saliva. Aquella clase de intimidad resultaba inesperada e increíblemente satisfactoria. Bajó la mirada con curiosidad. Él también miró y se apartó un poco para que ella viera hasta qué punto estaban unidos.

Lacy dejó escapar un leve sonido y sus ojos se alzaron para encontrarse con los de Cole.

–Es un milagro, ¿verdad? –preguntó él en voz baja–. Un hombre y una mujer hechos perfectamente para acoplarse y darse placer. Me llena de asombro.

–Y a mí –contestó ella. Se acercó a él, encajándose entre sus fornidas piernas, y se estremeció al sentir la profundidad de su posesión. Luego se relajó y lo rodeó con los brazos.

El pecho de Cole subía y bajaba lentamente.

–Lacy... –dijo en voz baja.

–¿Sí, Cole?

Sus manos grandes estrecharon la espalda de Lacy.

–Te quiero –dijo, soñoliento.

El cuerpo de Lacy tembló. Era la primera que Cole le decía aquello. Era, probablemente, la primera vez que se lo decía a alguien, fuera de su familia.

–No llores –musitó él.

–¿Es que no sabes que me has dado el mundo entero? –preguntó ella con voz entrecortada. Se aferró a él–. Eres mi vida.

–Y tú la mía –deslizó las manos sobre sus caderas y la atrajo suavemente hacia sí.

Y los espasmos estallaron de pronto, tiernamente, inundándolos a ambos con una dulzura ardiente que era al mismo tiempo inesperada e imposible. Sin embargo, no lo era.

Cuando los estremecimientos pasaron, se echaron a reír.

–Eso no ha podido suceder –murmuró él–. Lo hemos imaginado.

–No, no lo hemos imaginado –ella frotó la cara contra su garganta–. No, no te retires. Quiero ser parte de ti toda la noche.

Él se estremeció.

–Da miedo amar así –dijo con voz vacilante.

–Oh, sí –repuso ella, pero cuando cerró los ojos sonreía.

Cuando despertaron, la habitación estaba fría y yacían el uno en brazos del otro, cubiertos con las mantas.

–Es por la mañana –susurró Cole al besarla para darle los buenos días.

–Sí –Lacy sonrió, se movió y gruñó–. Oh, Cole –dijo con una mueca.

–¿Tienes agujetas?

Ella se sonrojó.

–¡Sí!

Él se rió encantado.

–Quédate en la cama un rato. Yo desayunaré con los muchachos esta mañana.

–No –repuso ella–, no pienso compartirte.

Cole le sonrió y comenzó a levantarse. Luego vaciló. Ella lo miraba con leve reproche, pero él salió de la cama de todas formas, sin intentar ponerse el pijama primero.

Lacy se sentó con los hermosos pechos desnudos y lo miró con descaro. No había repulsión en sus ojos, ni un solo asomo de desagrado. Podía verlo plenamente a la luz del día, ver el daño que le habían hecho. Pensó que no era ni la mitad de terrible de lo que él pensaba. Y eran cicatrices honorables. Pero no eran las cicatrices lo más notable de su cuerpo, y Lacy se sonrojó un poco.

–¿Eso es por mí? –preguntó con curiosidad, un poco tímida.

Él sonrió remolonamente.

–Sí. Aunque los hombres suelen despertarse así.

Ella se tumbó en la cama y se desperezó con indolencia.

–Lo tendré en cuenta cuando vuelva a estar en forma.

–A tu forma no le pasa nada –dijo él con avidez y una mirada descarada y cálida–. ¡Dios, tengo que salir de aquí! –gruñó.

–Lo siento.

–Cariño, estoy tan agotado que yo tampoco podría hacer nada al respecto, si te sirve de consuelo –confesó mientras se ponía el pijama y la bata. Se detuvo junto a la cama, apartó las mantas y la miró con ansia–. Eres mía –dijo con voz ronca–. Mi bella hada.

Ella levantó la cara para que la besara y sonrió cuando él tocó sus pechos y dejó escapar un gruñido.

–Vete a trabajar –dijo Lacy.

Cole la tumbó en la cama y la tapó con la colcha.

–Estoy destrozado –dijo–. No creo que pueda hacer gran cosa.

–¿Cole?

Él se detuvo en la puerta y le sonrió. Estaba muy seductor, con la barba algo crecida y el pelo oscuro sobre la frente.

–¿Qué?

–Esto no dura, ¿verdad? –dijo ella lentamente.

Él frunció un poco el ceño.

–¿El qué, cariño?

–Estoy agotada y todavía te deseo –explicó ella–. Y después de lo de anoche... –se sonrojó a pesar de sí misma.

Cole sonrió suavemente.

–Sí.

–Te quiero –murmuró ella.

–Yo a ti también –contestó él cargando de significado cada sílaba–. ¿Quieres que encienda el fuego antes de irme?

–No, gracias. Voy a levantarme para hacerte el desayuno. No quiero... compartirte con los hombres esta mañana –dijo ella lentamente.

Cole apartó las mantas y la levantó en brazos para besarla con ardor.

–Yo tampoco quiero dejarte –musitó con voz ronca. La apretó contra sí–. No quiero perderte de vista.

Lacy se abrazó a él. Se sentía tan feliz que no sabía cómo iba a soportarlo. Cole la quería. Ella sabía que nunca querría otra cosa, más que eso. Pero si pudieran tener hijos..., pensó, y se prometió que nunca le mostraría un asomo de tristeza en aquel matrimonio perfecto. Con aquello le bastaría, se dijo. No podía pedir más, teniéndolo todo.

A Marion le dieron el alta en el hospital unos días después y parecía más fuerte que nunca. La noticia de la recuperación inesperada de Katy la había ayudado mucho, confesó, y el que Katy fuera a verla fue el bálsamo definitivo.

Katy iba superando lentamente la conmoción de lo ocurrido, y era una Katy distinta. Era callada y nada bulliciosa. Se sentaba, hacía punto y a veces parecía un tanto desorientada.

Turco no la presionaba. Procuraba no alejarse de la casa. No iba ya al pueblo los sábados por la noche, ni bebía. No le hacía insinuaciones. Ni siquiera la tocaba. De vez en cuando se sentaba a verla tejer fundas para cojines, pero su compañía era siempre grata y complaciente. Ella comenzó a relajarse, sobre todo cuando el teniente Higgins telefoneó a Cole para decirle que se habían retirado todos los cargos contra Blake Wardell, que el incidente se había considerado un caso de defensa propia y que Katy no se vería envuelta en sus consecuencias. Cole se lo dijo. Ella se mostró apaciblemente contenta. Turco salió sin decir palabra y bebió hasta perder el sentido. A la mañana siguiente, apenas pudo levantar cabeza.

Cole observaba el comportamiento de su capataz con más preocupación que enfado. No podía obligar a Turco a hablar de lo que le preocupaba, pero imaginaba que tenía mucho que ver con la relación de Katy con Wardell. Ignoraba si se trataba de celos o de indignación moral. Por primera vez, su capataz se negaba a hablar de sus problemas con su mejor amigo.

Entre tanto, Cole era objeto de bromas bienintencionadas por parte de familiares, peones y amigos, por la alegría que le procuraba su radiante esposa. Cuando tenía que dejarla para ir a trabajar, Taggart y Cherry se burlaban de él y hacían asomar una sonrisa reticente a su cara. Besaba a Lacy constantemente y su vida juntos era plena y satisfactoria. Le preocupaba no poder dejarla embarazada, pero ella parecía aceptarlo con buen talante.

La única nube que se cernía en el horizonte era el empeoramiento de la situación agrícola. Los precios del ganado comenzaban a descender de nuevo y para Cole era cada vez más acuciante encontrar capital suficiente para mantener el rancho en marcha. El precio de las terneras había caído más de veinte dólares durante los tres años anteriores, pero el coste de alimentarlas subía incesantemente. Cole le había dicho a Lacy que, en el mejor de los casos, podía esperar ganar cinco dólares de beneficio con cada ternera que vendía, si las condiciones no empeoraban. Pero las condiciones habían empeorado. Había que reemplazar el equipamiento agrícola y comprar semillas y fertilizantes para cultivar grano con el que alimentar al ganado durante el invierno. Había que construir cobertizos para las reses recién nacidas, había que reparar los cercados, había que pagar a los peones. Y todos sus gastos tenían que salir del dinero que ganaba. Un rancho cercano ya había salido a subasta pública. A Lacy le preocupaba su situación. Podía pagar las deudas de Cole, si ocurría lo peor. Pero no le agradaba pensar en el efecto que ello surtiría sobre su orgullo. Rezaba para que Cole encontrara un modo de salir adelante.

Faye marchó a trabajar a San Antonio, en la tienda de ropa del primo de Lacy y su esposa. Antes de que se fuera llegó una carta de Ben. En ella se disculpaba por las cosas que había dicho y hecho y rogaba el perdón de Faye. Se ofrecía a volver a casa y a casarse con ella si Faye quería, para que el niño llevara su apellido.

Pero, para asombro de todos, Faye se negó. Le dijo a Lacy que le contestara que estaba bien sin él. Sus ojos brillaban cuando pensaba en su nueva independencia, libre de las borracheras de su padre y de su pobreza. Trabajando como dependienta tendría un sueldo, y sus jefes la habían invitado a vivir en su casa, donde tenían una habitación libre. Su vida iba a ser estupenda, y no quería pasársela llorando a Ben. Dijo esto mientras se tocaba la tripa. Ben podía ver al bebé cuando naciera, dijo, pero su hijo le pertenecía a ella.

Lacy estaba orgullosa de ella. Faye había sido de gran ayuda cuando la necesitaron, durante la estancia de Marion en el hospital y la recuperación de Katy. Nunca la olvidarían. Lacy y Cole fueron con ella a San Antonio el día que se marchó y la dejaron instalada en su cuarto, en casa de la señora Ruby Morrow. Miles Morrow era primo carnal de Lacy. Su mujer y él eran ya mayores y estaban encantados de contar con la ayuda de Faye. Eran buena gente, de esas personas que abrían la puerta a cualquiera que estuviera necesitado o se encontrara en apuros. Prometieron cuidar de Faye y la chica estaba radiante. Hasta prometieron enseñarle a leer y escribir.

Lacy se entretuvo en casa de los Morrow el tiempo justo para ver a Faye instalada antes de marcharse con Cole.

Él estaba taciturno y un poco enfadado porque Ruby había comentado que había visto a George. Recordaba a aquel hombre de la noche en que le pidió a Lacy que volviera a Spanish Flats. Casi habían llegado a Spanish Flats cuando Lacy dedujo por fin lo que le ocurría.

–George es sólo un vago recuerdo –le dijo–. Sólo dije que significaba algo para mí para ponerte celoso. Pero el cielo sabe que ahora no podrías encontrar ni un solo motivo para tener celos de él –se inclinó hacia Cole, riendo–. ¡No tendría energías!

Cole se rió también, olvidó su enfado y la apretó contra su costado. Frenó el coche y se inclinó para besar sus labios frescos.

–Está bien. No me gusta acordarme de cómo eran las cosas cuando me dejaste, eso es todo. ¡Perdimos tanto tiempo! –su expresión era elocuente cuando la miró. Era última hora de la tarde, hacía frío, parecía que iba a nevar, y el camino de tierra estaba desierto cuando detuvo el coche–. Si hubiera sabido más de las mujeres, nunca te habrías ido.

–Me alegro mucho de que no sepas mucho de mujeres –le aseguró ella con una mirada de adoración–. Los dos éramos inexpertos. Para mí, eso es maravilloso, Cole. Más maravilloso de lo que crees.

Él suspiró.

–Si te sirve de algo, yo también me alegro –dijo mientras escudriñaba sus ojos suaves–. ¿Te he dicho ya hoy que te quiero?

–Varias veces –ella levantó los labios hacia él–. ¿Te lo he dicho yo?

–Dilo otra vez, de todos modos –susurró él, y besó su boca e inhaló su áspero suspiro.

El ruido de un coche que se acercaba no les llegó hasta que sonó el claxon. Se apartaron bruscamente y vieron a Ira Cameron esquivarlos con una sonrisa en su amplia cara.

–Eso es lo que me gusta ver, gente casada y feliz de estarlo –gritó levantando la mano.

Preguntó por Faye y le dijeron que estaba bien establecida y feliz, que todo se arreglaría.

–La echaré de menos –dijo Ira con calma–. Pero nunca olvidaré lo que Lacy y tú habéis hecho por ella, Cole.

–Le irá bien, Ira –le aseguró Lacy–. Vamos a traerla a casa por Navidad. Tú también puedes venir. Siempre hay cena de sobra.

–Bueno, sois muy amables –dijo Ira–, pero puede que vaya a ver a mi hermano a Houston... y deje que Faye disfrute estando sola este año –sonrió, con los ojos un poco inyectados en sangre. Pero, curiosamente, estaba sobrio–. Dijo que no quería casarse con Ben.

–Puede que cambie de idea –le dijo Cole–. Ben ha aprendido una dura lección. Está madurando.

–Es afortunado por poder hacerlo. La guerra mató a un montón de chicos no mucho mayores que él.

–Amén –dijo Cole con amargura.

Ira volvió a poner el coche en marcha.

–Me voy. Me alegro de veros.

Levantó la mano y siguió adelante. Cole se volvió hacia Lacy, vaciló y con una carcajada la atrajo hacia sí y volvió a besarla.

Ben recogió la carta de casa en la recepción de su hotel parisiense. Se dejó caer en la cama de su pequeño cuarto. La cama crujió, pero él apenas lo oyó. La carta de Lacy estaba repleta de noticias, pero Ben reparó especialmente en que Faye no quería casarse con él. Iba a criar a su hijo sola. Además, ahora tenía un empleo y una vida propia, lejos de su padre alcohólico. Estaba radiante, decía Lacy en tono de disculpa, y disfrutaba de su libertad.

Ben dejó que la carta resbalara de sus manos. De modo que así iban a ser las cosas. Le había hecho tanto daño que Faye ya no lo quería. Quizá se lo mereciera, pero se sentía vapuleado.

Apoyó la cabeza en las manos. Pobre Faye, sola y embarazada. Le había hecho mucho mal.

La puerta se abrió sin que nadie llamara y al levantar la mirada vio a la inquilina de la otra habitación con una botella de vino y una lata de galletas. Era pelirroja y muy parisina. A Ben le gustaba, pero no llegaba a llenar su añoranza por Faye, aunque fuera muy buena en la cama.

–¿Qué quieres, *chéri*? –preguntó con una sonrisa maliciosa–. *¿Vin, déjeuner ou moi?*

Él se encogió de hombros.

–*Je ne sais pas* –murmuró él débilmente–. *Cette lettre est très triste. C'est de ma famille.*

–*Pauvre garçon* –dijo ella, y fue a sentarse a su lado–. *Viens, mon brave. Je te console.*

Ben se apartó. No dejaba de pensar en Faye. Pero la pelirroja se desabrochó lentamente la blusa y se la quitó. Sonreía seductoramente. Tenía los pechos grandes y firmes, con enormes pezones rosados. En ese momento estaban duros y Ben se inclinó hacia ellos con un largo suspiro. A su edad, se dijo, no había que rechazar el consuelo. Abrió la boca y oyó que la pelirroja empezaba a gemir. Al menos no había perdido su capacidad de seducción. Se deslizó entre los suaves muslos de la pelirroja y, apartando sólo lo necesario, se hundió en ella con desesperación. Ella lo acogió fácilmente y sin aspavientos, su cuerpo se ajustó al peso de Ben mientras los muelles de la cama comenzaban a protestar ruidosamente, ahogando los gemidos ardientes de la pelirroja y los gruñidos ásperos de Ben. Aquello era muy distinto a la ternura que había compartido con Faye, y eso estaba bien. No soportaba pensar en ella. La carta yacía en el suelo, tan blanca como la nieve que caía sobre el Arco del Triunfo, calle abajo.

Aquella Navidad prometía ser la mejor que se había vivido en el rancho. A pesar de la falta de dinero, Lacy y Katy hicieron a mano regalos para amigos y vecinos y se pasaron días guisando en la cocina.

–Tienes mucho mejor aspecto –le dijo Lacy a su cuñada cariñosamente.

–Supongo que no pienso mucho en ello –contestó Katy. Llevaba un vestido azul muy sencillo, sin maquillaje, y el pelo recogido en una larga coleta. Parecía más joven que nunca, y menos quebradiza–. No lo olvidaré nunca. No creo que deba. La muerte de Danny me enseñó una lección trágica.

–Me alegro de que volvieras a casa –dijo Lacy suavemente–. Te echábamos de menos. Ni siquiera Turco era el mismo.

Katy suspiró desganada.

–Turco se siente culpable por lo del bebé –dijo con calma. Sabía que Cole se lo había dicho a Lacy, aunque, por el bien de Marion, se había asegurado de que ningún vecino se enterara. Les había ahorrado a ella y su madre las habladurías y el mal trago de la censura pública. En casa tampoco hubo recriminaciones. Todo el mundo sentía que ya había sufrido bastante–. Sólo es eso. Últimamente viene mucho por aquí, pero siempre es muy correcto y muy formal.

–Porque sabe que no estás lista para nada más –dijo Lacy–. Esperará hasta que lo estés.

–¿Y si nunca lo estoy? –los ojos verdes de Katy eran tristes, tormentosos–. Tú no sabes lo que ocurrió, ¿verdad? A pesar de lo unidos que estáis, Cole no te lo habrá dicho.

–No es asunto de nadie más que tuyo –repuso Lacy con una sonrisa suave–. Tú sabes que te queremos.

–Eso es lo que me mantiene cuerda –Katy dejó el paño de cocina con un suspiro al acabar de secar la última pieza de cubertería–. A veces parece un mal sueño, hasta que me acuerdo de que no lo es. Danny tenía los ojos abiertos, Lacy. Me miraba fijamente. Había tanta sangre... –se estremeció.

–Te hizo daño –dijo Lacy tajantemente–. Un hombre que pega a una mujer se merece lo que le pase.

Katy hizo una mueca.

–Puede que sí. Pero tengo la sensación de que la culpa fue mía. Estaba con Wardell y Danny nos vio, Lacy –le dijo con semblante avergonzado, y vio cómo el rostro de su cuñada se crispaba, lleno de perplejidad. A Lacy le gustaba pensar que era una mujer moderna, pero en realidad no lo era.

–Oh... Dios mío –dijo, titubeante.

Katy advirtió su expresión de incomodidad.

–Tú sólo has estado con Cole, ¿verdad? –preguntó–. Así es como debe ser. Pero yo no pude tener a Turco, y Danny quería casarse conmigo. Me porté como una cobarde. Fue terrible –dijo, y tragó saliva al recordar–. No sabía que los hombres pudieran ser tan violentos, tan crueles. Si no hubiera sido por Wardell, creo que Danny me habría matado.

–Ese tal Wardell –dijo Lacy, que iba asumiendo lentamente la impresión que le había causado la revelación de Katy–, ¿te quería?

–Oh, sí –Katy bajó los ojos–. Me quería. Yo estaba borracha... y Danny se aseguró de que supiera que le importaban más sus negocios con Wardell que mi pudor, de que tenía que hacer lo que Wardell quisiera o... –se estremeció–. Wardell me recordaba tanto a Turco al principio... Podría haberlo amado, Lacy. Se preocupaba tanto por mí... Era muy bueno conmigo. Es fácil querer a alguien así. Wardell quería apartarme de Danny, pero yo temía que Danny lo matara.

–Por eso tampoco se lo dijiste a Cole, ¿verdad?

Katy asintió con la cabeza. Sus ojos verdes parecían apagados.

–No quería que nadie saliera herido por mi culpa. Me alegro de que Blake no haya ido a la cárcel. Era muy bueno. Me habría protegido si hubiera abandonado a Danny, y no me pedía nada. No me forzó –añadió, preocupada porque Lacy pensara lo contrario–. Yo estuve de acuerdo. No fue del todo por miedo a Danny. Verás, Wardell es... muy especial. Como... Turco –dijo con voz vacilante.

–En realidad, nunca has dejado de querer a Turco, ¿verdad? –preguntó Lacy, que miraba fijamente la cara pálida de Katy.

–No puedo. Él no lo sabe –añadió, y apartó la cara–. Me queda el orgullo justo para mantenerme alejada de él. Está muy disgustado por lo del bebé y por lo que me ocurrió, pero eso no es amor, Lacy. Es piedad. Prefiero no tener nada a tener eso. Y también está disgustado por Blake. Noto cómo me mira cada vez que se menciona su nombre –se mordió el labio inferior–. Me desprecia por lo que pasó esa noche. Seguramente cree que la muerte de Danny es responsabilidad mía.

–Turco no es así –dijo Lacy con leve reproche–. Se preocupa por ti.

–No como yo quiero –Katy se removió, inquieta–. Oh, Lacy, mi vida está hecha pedazos. Quizá debería haberme ido con Blake. Al menos, él me quería. Intentó con todas sus fuerzas protegerme.

–Me temo que sigue intentándolo –murmuró Lacy, y se asomó a la puerta para asegurarse de que nadie las escuchaba–. Habla con Cole a menudo para preguntar por ti.

Katy contuvo el aliento. Sabía que Wardell había sido absuelto y se alegraba mucho de ello. A pesar de que su corazón pertenecía para siempre a Turco, nunca olvidaría el placer que había conocido en brazos de Wardell aquella larga noche. Una parte de ella siempre le pertenecería... a pesar de lo que sentía por Turco.

–¿Se encuentra bien? –preguntó pese a sí misma.

–Bastante bien. Ha abierto un negocio legal y se ha apartado de sus intereses en el juego –dijo–. Y ha dejado caer algunas amenazas veladas sobre lo que le hará al aviador si no te hace feliz.

Katy daba vueltas con nerviosismo a su anillo de casada. Se lo había dejado puesto por mala conciencia por la muerte de Danny.

–Me alegro de que se haya apartado de ese mundo. Es un buen hombre, a su modo –levantó la mirada–. Pero en realidad no le haría daño a Turco –añadió–. No es esa clase de hombre.

Lacy nunca había visto a un gánster, excepto a Danny. Sentía curiosidad.

–¿Qué aspecto tiene el señor Wardell? –preguntó.

Katy sonrió a pesar de sí misma.

–Tiene cuarenta y un años –dijo–. Es muy grande, moreno y masculino, amable y de maneras suaves. Y también es rico. Pero está tan solo, Lacy... Parece que nunca ha encontrado su sitio. La gente lo respetaba en Chicago, pero también le temía. Siempre estaba solo. Hasta sus hombres mantenían las distancias.

–Eso es muy triste.

Katy miró por la ventana.

–Yo podría haber muerto si no hubiera sido por él –dijo–. Danny se marchó después de pegarme. Apenas se detuvo a comprobar que no estaba muerta. Cuando aborté, no estaba en casa. Su madre había salido. No había nadie. Entonces Blake fue a buscarme. Me llevó al hospital, se quedó conmigo. Cuando llegó la hora, me llevó a casa y me compró rosas para alegrar mi habitación. Danny pasó días sin aparecer por casa. No parecía comprender que había perdido al bebé, ni que le importara. Pero a Blake sí le importaba.

Lacy estaba conmovida.

–Me alegra que cuidara de ti.

–Ojalá hubiera podido quererlo –contestó Katy–. Es tan espantoso, Lacy. No soporto que nadie me toque.

–Date tiempo.

–Quizá debería volver a Chicago –dijo Katy, pensando en voz alta–. Sería lo mejor para Turco. Para él es un tormento verme cada día. Ha cambiado tanto... ¿No lo has notado? Eso también es culpa mía. No es feliz. Apenas soporta mirarme.

Lacy la miró con fijeza.

–¿Tú lo quieres, Katy?

–Con todo mi corazón –musitó ella–. Pero desde la muerte de Danny me siento muerta por dentro. Estoy paralizada.

–Es lógico –dijo Lacy compasivamente–. Pero estás siendo injusta con los sentimientos de Turco. No es culpa lo que lo empuja a sentarse aquí y a mirarte cada noche, ni piedad lo que le hace quedarse en el rancho cuando los demás se van al pueblo de juerga.

Katy se sonrojó.

–¿No?

–Creo saber cómo se comporta un hombre cuando está enamorado –dijo Lacy, y sonrió melancólicamente.

Katy sonrió, agradecida por el cambio de tema.

–Sí, es difícil no darse cuenta –dijo–. Si hace diez años alguien me hubiera dicho que mi hermano mayor se comportaría como un toro en celo por una mujer, me habría reído. ¡Es un caso!

–Yo también –suspiró Lacy–. Nunca había soñado con ser tan feliz.

–Me alegro mucho por los dos –dijo Katy–. Nunca olvidaré tu cara el día que Cole se marchó a la guerra. Tienes suerte de estar enamorada y ser tan feliz. Yo parezco condenada a lo contrario.

Lacy se quitó el delantal y se apartó del fregadero.

–La Navidad está a la vuelta de la esquina –le dijo a Katy–. Tenemos que acabar de hacer los adornos para el árbol. Así no estarás tan triste.

–Turco quiere llevarme al cine –dijo Katy, y miró a Lacy con preocupación–. No sé si es buena idea.

–Claro que sí –tomó las manos de Katy–. Intenta recordar lo que sentías por él antes de que pasara todo esto. Recuerdo cómo te sentabas a mirarlo trabajar, con el corazón en los ojos. Un amor así no puede haberse desvanecido por completo.

–Sólo está enterrado –murmuró Katy, y se sonrojó al recordar lo que Turco le había dicho sobre volver a desenterrarlo. Últimamente, sin embargo, él no le había dicho nada íntimo. Por eso se sentía tan deprimida. Quizá Turco no quisiera una relación más honda, después de todo, ahora que sabía lo de Wardell. Tal vez no quisiera mancharse las manos con ella...

–Deja de darle vueltas, querida –dijo Lacy con suave reproche–. Venga. Vamos a hacer unos adornos. ¿Sabes?, Marion está mejor cada día. No puedo evitar pensar que tal vez el médico se equivoque respecto a su estado.

–Y a veces sucede un milagro –dijo Katy, y sonrió–. Me encanta que esté tan llena de energía. Rezo para que se recupere completamente.

–Podría ocurrir –dijo Lacy. Ella también sonrió, porque sabía muy bien que a veces sucedía un milagro. El que Cole la quisiera era el mayor de todos ellos.

Esa noche fue a buscarlo y lo encontró sentado en el despacho, con los libros de cuentas abiertos ante él y la cabeza entre las manos.

–¿Estás bien? –preguntó ella, vacilante.

Cole levantó la cabeza. Sus ojos se iluminaron, llenos de calor, como siempre que la veía. Sonrió, se echó hacia atrás y le tendió la mano.

Lacy se acercó a él y dejó que la sentara en su regazo.

–¿Otra vez problemas de dinero? –preguntó.

–Las cosas van como siempre, me temo –contestó él. La atrajo hacia sí y la abrazó un momento antes de hablar–. Quizá no pueda pagar el próximo plazo de la hipoteca –dijo por fin–. No creo que me llegue el dinero.

–Oh, Cole –dijo ella, preocupada.

–Los precios del grano se han disparado. Tuve que comprarlo por primera vez porque, cuando los precios del ganado bajaron, me encontré con demasiadas reses. Ahora tengo que vender ganado o alimentar a las reses todo el invierno. En cualquier caso, me estoy arruinando.

–Yo no soy pobre, ¿sabes? –él hizo amago de hablar, enojado, y ella le puso una mano sobre la boca para acallarlo–. No –musitó. Se inclinó y lo besó. Unos segundos después, Cole se olvidó de su enfado. De he hecho se olvidó de todo en el calor de su repentina pasión y la abrazó y la besó con vehemencia.

–Vámonos a la cama –susurró ella suavemente con ojos brillantes y sensuales.

Cole miró los libros y volvió a mirar su boca. Con una risa llena de contento, la ayudó a levantarse y salió tras ella del despacho.

Dos días antes de Navidad, Cole tuvo que ir a ver al señor Harkness al banco. Le explicó sus dificultades. El banquero se mostró comprensivo, pero inflexible.

–Usted sabe que me gustaría prestarle el dinero, Cole –dijo francamente–. Pero sería mal negocio aumentar sus préstamos.

–Maldita sea, ¡podría perder el rancho!

–Eso también lo sé –Harkness se inclinó hacia delante–. ¿No puede vender algún ganado para salir del paso?

Cole hizo una mueca.

–Sí, pero saldré perdiendo. Usted sabe cómo están los precios. Compré demasiado ganado a principios de año porque los expertos dijeron que los precios subirían. Y no subieron. Ahora tengo demasiadas reses y poco alimento.

–Todo el mundo está teniendo problemas –repuso el banquero–. Son los tiempos que vivimos, Cole. La guerra dispara la economía, pero sólo temporalmente. Luego vuelve a bajar. Ahora todo va cuesta abajo, como un tren sin frenos. Y todos esos préstamos sin capital que los respalde... Le aseguro que nos esperan tiempos peores. No se puede vivir a crédito.

–Ya lo veo –dijo Cole, incómodo. Se levantó. Hacía mucho tiempo que no se sentía tan desesperado.

Harkness también se levantó. Parecía muy joven y tímido.

–Lo siento. Sé que suena trivial, pero de veras lo siento. Mi padre perdió su casa de Houston este año, porque el banco la embargó –añadió lentamente–. Sé cómo se siente, si le sirve de consuelo.

La amargura de Cole se esfumó en parte. Logró sonreír.

–Gracias.

Se estrecharon las manos.

–Si encuentra algún aval... –añadió el banquero.

–Lo único que me queda es el coche –dijo Cole–. Y no puedo hipotecarlo. Nos hace mucha falta.

Harkness se removió, incómodo, y levantó las manos.

–Los tiempos son duros.

–Y cada día lo son más –Cole asintió con la cabeza.

Salió del banco y se quedó parado en la calle con las manos en los bolsillos del pantalón. Sus ojos vagaron por la calle sin asfaltar, por la que algunos coches cruzaban el pueblo. El progreso, pensó. En los viejos tiempos, su padre habría amenazado al banquero a punta de pistola hasta conseguir su dinero. Pero la civilización complicaba las cosas. Las palabras, y no las balas, dominaban el mundo moderno.

Podía asaltar un tren, suponía. Se echó a reír al pensarlo. Se imaginaba la cara de Lacy si tenía que sacarlo de la cárcel bajo fianza. No, tendría que ocurrírsele algo...

De pronto tuvo una idea y entornó los ojos. Tenía un banquero y acababa de darse cuenta. Podía pedirle prestado dinero, con interés, a alguien a quien conocía bastante bien. ¡Sí, podía!

Faye se adaptó a su nuevo empleo con una sensación de libertad que nunca había conocido. Era como estar en otro mundo. No tenía que preocuparse por su padre alcohólico, ni cuidar de él. No vivía día a día en la pobreza, ni padecía las interminables tareas del trabajo doméstico. Ni siquiera las náuseas del embarazo la molestaban. Trabajaba largas horas en la tienda de ropa de los primos de Lacy y nunca se quejaba ni por el tiempo que pasaba allí, ni por el salario que recibía. Su sueldo incluía la cama y la comida, cosa nada desdeñable. Tenía el domingo libre e iba a la iglesia con los Morrow, que la trataban como a una sobrina muy querida, más que como a una inquilina.

De vez en cuando pensaba en Ben con auténtica lástima. Si hubiera sido más mayor y tenido más experiencia, quizás hubiera podido evitar aquel trance. Ben seguía importándole profundamente, pero no lo suficiente como para intentar forzarlo a una relación que él no deseaba. Tendría a su hijo sola y cuidaría de él. Al menos, Lacy y Cole estaban orgullosos de que fuera a haber un nuevo miembro en la familia Whitehall, aunque fuera ilegítimo.

Había gente que la daría de lado al conocer sus circunstancias. Era de esperar. Pero había también personas de mentalidad más abierta. En la ciudad, las costumbres no eran tan rígidas como en los pueblos pequeños. La propia Lacy había permitido que en su casa se bailara y se tocara jazz, mientras que otros miembros de la sociedad consideraban aquellas cosas como una lacra.

Ben no había vuelto a dar noticias desde la carta que le escribió Cole disculpándose por haber abierto aquella gusanera. A Faye no la sorprendía. Imaginaba que se lo estaba pasando en grande en París. Seguramente coqueteaba con todas las chicas que veía y se codeaba con la vanguardia del mundo literario. Sería, pensó Faye, la perfecta adición a los expatriados norteamericanos en Europa.

Entre tanto, ella empezaba a educarse. Ruby Morrow había empezado a enseñarle a leer y escribir. Faye absorbía los conocimientos como una esponja y se interesaba por todo lo que se le ofrecía. En poco tiempo, le aseguraron, leería tan bien como cualquier persona de la ciudad. Faye no estaba muy segura de ello, pero la halagaba pensarlo.

Lacy le escribió para invitarla a ir a casa por Navidad. Pero Faye resolvió no ir porque su padre había decidido ir a Houston a visitar a un hermano suyo.

–Faye no va a venir –le dijo Lacy a Cole, sentada a su lado en los escalones del porche mientras él reparaba una brida.

–¿Por qué? –preguntó él distraídamente.

Ella se cerró la chaqueta y escondió la cara en el cálido cuello de piel.

–Dice que Ira va a pasar las fiestas con su hermano y que mis primos la han invitado a cenar con ellos –levantó la mirada, preocupada–. ¿Crees que está bien?

Cole sonrió.

–Lacy, está disfrutando de su independencia. Déjala en paz. Supongo que para ella es todo muy emocionante.

–Imagino que tienes razón –Lacy dobló la carta cuidadosamente y volvió a guardarla en el sobre. Fijó los ojos en el horizonte desnudo, que empezaba a nublarse–. ¿Crees que lloverá?

–Probablemente –él la miró–. Esta tarde te cortaré un árbol de Navidad.

Ella sonrió y apoyó la cabeza sobre su gruesa chaqueta.

–Eres un buen hombre. Creo que por eso me casé contigo.

–Te casaste conmigo porque el joven Ben nos encerró en una cabaña –dijo él maliciosamente, y se inclinó para besarla suavemente en la boca–. ¿Le dimos las gracias?

–Tú estabas demasiado ocupado insultándolo, si no recuerdo mal –susurró ella, y lo besó con ligereza en los labios.

–Debería haber aprovechado mejor aquella noche –Cole se echó a reír.

–Qué malo eres –dijo ella en tono de reproche–. ¡No estábamos casados!

Él le apartó un mechón de pelo de los ojos.

–Ahora sí lo estamos –dijo–. Nuestra primera Navidad juntos de verdad, Lacy –añadió suavemente–. Espero que te guste mi regalo.

–¡Oh, Cole! No me habrás comprado nada caro teniendo tantos problemas de dinero, ¿verdad? –preguntó.

–Es algo que te gustará. Pero no es nada extravagante, te lo aseguro –dijo. Frotó la nariz contra la suya–. Y, en cuanto al dinero, saldremos adelante. Se me ha ocurrido una idea.

–¿Sí? –preguntó ella, emocionada–. ¿Cuál?

–Es un secreto, por ahora –dijo, porque no estaba seguro de que ella, ni ninguna otra persona en Spanish Flats, aprobara lo que pensaba hacer. Al final de esa semana se reuniría con un caballero en la ciudad para debatir aquellos planes. Si funcionaban, sus penurias económicas se habrían acabado. Pero no se atrevía a contarle a Lacy lo que estaba tramando.

–Estás muy misterioso –dijo ella.

Él la besó suavemente y se levantó.

–Eso no es nada nuevo –contestó con una sonrisa–. No te quedes aquí o te enfriarás.

–No voy a quedarme.

Lo vio alejarse hacia el establo con una mirada cálida y posesiva. Turco, que se acercaba a caballo, lo notó y desmontó ágilmente delante de los escalones.

–Veo que sigues loca por él –dijo, y sacudió su Stetson mientras subía los escalones. Últimamente parecía más mayor y más delgado que nunca. Sus zahones hacían ruido cuando se movía, sus espuelas tintineaban, pero su única alegría residía en aquellos sonidos. Sus ojos pálidos tenían una expresión atormentada.

–Creo que es mutuo –dijo ella, divertida–. ¿Qué haces en casa en pleno día? Creía que estabas ayudando a los hombres a reparar las cercas.

–Sí, pero me acordé de que le había prometido a Katy que hoy la llevaría al cine. Es sábado.

–Sí, lo sé.

Turco esperó a que Lacy se levantara de su asiento antes de hablar. Vaciló. Sus ojos entornados parecían llenos de curiosidad.

–Ese tipo de Chicago... ¿Habla Katy de él?

Lacy lo observó intensamente.

–Es natural que hable de él, Turco –dijo con calma–. Era el único amigo que tenía.

–Supongo que sí.

–Algún día lo olvidará –añadió ella–. Pero le costará algún tiempo.

–Todavía tiene pesadillas –dijo él en voz baja.

–Teniendo en cuenta cómo murió Danny, no es de extrañar. Cole dice que tú también las tenías. ¿No desaparecieron las tuyas con el tiempo? –preguntó con osadía.

Él exhaló un profundo suspiro.

–Sí. Pero tardaron mucho tiempo.

–Katy también lo superará. Ir al cine le sentará bien.

–Eso espero –Turco entró. Sus espuelas tintineaban. Sonrió a Marion y esperó mientras Katy acababa de atarse una cinta en el pelo. Llevaba un vestido marinero de rayas azules y una capita a juego.

–Tengo que ir a asearme –le dijo Turco, mirando fijamente su cara–. No tardaré.

–De acuerdo.

Se marchó y Katy se sentó con Marion.

–¿Estás segura de que no te importa que me vaya, mamá? –preguntó.

Marion sonrió y le dio unas palmadas en la mano.

–Querida, me alegra mucho ver que te interesa la vida. Ve con Turco. Te hará bien entretenerte. Dile a Turco que he dicho que os llevéis el coche.

–Gracias, mamá.

Su madre la miró con cariño.

–Me alegra tanto que estés bien, cariño mío. Esos primeros días en casa fueron difíciles para todos nosotros. Estábamos muy preocupados por ti.

–Estoy bien. Cada día me encuentro mejor.

–Lo sé. Mis plegarias han sido atendidas.

Katy hubiera deseado poder decir lo mismo, pero seguía estando mucho más deprimida y confusa de lo que sospechaba su familia. Se guardaba sus sentimientos para no preocuparlos, pero su noche con Wardell la atormentaba. Adulterio, asesinato, ebriedad... Apenas podía creer que hubiera hecho tantas cosas mal. De todo ello, el adulterio era lo que más la entristecía, no por haber engañado a Danny, sino porque Wardell la quería. Pensaba en él a menudo con preocupación. Estaba, pensaba, terriblemente solo. Nunca había amado a nadie hasta conocerla a ella, y ella no había podido corresponderle. Su cuerpo, su simpatía, su cariño era lo único que tenía. Sabía lo que se sentía al poseer un caparazón vacío, porque su única experiencia con Turco había sido así de vacua. Turco le había hecho el amor, pero no la quería. Había respondido físicamente ante ella, como ella había respondido físicamente ante Wardell. Pero, sin amor, era amargo y triste. Pobre Blake. Él sólo había querido su amor y ella no podía dárselo.

Se preguntaba si alguna vez volvería a sentirlo. Su vida

había experimentado un cambio tan radical en tan poco tiempo... Iba a ser muy duro volver a la normalidad, si lo conseguía. Entre tanto, estaba Turco. Katy ignoraba qué era lo que quería de ella en realidad. Había dicho que la quería, pero Katy no se fiaba de él. Recordaba vivamente las cosas que le había dicho antes de marcharse con Danny. Turco amaba aún a su difunta esposa, y no quería comprometerse seriamente con ninguna mujer. Lo había dicho él mismo con toda seriedad, y no podía haber cambiado de idea tan rápidamente. Sentía lástima por ella, y tenía remordimientos porque hubiera perdido el bebé, pero a ella le convenía recordar lo que dijo el día que se fue del rancho. Le convenía no olvidarlo nunca, o estaría condenada a sufrir tanto como el pobre Wardell.

En Chicago, Blake Wardell intentaba resolver su propio rompecabezas. Había recibido una carta de Cole Whitehall pidiéndole que fuera a San Antonio al final de la semana por un asunto de negocios. Ignoraba qué estaba tramando Whitehall, pero tenía la sensación de que se disponía a ofrecerle que fueran socios. Él no iba a negarse, si eso era lo que Whitehall pretendía. Haría cualquier cosa por Katy. Ese sentimiento se extendía a toda su familia. Durante las semanas transcurridas desde la marcha de Katy, sus frecuentes conversaciones con su hermano le habían proporcionado cierto conocimiento de aquel ranchero. No sería ninguna molestia invertir en un rancho. Sobre todo, pensó con irónico humor, desde que parecía empeñado en convertirse en un hombre respetable. Katy estaría orgullosa de él. Se había esforzado mucho por hacerle cambiar.

Blake dejó la carta con una sonrisa. El viaje le daría la oportunidad de descubrir cómo estaba ella. Tal vez incluso pudiera verla de lejos. Su sonrisa se desvaneció cuando se dio cuenta de lo mucho que deseaba aquel pequeño milagro. Ella pertenecía al aviador. Él nunca había tenido dudas respecto a sus sentimientos por el capataz de su hermano. No podía dejar de quererla, de desearla. Pero tenía algunos recuerdos deliciosos que lo acompañarían en su vejez, y esos recuerdos eran tan maravillosos que no quería empañarlos yéndose a la cama con alguna otra mujer. Sus ojos brillaron cuando pensó en cómo había sido aquella noche con Katy, al ardor, al placer con que había respondido ella. Aunque se hubiera pasado todo el tiempo pensando en otro, ello no parecía importarle. Aquel recuerdo de Katy seguía siendo sólo suyo, y lo guardaría como un tesoro hasta el día de su muerte.

La película a la que Turco llevó a Katy era una de Valentino, *Sangre y arena*, acerca de la ascensión y la trágica caída de un torero. Katy permanecía sentada, rígida, a su lado, mirándola, y él se maldijo por haberla llevado a ver una película que acababa en un baño de sangre. No sabía, en realidad, nada de aquella última escena, pero ahora deseaba haber preguntado a alguien antes de llevarla a ver la película.

–Vamos –dijo con suavidad, y la ayudó a salir del cine antes de que ella se diera cuenta de lo que ocurría.

De nuevo a la luz del día, ella hizo una mueca, deslumbrada por el sol. Turco caminaba a su lado en silencio. El traje oscuro le daba un aspecto extraño. Los únicos elementos reconocibles de su atuendo eran las botas y el Stetson.

–Lo siento –dijo secamente al tomarla del brazo para conducirla al coche–. No pensé que hubiera tanta sangre.

Ella buscó palabras.

–No pasa nada –dijo por fin cuando llegaron al coche–. Yo tampoco lo sabía.

Él la ayudó a subir y arrancó el coche mientras ella esperaba dentro, intranquila.

Habían salido del pueblo antes de que Turco volviera a hablar.

–Lo digo en serio, Katy. No tenía ni idea de cómo acababa la película.

–¿Podríamos salir y dar un paseo? –preguntó ella, mirando hacia un sendero que se perdía entre los árboles, justo antes de que la carretera de tierra cruzara un pequeño arroyo.

–Claro –él paró en la cuneta y apagó el motor. Katy se quitó el sombrero y lo dejó en el asiento. Se levantó las faldas para no mancharlas de hierba y echó a andar entre los árboles, hasta el borde del arroyo. Allí se detuvo y escuchó su fresco burbujeo sobre las piedras lisas. En Chicago, había llevado faldas cortas. Pero allí, en Spanish Flats, intentaba desesperadamente recuperar cierta respetabilidad. El largo de su vestido, que ese año estaba temporalmente de moda, era una armadura.

Turco encendió un cigarrillo y se inclinó contra el grueso tronco de un árbol. Se había echado el sombrero de ala ancha hacia atrás y contemplaba el agua.

Katy lo miró de soslayo. Notó cómo los pantalones se amoldaban a sus piernas fornidas, se fijó en la estrechez de sus caderas, en la anchura de su espalda y su pecho. Tenía un cuerpo perfecto. Por primera vez desde la muerte de Danny, recordó aquella tarde en que lo conoció íntimamente. Sonrojada, fijó los ojos en el arroyo.

Turco advirtió aquella mirada y comenzó a abrigar esperanzas. Así que no le era completamente indiferente. Gracias a Dios. Casi había perdido la esperanza.

–Dijiste que me lo dirías algún día –dijo ella.

Él arqueó las cejas rubias.

–¿El qué? –preguntó, y sonrió.

–Cómo os conocisteis mi hermano y tú.

Él sacudió la ceniza de su cigarrillo. Una risa profunda y suave escapó de su garganta.

–Más que conocernos, nos peleamos. Yo estaba pasándolo mal. Yo me enrolé en el ejército justo después del funeral de mi mujer y me fui a Europa sin haber tenido tiempo de asumir su muerte. Bebía mucho –dijo lentamente. Sus ojos se entornaron mientras miraba el riachuelo–. Cole y yo estábamos en el mismo grupo, a los dos nos encantaba volar. En cuanto ganamos cierto renombre, empezamos a competir. Un día, inevitablemente, nos peleamos y casi acabamos en el hospital.

–¿Por qué os peleasteis? –preguntó Katy.

–Que me aspen si me acuerdo –contestó él pensativamente, y sus pálidos ojos brillaron, llenos de humor–. Pero aquello bastó para convencernos de que nos convenía más ser amigos que enemigos. Yo luchaba como un loco en el aire y luego me emborrachaba hasta que no me tenía en pie. Recordaba cómo había muerto mi mujer y me culpaba por haberla dejado sola en su estado –dio una larga calada al cigarrillo–. Una noche que estaba borracho como una cuba, intenté montarme en mi avión. Verás, tenía la noble idea de estrellarme contra los barracones alemanes esa noche. Cole me detuvo y me llevó a la cama. A la mañana siguiente me echó un sermón sobre el respeto que merecía la vida y sobre cómo estaba malgastando la mía. Aquello funcionó. Y me recuperé.

–Tú hiciste algo parecido por Cole, ¿no? –preguntó ella–. Nadie me dice nada, ¿sabes? Pero Lacy a veces dice cosas sin pensar. Una vez me dijo que le salvaste la vida a Cole.

–En aquel momento era tan poco dueño de sí mismo como yo –dijo Turco–. Pero lo que pasó queda entre nosotros. Puede que Lacy lo sepa, pero sólo si él se lo ha dicho. Es su secreto, no el mío.

Ella arrancó una ramita muerta de un árbol y comenzó a darle vueltas entre los dedos.

–Es afortunado por tener amigos como tú.

–Yo también por tenerlo a él.

Ella asintió con la cabeza. Al levantar la cara, su pelo acarició suavemente su mejilla.

–Hace frío –dijo al cabo de un momento, ciñéndose la chaqueta forrada de piel.

Turco la miraba fijamente, con el cigarrillo olvidado entre los dedos.

–Has cambiado –dijo–. Tu luz se ha apagado, Katy.

Ella evitó su mirada.

–Lo he pasado mal –repuso–. Los recuerdos no se borran de la noche a la mañana.

–¿Sigues enamorada de ese gánster de Chicago? –preguntó él de pronto con mirada furiosa.

Ella palideció. Se volvió con un leve sollozo y comenzó a retroceder hacia el coche, cegada por las lágrimas. No debería haberle hablado de Wardell. Turco nunca lo superaría. Nunca permitiría que ella lo olvidara.

Él maldijo furiosamente en voz baja, arrojó su cigarrillo al arroyo y la siguió con furia.

Katy sintió su mano sobre el brazo antes de alcanzar el claro. Turco la hizo volverse y la atrajo hacia sí. Su tamaño y su fuerza nunca habían sido tan evidentes como cuando la miró. Sus ojos claros relucían sobre su cara morena, llenos de rabia y pasión contenida.

–¿Por qué no vuelves a Illinois y te casas con él? –preguntó en tono cortante–. Quizás así vuelvas a ser la que eras.

Ella sintió su mano a través de la chaqueta. Todavía no había pasado el tiempo suficiente para que el recuerdo de la rabia furiosa de Danny se desvaneciera en su memoria. Sintió dolor y se preparó inconscientemente para el golpe que siempre se sucedía cuando Danny la agarraba de aquel modo. Se encogió y levantó un brazo para protegerse, temblorosa.

Su actitud devolvió la cordura a Turco. Se quedó muy quieto y relajó la mano al darse cuenta de lo que ella estaba pensando.

–Oh, Dios mío, Katy –gruñó, y soltó su brazo–. ¡No voy a pegarte! ¿Cómo puedes creerme capaz de tal cosa? ¡Yo no soy Marlone!

Ella tuvo que esforzarse por mantener la compostura.

Tardó más de un minuto en recobrarse, y entonces apenas pudo mirarlo.

El rostro de Turco se había puesto rígido.

–Creía que ésa había sido la única vez –dijo con voz áspera–. Cuando perdiste el bebé. Pero no lo fue, ¿verdad? Te pegó más de una vez.

–Durante un tiempo, me pegaba todos los días –musitó ella roncamente. Se enjugó las lágrimas, pero no lo miró–. Cuanto más se drogaba, peor era. Tengo... marcas... –tragó saliva–. No usaba sólo las manos. Usaba un cinturón –bajó la cara.

Turco no sabía qué decir, qué hacer. Nunca había estado tan confuso acerca de los sentimientos de Katy y de los suyos propios.

–Dijiste que Wardell intentó detenerlo –mascullό pasado un minuto con voz fría.

Ella lo miró con expresión dolida.

–Lo odias, ¿verdad, Turco? –preguntó con aspereza–. Odias pensar en Blake Wardell.

Los ojos de él refulgieron salvajemente.

–No puedo evitarlo –dijo–. Marlone era tu marido. Pero Wardell... –maldijo y se dio la vuelta–. ¡Me revuelve el estómago!

Nada había dolido tanto a Katy. Los músculos de su cara se crisparon. Turco no superaría nunca lo que había hecho. La odiaba a ella y odiaba a Wardell. Ella... le daba asco.

Se dio la vuelta y regresó lentamente al coche. A ojos de Turco, estaba mancillada, era algo tan bajo que ni siquiera quería tocarla. Pero quizá fuera mejor así: ella no estaba segura de poder superar su miedo a la fuerza de un hombre. Su reacción ante él se lo había demostrado.

Él fumó un cigarrillo antes de volver al coche. No debería haber sido tan violento con ella. Había vuelto a asustarla justo cuando ella empezaba a superar su experiencia. Tampoco debería haber hecho aquel comentario sobre Wardell, pensó a deshora. Sus celos empezaban a escapársele de las manos. No era culpa de Katy si amaba a aquel repugnante mafioso. Él no tenía derecho a castigarla por lo que sentía. Katy lo había querido una vez y él la había arrojado de su vida. ¿Qué esperaba él?, se preguntaba. ¿Que lo amara mientras viviera sin permitir que otro hombre la tocara?

Katy, ajena a sus pensamientos, había interpretado su actitud como desprecio y la había aceptado. Sus ojos miraban fijamente hacia delante. Había enmudecido cuando él volvió y arrancó el coche.

–Siento haberte molestado –dijo Turco–. ¿Estás bien?

–Sí, perfectamente, gracias –contestó ella con pavorosa calma.

Turco vaciló, pero ella no lo miró. Él volvió a salir a la carretera y se dirigió hacia la casa. Katy tampoco dijo nada cuando se apeó delante de la puerta.

Dos horas después, la encontraron en el cuarto de baño entre su habitación y la de Marion, tendida inconsciente en el suelo, con un frasco de pastillas para dormir junto al pelo enmarañado.

Llegaron justo a tiempo. Cole se dio cuenta de ello cuando el doctor salió a hablar con ellos. Se sentía tan aturdido como Lacy. Turco era otro cantar. Se había vuelto loco al ver a Katy en el suelo. Finalmente, Cole había tenido que golpearlo para que la soltara y pudieran llevarla al médico. De hecho, Cole había mandado salir a Lacy de la habitación para ahorrar a Turco la humillación de que lo viera en ese estado, sollozando entrecortadamente sobre el cuerpo de Katy.

Más tarde, mientras esperaban en la pequeña clínica para ver si Katy sobrevivía o no, se lo explicó a Lacy.

–Pobre hombre –suspiró ella, y se arrimó a Cole mientras aguardaban, atemorizados, a ver qué ocurría–. Cole, si Katy muere, se matará –dijo con voz ronca.

–Lo sé –la voz de Cole sonaba amarga. Tenía un nudo en la garganta y apenas podía hablar. Quería a Katy. Todos la querían. Él se sentía en cierto modo responsable, como si su negativa a ceder a su obsesión por Turco la hubiera puesto en aquella situación.

Lacy le agarró la mano y se la apretó con fuerza cuando salió el doctor. Pero éste no tenía un semblante solemne. Sonreía, cansado.

–Se pondrá bien. Dormirá todo el día, claro está. Pero no tomó suficientes somníferos para matarse. La encontraron a tiempo.

–Gracias a Dios –masculló Cole–. ¡Y a usted!

–Es un placer dar buenas noticias, para variar. ¿Cómo está Marion?

–Va tirando –dijo Cole sombríamente–. Ahora mismo está viendo a su médico, para pedirle algo que la calme. Turco está con ella.

–Fuimos juntos a la escuela. Es una buena mujer. Tu padre tuvo suerte. Vamos a dejar a Katy aquí esta noche. Podréis llevárosla a casa por la mañana, si hay mejora. Buenas noches.

–Buenas noches.

–Gracias a Dios –suspiró Lacy, apoyándose contra el pecho de Cole–. Ha sido un rasgo de genialidad por tu parte, decirle a Turco que se fuera con Marion.

–No dudo de que luego querrá romperme la cabeza por ello –dijo él–, pero no podíamos poner en peligro a mi madre, además de a Katy.

–Entiendo...

Los pasos de unas botas resonaron en el pasillo. Al volverse, vieron que Turco avanzaba por el estrecho corredor con la cara blanca como el papel.

–Marion está en el coche, descansando cómodamente. El médico dice que se pondrá bien. ¿Cómo está Katy? –preguntó con mirada desesperada.

–Va a pasarse el día durmiendo, pero después podremos llevárnosla a casa –dijo Cole con calma–. Se va a poner bien.

Turco intentó hablar, pero no pudo. Se volvió. No quería

que vieran su cara. Temblaba tanto por el miedo que apenas se tenía en pie. Nunca había conocido semejante temor. Tragó saliva y volvió a tragar. Después se apoyó en la pared y comenzó a liar un cigarrillo, pero tiró la mitad del tabaco.

–Lo que no entiendo es por qué lo hizo –dijo Cole, apesadumbrado–. Pensaba que estaba mejor.

–Por él, por eso lo hizo –dijo Turco bruscamente–. Está enamorada de él.

–Katy odiaba a Danny –protestó Lacy.

–No me refiero a Danny –Turco se volvió. Sus ojos llameaban–. Sino a él. ¡A Wardell!

Lacy lo miraba sin comprender. Katy le había dicho que todavía amaba a Turco. ¿Por qué creía él que Wardell era responsable de su intento de suicidio?

–¿Qué te ha dicho hoy? –preguntó Cole–. Habrá dicho algo.

–Dijo que Wardell era muy bueno con ella –contestó Turco, fatigado–. Se lo hice recordar todo. Perdí los nervios. Estaba tan celoso de Wardell que no sabía lo que hacía. Pensaba en cómo lo había conocido, en lo bien que lo había conocido. Fui brusco con ella y se asustó. Danny la pegaba a menudo. A Katy le entró el pánico. ¡Creyó que iba a pegarla! –sacudió la cabeza para aclarar la neblina de sus ojos–. Dios mío, ¡como si pudiera hacerle daño! ¡A ella, nada menos!

–¿Por qué crees que quiere a Wardell? –preguntó Lacy suavemente.

–Es infeliz. Él fue bueno con ella cuando no le importaba a nadie. Claro que lo quiere –miró a Cole con rabia–. Sé que hablas con él de vez en cuando. Dile que Katy lo necesita. Tal vez él pueda evitar que vuelva a... a hacer eso.

Miró hacia el lugar por el que se había marchado el médico con el rostro acongojado. Luego se volvió y echó a andar por el pasillo.

Lacy se volvió hacia Cole.

–Pero Katy no quiere a Wardell –dijo–. Quiere a Turco. Me dijo que nunca había dejado de quererlo, que nunca dejaría de quererlo. ¿De dónde se ha sacado la idea de que lo ha hecho por Wardell?

–Puede que se la diera ella –dijo Cole, pensativo–. Pero no entiendo por qué se tomó las píldoras. Turco la quiere. Nunca lo había visto tan destrozado.

–Quizá –repuso Lacy reflexivamente–, Katy se tomó sus celos por desprecio. Está muy sensible con lo que pasó. Puede que Turco le diera sin querer la impresión de que su relación con Wardell le repugnaba.

Él exhaló un suspiro áspero.

–Lacy, si eso es cierto, teniéndose a sí misma en tan poca estima, puede que la próxima vez no podamos detenerla. Tenemos que hacer algo.

–¿Podrías pedirle al señor Wardell que venga a verla? –preguntó Lacy–. No quiero que Turco o ella sufran, pero puede que Wardell sea el catalizador que les haga declarar abiertamente lo que sienten de verdad el uno por el otro.

Él levantó una ceja.

–Bueno, pequeña... Da la casualidad de que creo conocer un modo de traer a Wardell aquí.

No añadió cómo. Pero, mientras empezaba a recuperarse de la conmoción de ese día, comprendió que de pronto todo jugaba a su favor. Incluso el estado de Katy. Con un poco de suerte, podría resolver el problema de su hermana y el suyo al mismo tiempo, y quizá salvarle la vida a Katy.

Ben había escrito penosamente los primeros capítulos de su libro. Lo asombraba su propia destreza y el modo en que las palabras cobraban vida sobre el grueso papel de su máquina de escribir. No escribía bien a máquina y avanzaba con lentitud, pero estaba haciendo progresos.

Se pasó una mano por el pelo y notó la barba de su barbilla. Mientras escribía, apenas había comido ni dormido. Ahora, por fin, tenía algo que enseñar a un editor. Había conocido a uno en la ciudad, visitando a Gertrude Stein. Él no era tan vanguardista como los demás novelistas americanos expatriados que vivían en París. De hecho, tenía puntos de vista sorprendentemente conservadores. Pero, con el presidente Coolidge y tras los excesos de los años de la posguerra, todo el país se estaba volviendo conservador. Su libro no trataba acerca de quienes quebrantaban las normas, sino acerca de la nobleza de vivir conforme a ellas. Ben sonreía, emocionado, al pensar en la tendencia general hacia ese modo de pensar, y en que quizás acabara situado en la cresta de la ola. Si tenía razón y el péndulo de la moralidad estaba oscilando de nuevo, tal vez, con sus puntos de vista chapados a la antigua, se encontrara en la cumbre de la moda literaria.

Había pulido su estilo periodístico durante la breve temporada con los Bradley. Había sufrido, y también había presenciado el sufrimiento de otros por su causa. Todo aquello lo había reflejado en el libro. En él se encontraban su alma y su corazón. Era lo mejor que había hecho. Ahora, lo único que tenía que hacer era convencer a alguien de que lo publicara.

Esa noche, logró colarse en un cóctel y siguió a Reb Garnett como un perrillo hasta que el editor se cansó por fin de esquivarlo y se sentó con resignada irritación para escuchar el argumento de su libro. Su irritación, sin embargo, comenzó a convertirse en interés y, cuando Ben concluyó, estaba interesado.

–¿Dice usted que trabajó como periodista? –preguntó Garnett.

–Sí.

–Es muy joven.

–Nuestro país es joven –contestó Ben–. Pero ¿no cree usted que todo el mundo está harto de ese modo tan permisivo de vivir? Todo para mí y nada para el prójimo. Esa filosofía ha alcanzado su cúspide. Pero el presidente Coolidge le está dando la vuelta. Su fascinación con los valores duraderos sobre los que debería y podría basarse la sociedad ha despertado gran interés en nuestra patria –se inclinó hacia él intensamente–. Lo menos que puede hacer es darme una oportunidad. Haré lo que me pida para despertar interés por el libro.

Garnett se quedó mirándolo un momento mientras los engranajes de su cabeza giraban. Hemingway se estaba labrando un nombre, como otros escritores, con personajes cuya conducta decadente evidenciaba el hastío y la alineación de toda una generación. El libro de Ben era distinto, se centraba en lo que de positivo había en la moralidad. Cinco años antes, habría sido risible. Ahora, era otra forma de vanguardia literaria.

–Está bien –dijo al cabo de un rato–. Déjeme leer el manuscrito. Me lo pensaré.

Ben dejó escapar un grito de júbilo que interrumpió fugazmente el flujo de las conversaciones.

–¡Gracias!

–Espere a oír el veredicto –dijo Garnett cansinamente–. Puede que cambie de idea.

–¡Ni lo sueñe!

Esa noche, se sentó a escribir una larga carta a Cole, hablándole de su posible éxito. Mientras la cerraba, maldijo el tiempo que tardaría en llegar al rancho. En la carta preguntaba por los demás. Sobre todo, por Faye. Lacy le había escrito que a la chica le iba muy bien y que gozaba de buena salud. Ben se preguntaba por el bebé, por cómo se las arreglaría Faye. Si le daban un buen anticipo por su novela, podría enviarle algún dinero. Lacy la ayudaría, pero no era responsabilidad suya, sino de él. No podía permitir que un niño sufriera porque él no hubiera podido dominarse.

Se recostó en la silla y recordó con cuánta ternura se habían amado Faye y él esa tarde, ya lejana. Nunca había estado con una mujer como con ella. La echaba de menos. Se dijo que ella seguramente no lo añoraba. Pero su vida no sería completa sin ella.

Llevado por un impulso, tomó otra hoja de papel y comenzó a escribir a Faye. Quizás ella lo hubiera perdonado hasta el punto de escuchar sus razones.

Faltaban unos días para Navidad cuando Cole se encontró con un Blake Wardell elegantemente vestido en la estación de tren de San Antonio. No le había dicho a nadie adónde iba ni por qué. Sencillamente, había tomado el coche viejo y se había ido a la ciudad.

Se preguntaba si reconocería a Wardell, al que nunca había visto. Lacy le había dado la descripción que Katy había hecho de él, lo cual lo ayudó. Pero el porte y el atuendo de Wardell lo pillaron por sorpresa. Llevaba un abrigo forrado de castor, con un lujoso sombrero de ala ancha bien calado sobre la frente. Extrañamente, por un instante le recordó a Turco, por su actitud, su estatura y el modo en que sostenía el puro. Turco fumaba ahora cigarrillos, pero en Francia había sido muy aficionado a los puros.

Wardell era más mayor de lo que creía, pero parecía en forma y hasta fuera de su elemento resultaba vagamente intimidatorio para los pasajeros que se apeaban a su alrededor.

Cole se había puesto su mejor traje oscuro, con botas a juego y un Stetson. No quería dar impresión de pobreza, aunque estuviera afrontando un embargo.

Se acercó al desconocido y se detuvo a mirarlo.

Wardell se volvió. Tenía unos ojos grandes y marrones oscuros, hundidos en una cara tan atezada y formidable como la de Cole. Le devolvió el callado escrutinio y su ancha boca esbozó por fin una leve sonrisa.

–Usted es Whitehall –inclinó la cabeza.

–Y usted debe de ser Wardell.

Wardell se echó a reír.

–¿No le da miedo que lo vean en público con un golfo como yo? –preguntó con mirada desafiante–. Soy un mal hombre.

–Ya somos dos –dijo Cole–. ¿Un café o una copa? –preguntó, porque sabía dónde conseguir ambas cosas, con Ley Seca o sin ella.

–Café, si puedo elegir. He dejado el alcohol. Empezaba a saberme a jabón.

Cole se echó a reír.

–Café, entonces.

Lo condujo a un pequeño café cercano y se deslizó en un asiento. Esperó a hablar hasta que la camarera les tomó el pedido y se fue.

–¿Cómo está ella? –preguntó Wardell. Se había quitado el sombrero. Tenía el pelo abundante y oscuro, salpicado de gris. Parecía más un banquero que un mafioso.

–Está bien... –Cole hizo una mueca y se pasó una mano por el pelo–. ¡Qué demonios! No está bien. A principios de esta semana se tomó una sobredosis de somníferos y estuvo a punto de matarse. Ahora todos la vigilamos como halcones.

Wardell palideció.

–Me lo temía –dijo–. Una chica como Katy no está hecha para experiencias como la que tuvo. Apuesto a que nunca había visto un muerto... y la culpa fue mía. Me lo reprocha, ¿verdad?

–No ha dicho ni una sola palabra contra usted desde que volvió a casa –dijo Cole con firmeza–. Dice que fue usted la única persona en Chicago que intentó ayudarla. Katy es como yo. Nunca olvida un favor.

Wardell respiró hondo.

–Marlone era una rata inmunda –masculló–. Dios mío, cuánto lo odio –levantó la mirada cuando la joven camarera les llevó el café y le lanzó una sonrisa que la hizo sonrojarse. Él se echó a reír mientras la veía alejarse–. En mi tierra, no hay muchas chicas que se sonrojen –le dijo a Cole–. Por eso me gustaba Katy. Podía hacer que se sonrojara sin proponérmelo siquiera –tocó su taza de café–. ¿Qué vamos a hacer con ella, Whitehall?

–Turco no está lúcido –comenzó a decir Cole–. Pero cree...

–¿Es el aviador? –preguntó Wardell con expresión tan vehemente como la de Turco cuando se mencionaba su nombre.

Cole tuvo que sofocar una sonrisa ante aquella ironía.

–Turco cree que Katy lo echa de menos –dijo–. Y que por eso intentó quitarse la vida.

Los ojos oscuros de Wardell brillaron con ansia un momento; luego se encogió de hombros y miró su café.

–No –dijo, sacudiendo la cabeza–. Daría cualquier cosa por creerlo. Pero sé lo que Katy siente por mí. Es a ese bruto rubio a quien quiere. Atravesaría el infierno por él. ¿Cómo es que él no lo sabe?

–No ha sido el mismo desde que ella se fue. Y está aún peor desde que volvió a casa. Cuando la llevamos al hospital, tuve que pegarle para que la soltara. No ha dicho dos palabras desde que el médico dio el alta a Katy, pero le da pánico perderla de vista. Ella ni siquiera le habla.

Wardell lo miró con calma.

–Tanto la quiere, ¿eh? –tomó un sorbo de su café y se recostó para volver a encender el puro que había dejado en el cenicero. Lo miró un momento antes de hablar–. Katy habría muerto por él –miró directamente a los ojos de Cole–. Un amor así no se acaba. Así que, ¿qué le dijo él para hacerle creer que no la quería?

–Nadie lo sabe. Katy no quiere hablar de ello, ni él tampoco. Supongo que tiene algo que ver con usted. Mi esposa piensa que Katy se ha convencido de que está demasiado mancillada para volver a atraer a Turco.

–¿Y eso es lo que opina él? –preguntó Wardell en tono cortante.

–Turco no es ningún hipócrita –dijo Cole con sencillez–. Ha conocido mundo.

Wardell bebió en silencio.

–¿Quería verme por Katy –preguntó– o por otra cosa?

Cole se sonrió.

–Es usted muy intuitivo.

–Por eso soy rico –sus ojos se entornaron–. Si va a ofrecerme que sea su socio, acepto –añadió, anticipándose a la siguiente pregunta de Cole. Sonrió al ver la expresión de sorpresa de su interlocutor–. Ya le dije que ahora soy un hombre honesto. He invertido en un supermercado, en Chicago. Invertir en un rancho encaja en mis planes. No es que quiera trabajar en un rancho –añadió con firmeza–. Preferiría comerme un caballo a tener que montarlo.

Cole se rió al pensar en aquel digno ciudadano subido en uno de sus potros.

–Entendido.

–Entonces, hablemos de negocios. Dígame qué ofrece.

La discusión se prolongó durante casi una hora. Cuando concluyó, Wardell conocía ya bastante bien la industria ganadera y tenía una idea precisa de en qué consistiría su participación en el negocio.

–Katy no puede saberlo nunca –le dijo Cole con calma.

–No lo sabrá –le aseguró Wardell.

Lo que ninguno de los dos sabía era que Katy había oído a Cole hablar con Wardell por teléfono la noche anterior. Había aprovechado un descuido de Turco y le había pedido a un vecino que la llevara a la ciudad. Y aunque tardó un rato en encontrarlos, lo consiguió.

Se ciñó el abrigo con cuello de piel alrededor del cuerpo enflaquecido, abrió la puerta del café y entró. El local apenas estaba ocupado a esa hora del día y Wardell habría destacado en cualquier parte. Katy no soportaba más el desprecio de Turco. Tal vez no quisiera a Wardell, pero Wardell la quería a ella. Podía irse con él. De ese modo, no tendría que seguir sufriendo la repugnancia de Turco.

–Blake... –dijo en voz baja al pararse junto a la mesa.

Él levantó la mirada. Sus ojos se agrandaron.

–¡Katy! –murmuró con aspereza. Se levantó y Katy se arrojó en sus brazos. Él la abrazó como si fuera el más preciado tesoro.

Katy se aferró a él con todas sus fuerzas. De pronto se sentía segura, a gusto y segura. Cerró los ojos, temblorosa.

Wardell parecía aferrarse con las uñas al cielo mientras, bajo la superficie, ardía. Miró a Cole por encima del hombro de Katy con angustia llena de impotencia.

–Katy, ¿qué haces aquí? –preguntó Cole suavemente.

–Os oí hablar –dijo ella alegremente sin apartarse de Wardell–. Tenía que venir. Blake, llévame a Chicago. No quiero estar aquí.

Él cerró los ojos, preso de una oleada de angustia. ¿Cómo iba a negarse? Pero, si la dejaba ir con él, siempre sabría que había sido un segundo plato, que ella sufría por el hombre al que de veras amaba.

–No puedes huir, cariño –le susurró al oído–. ¿Es que no lo sabes?

–Él no me quiere –dijo ella, desesperada. Levantó la cara–. ¡Díselo, Cole! ¡Turco no me quiere! Le repugno tanto que ni siquiera me toca. Me mira como si le diera asco.

Cole buscó las palabras adecuadas.

–Te equivocas, Katy –dijo–. A Turco no le repugnas. Le importas mucho.

–No, no es verdad –repuso ella, llorosa–. Me preguntó por qué no volvía con Blake a Chicago. ¿Es que no ves que quiere que me marche?

–¿No deberías dejar que te lo diga él? –preguntó Cole con suavidad.

–Es demasiado tarde –musitó ella, abatida. Se enjugó las lágrimas y miró a Wardell, que luchaba con su sensatez con uñas y dientes–. ¿Puedo irme contigo? –preguntó.

La mandíbula de Wardell se tensó. No podía negarle nada. Pero, si no lo hacía, la vida de Katy iría de mal en peor. No razonaba lo suficiente como para tomar una decisión tan importante. Miró a Cole y encontró en su semblante la misma impotencia.

Una voz que llamaba a Katy llamó su atención. Un vaquero alto se paseaba arriba y abajo por la calle. Sus zahones se agitaban con cada paso que daba. Llevaba el sombrero calado sobre los ojos pálidos y amenazantes, y el pelo rubio asomaba bajo el ala. Se detuvo y miró hacia el café, a través del escaparate. Tiró su cigarrillo e irrumpió en el local. Sus facciones eran tan duras como las de Cole.

–Así que para eso has venido a la ciudad –dijo en tono cortante. Se detuvo a unos pasos de distancia y miró a Wardell con odio–. Si la quiere, tendrá que matarme de una paliza para conseguirla –lo desafió. Sus ojos brillaban, llenos de ira–. De todos modos, si ella se va, no tendré razones para seguir viviendo.

Wardell vio sonrojarse la cara de Katy. Ella miraba a Turco llena de asombro, sin saber si le había oído bien.

–Tú... tú no me quieres –balbuceó–. Te repugno. Ni siquiera soportas mirarme. Siempre me estás echando en cara esa noche. Me preguntaste por qué no volvía a Chicago. Pues me voy a ir –se le quebró la voz y apoyó la cabeza en el ancho pecho de Wardell, aferrándose a su abrigo–. Ahora déjame en paz.

–No me repugnas –dijo Turco, vacilante, con el ceño fruncido–. ¿De dónde diablos has sacado esa idea?

–De ti –Katy sintió que el fuerte brazo de Wardell la envolvía. Miró a Turco–. Te doy asco.

Turco hizo una mueca. Sus párpados vibraron cuando extendió las manos en un gesto de indefensión.

–Eso no es cierto, Katy. ¡Te lo juro por Dios!

Ella cerró los ojos. No soportaba ver dolor en sus ojos.

–No me quieres –dijo con voz mortecina.

–¿Quererte? –él cerró los puños. La miró con enojo. Casi temblaba de rabia–. ¡Pequeña necia! ¿Cómo puedes estar tan ciega?

–¡Dijiste que me fuera!

–¡Creía que lo querías! –exclamó él con rabia, apenas consciente de que estaban llamando la atención–. Hasta te lo pregunté y no me contestaste –miró a Wardell y volvió a mirarla a ella–. ¿Es que no te das cuenta de que son celos? ¡Creía que lo querías a él y no a mí!

Ella se acurrucó contra Wardell sin dejar de mirar a Turco.

–¡Él no me grita!

–Pues debería –dijo Wardell pensativamente. La miró con ternura, un poco triste al darse cuenta de hasta qué punto pertenecía al hombre rubio y furioso que tenían frente a sí–. No estás mirando, ¿verdad, cariño? –preguntó suavemente–. Míralo –le hizo volver la barbilla–. Vamos, míralo.

Ella miró. Y de pronto comprendió por qué Turco estaba tan furioso, por qué prácticamente vibraba de rabia. Estaba celoso. Ferozmente celoso. Apenas podía contenerse. ¿Podía sentir un hombre así por deseo, por piedad o incluso por mala conciencia?

–Sí, está ciega –Wardell asintió–. Es usted un caso de libro, muchacho. Nunca debió permitir que se fuera.

–¿Cree que no lo sé? –preguntó Turco con una mirada fieramente posesiva cuando fijó de nuevo los ojos en Katy–. Vamos a casa, Katy –dijo.

Ella no se movió, ni habló. Tenía los ojos dilatados y lo miraba con expresión dolida.

–Creo que deberías –le dijo Wardell con rostro serio–. Chicago es un lugar inhóspito, lleno de canallas como yo. Tú eres una pequeña orquídea que necesita un invernadero, no una nevera. Volverías a marchitarte si te llevo allí.

Ella se mordió el labio inferior con expresión elocuente. Miró a Cole en busca de ayuda.

–La decisión es tuya, Katy –le dijo él–. No puedo tomarla por ti.

Wardell le tiró de un mechón de pelo por debajo del sombrero. Sus ojos se enternecieron al mirarla.

–Será mejor que esta vez hagas lo que te dicta el corazón, niña.

Ella suspiró.

–Quiero quererte –musitó para que sólo él la oyera.

La mandíbula de Wardell se crispó.

–Pero no se quiere conforme a un plan, ¿no es cierto?

Ella sonrió, llorosa.

–No.

Wardell miró por encima de su cabeza.

–Irá enseguida.

Turco vaciló, pero Cole lo apartó de ellos y lo persuadió para que no empeorara las cosas. Wardell esperó a que se alejaran. Trazó la nariz de Katy con un dedo.

–Ese hombre te quiere. No se atreve a decirlo, pero se le nota.

Ella exhaló un suspiro suave.

–Estoy tan confusa...

–Razón de más para que no tomes una decisión precipitada, tratándose de algo tan importante. Estaré por aquí, preciosa –le aseguró él–. Tan cerca como la oficina de correos o el teléfono más próximo. Siempre estaré cerca de ti, en alguna parte... Te lo prometo.

Los ojos verdes de Katy escrutaron sus ojos oscuros y ella se sonrojó al recordar la noche en que habían sido amantes. Wardell parecía tan abatido... Tenía que hacer algo por él, conseguir que aquel horrible vacío dejara sus ojos. Quizá la verdad lo consiguiera. Se lo debía.

–Esa noche –musitó–, me decía que estaba fingiendo que eras Turco. Pero no era cierto –sus mejillas se inundaron de color al oír que él contenía el aliento–. Esa noche... fuiste sólo tú. No pensaba en nadie más.

Él dejó escapar un sonido áspero y volvió la cabeza. Sintió el escozor de las lágrimas en los ojos mientras la sensación agridulce de aquella confesión penetraba en su corazón.

–Gracias por decir eso –dijo bruscamente.

Katy hizo una pausa para dominarse. Miró su pecho.

–Nunca te olvidaré, ni siquiera cuando sea vieja.

–Pero no puedes vivir sin el aviador –añadió él.

Ella asintió con la cabeza.

–Lo siento.

–No lo sientas –Wardell le hizo levantar la cara y la miró con serenidad para grabarla en su memoria–. No le estaré robando nada si guardo como un tesoro el tiempo que pasamos juntos. Él tendrá sus propios recuerdos.

–Sí.

Él tocó su cara muy suavemente. Luego sonrió.

–Será mejor que te vayas. Tu hermano ya no puede controlarlo.

–Te echaré de menos, Blake.

–Quiero ver una fotografía de los niños, cuando lleguen –dijo él. Miró por encima de su cabeza a Turco, que tenía el ceño fruncido–. Espero que salgan a ti, los pobrecillos.

–¿No habéis acabado aún? –preguntó Turco en tono cortante.

Wardell se metió las manos en los bolsillos y frunció los labios mientras miraba a Katy.

–Vete a casa.

Ella miró sus ojos.

–Adiós.

–Hasta la vista.

Ella vaciló, pero Turco ya no podía más. Se adelantó y la agarró posesivamente de la mano.

–No espere una tarjeta de Navidad –le dijo a Wardell.

–Me rompe usted el corazón.

Turco la sacó del café con expresión implacable, y dejó a Cole con Wardell.

–¿Quieres dejar de arrastrarme? –protestó Katy.

–Deja de quedarte atrás –replicó él. No la miró–. ¿A qué venían todos esos murmullos?

–Estábamos hablando de los buenos ratos que pasamos –replicó ella, rabiosa.

Turco se detuvo y la miró con furia. Casi temblaba de rabia.

Ella se estremeció al verlo y se ciñó el abrigo. Turco estaba a punto de perder los estribos y ella decidió no tentar al destino. Turco era peligroso cuando se enfadaba. Bajó los ojos hasta su amplio pecho.

–Me has seguido –dijo en tono de reproche.

–No iba a dejar que salieras sola, después de lo que intentaste hacer –masculló él.

A ella no le gustaba recordar lo ocurrido. Pero entonces no sabía que Turco la quería tanto. Pensaba que él intentaba que volviera a marcharse. Seguía sin estar segura de él, a pesar de lo que Turco le había dicho a Wardell. Y en ese momento él tenía una expresión más amenazante que amorosa.

–¿Cómo has venido? –preguntó con nerviosismo.

–Pedí que me trajeran, igual que tú. Ahora tendremos que esperar a Cole para que nos lleve a casa –bajó la mano de Katy y la miró–. ¿Sabes dónde ha dejado el coche?

Ella paseó la mirada por la plaza hasta que lo vio aparcado delante de un roble.

–Está allí.

Turco la acompañó hasta allí y la hizo sentarse en un banco frente al coche, junto a la estatua del soldado confederado que montaba guardia sobre Spanish Flats. Los antepasados de Lacy se habían establecido allí procedentes de Georgia. Entre ellos, su tío abuelo Horace, que había hecho fortuna en San Antonio.

Katy se aferró a su bolso y comenzó a abrirlo y a cerrarlo mientras Turco liaba un cigarrillo con las piernas cruzadas y la miraba con enojo.

–¿No quieres a Wardell? –preguntó.

–Supongo que sí, en cierto sentido –contestó ella con tristeza–. Pero no lo suficiente para irme con él, y no como él querría. Si me marchara con él, le estaría engañando. Es una cosa vacía, el deseo sin amor. Eso lo aprendí de ti.

–¿De mí? –preguntó él, ceñudo.

–Wardell no obtuvo de mí más de lo que yo obtuve de ti –dijo ella con resignación–. Sólo era deseo.

–Me pareció más seguro dejarte creer eso –repuso él enigmáticamente mientras la observaba con atención. Se llevó el cigarrillo a los labios y se quedó mirando el poco tráfico que circulaba por la calle–. Yo quería a mi mujer –dijo distraídamente–. Nos conocíamos desde pequeños. Sabía que la nieve llega de repente, pero necesitábamos el dinero. La dejé porque no me quedó más remedio. Cuando llegué a casa, me la encontré muerta. Tardé años en superarlo, en dejar de culparme. Creía que nunca podría volver a querer a otra mujer.

Katy tampoco lo creía. Comprendía lo que Turco le estaba diciendo y le dolía.

–No tienes que explicarme nada –dijo.

Él la miró.

–¿Cómo podías pensar que me dabas asco? –preguntó bruscamente.

–Cada vez que hablaba de Blake, te enfadabas.

–Estaba celoso –repuso él con sencillez.

–Eso es malgastar energías –contestó ella cansinamente–. Es como estar celoso de ti mismo.

–No te entiendo.

–Blake se parece mucho a ti –dijo ella, titubeante–. Su forma de sonreír, ciertos ademanes...

Los ojos de Turco eran penetrantes.

–¿Fingías que Wardell era yo?

Ella evitó su mirada.

–No... no conscientemente –balbuceó.

La ira de Turco empezaba a disiparse. Él mismo había notado un leve parecido con Wardell. Así que por eso Katy se había encariñado tanto con él. Aquello no le gustaba, pero de pronto le resultaba más soportable. Podía llegar a asumirlo, si las únicas alternativas eran dejar que Katy se fuera con Wardell o matarse. Su pasado tampoco era inmaculado.

Le hizo levantar la cara y la miró fijamente.

–Katy, ¿sólo ibas a irte porque creías que me repugnaba lo que pasó en Chicago? –ella asintió con la cabeza–. No era repugnancia –dijo él con firmeza–. Sentía lástima por ti, pero no te desprecio porque tuvieras un amante. ¿De veras me he portado tan mal con lo de Wardell?

–Cuando no te subías por las paredes cada vez que mencionaba a Blake, te quedabas callado y parecías muy distante –contestó ella débilmente.

–Creía que eso era lo que querías –dijo él. Tiró el cigarrillo y lo pisó con el tacón de la bota. Se volvió hacia ella, tomó su cara entre las manos frías y se inclinó hacia su boca–. Pero dado que no lo es...

Sus palabras traspasaron los labios de Katy, que tenían una expresión de sorpresa. ¡Turco no podía estar haciendo aquello a plena luz del día, en medio de la ciudad!

¡Pero lo estaba haciendo! Katy sintió la fresca insistencia de sus labios separando los suyos mientras la estrechaba entre sus brazos. Se puso tensa, pero él intentó calmarla.

–Ríndete, Katy –musitó maliciosamente, y mordió con afecto su labio inferior–. Tú sabes que te encanta besarme.

–Estamos en la ciudad... –comenzó a decir ella.

–Sí. Abre la boca –susurró él con descaro mientras besaba sus labios entreabiertos–. ¿Recuerdas cómo fue la primera vez?

Ella se acordaba. Gimió suavemente y le dio lo que quería. Muy pronto sintió que se ahogaba en la pasión que él había encendido.

–Fui el primero –jadeó él con aspereza–. Y seré el último. Los hijos que tengas serán míos. El resto no importa. Lo siento por Wardell, pero él puede vivir sin ti. Yo no –levantó la cabeza. Sus ojos tenían una expresión torturada–. No puedo vivir sin ti, Katy. Ni querría. ¡Ven aquí, pequeña!

Se apoderó de su boca y ella se rindió sin luchar. Las cicatrices parecían haber desaparecido, o al menos haberse difuminado, y Katy sintió las primeras punzadas de deseo mientras la besaba. No estaba muerta por dentro, pensó, aturdida. No lo estaba, si aún podía sentir así.

En el café, Cole y Wardell habían ultimado su acuerdo. Wardell se estaba preparando para tomar el tren de regreso a Chicago.

Al salir del café, camino de la estación, al otro lado de la calle, vieron a Katy y Turco abrazados y ajenos al mundo.

Wardell se encogió de hombros y sonrió.

–Será feliz –dijo–. No puedo arrepentirme de dejarla aquí. Querer a alguien que no te corresponde es un infierno.

Cole asintió con la cabeza.

–Con mi mujer, cuando nos casamos, fue así. Yo creía haber matado lo que ella sentía por mí –sonrió lentamente–. La vida está llena de sorpresas.

–Algunas son buenas –contestó Wardell. El tren acababa de parar en la estación cuando llegaron. Wardell se volvió para estrecharle la mano.

–Nunca sabrá lo mucho que se lo agradezco –dijo Cole–. El legado familiar es importante. Yo nunca tendré hijos, pero alguien heredará el rancho algún día.

Wardell frunció el ceño.

–¿Qué quiere decir con que no tendrá hijos? ¿Es que no le gustan?

Cole le dijo el porqué.

Wardell hizo una mueca.

–Ni usted, ni yo –dijo, sacudiendo la cabeza tristemente–. Es una lástima, ¿verdad? ¡Dos diablos tan guapos como nosotros! Imagine lo guapos qué habrían sido nuestros hijos –dio una fuerte palmada a Cole en el hombro–. Supongo que tendremos que conformarnos con ser guapos y ricos. Gane mucho dinero para mí. Siempre he querido ser un rey del ganado.

–Gracias –dijo Cole– por lo que ha hecho por Katy.

–Ah, eso –él sonrió melancólicamente–. Sólo le he abierto los ojos, nada más. A veces a la gente hay que decirle lo que quiere, en lugar de preguntar. Nos mantendremos en contacto. Y recuerde, ni una palabra a Katy. A ese grandullón con el que va a casarse le daría un ataque.

–Ojos que no ven, corazón que no siente –dijo Cole.

–Justo lo que pensaba.

Cole lo vio marchar antes de regresar al coche. Katy estaba trémula y perpleja. Tenía los labios hinchados. Turco no estaba en mucho mejor estado, y parecía irritado.

–Creía que habíais arreglado vuestras diferencias –comentó Cole.

–Vamos a casa –dijo Turco, y se caló el sombrero sobre los ojos.

Katy se sentó en el asiento delantero y él en el de atrás, con los brazos y las piernas cruzados y una expresión huraña.

–¿Qué ocurre? –le preguntó Cole a Katy.

–Quiere casarse enseguida –dijo ella débilmente–. Y yo no.

–¡Sigue encaprichada de ese gánster! –exclamó Turco con rabia.

–¡No es verdad! –ella lo miró con enojo por encima del asiento–. Sólo quiero que estés seguro, nada más. Puedes decir lo que quieras, pero nunca pensaste en casarte conmigo hasta que volví a casa en ese estado. No soy una ternerilla herida que necesite cuidados. Soy una mujer y puede que antes te arrojara el corazón a los pies, pero ahora soy más mayor y más sabia. No quiero un hombre que no esté seguro de lo que siente por mí. Y tú no lo estás, Turco –dijo cuando él intentó hablar–. Crees que me has salvado del infierno por impedir que volviera a Chicago. Pero eso está muy lejos de ser amor.

Los ojos claros de Turco brillaron por debajo del ala del sombrero.

–No vas a escucharme, ¿eh? –preguntó, furioso.

Ella se dio la vuelta, ajena a los esfuerzos de Cole por contener la risa.

–No, no voy a escucharte –dijo, crispada–. Aún me queda un poco de orgullo y de dignidad. Lo suficiente para no casarme con un hombre que sólo me ve como una obra de caridad.

Turco empezó a contestar con vehemencia, pero Cole lo atajó.

–Podéis resolver esto cuando lleguemos a casa –dijo con firmeza–. Éste no es momento, ni lugar.

Katy tuvo que darle la razón. Luego se le ocurrió una idea. Miró a su hermano con curiosidad.

–¿A qué ha venido Blake Wardell? –preguntó de repente.

Cole miró de frente, intentando discurrir un modo de eludir la inesperada pregunta de Katy. Tenía que admitir que su hermana era una Whitehall de la cabeza a los pies: era demasiado perspicaz para dejarse engañar con mentiras. Tenía que contestarle con algo semejante a la verdad.

–Le pedí que viniera –dijo–, porque me preocupaba lo que pudieras hacer. Y Turco había mencionado que quizá lo echaras de menos. Nos daba miedo que pudieras quitarte la vida.

Katy se mordisqueó el labio inferior.

–Entiendo.

–Wardell se preocupa por ti –dijo Cole–. Estaba más que dispuesto a llevarte con él si querías irte.

–¡No tenías derecho! –exclamó Turco, furioso.

–Tenía todo el derecho –replicó Cole–. Es mi hermana.

–Da igual. Esto es asunto nuestro, no de Wardell.

–Ya salvó una vez a Katy –le recordó Cole–. ¿O es que lo has olvidado?

Turco se calmó.

–Está bien –suspiró ásperamente–. Supongo que sí. Pero Katy no va a irse con él.

–Eso debía decidirlo ella.

–Pues va a casarse conmigo, con decisión o sin ella –dijo

Turco mientras miraba con vehemencia a Katy–. Hablaré con el párroco y haré los preparativos. Y la llevaré al altar atada y amordazada, si es necesario.

Katy contuvo el aliento.

–¡No te atreverías! –exclamó, rabiosa, con más energía de la que había mostrado desde su regreso.

–Claro que sí –contestó él con petulancia–. Tus días de libertad se han acabado. Vas a casarte conmigo, y te gustará.

Ella se volvió en el asiento, fijó la vista al frente, cruzó los brazos y miró enojada por el parabrisas sin responder.

Cole no dijo una palabra. Pero tenía la sensación de que Katy iba a verse casada antes de que se diera cuenta. Lo cual le parecía bien. Turco y ella vivirían tranquilamente en Spanish Flats y habría niños en la casa. Los de Katy y el de Faye.

Lacy y Marion se rieron alegremente cuando, más tarde, Cole les contó en privado lo ocurrido en la ciudad.

–¡Pobre Katy! –dijo Lacy en voz baja–. Nunca logrará que se olvide de ello.

–Estoy encantada –añadió Marion con una sonrisa–. Katy será feliz con Turco. Pero ¿qué hay de la hipoteca, Cole? –añadió, preocupada–. ¿Cómo nos las arreglaremos, ahora que el banco no quiere prestarnos el dinero?

–He encontrado un banco que nos lo prestará –contestó él, y sonrió.

Lacy levantó una ceja y le lanzó una mirada inquisitiva, pero no interrumpió el alegre monólogo de Marion sobre su convicción de que Cole conseguiría encontrar una solución.

Más tarde, sin embargo, le preguntó si Wardell era el banquero.

–No puedes decírselo a Katy –la advirtió él.

Ella le rodeó el cuello con los brazos y se puso de puntillas para besarlo.

–No lo haré. Pero me alegro mucho de tener un amigo como el señor Wardell. Tendremos que asegurarnos de que no se arrepiente de su decisión.

–Oh, eso pienso hacer –contestó Cole. Luego se inclinó de nuevo hacia su boca y se olvidó de Wardell por completo. Había conseguido salvar el rancho sin tener que recurrir a la herencia de Lacy, lo cual salvaba también su orgullo. A Lacy no le importaba. Le entusiasmaba que pudieran desempeñar un papel, por pequeño que fuera, en la rehabilitación de un notorio gánster como Blake Wardell. Era una pena que Katy no pudiera quererlo. Quizás algún día él la olvidara y encontrara otra mujer que lo amara.

A medianoche, Katy se paseaba por su cuarto, abrumada aún por lo sucedido ese día. Sentía la mente despejada por primera vez desde la muerte de Danny, pero no estaba segura de cómo iba a enfrentarse a la proposición de Turco. El matrimonio era un asunto muy serio. ¿Y si se casaban y él se arrepentía demasiado tarde? Ello era posible, teniendo en cuenta que Turco iba a casarse bajo presión. Había jurado que no podía vivir sin ella, pero él también estaba abrumado. Probablemente todo aquello se debía a que la pérdida del bebé había abierto viejas heridas.

Un ruido en la ventana la distrajo y se acercó lentamente a las ventanas para asomarse fuera. No se había puesto el camisón, por suerte. Turco estaba bajo su ventana, arrojando piedrecitas. Llevaba su ropa de faena, menos los zahones. Tenía el sombrero echado hacia atrás y parecía más joven. Además, sonreía.

–Sal –la invitó.

Ella abrió la ventana.

–Turco, ¿tienes idea de qué hora es? –preguntó ella–. ¡Y está helando! –él llevaba puesta una gruesa chaqueta vaquera, pero Katy estaba en mangas de camisa y soplaba un viento frío.

–Yo te daré calor, muñeca –dijo él. Su sonrisa era posesiva–. Vamos.

Ella siguió diciéndose que debía ignorarlo e irse a la cama mientras se dirigía a la puerta trasera. Pero nada funcionó. Turco formaba hasta tal punto parte de ella que no podía negarle nada.

Con cuidado de no despertar a los demás, bajó los escalones de atrás y se echó apresuradamente la chaqueta encima de los hombros.

Turco la estaba esperando al pie de los escalones. Sin decir una palabra, le enlazó los hombros con el brazo y la condujo hacia el corral, donde una yegua blanca corveteaba a la luz de la luna.

–Me gustaría que nos casáramos en la iglesia –dijo él–. ¿A ti no?

Ella miró fijamente hacia delante, con el rostro pétreo.

–Yo ya no soy digna de entrar en una iglesia.

Turco se volvió hacia ella, grande y reconfortante. Con la mano le hizo levantar la cara hacia sus ojos grises y suaves.

–¿Para quién crees que es la iglesia? –preguntó–. ¿Para gente perfecta? No hay parroquianos que nunca hayan hecho nada malo, Katy. Su propósito es reformar a los pecadores –tiró suavemente un mechón de su pelo castaño, por debajo de la oreja–. Yo llevo más cosas sobre mi conciencia que tú sobre la tuya, supongo. Empezaremos a ir a la iglesia cuando nos casemos. Será bueno para los niños –ella se sonrojó y eludió su mirada–. Te duele hablar de hijos, ¿verdad? –preguntó él–. Pero el próximo no lo perderás –añadió suavemente–. Nada ni nadie volverá a hacerte daño.

Ella fijó los ojos en sus grandes botas, polvorientas y manchadas. Turco no era ningún vago, fuese lo que fuese. Trabajaba tan duramente como Cole. Era un buen hombre. Cuidaría de ella, aunque no la quisiera como lo quería ella. Pero ¿no estaría haciendo ella lo que Blake se había negado a hacer: casarse sin ser amada?, se preguntaba.

–No puedo casarme contigo –dijo con voz apenas audible–. Si se lo hubiera suplicado, Blake me habría llevado consigo, sabiendo que no lo quería. Pero yo no quiero hacerte eso a ti, como él no quería hacérmelo a mí. No basta con que ame uno solo.

–Tú no quieres a Wardell –dijo él, cortante.

–No estaba hablando de mí. Estaba hablando de ti. Sigues perteneciéndole a tu mujer –su pecho subía y bajaba pesadamente–. Siempre le pertenecerás. Yo nunca seré más que una pobre segundona.

–Eso no es cierto. Puede que lo hubieras sido el primer año que pasé aquí. Pero ya no, Katy –apoyó un pie en el travesaño inferior de la cerca del corral y observó su cara entristecida–. Te lo dije en la ciudad: lo eres todo para mí. Si te perdiera, nada me importaría.

–Nunca podrás olvidar mi matrimonio y lo que pasó con Blake...

Turco puso el pulgar sobre sus labios para acallarla. Sus ojos pálidos brillaban a la luz de la luna.

–Estoy celoso de Wardell porque sé que sacrificaría su vida por ti. Eso es difícil de tragar. Pero jamás te lo echaré en cara.

–Ya lo has hecho –lo acusó ella.

–Eso fue antes de que me diera cuenta de lo que sentías por mí. Verás, me había convencido de que estabas enamorada de Wardell. Pensaba que te habías tomado esas malditas píldoras porque no querías vivir sin él.

Ella odiaba recordar lo que había hecho. Sus labios temblaron cuando habló.

–Fue por lo que dijiste sobre lo que pasó con él. Estaba segura de que me despreciabas por ello, de que ya nunca me querrías. No podía quedarme aquí por más tiempo, y no era justo pedirle a Blake que me rescatara. Pensé que de ese modo nos ahorraríamos todos mucho sufrimiento.

–¿Matándote? –preguntó él con voz ronca por la angustia–. ¡Dios mío!

–Te quiero –dijo ella, abatida, y evitó su mirada–. Y, cuando ese día dijiste esas cosas, pensé que me había hecho insoportable para ti. Y me dolió.

Su voz se quebró y la mandíbula de Turco se crispó. La envolvió entre sus brazos con exquisita ternura y la acunó contra su cuerpo fornido mientras el viento soplaba violentamente a su alrededor y agitaba el pelo de Katy, cuyo olor floral lo embargaba.

–No crees que te quiero. ¿Por qué?

–Porque... –ella se encogió de hombros.

Él le alisó el pelo.

–Esa parte de mi vida se acabó. Pero yo sigo vivo y no puedo meterme en la tumba con ella. Quiero tener hijos –le susurró al oído–. Hijos e hijas a los que mimar. Pero, sobre todo, te quiero a ti. Nada fue igual cuando te fuiste. Sin ti, perdí el gusto por vivir.

Ella sonrió melancólicamente, porque no creía ni una sola palabra. Había pasado demasiados años sufriendo de amor por él. No podía creer que Turco hubiera cambiado de idea tan drásticamente y en tan poco tiempo. Quizás pensara que debía salvar su reputación, que se lo debía a Cole. A fin de cuentas, la había dejado embarazada.

Turco vio su expresión y su pechó subió y bajó, lleno de resignación.

–No sé por qué espero que me creas –dijo abruptamente–. Me he pasado años evitándote o criticándote, cualquier cosa con tal de mantenerte a distancia. El día que te fuiste, incluso después de seducirte, te dije que no teníamos futuro juntos. Supongo que recuerdas cada palabra, todas las cosas hirientes que te dije.

–Fuiste muy bueno conmigo cuando volví de Chicago –le recordó ella–. Aunque debías de pensar que me merecía todo lo que me había pasado.

–¿Merecértelo? –levantó la cabeza y frunció el ceño–. ¿Por qué?

Ella se removió.

–Ya me había acostado contigo, me había portado casi como una desvergonzada –murmuró, azorada–. Y luego, en Chicago, me volví loca.

–De dolor –los anchos hombros de Turco subieron y bajaron–. Lo siento, Katy –dijo con voz ronca–. No me di cuenta de lo que sentía hasta que era ya demasiado tarde. No te culpo de nada. Cuando pienso en cómo te trató esa rata de Marlone, me pongo enfermo. Si no hubiera sido por Wardell, por mucho que odie reconocerlo, tal vez te hubiera matado.

Ella fijó su atención en el caballo del corral.

–En ese momento, no creo que me hubiera importado. Me había dado por vencida. La vida me parecía un calvario interminable, sobre todo después de perder al bebé.

–Podemos tener otro –dijo él con energía–. Sólo que éste será querido y esperado.

Ella comenzó a dar vueltas a un mechón de piel de su chaqueta con dedos nerviosos.

–Tú no quieres a alguien como yo –protestó.

–¿Qué estás diciendo? –tomó su cara entre las manos–. Maldita sea, Katy, ¡te quiero!

El tiempo pareció detenerse. Ella lo miraba con fijeza.

–No lo dices en serio –musitó.

–Claro que sí –repuso él, y se inclinó. Besó su boca con vehemencia–. Lo digo con todo mi corazón –dijo un instante antes de que sus labios cubrieran los de ella.

La honda emoción que avivó su beso hizo estremecerse a Katy. Quiso protestar, apartarse, decirle que no tenía por qué fingir. Pero no parecía que Turco estuviera fingiendo. Sus brazos tenían un leve temblor y su boca la besaba con pasión devoradora. La besaba como la había besado el pobre Wardell: con un deseo tan indefenso que su cuerpo se estremecía.

El hecho de que la quisiera tanto que estuviera desesperado por hacerla suya era más de lo que Katy podía soportar. Dejó escapar un gemido y se apoyó contra él, deslizó los brazos bajo los suyos, lo enlazó y se acercó a él en un íntimo abrazo. Era la primera vez desde la muerte de Danny que se sentía completa. Turco era su mundo, como siempre lo había sido. Era increíble que pudiera quererla.

Las lágrimas corrían, ardientes, por sus mejillas, hasta las comisuras de su boca. Él sintió su calor salobre y se apartó para mirarla.

–¿Por qué lloras? –preguntó suavemente mientras se las enjugaba con los dedos.

–Nunca soñé que pudieras quererme –sollozó ella.

Él sonrió con ternura.

–Estás tan ciega como estaba yo, ¿verdad, pequeña? –musitó.

–Debe de ser eso. Turco, ¿estoy soñando? –preguntó ella.

Él inclinó la cabeza.

–Veamos.

Unos segundos después, apenas podía respirar. Gruñó contra su boca y la apretó contra sí, con las manos sobre su cintura. Luchaba por dominar el deseo febril que se había avivado en él.

–No podemos –musitó ella, temblorosa.

Él no la escuchaba. Estaba concentrado en ella, en saciar el ansia que corroía sus entrañas.

Un ruido repentino retumbó desde la casa y Turco levantó la cabeza. Miró hacia las ventanas a oscuras cuando aquel ruido se repitió. Empezó a reírse.

–¿Qué es eso? –preguntó Katy, aturdida.

–La certeza de que no tenemos que preocuparnos porque nos interrumpan –dijo él enigmáticamente. Contuvo el aliento y la miró posesivamente. Ella se sonrojó al recordar cómo había reaccionado–. Basta de mirar atrás, Katy –dijo él suavemente–. A partir de ahora sólo miraremos hacia delante. ¿De acuerdo?

Ella asintió con la cabeza.

–Si estás seguro...

–Claro que sí –murmuró él, y se inclinó de nuevo hacia su boca. La besó suavemente para que las cosas no volvieran a escapársele de las manos y luego la soltó–. Vuelve dentro. Hablaremos mañana. Pero de todos modos nos casaremos el viernes.

–Eres muy arrogante, vaquero –dijo ella con exasperación.

Él se ladeó el sombrero.

–Sí, señora –la tomó del brazo y la empujó hacia la puerta de la cocina–. Ahora, vete a la cama...

Se interrumpió al ver a Cole con una bata larga y gruesa, calentando chocolate en el fogón.

–¿Qué demonios hacéis fuera a estas horas? –preguntó Cole.

Turco frunció los labios.

–Ya nada –dijo–. Ahí demasiado ruido ahí fuera.

Cole se sonrojó. Katy los miró sin comprender. Secretos masculinos, supuso.

–Buenas noches, entonces –dijo suavemente, y sonrió a Turco antes de salir y cerrar la puerta.

Ambos le desearon buenas noches, pero Cole esperó a que la puerta se cerrara y sus pasos se apagaron para arremeter contra Turco.

–Sólo me refería a que hemos oído caer la cama –le aseguró Turco en medio de su perorata–. Y Katy ni siquiera sabía qué era. Así que ahórrate tu vocabulario para los vaqueros, si no te importa. Me escandaliza semejante lenguaje.

–¿Que te escandaliza? ¡Dios mío! Pero si la mitad lo inventaste tú en Francia...

–Me he reformado. Voy a casarme con tu hermana y a tener hijos.

Cole se calmó.

–Supongo que quieres mi bendición –dijo, y apartó el chocolate del fogón y llenó dos tazas.

–No especialmente –contestó Turco con exasperante imperturbabilidad–. Voy a casarme con Katy. Puedes intentar detenerme, si quieres tentar tu suerte.

Cole se echó a reír.

–Muy bien hecho.

–Yo cuidaré de ella –dijo Turco con solemnidad–. Y la quiero, si eso te preocupa.

–Lo supe cuando te enfrentaste a Wardell en el café –contestó Cole secamente–. Hacen falta agallas para plantar cara a un hombre como ése.

–No es tan duro. Por lo menos, en lo que respecta a Katy. No me cae bien –añadió con firmeza–, pero supongo que debo estarle agradecido por lo que hizo por ella.

–A mí me da bastante lástima –dijo Cole con calma–. Él nunca conocerá lo que tenemos nosotros.

Turco se quedó callado un momento.

–Quiero comprarte esa parcela del valle para edificar. Katy querrá tener su propia casa.

–Puedes quedarte con las tierras –dijo Cole–. Serán vuestro regalo de bodas.

–Estoy abrumado –contestó Turco sinceramente–. Pero ¿cómo vas a permitírtelo, en tu situación?

–He conseguido un préstamo –Cole sonrió–. Ahora lo conseguiré. Espera y verás.

–Oh, sé cómo eres cuando te empeñas en algo –Turco asintió con la cabeza–. Jamás apostaría en tu contra –miró el chocolate caliente y levantó una ceja–. ¿Un aperitivo de medianoche?

–Algo así. ¿No te ibas? –preguntó Cole mientras recogía las tazas.

–Supongo que sí –Turco suspiró–. Bueno, buenas noches.

–Que duermas bien.

–Supongo que no servirá de nada desearte lo mismo –contestó Turco al abrir la puerta–. Tendrás que volver a clavar los dichosos tablones de la cama.

Los ojos de Cole brillaron, pero antes de que pudiera decir nada, Turco se había alejado de su alcance, todavía riendo.

La mañana de Navidad amaneció fría y luminosa y, justo después del servicio en la pequeña iglesia de Spanish Flats, Katy se casó con Turco delante de toda la congregación. Con su largo vestido blanco de cuello alto de encaje y cola de raso, y una mantilla española cubriéndole la cara que Turco tuvo que levantar con reverencia para besarla, Katy estaba preciosa. Turco se lo dijo varias veces cuando bailaron en casa, donde se celebró un pequeño banquete.

Marion Whitehall parecía florecer en la atmósfera afectuosa que la rodeaba y, después de que el torbellino emocional al que se habían visto sometidos quedara reducido al mínimo, se estaba acomodando físicamente a una rutina mucho menos angustiosa. Su salud había mejorado hasta el punto de que el médico se atrevía incluso a alargar su esperanza de vida a unos cuantos años, si se cuidaba. Y lo haría: ahora iba a tener nietos de los que ocuparse.

Faye no fue a pasar las fiestas con ellos, pero la Navidad fue especial de todos modos. Cenaron pollo y jamón e intercambiaron regalos. Cole le regaló a Lacy una nueva alianza de boda con un relieve de rosas que la conmovió profundamente. Ella le regaló un reloj nuevo y una cadena de la que colgarlo.

Esa tarde, a última hora, Turco y Katy tomaron el tren en Spanish Flats para pasar en San Antonio una breve luna de miel y prometieron ir a ver a Faye durante su estancia en la ciudad.

Ella fingía serenidad, pero notó mariposas en el estómago cuando les mostraron su elegante habitación.

Aquélla sería su primera relación íntima desde la noche de la muerte de Danny, y sentía recelos. No estaba segura de ser capaz de soportarlo. Si no podía, ¿cómo sobreviviría su matrimonio?

En San Antonio, Faye estaba aún impresionada después de que Ruby, la prima de Lacy, le leyera la carta de Ben. Llevaba matasellos de París, Francia, y en ella Ben le narraba sus pequeños éxitos, incluyendo la inminente publicación de un libro que había escrito. Le iba muy bien, decía, pero seguía sintiéndose infeliz por cómo la había tratado. Faye era muy especial para él. Quería ocuparse de ella y del bebé, si ella le dejaba.

Faye estaba conmovida, pero había corrido mucha agua bajo el puente. Ahora, tenía su independencia y una vida propia. No tenía que depender de nadie. Además, estaba aprendiendo a leer y escribir. ¿Quién sabía qué oportunidades se le presentarían cuando por fin supiera?

No podía escribir a Ben. Evidentemente, él había olvidado que ni siquiera sabía leer, que tendría que pedirle a alguien que le leyera la carta. Ben siempre había sido desconsiderado. No se trataba de maldad, pero era un indicio de lo insensible que era hacia los demás. Quizás ella quisiera verlo otra vez, pero no hasta que intelectualmente estuviera a su altura.

Ese día, más tarde, le pidió a Ruby que escribiera a Ben por ella. En la carta le daba las gracias por su interés, pero le decía que estaba disfrutando de su independencia y que podía pasar sin su ayuda. Era una nota fría y educada que diría mucho más que las palabras. Esa noche, cuando se metió en la cama, Faye se sonrió. Le habría gustado ser una mosca en la pared cuando Ben Whitehall, siempre tan arrogante, descubriera que la estúpida campesina a la que había abandonado no lo quería. No dudaba de que para él sería una fuerte impresión.

Y así fue, de hecho. Ben leyó la carta tres veces antes de darse cuenta de que la letra no podía ser de Faye, porque Faye ni siquiera sabía leer. Gruñó al levantarse de su mesa para pasear por la habitación. ¿Por qué no se había acordado? Aquello tenía que haber sido otra metedura de pata, en lo que a Faye concernía.

Había hecho un trabajo excelente complicándose la vida, pensó. No sólo había arruinado su relación con su familia, sino que había perdido el afecto de la única mujer que realmente lo había querido... la mujer que iba a tener un hijo suyo.

Esa semana había cumplido veintiún años sin recibir una sola palabra de casa. Era Navidad y no tenía nadie con quien compartirla, excepto la *mademoiselle* que vivía al fondo del pasillo. Pero aquella perspectiva no le parecía tan apetecible como una semana atrás. Echaba de menos Texas.

Se preguntaba si su madre vivía aún, porque nadie en Spanish Flats había contestado a su carta. Seguramente Cole seguía enfadado con él. Su hermano mayor no perdonaba fácilmente.

Quitó su chaqueta del respaldo de la silla y se paró a comprobar que llevaba en la cartera el anticipo que le habían dado por su libro. Tenía suficiente para una pequeña celebración, se dijo. Bien sabía Dios que cualquier cosa era preferible a quedarse allí meditando sobre sus errores.

En una habitación de hotel, en San Antonio, Turco permanecía junto a la ventana, desnudo. Las facciones de su rostro eran más duras que nunca. Sus ojos estaban llenos de angustia. Katy yacía bajo las mantas, todavía temblando mientras intentaba dominar su miedo a verse entre los brazos de un hombre. Toda la destreza de Turco no había servido para aliviar su nerviosismo, para relajar sus músculos agarrotados. Ella lloraba y Turco estaba furioso. Aquélla no era una buena perspectiva para su futuro.

Mientras miraba a Turco, Katy temía el estallido que sin duda llegaría a continuación. Sentía su ira por cómo la había dejado. La tensión de su cuerpo desnudo era una amenaza en sí misma. Pero Turco no le había reprochada nada, y ello resultaba desconcertante.

–Sé que estás enfadado... –comenzó a decir ella, titubeante.

–No –contestó él con voz muy suave, aunque le daba la espalda–. No estoy enfadado, Katy. Sabía que no iba a ser fácil –tenía un cigarrillo encendido en una mano y miraba a las farolas de la calle con ojos que apenas veían. Su corazón seguía estremecido de deseo frustrado.

Katy se sentó, apoyada contra las almohadas, con las rodillas bajo el mentón, y se tragó sus lágrimas.

–He hecho tantas cosas mal... –comenzó a decir entrecortadamente.

–Oh, Katy –dijo él en voz baja, y se volvió para mirarla con ojos apacibles y llenos de amor–. Tú no has hecho nada, sólo eres una víctima, cariño. Tu mente no olvida cómo murió Danny, eso es todo.

Ella bajó los ojos a sus manos nerviosas.

–No puedo evitarlo –dijo con voz ahogada–. ¡Ojalá pudiera!

Turco regresó a la cama y se sentó a su lado. Su cuerpo era cálido junto a la cadera de Katy. Estaba desnudo y parecía completamente ajeno a ello, pero Katy apartaba los ojos mientras luchaba entre la vergüenza y la fascinación. Él seguía excitado, lo cual tampoco ayudaba.

–Estamos casados –le recordó él con una sonrisa–. No pasa nada si me miras, Katy.

–No soy tan desinhibida como creía que era –ella lo miró con preocupación–. Te quería, aquella primera vez –balbuceó–. Te quería y te deseaba. Para mí no había nada más en el mundo. Marcharme fue lo más difícil que he hecho. No es lo que le pasó a Danny... Bueno –confesó–, puede que un poco. Pero es sobre todo que no puedo creer que estemos casados –su rostro estaba pálido y lleno de temores–. Turco, tú nunca quisiste casarte conmigo. ¿Qué ha cambiado?

–La expresión de Wardell en ese café –dijo él lacónicamente. Desvió la cara. Odiaba conceder valor a Wardell, pero era inevitable–. Te habría aceptado ciega, coja y loca... De cualquier modo que hubiera podido. Entonces comprendí lo que yo te había hecho y me dio pánico que sintieras tanta lástima por él que aceptaras lo que te ofrecía.

–A ti... nada te asusta –dijo ella, vacilante, con una sonrisa temblorosa.

Turco la miró. Sus ojos eran como humo gris en otoño.

–Perderte me asusta –dijo con sencillez–. Algo dentro de mí murió cuando te fuiste. Ni siquiera lo eché de menos hasta que volviste y aparecieron de nuevo todos los colores, toda la viveza que había perdido. Corrí a la casa esperando verte como eras antes, risueña y traviesa –hizo una mueca–. Y encontré un cascarón vacío, sin vida ni luz. Comprendí que el responsable era yo. Tú me querías. Lo sabía, pero no estaba preparado. Mejor dicho, creía que no lo estaba –acarició su cabello oscuro y enredado y escudriñó con calma sus grandes ojos verdes–. No confías en que no vaya a volver a dejarte, ¿no es ése tu verdadero miedo, Katy? Crees que no me he comprometido... que nos hemos casados porque me siento culpable o te tengo lástima.

Ella no podía negarlo. Su semblante la delató.

Él sonrió con desgana y notó que estaba dejando caer la ceniza del cigarrillo sobre la alfombra persa que cubría el suelo junto a la cama. Tomó un cenicero y apagó el pitillo.

–Escucha –dijo cuando hubo acabado, sosteniéndole la mirada–, tenemos el resto de nuestras vidas. Todo el tiempo está aquí. Así que no sientas que tienes que forzarte a acostarte conmigo, o que debes sentirte culpable por no desearme aún. No tengo prisa y no te presionaré, por más que tardes. Te quiero, Katy –dijo suavemente, sonriendo–. Y no voy a ir a ninguna parte.

La primera lágrima la pilló desprevenida. La sintió escapar de su ojo y trazar una cálida senda por su mejilla que se enfrió rápidamente. La siguieron otra y otra. Turco la abrazó con fuerza y la acunó, apoyando su cara húmeda contra su pecho cubierto de áspero vello.

–Llorona –dijo con leve reproche–, ¿qué te pasa ahora?

–Tienes que estar seguro –contestó ella–. Porque no puedo dejarte otra vez, ni siquiera aunque sea lo mejor para ti. Ahora creo que me moriría sin ti...

Los brazos de Turco se contrajeron involuntariamente.

–¡Boba! ¿No oíste lo que le dije a Wardell? Que, si te perdía, tanto me daría estar muerto, porque sin ti no había vida. No eran sólo palabras, Katy. Lo decía en serio. ¡Oh, Dios, lo decía en serio! –buscó su boca y la besó entre las lágrimas salobres. La fiebre comenzó a arder de nuevo en él, y gruñó. Tenía que retirarse mientras aún pudiera. Katy no quería...

–¡No! –protestó ella cuando él empezó a levantar la cabeza. Tomó entre los dientes su labio inferior y lo mordió–. Ahora no.

Las sensaciones que experimentaba Turco le hacían estremecerse. La había deseado antes, pero nunca con tanta desesperación. La última vez había podido dominarse, pero sabía instintivamente que en ese momento no podría refrenarse lo suficiente para hacerla gozar. Sería rápido y brusco, y eso era lo último que podía hacer, dadas las circunstancias.

Agarró los brazos de Katy, que le rodeaban el cuello, y los aflojó suavemente. Sus manos temblaban, lo mismo que su cuerpo.

–No –dijo ásperamente–. Katy, tú no lo entiendes. No puedo refrenarme...

Ella frotó ansiosamente la cara contra su pecho mientras sus manos buscaban el bajo de su camisón. De pronto, se despojó de él. Se sentó, orgullosa, invitando a sus ojos a mirar sus pechos erguidos, los tensos pezones oscuros que evidenciaban su deseo.

–Sí, mírame –musitó, estremecida–. Solía quedarme despierta por las noches recordando cómo me sentí la primera vez que me viste así.

Él entreabrió los labios y dejó escapar un suspiro entrecortado. Sus grandes manos se posaron suavemente y sus pulgares frotaron con ternura las areolas distendidas. La oyó gemir, vio que arqueaba la espalda como un gato invitándolo a una caricia.

–Katy... –murmuró, atormentado.

Ella apartó las mantas con los pies. Hacía fresco en la habitación, pero ella ardía. Se tumbó de espaldas, casi febril, temblando incontrolablemente.

–Lo que hagas estará bien –dijo con voz crispada. Se movió suavemente para recibirlo. Sus labios se alzaron en una invitación sensual.

Él gruñó, se deslizó sobre ella y su boca febril se apoderó de la de ella mientras sus manos resbalaban bajo sus muslos y la levantaban hacia su cuerpo.

–Katy... ¡perdóname! –exclamó contra sus labios al penetrarla con una acometida rápida y vehemente.

Ella emitió un sonido que él no había oído nunca, y su cuerpo se tensó y se quedó muy quieto.

Turco se detuvo, estremecido sobre ella, con los ojos fijos en su cara.

–¿Te duele? –preguntó con urgencia.

Pero mientras aquellas palabras escapaban de su boca, ella comenzó a convulsionarse. Se aferró a sus caderas, sollozando.

–Ayúdame –gimió–. Turco, por favor, por favor, ayúdame.

Él se dio cuenta tardíamente de lo que le sucedía. Le echó hacia atrás el pelo húmedo y comenzó a mover las caderas rápidamente, con suavidad. Katy alcanzó el clímax en cuestión de segundos. Seguía aferrada a él, llorando, cuando la primera oleada de placer se apoderó de él y el mundo se convirtió en un borrón rojo y palpitante.

Unos segundos después, los contornos de la habitación volvieron a hacerse nítidos. Turco casi había perdido la conciencia en la plenitud de su placer. Su corazón latía con violencia, sudaba y estaba temblando. Bajo él, el suave cuerpo de Katy, cálido y fluido, se abrazaba al suyo con ternura.

Él frotó la cara contra su garganta y por fin encontró fuerzas para levantar la cabeza. Ella tenía los ojos empañados, medio cerrados, y la boca hinchada. Levantó las manos y tocó su cara con adoración.

–Ha sido demasiado rápido –dijo él con voz ronca.

Ella movió la cabeza a un lado y a otro sobre la almohada.

–No –rodeó las piernas de Turco con las suyas cuando él hizo amago de apartarse, y sus brazos se deslizaron sobre sus anchos hombros–. No –musitó. Le sostuvo la mirada y levantó las caderas.

–No puedo –dijo él en voz baja–. Aún no.

–¿No? –ella frotó tiernamente sus labios con los suyos y de pronto deslizó la mano por el centro de su cuerpo y comenzó a tocarlo.

Él gruñó ásperamente y se tensó, excitado de pronto. La miró a los ojos con perplejidad.

–Te quiero –dijo ella. Su rostro estaba radiante, como su cuerpo entre los brazos de Turco cuando comenzó a alzarse hacia él–. Déjame enseñarte cuánto.

Él hundió las manos entre su denso cabello y echó su cabeza hacia atrás. La sostuvo así mientras se movía lenta y ardientemente, con técnicas que nunca antes le había enseñado. Algunas cosas que hizo la asombraron. Todas ellas la excitaron hasta un punto que nunca había conocido. Cuando finalmente le dio la satisfacción que ella suplicaba, Katy dejó escapar un grito y se desmayó.

–¿Creías que podías competir conmigo? –preguntó él después, sonriendo lánguidamente mientras fumaba un cigarrillo y miraba sus ojos soñolientos–. Estás recién salida del cascarón, niña.

Ella acarició el vello de su pecho con indolencia mientras lo observaba.

–¿Ha habido muchas mujeres?

–Sí –contestó él sin culpa ni pudor–. Antes de casarme y después de enviudar. Nunca quise más que satisfacer una necesidad física. Excepto con mi mujer –la miró–. Y contigo. Nunca te engañaré, si eso te preocupa. Yo no me tomo mis promesas a la ligera.

–Lo sé –ella se mordisqueó el labio inferior.

–¿Qué ocurre?

Katy se encogió de hombros con nerviosismo.

–Lo que pasó la última vez... daba miedo.

–Algo tan profundo debe darlo –dijo él con calma–. Hacer el amor es un acto de creación –añadió con ojos suaves y posesivos–. Una unión de cuerpos y almas en perfecta adoración. Todos estos años me lo he tomado a la ligera, pero cuando lo hago contigo siento como si hubiera tocado el cielo.

Ella se movió involuntariamente.

–No estaba pensando en un bebé.

Él besó sus ojos y acarició suavemente con la lengua sus densas pestañas.

–Yo sí.

Ella sonrió.

–¿Te importaría?

Él se echó a reír.

–No –besó con fuerza sus labios–. Si estás embarazada, no puedes dejarme.

–No te dejaré, de todos modos.

Aquello satisfizo a Turco, al igual que su devoción por él. Por un instante pensó con lástima en Wardell, que nunca tendría el amor de Katy, ni sus hijos. Podía permitirse ser generoso. De todos modos, se alegraba de que Chicago estuviera tan lejos. Atrajo a Katy hacia sí y apagó el cigarrillo.

En Grand Central Station, Ben esperaba con impaciencia su tren a Texas. Hacía seis meses que había acabado su libro, y ya estaba en las librerías. Había vivido en Nueva York mientras leía y corregía las galeradas, tan emocionado ante la idea de tener un libro impreso que no le importaron las revisiones que le sugirió su editor. Aquello era un sueño hecho realidad. Aunque no fuera aún un escritor famoso, al menos era un autor publicado. Tenía el tiempo de su lado. Si hacían falta años para forjarse una reputación, disponía de ellos.

Con su anticipo sobre los royalties en el bolsillo, se sentía por fin lo bastante seguro para volver a casa y enfrentarse a su familia. Les había escrito durante los meses anteriores, y después de Navidad Cole por fin se había apiadado de él. Marion Whitehall había sorprendido a todo el mundo mejorando pese a los pronósticos médicos. Estaba más fuerte cada día. Katy y Turco se habían casado, noticia que a Ben todavía le costaba digerir. Eran, ciertamente, una extraña pareja. Claro que el amor era una cosa extraña. Lo que más lo sorprendía, sin embargo, era la posdata en la que se decía que Cole había conseguido un préstamo para salvar el rancho del embargo. Se sentía culpable, porque nunca se le había ocurrido que Cole tuviera problemas económicos. Había estado tan enfrascado en sus problemas que no había pensado en los de su hermano, lo cual resultaba inquietante, teniendo en cuenta que Cole tenía a su cargo a tantas personas, incluida su madre. Pero ahora había vuelto y pensaba ayudarlo. Cole le hablaba, al menos, así que quizá no lo echara de casa en cuanto llegara.

Spanish Flats estaba prosperando. Ben se fijó en la pintura nueva de la casa y en las cercas nuevas con alambre de espino que encerraban el enorme rebaño de Cole. El coche que lo había llevado hasta allí era un viejo descapotable, como el de Marion, y se estaba llenando de polvo el lujoso traje gris, pero no le importaba. Había llegado el verano y el paisaje era ese año verde y frondoso gracias a que había llovido en abundancia.

Marion no sólo seguía viva, a pesar de las sombrías predicciones del año anterior, sino que hacía años que Ben no la veía tan llena de vida.

Salió corriendo al porche para abrazarlo y lo miró llena de orgullo, con lágrimas en los ojos.

–Has madurado, ¿verdad, cariño mío? –preguntó.

–Era inevitable, aunque estoy seguro de que te preguntabas si alguna vez lo haría –contestó Ben con suavidad. Miró a su alrededor–. ¿Cole está en casa?

–Lacy y él están en el establo, viendo el toro nuevo. ¿Por qué no vas a darles una sorpresa mientras yo pongo la mesa? ¡Estarás muerto de hambre!

–Sí. Te pondré al corriente de todo cuando volvamos. ¿Estás bien? –añadió, preocupado.

–Estoy muy bien, aunque parezca extraño. El médico está asombrado –dijo ella con orgullo–. Mi corazón está más fuerte que nunca. El doctor dice que soy un milagro andante.

–Siempre lo has sido –contestó él, y se inclinó para besarla en la mejilla.

Encontró a Cole y Lacy mirando por encima de la puerta de una cuadra del establo, donde un enorme toro rojizo se atiborraba de trigo, cebada y melaza.

–¡Salud al héroe conquistador! –rió Lacy, y le abrió los brazos.

Ben la abrazó y por unos segundos, antes de obligarse a apartarse, saboreó su cálido olor. Lacy era el único sueño que jamás conseguiría, se dijo. Sin duda conseguiría fama y fortuna si se esforzaba, pero Lacy siempre sería de Cole.

Estrechó la mano a su hermano.

–¿Qué tal va eso?

Cole sonrió.

–Muy bien, como ves. Ésta es nuestra última adquisición. Es guapo, ¿eh?

–Supongo que sí, para tener cuatro patas. ¿Cómo estáis? –preguntó porque algo parecía haber cambiado en ellos. Estaban pegados el uno al otro y, cuando se miraban, Ben se sentía como un intruso en su mundo privado. Fuera lo que fuese lo que sentían el uno por el otro al casarse, ahora era amor. Hasta un ciego se habría dado cuenta.

–Estamos bien –dijo Cole, y sonrió a Lacy–. Cada día mejor.

–Oh, sí –añadió ella con una sonrisa. Rodeó con el brazo la fina cintura de Cole y suspiró al frotar la cara contra su pecho. Él la apretó contra sí y besó su pelo oscuro.

Sí, pensó Ben, aquél era un matrimonio que envidiaría hasta el día de su muerte. ¡Y pensar que los había unido él!

–¿Dijiste que Katy y Turco se habían casado? –preguntó, intentando no pensar en Lacy.

–Es mucho más serio que eso –Lacy se rió–. ¡Katy está embarazada! Turco está tan preocupado por ella que nos está volviendo locos a todos. La semana pasada ella dijo que quería helado y Turco se fue hasta San Antonio y se lo trajo en un viejo arcón de hielo. Katy dice que no se atreve a decirle que le apetecen dátiles. Seguramente Turco se iría volando a Arabia para conseguírselos.

–Supongo que ella habrá superado lo de ese gánster con el que se casó –dijo Ben.

–Sí –contestó Cole–. Ese tipo era un drogadicto. Su

muerte fue trágica, pero pegaba a Katy. Yo, desde luego, no le lloré.

Ben hizo una mueca.

–Pobre Katy.

–Ahora está bien. Ya lo verás cuando Turco y ella vuelvan de su cita con el médico.

–¿Y Faye? –preguntó Ben, y miró al toro mientras formulaba la pregunta, intentando no parecer muy preocupado.

–Faye dará a luz cualquier día de estos –le dijo Lacy–. Ahora sólo trabaja un par de horas al día.

Las manos de Ben se crisparon sobre la puerta de la cuadra.

–No ha contestado a mis cartas. Sé que no sabe leer ni escribir, pero podría habérselo pedido a alguien.

–Sí, sabe leer y escribir, Ben –dijo Lacy–. Mi prima Ruby la ha enseñado. Está muy cambiada. Hasta ha dado clases de lengua.

Ben estaba perplejo.

–¿Nuestra Faye?

–Nuestra Faye. Deberías estar orgulloso de cuánto ha avanzado –contestó Cole–. En San Antonio se la respeta mucho, a pesar de su estado –añadió para ver cómo reaccionaba Ben. Naturalmente, su hermano se alteró de pronto.

–Creo que intentaré verla mañana.

–Buena idea –contestó Cole.

–En tu última carta decías que habías vendido tu libro –dijo Lacy–. ¡Enhorabuena!

–He tenido que hacer muchas revisiones, pero es lo que debe esperar un escritor –contestó Ben, y sonrió con orgullo. Miró a Cole–. No estaba seguro de cómo ibais a recibirme después de lo que pasó. Lo lamento mucho, Cole. Pensaba tanto en mí mismo que no me daba cuenta de lo cruel que estaba siendo.

–La culpa fue más bien de la hija de tu jefe que tuya –dijo Lacy–. Me preocupaba que no me perdonaras por obligarlo a cerrar, pero estaba furiosa por cómo trató Jessica a la pobre Faye.

–Sí –dijo Ben–. No hace falta que te disculpes por nada, Lacy. Estaba tan encaprichado con Jessica que hizo falta esa noche para que abriera los ojos. Era fría como el hielo y calculadora. Ni siquiera me di cuenta de que me estaban utilizando. Debí intuirlo cuando el viejo Bradley se negó a contratar a más personal. No lo necesitaba: yo me ocupaba de todo, desde escribir los artículos a vender anuncios.

–Tu nombre era su herramienta más valiosa –dijo Lacy con calma–. Quizá no eras consciente de que San Antonio es un pueblecito que ha crecido. Mi tío abuelo era muy conocido, y la mayoría de la gente conoce mis orígenes. Cuando me casé con Cole, todo el mundo lo supo. El nombre de los Whitehall también tiene mucho peso en San Antonio, y no gracias a mí –miró a Cole con adoración–. La palabra de Cole vale su peso en oro. Su fuerza te habría abierto cualquier puerta.

Cole sabía que eso no era del todo cierto, pero la mirada llena de amor de Lacy le hacía flaquear las rodillas. Se inclinó y besó su frente.

–Naturalmente, tu talento también ayudó –añadió, mirando a su hermano–. Utilizabas las palabras igual que Cherry y Taggart doman caballos.

–Eso es un gran halago –dijo Ben.

–Eres mi hermano.

Ben sonrió.

–Me alegra que lo hayas notado. ¿Significa eso que mañana me dejarás el coche para ir a San Antonio?

Cole gruñó.

–¡He caído en la trampa!

–Con los ojos cerrados –dijo Ben–. Gracias, Cole. ¡Eres un príncipe!

Fue un viaje largo. Ben había pasado una noche maravillosa en casa, en el seno de su familia. Aquella velada había fortalecido los viejos vínculos y le había hecho darse cuenta por fin de qué era lo que más ansiaba. Quería lo que tenían Cole y Lacy. Lo que tenían Katy y Turco. Quería una esposa y un hogar propio, y una familia. Si podía convencer a Faye para que se casara con él, tendría una familia al instante, pensó, divertido.

Ella estaba en la tienda de ropa. Ben se quedó junto al escaparate y al principio se limitó a mirar dentro, fascinado por el cambio que se había operado en ella. No llevaba ya ropa descuidada, no era una muchacha traviesa. Faye era una mujer y lo parecía, desde el pulcro traje maternal gris hasta el elegante corte de pelo. No iba maquillada, ni lo necesitaba. Tenía un cutis perfecto y una refinada estructura facial.

Ben abrió la puerta y una campanilla tintineó. Faye miró hacia la puerta con una sonrisa.

–¿Sí? ¿Puedo servirle en...? –su voz suave se apagó al verlo. Se quedó pálida e inmóvil, y se preguntó si de nuevo estaba soñando despierta. Había pensando tan a menudo en qué sentiría si Ben iba a verla... Ahora, el impacto de su encuentro la había dejado perpleja.

Ben se quitó el sombrero y se echó el pelo hacia atrás. Sonrió suavemente mientras la miraba desde el otro lado del mostrador.

–Sí, puedes –contestó–. Voy de camino a la librería a comprar un libro sobre cómo arrastrarse. Verás, nunca antes lo he hecho, pero creo que he alcanzado la edad de la lucidez. También quisiera un cilicio, si tenéis, para hacer las cosas como es debido.

Faye dejó el libro que estaba leyendo lentamente (un libro de Tennyson) y se limitó a mirarlo.

Él se acercó un poco más para apoyarse contra el mostrador. Posó los ojos en su mano pequeña y suave. Ningún anillo adornaba su blancura.

–Pareces haber florecido, Faye –dijo al cabo de un momento–. ¿Estás bien?

–Sí –aquella palabra sonó más como un chirrido que como una sílaba.

–No contestaste a mis cartas –dijo él con leve reproche.

–No tenía mucho sentido –logró decir ella lentamente–. Me las arreglo muy bien sola. Y tú tienes tu carrera.

–Mi carrera irá tan bien con una familia como sin ella –dijo él con sencillez–. Verás, he descubierto que me estaba buscando a mí mismo en sitios equivocados. Yo no estaba en París, Faye. Estaba aquí –tocó muy suavemente con los dedos la tela gris que cubría el corazón de Faye.

Ella se apartó bruscamente, sonrojada.

–¡Ben, no debes hacer eso! –exclamó, y miró rápidamente a su alrededor para asegurarse de que nadie miraba por el escaparate.

Él sonrió.

–No eres en absoluto mi Faye de antes, ¿verdad, cariño? –dijo suavemente–. Ahora eres muy pudorosa. Ni siquiera hablas igual.

–He mejorado –explicó ella.

–Nunca necesitaste mejorar –dijo él mientras la miraba–. Siempre fuiste generosa y rebosante de amor. Era yo quien necesitaba mejorar. No diré que lo he logrado, pero creo ser algo mejor que cuando me marché. Dame una oportunidad, Faye –añadió con rostro sombrío.

–¿Por... por el bebé? –preguntó ella.

Él sacudió la cabeza.

–Porque te necesito –contestó él–. No lo sabía, pero es así.

–Tú no me quieres.

–¿No? –tomó su mano suave y se la llevó a los labios–. Nunca he estado con una mujer como aquel día contigo, cuando nos amamos con tanta ternura. Si eso no era amor, nunca sabré qué es.

Ella vaciló. Ben la había herido profundamente, y no estaba segura de querer arriesgar de nuevo su corazón.

–No sé –se tocó el vientre hinchado y se apartó de pronto.

–¿Estás bien? –preguntó Ben rápidamente, angustiado–. ¡Faye!

–La niña da... patadas –dijo Faye, vacilante, y se sonrojó.

–¿Qué?

Ella tomó su mano, indecisa, miró rápidamente a su alrededor para asegurarse de que estaban solos y le puso los dedos sobre su vientre para que sintiera moverse al bebé.

Ben profirió un gemido de sorpresa. Se sonrojó y luego palideció. Tenía los ojos llenos de asombro. Sus dedos se movieron.

–Faye, noto... ¡noto un pie!

–Sí, claro –dijo ella, y se rió involuntariamente–. Ben, se mueve, ¿no lo sabías?

–¡No! –posó la mano sobre su hijo y levantó los ojos hacia ella–. Oh, Faye. ¡Tienes que casarte conmigo!

–No puedo ir a París...

–Voy a comprar una casa aquí, en la ciudad –la interrumpió él–. Puedes seguir trabajando, si quieres, mientras yo escribo.

–El bebé te molestará...

–Yo cuidaré de él mientras tú no estás –dijo él, sonriente.

–¡Eso sería un escándalo! –exclamó ella.

–¿Y qué? ¿No te gusta escandalizar a la gente? Debe de gustarte, si estás trabajando en ese estado –se inclinó sobre el mostrador–. Cásate conmigo. Te mantendré con elegante pobreza y te volveré loca de amor.

Ella se echó a reír. Era la primera vez que reía desde hacía meses.

–Oh, Ben –dijo, exasperada.

–Sólo una palabra. Es muy fácil decirla. Sólo «sí».

Ella vaciló. Pero el bebé seguía dando patadas, la sonrisa de Ben se hizo más amplia y ella se dio por vencida.

–Está bien. Sólo... sí.

Los ojos de Ben brillaron.

–Sabía que aceptarías.

Ella no lo había sabido hasta ese momento. Pero, cuando Ben la tomó en sus brazos, todo lo cerca que permitía el bebé, se sintió bien. Él la besó con ternura y ansia una vez, y luego otra.

–Espera un momento –dijo bruscamente, y levantó la cabeza con el ceño fruncido–. ¡Has dicho la niña!

–Quiero una niña –contestó ella con sencillez.

–Pero no sabes...

–Bueno, Ruby dice que tengo mucho trasero y que he ensanchado mucho, así que debe de ser una niña. Las tripas de los niños son altas y muy redondeadas por delante.

–Cuentos de vieja –dijo él.

–Adelante, ríete –dijo ella–. Será una niña. Ya lo verás.

Teresa Margaret Whitehall nació tres semanas después. Ben y Faye se casaron discretamente dos días después de que él regresara, y se mudaron a una casa pequeña pero bonita, cerca de la tienda. Tal y como había prometido, se hizo cargo del bebé mientras Faye iba a trabajar. Los vecinos se limitaban a sacudir la cabeza y a sonreír cuando lo veían empujar el carrito del bebé por la calle. Pero sus sonrisas eran amables.

Turco heredó inesperadamente unas tierras cerca de Victoria, Texas, y tras mucha deliberación Katy y él se mudaron allí después del nacimiento de su hija, Mary Elizabeth. Cole les regaló un rebaño de sus mejores reses para que empezaran, y Turco prometió, sonriente, que fundaría con ellas un imperio. Ya estaba en ello. Había reformado la vieja casa española que se alzaba en la propiedad, a la que llamó Casa Verde. Era una casa única, como el ex aviador. Katy era muy feliz con su marido y su hijita. A menudo recibía postales sin firma desde Chicago. Llegaban el día del cumpleaños de Katy y el de Mary. Llegaban en Pascua, en Navidad y a veces el día de San Valentín. Mientras Mary crecía, las tarjetas fueron acompañadas de regalos. Turco gruñó al principio, pero con el paso del tiempo, cuando estuvo seguro del amor de su familia, dejó de preocuparse por las atenciones de su antiguo rival.

Le preocupaba, sin embargo, no tener un hijo varón al

que dejar sus bienes. Pero Mary era una niña encantadora que había heredado su pelo rubio y los ojos verdes de Katy, y era tan abierta y cariñosa como su madre. Ella tendría hijos, suponía. En todo caso, él había conseguido la luna. Al menos, tenía una hija. Cole, en cambio, no. Aquello tenía que ser la única mácula de su felicidad.

La familia se había reunido al completo para la fiesta del Cuatro de Julio. Era 1926, el país prosperaba temporalmente y los precios del ganado subían sin cesar. Cole había hecho algunas inversiones a través de su socio de Chicago y había ganado suficiente dinero para saldar su deuda con Wardell y guardar un buen pellizco en el banco. Había invertido en comprar más acciones e iba camino de hacerse rico.

Lacy no había invertido su dinero en la bolsa, a pesar de las presiones de los demás. Había comprado tierras, y hasta había invertido en el negocio de Turco, cerca de Victoria. La tierra, decía, era más segura que los bancos. Cole se daría cuenta algún día. Él se limitaba a reír.

Estaba dando un paseo con Mary Elizabeth, recogiendo flores en un prado cerca de la casa, cuando notó que la cabeza le daba vueltas y se desmayó. Al volver en sí, Cole la estaba mirando, muy pálido, y le sostenía la cabeza con el brazo.

–Me encuentro mal –logró decir.

–Tranquila, cariño –dijo Katy, y puso un paño húmedo y frío sobre su cabeza–. No se lo he dicho a Marion. Ella tampoco se encuentra bien hoy.

–Menos mal que no se lo has dicho –mascculló Cole–. Su corazón se está debilitando. Lacy, cielo, ¿puedes levantarte?

–Creo que no –gruñó ella–. Debe de ser algo que he comido.

Katy sonrió.

–¿De veras? Pues esta semana has vomitado todos los días el desayuno.

–Lo sé –Lacy suspiró. Miró preocupada a Cole–. No quería decírtelo. Ya es suficiente con que Marion esté tan mal. No quería que te preocuparas también por mí. No sé qué me pasa.

Katy se echó a reír. Se rió hasta que se le saltaron las lágrimas.

Cole la miraba con enojo.

–¿Te divierte la enfermedad? –preguntó, enfadado.

Katy se sentó en el suelo.

–¡Oh, Cole! ¿Es que estáis ciegos? ¿De veras no sabéis qué le pasa?

Lacy se quedó muy quieta. No había tenido la regla. Creía que era porque estaba angustiada por la salud de Marion, pero nunca un trastorno emocional había hecho que se le retrasara tanto el período. Y no sólo era eso. Contó mentalmente y se sonrojó. Había habido una noche muy larga, hacía unas seis semanas, que la había dejado exhausta y había hecho pavonearse a Cole.

El brazo de Cole bajo su cabeza se había quedado rígido.

–Pero... no puede ser –dijo, indeciso–. Yo no puedo tener hijos.

Las lágrimas cegaban los ojos de Lacy. Una alegría salvaje atravesó como un rayo su cuerpo esbelto.

–No dijeron que no pudieras –musitó, ajena a la sorpresa de Katy, a la que nunca le habían hablado del alcance de las lesiones de Cole–. Dijeron que era improbable –su voz se quebró–. Cole... ¡estoy embarazada!

Él la apretó contra sí, temblando. Escondió su cara en su garganta y unos segundos después ella sintió la humedad y oyó latir su voz cuando él le susurró cuánto la quería.

Katy les dejó solos discretamente, pero desde el establo Turco vio a Lacy tumbada en el camino, en brazos de Cole, y atravesó el campo corriendo.

–Dios mío, ¿qué ha pasado? –preguntó, angustiado, y cayó de rodillas a su lado–. ¿Está muerta? –añadió al ver que Cole tenía la cara húmeda.

–¡Está... embarazada! –exclamó Cole.

El semblante de Turco se relajó y luego pareció iluminarse, maravillado. Miró la cara pálida de Lacy. Ella tenía los ojos dilatados y arrasados en lágrimas, llenos de una alegría cegadora.

–Dios mío –dijo Turco, riendo–, conque descuajaringar la cama ha dado resultado, ¿eh?

–Serás hijo de...

Turco se echó a reír alegremente y se apartó para no recibir el golpe furioso de Cole.

–¡Y decías que no podías! Ahora te pasarás un mes pavoneándote, supongo... y estarás tan satisfecho de ti mismo que no darás ni golpe.

Cole se rindió y se echó a reír.

–Luego te daré un coscorrón.

–Estaré preparado –dijo Turco, complaciente–. Lacy, ¿te encuentras bien?

–Sí, estoy bien –musitó ella, llorosa–. ¡Oh, Turco! ¡Estoy muy bien!

Cole se puso en pie y la levantó en brazos con ternura. No podía apartar los ojos de su cara.

–Lacy... –murmuró, y se inclinó para besarla con reverencia y asombro.

Ella le devolvió el beso, vagamente consciente de que Turco se había ido, sonriente, a compartir la noticia con los demás. No le importó. Apenas podía contener su alegría. Y Cole estaba emocionado.

Su hijo nació siete meses después. La muerte de Marion fue la única sombra en su alegría, pero el nacimiento del niño alivió en parte su dolor. Lo llamaron Jude Everett Whitehall. Dos años después, nació otro niño, al que llamaron James: Cuando fueron lo bastante grandes para entenderlo, sus padres les dijeron que eran dos milagros. Su felicidad era completa.

James nunca se casó. Se hizo médico y abrió una consulta en San Antonio. Jude se casó con una joven debutante llamada Marguerite y tuvo dos hijos, Jason Everett Whitehall y Duncan Whitehall. Mary, la hija de Turco, se casó con un ranchero tejano con enormes propiedades. Casa Verde pasó finalmente al sobrino y tocayo de Turco, Jude Whitehall. Éste se mudó allí con su familia y vivió felizmente muchos años. Ben se convirtió en un novelista célebre y ganó una fortuna. Faye y él compraron una finca en San Antonio y regalaron a su hija Teresa, a la que todo el mundo llamaba Tess, un gran viaje por Europa cuando fue mayor de edad. La Gran Depresión se llevó las inversiones de Cole, pero Lacy no había invertido en bolsa, y el rancho prosperó incluso entonces y llegó a alcanzar enorme extensión y fama.

Turco y Katy tuvieron una vida larga y feliz juntos. Cuando ella enviudó, un rico financiero llamado Blake Wardell, de Chicago, apareció como surgido de la nada para reconfortar a Katy y a Mary Elizabeth y atar los cabos sueltos. La gente de los alrededores de Victoria se escandalizó cuando, menos de seis meses después, Katy se casó con el filántropo de Chicago, sin que su radiante hija Mary protestara, y se fue a vivir a Chicago. Mary sorprendió a todo el mundo al estudiar medicina y seguir los pasos de su primo James. Se convirtió en la primera doctora de Spanish Flats y con el tiempo se casó con un ranchero vecino. Fue su orgulloso padrastro quien la acompañó hasta el altar.

Todo aquello, sin embargo, quedaba muy lejos aún cuando Cole llevó a Lacy a la casa del rancho. Entonces aún no había abrazado a su primer hijo.

–Hace tanto tiempo... –dijo Lacy suavemente.

Él miró sus ojos.

–¿A qué te refieres? –preguntó con una sonrisa tierna.

Ella se la devolvió.

–Estaba pensando en la primera vez que te vi, montado a caballo, cuando el coche paró frente a la puerta. Creo que me enamoré de ti en ese momento, ¿sabes? Eras como un sueño –su sonrisa se desvaneció–. Sigues siéndolo. ¡Lo eres todo para mí!

Él tuvo que contener el aliento y librarse del nudo que sentía en la garganta antes de hablar.

–No, pequeña –susurró–. Tú sí lo eres –se inclinó y la besó suavemente–. Eres el mundo y todo cuanto contiene. Te querré hasta que me muera, Lacy. Y luego eternamente.

Lacy se apretó contra él y cerró los ojos mientras la llevaba con largas zancadas a la casa. El sol empezaba a ponerse en el cielo de la tarde. Lacy vio las nubes ociosas antes de que Cole subiera al porche. Otro día había pasado. Pero ahora todos los días serían completos en sí mismos, cada minuto tendría un nuevo significado, una nueva alegría. Se aferró a Cole con el corazón en los ojos.

–¡Esto sólo ha comenzado! –musitó–. Cole, tenemos por delante todas las mañanas del mundo.

Él asintió con la cabeza.

–Todas las mañanas del mundo, amor mío.

La llevó a la casa, entre las bulliciosas felicitaciones y las risas del resto dc la familia. Ese día, el amor llenó hasta las paredes de la casa. Ese día... y todos los días que se sucedieron después.